Ashley
Audrain

Der Verdacht

Roman

Aus dem Englischen von
Ulrike Wasel und Klaus Timmermann

PENGUIN VERLAG

Für Oscar und Waverly

»Es wird oft geäußert, daß der erste Klang, den wir im Schoß der Mutter hören, ihr Herzschlag ist. In Wirklichkeit ist der erste Klang, der in unserem gerade entwickelten Gehör schwingt, der Puls des Blutes in den Venen und Arterien unserer Mutter. Wir schwingen in diesem Urrhythmus, noch bevor wir Ohren haben, um zu hören. Bevor wir empfangen wurden, existierte ein Teil von uns als Ei im mütterlichen Eierstock. Alle Eier, die sich in einer Frau in ihrem Leben entwickeln werden, bilden sich als Eifollikel in ihren Eierstöcken, während sie noch als vier Monate alter Fötus im Bauch ihrer Mutter schwimmt. Dies bedeutet, daß unser zelluläres Leben als Ei im Schoß unserer Großmutter beginnt. Wir alle haben also fünf Monate im Schoß unserer Großmutter verbracht, und sie wurde ihrerseits im Schoß ihrer Großmutter gebildet. Wir schwingen im Rhythmus des Blutes unserer Mutter, noch bevor sie selbst geboren ist.«

Aus *Frauen Trommeln* von Layne Redmond

Nachts leuchtet dein Haus, als stünde alles darin in Flammen.

Die Vorhänge, die sie für die Fenster ausgesucht hat, sehen aus wie Leinen. Teures Leinen. So locker gewebt, dass ich deine Stimmung meistens gut erkennen kann. Ich kann sehen, wie das Mädchen Hausaufgaben macht und dabei seinen Pferdeschwanz nach hinten schnippt. Ich kann den kleinen Jungen beobachten, der Tennisbälle an die hohe Decke wirft, während deine Frau in Leggings durchs Wohnzimmer wirbelt und wieder aufräumt, was tagsüber in Unordnung geraten ist. Spielzeug zurück in die Kiste. Kissen zurück auf die Couch.

Aber heute Abend habt ihr die Vorhänge offen gelassen. Vielleicht, um den fallenden Schnee zu sehen. Vielleicht, damit deine Tochter nach Rentieren Ausschau halten kann. Sie glaubt schon längst nicht mehr daran, wird aber dir zuliebe so tun als ob. Für dich ist sie zu allem bereit.

Ihr habt euch fein gemacht. Die Kinder, beide in Schottenkaro, sitzen auf dem Lederhocker und werden von deiner Frau mit dem Smartphone fotografiert. Das Mädchen hält die Hand des Jungen. Du hantierst hinten im Raum am Plattenspieler herum, und deine Frau spricht dich an, aber du hebst einen Finger – bist gleich so weit. Das Mädchen springt auf, und deine Frau nimmt den Jungen hoch, und sie drehen sich im Kreis. Du greifst nach deinem Drink, Scotch, trinkst einen Schluck, zwei, und schleichst vom Plattenspieler weg, als wäre er ein schlafendes Baby. Das machst du immer, bevor du anfängst zu tanzen. Du nimmst den Jungen. Er hebt das Gesicht zur Decke. Du kippst ihn mit dem Kopf nach unten. Deine Tochter reckt sich nach einem Küsschen von Daddy, und deine Frau hält dein Glas für dich. Sie geht mit wiegenden Schritten zu dem Baum hinüber und zupft eine Lichterkette zurecht, die nicht ganz richtig hängt. Und dann bleibt ihr alle stehen und beugt euch zueinander und ruft irgendwas im Chor, irgendein Wort, genau getimt, und dann bewegt ihr euch wieder. Ihr kennt diesen Song auswendig. Deine Frau schlüpft aus dem Raum, und der Blick ihres Sohnes folgt ihr automatisch. Ich erinnere mich daran, wie das war. Dieses Gefühl, gebraucht zu werden.

Streichhölzer. Sie kommt zurück, um die Kerzen auf dem geschmückten Kaminsims anzuzünden, und ich frage mich, ob die gewundenen Tannenzweige echt sind, ob sie nach würzigem Harz riechen. Einen Moment lang stelle ich mir vor, dass diese Zweige heute Nacht, wenn ihr alle schlaft, in Flammen aufgehen. Ich stelle mir vor, wie sich das warme buttriggelbe Leuchten deines Hauses in heißes knisterndes Rot verwandelt.

Der Junge hat nach einem eisernen Schürhaken gegriffen, und das Mädchen nimmt ihm den aus der Hand, ehe du oder deine Frau es bemerken. Die gute Schwester. Die Helfende. Die Beschützende.

Normalerweise sehe ich nicht so lange zu, aber ihr seid heute Abend alle so schön, dass ich mich nicht losreißen kann. Der Schnee, die pappige Sorte, mit der sie morgen früh einen Schneemann bauen wird, um ihrem Bruder eine Freude zu machen. Ich schalte die Scheibenwischer ein, stelle die Heizung höher, und dabei springt die Uhr von 19.29 auf 19.30 um. Früher hättest du ihr jetzt *Der Polarexpress* vorgelesen.

Deine Frau sitzt nun in ihrem Sessel und schaut euch dreien zu, wie ihr im Zimmer herumhüpft. Sie lacht und streicht ihre langen lockigen Haare zur Seite. Sie schnuppert an deinem Drink und stellt ihn weg. Lächelt. Du hast ihr den Rücken zugewandt, deshalb kannst du nicht sehen, was ich sehe, dass sie nämlich eine Hand auf ihren Bauch legt, dass sie ihn sanft streichelt und dann nach unten schaut, ganz in Gedanken bei dem, was in ihr wächst. Es sind Zellen. Aber sie sind alles. Du drehst dich um, und ihre Aufmerksamkeit wird zurück auf das Zimmer gelenkt. Auf die Menschen, die sie liebt.

Sie wird es dir morgen sagen.

Ich kenne sie noch immer so gut.

Ich blicke nach unten, um mir die Handschuhe überzustreifen. Als ich wieder aufschaue, steht das Mädchen an der offenen Haustür. Ihr Gesicht wird von der Lampe über deiner Hausnummer schwach erhellt. Der Teller in ihrer Hand ist voll mit Möhren und Keksen. Du wirst Krümel auf dem Fliesenboden in der Diele verstreuen. Du wirst mitspielen und sie auch.

Jetzt sieht sie mich in meinem Wagen sitzen. Sie fröstelt. Das Kleid, das deine Frau ihr gekauft hat, ist zu klein, und ich kann erkennen, dass ihre Hüften breiter werden, ihre Brüste knospen. Mit einer Hand zieht sie sich sorgsam den Pferdeschwanz über eine Schulter, und die Geste ist eher fraulich als kindlich.

Zum ersten Mal in ihrem Leben denke ich, dass unsere Tochter mir ähnlich sieht.

Ich öffne das Seitenfenster und hebe die Hand, ein Hallo, ein heimliches Hallo. Sie stellt den Teller auf den Boden und richtet sich auf, sieht mich erneut an, bevor sie sich umdreht und ins Haus geht. Zu ihrer Familie. Ich rechne damit, dass die Vorhänge jäh zugezogen werden, dass du an die Tür kommst, um zu fragen, warum zum Teufel ich vor deinem Haus parke, an einem Abend wie diesem. Und was könnte ich dann antworten? Ich war einsam? Ich habe sie vermisst? Ich hätte es verdient, die Mutter in deinem leuchtenden Haus zu sein?

Stattdessen tanzt sie zurück ins Wohnzimmer, wo du deine Frau überredet hast, sich aus dem Sessel zu erheben. Während ihr zusammen tanzt, eng, deine Hände hinten über ihre Bluse streichen, nimmt unsere Tochter die Hand des Jungen und zieht ihn mitten vors Wohnzimmerfenster. Eine Schauspielerin, die ihre Markierung auf dem Boden ansteuert. Sie sind exakt eingerahmt.

Er sieht aus wie Sam. Er hat seine Augen. Und diese Haarwelle, die in einer Locke endet, die Locke, die ich mir immer wieder um den Finger wickelte.

Mir wird schlecht.

Unsere Tochter starrt aus dem Fenster, sieht mich an, ihre Hände auf den Schultern deines Sohnes. Sie beugt sich vor und küsst ihn auf die Wange. Und dann noch mal. Und dann noch mal. Der Junge mag diese Zärtlichkeit. Er ist sie gewohnt. Er zeigt auf den fallenden Schnee, aber sie wendet den Blick nicht von mir ab. Sie reibt seine Oberarme, als wollte sie ihn wärmen. Wie eine Mutter das machen würde.

Du kommst ans Fenster und gehst in die Hocke, auf Augenhöhe mit dem Jungen. Du schaust hinaus und dann nach oben. Dein Blick fällt nicht auf mein Auto. Wie dein Sohn zeigst du auf die Schneeflocken und malst mit dem Finger einen schwungvollen Bogen in den Himmel. Du redest über den Schlitten. Über die Rentiere. Er späht in die Nacht, will sehen, was du siehst. Du tippst ihm verspielt aufs Kinn. Ihre Augen ruhen noch immer auf mir. Unwillkürlich lehne ich mich auf dem Sitz nach hinten. Ich schlucke und wende den Blick endlich vom Haus ab. Sie gewinnt jedes Mal.

Als ich wieder hinsehe, steht sie noch immer da, beobachtet mich.

Ich denke, gleich wird sie die Vorhänge schließen, aber sie tut es nicht. Diesmal weiche ich ihrem Blick nicht aus. Ich nehme den dicken Papierstapel neben mir vom Beifahrersitz und spüre das Gewicht meiner Worte.

Ich bin gekommen, um dir das hier zu geben.

Das ist meine Version der Geschichte.

1

Du hattest deinen Stuhl näher herangeschoben und klopftest mit dem Ende deines Bleistifts auf mein Lehrbuch, und ich starrte auf die Seite, wollte nicht aufblicken. »Hallo?«, sagte ich, als würde ich einen Anruf entgegennehmen. Du musstest lachen. Und dann saßen wir da, kicherten, zwei Fremde, die dasselbe Wahlfach belegt hatten, zusammen in einer Unibibliothek. In der Vorlesung müssen Hunderte Studierende gewesen sein – ich hatte dich vorher noch nie gesehen. Dein lockiges Haar fiel dir über die Augen, und manchmal wickeltest du es um deinen Stift. Du hattest so einen seltsamen Namen. Später am Nachmittag begleitetest du mich nach Hause, und wir schwiegen zusammen. Du machtest keinen Hehl daraus, wie hingerissen du warst, lächeltest mich immer wieder an. Noch nie hatte mir jemand eine solche Aufmerksamkeit zuteilwerden lassen. Vor meinem Wohnheim gabst du mir einen Handkuss, und prompt mussten wir erneut lachen.

Bald waren wir einundzwanzig und unzertrennlich. Uns blieb noch ein knappes Jahr bis zu den Abschlussprüfungen. Wir verbrachten es damit, in meinem breiten Wohnheimbett miteinander zu schlafen und gemeinsam auf der Couch zu lernen, an entgegengesetzten Enden, die Beine ineinander verschlungen. Wir gingen auch mit deinen Freunden in die Kneipe, waren aber immer früh wieder zu Hause, im Bett, genossen die neuartige Erfahrung unserer warmen Körper. Ich trank kaum, und du hattest die Partyszene satt – du wolltest nur mich. In meiner Welt schien das niemanden groß zu stören. Ich hatte nur wenige Freunde, die eigentlich eher Bekannte waren. Ich war so damit beschäftigt, die für mein Stipendium erforderlichen Noten zu halten, dass ich für das typische Studentenleben weder Zeit noch Interesse hatte. Im Grunde hatte ich in den Jahren zu niemandem ein engeres Verhältnis aufgebaut, jedenfalls nicht, bis ich dich kennenlernte. Du botst mir etwas anderes. Wir verließen unseren sozialen Orbit und waren glücklich, waren füreinander alles, was wir brauchten.

Die Geborgenheit, die ich bei dir fand, war überwältigend – ich hatte nichts, als ich dir begegnete, und so wurdest du mühelos mein Ein und Alles. Womit ich nicht meine, dass das nichts bedeutete – du bedeutetest mir alles. Du warst sanft und rücksichtsvoll und eine Stütze. Du warst der erste Mensch, dem ich anvertraute, dass ich Schriftstellerin werden wollte, und du sagtest: »Ich kann mir bei dir auch nichts anderes vorstellen.« Ich genoss es, wie andere Frauen uns ansahen, als hätten sie Grund, neidisch zu sein. Nachts sog ich den Duft deines weichen Haars ein, wenn du schliefst, und morgens fuhr ich mit dem Finger über dein Stoppelkinn, um dich zu wecken. Du warst eine Sucht.

Für meinen Geburtstag schriebst du hundert Dinge auf, die du an mir liebtest. *14. Ich liebe dein leises Schnarchen, wenn du gerade eingeschlafen bist. 27. Ich liebe die wunderbare Art, wie du schreibst. 39. Ich liebe es, meinen Namen auf deinen Rücken zu malen. 59. Ich liebe es, auf dem Weg zum College mit dir einen Muffin zu teilen. 72. Ich liebe die Stimmung, in der du sonntags aufwachst. 80. Ich liebe es, dich zu beobachten, wenn du ein gutes Buch ausgelesen hast und es dir noch kurz an die Brust drückst. 92. Ich liebe es, dass du eines Tages eine gute Mutter sein wirst.*

»Wieso glaubst du, dass ich eine gute Mutter sein werde?« Ich legte die Liste aus der Hand und hatte für einen Moment das Gefühl, dass du mich vielleicht überhaupt nicht kanntest.

»Wieso solltest du keine gute Mutter sein?« Du gabst meinem Bauch einen spielerischen kleinen Stups. »Du bist fürsorglich. Und lieb. Ich kann's kaum erwarten, kleine Babys mit dir zu haben.«

Mir blieb nichts anderes übrig, als ein Lächeln aufzusetzen.

Mir war zuvor noch niemand mit einem so begierigen Herzen wie deinem begegnet.

»Eines Tages wirst du das verstehen, Blythe. Die Frauen in dieser Familie … wir sind anders.«

Noch immer kann ich den orangeroten Lippenstift meiner Mutter am Zigarettenfilter vor mir sehen. Die Asche, die in den Becher fällt, im letzten Rest meines O-Safts schwimmt. Der Geruch von verbranntem Toast.

Du hast nur wenige Male nach meiner Mutter Cecilia gefragt. Ich habe dir die reinen Fakten erzählt: 1. Sie ist fortgegangen, als ich elf Jahre alt war, 2. danach habe ich sie nur noch zweimal gesehen, und 3. ich habe keine Ahnung, wo sie ist.

Du wusstest, dass ich dir etwas verschwieg, aber du hast nicht nachgehakt – du hattest Angst davor, was du hören würdest. Ich verstand das. Wir alle haben das Recht, gewisse Erwartungen an andere und an uns selbst zu haben. Mutterschaft gehört dazu. Wir alle erwarten, gute Mütter zu haben, zu heiraten und zu sein.

1939–1958

Etta wurde genau an dem Tag geboren, als der Zweite Weltkrieg begann. Sie hatte Augen wie der Atlantische Ozean und war von Anfang an rotgesichtig und pummelig.

Sie verliebte sich in den ersten Jungen, den sie kennenlernte, den Sohn des Arztes in der kleinen Stadt. Er hieß Louis, und er war höflich und wortgewandt, ganz anders als die anderen Jungen in ihrer Klasse, und es machte ihm nichts aus, dass Etta nicht das Glück gehabt hatte, mit einem hübschen Gesicht auf die Welt gekommen zu sein. Von ihrem ersten bis zum letzten Schultag begleitete Louis sie zur Schule, immer eine Hand auf den Rücken gelegt. Und so etwas fand Etta bezaubernd.

Ihre Eltern hatten eine Getreidefarm mit Hunderten Morgen Land. Als Etta achtzehn wurde und ihrem Vater eröffnete, dass sie Louis heiraten wollte, bestand er darauf, dass sein neuer Schwiegersohn Landwirtschaft lernte. Er hatte keine eigenen Söhne, und Louis sollte die Farm übernehmen. Aber Etta glaubte, der Vater wollte dem jungen Mann nur etwas beweisen: Landwirtschaft war schwere und ehrbare Arbeit. Nichts für Schwächlinge. Und ganz sicher nichts für einen Intellektuellen. Etta hatte sich für jemanden entschieden, der so ganz anders war als ihr Vater.

Louis wollte Arzt werden wie sein Vater, und er hatte ein Stipendium fürs Medizinstudium bekommen. Aber Etta zu heiraten war ihm wichtiger als die Approbation. Obwohl Etta ihren Vater anflehte, Louis zu schonen, ließ er ihn bis zum Umfallen schuften. Um vier Uhr morgens stand er auf und arbeitete auf den taufrischen Feldern. Von vier Uhr morgens bis es dunkel wurde, und das, ohne sich je zu beklagen, wie Etta anderen gegenüber gern betonte. Louis verkaufte die Arzttasche und die Lehrbücher, die sein Vater ihm vermacht hatte, und steckte das Geld in eine Spardose, die in der Küche auf der Arbeitsplatte stand. Er sagte Etta, das wäre der Grundstock des Studiengeldes für ihre zukünftigen Kinder. Etta fand, dass das viel darüber aussagte, was für ein selbstloser Mann er war. Eines Tages im Herbst wurde Louis vor Sonnenaufgang vom Häcksler eines Silagewagens zerfleischt. Er verblutete, allein auf dem Maisfeld. Ettas Vater fand ihn und schickte sie mit einer Plane aus der Scheune los, um den Leichnam abzudecken. Sie nahm Louis' abgetrenntes Bein mit zum Farmhaus und warf es ihrem Vater an den Kopf, während er gerade einen Wassereimer füllte, um das Blut von dem Silagewagen abzuwaschen.

Sie hatte ihrer Familie noch nichts von dem Kind erzählt, das in ihr wuchs. Sie war eine dicke Frau mit dreißig Kilo Übergewicht, weshalb ihr die Schwangerschaft nicht anzusehen war. Das Baby, Cecilia, wurde vier Monate später inmitten eines Schneesturms auf dem Küchenboden geboren. Während Etta das Baby aus sich herauspresste, starrte sie die Spardose auf der Arbeitsplatte an.

Etta und Cecilia führten ein ruhiges Leben im Farmhaus und trauten sich nur selten in die Stadt. Wenn sie sich doch mal dazu durchrangen, hörten sie unweigerlich das Getuschel über die Frau, die »es mit den Nerven hat«. In der damaligen Zeit wurde nicht viel mehr gesagt – nicht viel mehr vermutet. Louis' Vater versorgte Ettas Mutter regelmäßig mit Beruhigungsmitteln, die sie Etta nach ihrem Gutdünken verabreichte. Daher verbrachte Etta die meiste Zeit in dem schmalen Messingbett ihres Kinderzimmers, und ihre Mutter kümmerte sich um Cecilia.

Doch allmählich wurde Etta klar, dass sie nie einen anderen Mann kennenlernen würde, wenn sie immer nur benebelt im Bett lag. Sie raffte sich auf und schaffte es schließlich, sich wieder selbst um Cecilia zu kümmern, schob sie im Kinderwagen durch die Stadt, während das arme Kind nach seiner Großmutter schrie. Etta erzählte den Leuten, sie hätte unter entsetzlichen chronischen Bauchschmerzen gelitten und monatelang nichts essen können, deshalb sei sie so dünn geworden. Kein Mensch glaubte das, aber Etta interessierte sich nicht für das Gerede der Leute. Sie hatte gerade Henry kennengelernt.

Henry war neu in der Stadt, und sie gingen in dieselbe Kirche. Er war der Personalchef von sechzig Mitarbeitern einer Süßwarenfabrik. Er behandelte Etta vom ersten Moment an einfühlsam – er liebte Babys, und Cecilia war ganz besonders goldig, daher erwies sie sich nicht als das Problem, für das alle sie gehalten hatten.

Bald kaufte Henry für sie drei mitten in der Stadt ein Haus im Tudor-Stil mit minzgrünen Verzierungen. Etta verließ endgültig das Messingbett und legte all die Kilos wieder zu, die sie verloren hatte. Sie stürzte sich regelrecht in die Aufgabe, für ihre Familie ein Zuhause zu schaffen. Es gab eine robuste Veranda mit einer Schaukel, Gardinen an jedem Fenster, und ständig waren Schokoladenkekse im Ofen. Eines Tages wurden die neuen Wohnzimmermöbel an das falsche Haus geliefert, und die Nachbarin ließ alles vom Lieferanten in ihrem Keller aufbauen, obwohl sie die Möbel gar nicht bestellt hatte. Als Etta Wind davon bekam, rannte sie in ihrem Morgenrock und mit Lockenwicklern im Haar laut fluchend hinter dem Lastwagen her. Das fanden alle zum Brüllen komisch, nach einer Weile sogar Etta.

Sie versuchte mit aller Macht, die Frau zu sein, die von ihr erwartet wurde.

Eine gute Ehefrau. Eine gute Mutter.

Es schien, als würde alles gut.

2

Dinge, die mir einfallen, wenn ich über unseren Anfang nachdenke:

Deine Eltern. Für andere wäre das vielleicht nicht wichtig gewesen, aber mit dir ging eine Familie einher. Meine einzige Familie. Die großzügigen Geschenke, die Flugtickets, damit ihr alle zusammen irgendwo in der Sonne Urlaub machen konntet. Ihr Haus roch nach warmer frischer Wäsche, immer, und wenn wir sie besuchten, wollte ich gar nicht wieder weg. Wenn deine Mutter sanft meine Haarspitzen berührte, wäre ich ihr am liebsten auf den Schoß geklettert. Manchmal hatte ich das Gefühl, dass sie mich genauso sehr liebte wie dich.

Ihre fraglose Akzeptanz, dass mein Vater nicht gegenwärtig war, und das Verständnis, als er ihre Einladung über die Feiertage ablehnte, erfüllten mich mit Dankbarkeit für ihre Güte. Über Cecilia wurde selbstverständlich nie gesprochen. Du hattest deine Eltern, umsichtig wie du bist, vorgewarnt, ehe du mich das erste Mal mit zu ihnen nach Hause nahmst. *(Blythe ist wunderbar. Wirklich. Aber nur damit ihr's wisst ...)* Meine Mutter war niemand, über den ihr untereinander gelästert hättet. Niemand von euch hatte Freude an irgendwas Unangenehmem.

Ihr wart alle so perfekt.

Du nanntest deine kleine Schwester »Darling«, und sie vergötterte dich. Du riefst jeden Abend zu Hause an. Ich lauschte von der Diele aus und hätte nur allzu gern gehört, womit deine Mutter dich so zum Lachen brachte. Du fuhrst jedes zweite Wochenende zu ihnen, um deinem Dad bei irgendwelchen Arbeiten rund ums Haus zu helfen. Ihr umarmtet einander. Du passtest auf deine kleinen Cousins und Cousinen auf. Du kanntest das Bananenbrotrezept deiner Mutter. Du schicktest deinen Eltern jedes Jahr zum Hochzeitstag eine Glückwunschkarte. Meine Eltern hatten ihre Hochzeit nie auch nur erwähnt.

Mein Vater. Er reagierte nicht auf meine Nachricht, dass ich in dem Jahr nicht zu Thanksgiving nach Hause kommen würde, aber ich log dich an und sagte, er freue sich, dass ich jemanden gefunden hatte, und lasse deine Familie herzlich grüßen. In Wahrheit hatten wir kaum ein Wort gewechselt, seit ich dich kennengelernt hatte, sondern hauptsächlich über unsere Anrufbeantworter miteinander kommuniziert, und selbst das war zu einer Serie von fadem, nichtssagendem Gestammel geworden, das mir peinlich gewesen wäre, wenn du es gehört hättest. Ich weiß bis heute nicht, wie es so weit mit uns kommen konnte, mit ihm und mir. Die Lüge war notwendig, wie all die anderen Lügen, die ich dir auftischte, damit du keinen Verdacht schöpftest, wie kaputt meine Familie in Wirklichkeit war. Familie war dir zu wichtig – keiner von uns beiden konnte das Risiko eingehen, dass du mich mit anderen Augen sehen würdest, wenn du die ganze Wahrheit über meine Familie wüsstest.

Unsere erste Wohnung. Ich liebte dich am meisten, wenn es Morgen war. Deine Art, die Decke wie eine Kapuze über dich zu ziehen und noch ein bisschen zu schlafen, dein starker jungenhafter Geruch auf den Kissenbezügen. Ich wachte damals früh auf, meistens noch vor Sonnenaufgang, um hinten in der schmalen Küche zu schreiben, in der es immer so verdammt kalt war. Ich trug deinen Bademantel und trank Tee aus einer Keramiktasse, die ich in irgendeinem Töpferladen für dich bemalt hatte. Später dann riefst du meinen Namen, wenn der Boden wärmer geworden war und genug Licht durch die Jalousien hereinfiel, um alle Nuancen meines Körpers sehen zu können. Dann zogst du mich wieder ins Bett, und wir experimentierten – du warst forsch und souverän und verstandst früher als ich, wie lustvoll ich sein konnte. Du fasziniertest mich. Dein Selbstbewusstsein. Deine Geduld. Das primitive Verlangen, das du nach mir hattest.

Abende mit Grace. Sie war die einzige College-Freundin, mit der ich nach unserem Abschluss noch Kontakt hielt. Ich ließ mir nicht anmerken, wie sehr ich sie mochte, weil du offenbar ein wenig eifersüchtig auf ihre Zeit mit mir warst und meintest, wir würden zu viel trinken, obwohl ich ihr nur sehr wenig von dem bot, was Frauenfreundschaften eigentlich ausmacht. In dem Jahr, als sie solo war, kauftest du uns beiden Blumen zum Valentinstag. Ich lud sie etwa einmal im Monat zum Essen ein, und du setztest dich auf dem umgedrehten Mülleimer zu uns an den Tisch. Immer hattest du auf dem Nachhauseweg von der Arbeit noch schnell eine gute Flasche Wein besorgt. Wenn wir dann anfingen, über andere abzulästern, wenn sie ihre Zigaretten herausholte, entschuldigtest du dich höflich und nahmst dir ein Buch. Eines Abends hörten wir dich auf dem Balkon mit deiner Schwester telefonieren, während wir drinnen rauchten (unfassbar!). Sie machte gerade eine Trennung durch und hatte ihren Bruder angerufen, ihre Vertrauensperson. Grace fragte mich, was für Macken du hättest. Schlecht im Bett? Jähzornig? Irgendwelche Schwachstellen musstest du doch haben, weil kein Mann so perfekt war. Aber da war nichts. Damals. Nicht, dass ich das richtig begriff. Ich verwendete das Wort *Glück*. Ich hatte Glück gehabt. Ich hatte nicht viel, aber ich hatte dich.

Unsere Arbeit. Wir sprachen nicht oft darüber. Ich war neidisch auf deinen wachsenden Erfolg, und du wusstest das – du registriertest genau die Unterschiede in unserem beruflichen Werdegang, unseren Einkommen. Du brachtest Geld nach Hause, und ich träumte. Seit dem Studium hatte ich bis auf ein paar kleine freiberufliche Projekte praktisch nichts verdient, aber du zahltest großzügig für alles und gabst mir eine Kreditkarte, sagtest bloß: »Benutze sie, wenn du irgendwas brauchst.« Inzwischen warst du in dem Architekturbüro fest angestellt und zweimal befördert worden, während ich in derselben Zeit lediglich drei Short Storys zustande gebracht hatte. Unveröffentlichte. Wenn du morgens zur Arbeit gingst, sahst du aus, als gehörtest du zu jemand anderem.

Meine Ablehnungsschreiben kamen, als müsste es so sein – das gehört dazu, beruhigtest du mich, freundlich und oft. *Es wird passieren.* Dein grenzenloser Glaube an mich fühlte sich magisch an. Ich wollte mir unbedingt beweisen, dass ich so gut war, wie du mich einschätztest. »Lies mir vor, was du heute geschrieben hast. Bitte!« Ich ließ dich immer erst betteln, und dann lachtest du, wenn ich genervt tat und nachgab. Unser albernes kleines Spiel. Nach dem Essen legtest du dich müde auf die Couch, noch in deinen Büroklamotten. Du hörtest mir mit geschlossenen Augen zu, während ich meinen Text vorlas, und bei meinen besten Sätzen lächeltest du.

An dem Abend, an dem ich dir meine erste veröffentlichte Geschichte zeigte, zitterte deine Hand, als du die dicke Zeitschrift nahmst. Daran habe ich oft gedacht. Wie stolz du auf mich warst. Diese zitternde Hand sollte ich Jahre später erneut sehen, als sie ihren winzigen nassen Kopf hielt, beschmiert mit meinem Blut.

Doch davor:

Machtest du mir an meinem fünfundzwanzigsten Geburtstag einen Heiratsantrag.

Mit einem Ring, den ich manchmal noch immer an der linken Hand trage.

3

Ich habe dich nie gefragt, ob dir mein Hochzeitskleid gefiel. Ich kaufte es gebraucht, ich hatte es im Schaufenster eines Vintage-Ladens gesehen. Und es wollte mir nicht mehr aus dem Kopf gehen, während ich mit deiner Mutter teure Boutiquen durchstöberte. Anders als manche entflammten Bräutigame, die verschwitzt am Altar von einem Bein aufs andere treten, hast du nicht *Du siehst wunderschön aus* geflüstert. Du hast mein Kleid nicht erwähnt, als wir uns hinter der Mauer am Ende des Anwesens versteckten und darauf warteten, in den Hof zu schweben, wo unsere Gäste Champagner tranken und über die Hitze stöhnten und sich fragten, wann wohl das nächste Kanapee gereicht würde. Du konntest den Blick kaum von meinem strahlenden rosa Gesicht losreißen. Du konntest meine Augen kaum loslassen.

Du warst die attraktivste Version deiner selbst, und ich kann jetzt die Augen schließen, dich als Sechsundzwanzigjährigen sehen, wie glänzend deine Haut aussah und dein Haar sich noch bis in die Stirn lockte. Ich schwöre, du hattest letzte Reste Babyspeck in den Wangen.

Wir drückten uns den ganzen Abend hindurch die Hände.

Wir wussten damals so wenig über einander, über die Menschen, die wir sein würden.

Wir hätten unsere Probleme an den Blütenblättern des Gänseblümchens in meinem Brautstrauß abzählen können, doch es sollte nicht mehr lange dauern, bis wir uns auf einer ganzen Gänseblümchenwiese verirrten.

»Es wird keinen Tisch für die Familie der Braut geben.« Ich hatte mitbekommen, wie die Hochzeitsplanerin das leise zu dem

Mann sagte, der die Klappstühle und Platzkarten aufstellte. Er nickte ihr diskret zu.

Deine Eltern gaben uns die Eheringe vor der Zeremonie. Sie überreichten sie uns in einer silbernen Muschelbox, die deine Urgroßmutter von dem Mann geschenkt bekommen hatte, den sie liebte, der in den Krieg gezogen und nicht mehr zurückgekehrt war. Innen war ein Versprechen eingraviert, das er ihr gegeben hatte: *Violet, du wirst mich immer finden.* Du hattest gesagt: »Was für einen schönen Namen sie hatte.«

Deine Mutter, mit einem zinnfarbenen Tuch um die Schultern, sprach einen Toast aus: »Ehen können auseinanderdriften. Manchmal merken wir erst, wie weit wir uns entfernt haben, wenn das Wasser plötzlich bis zum Horizont reicht und wir das Gefühl haben, es nicht mehr zurückzuschaffen.« Sie hielt inne und sah nur mich an. »Horcht auf den Herzschlag des anderen in der Strömung. Ihr werdet euch immer finden. Und dann werdet ihr immer das Ufer erreichen.« Sie nahm die Hand deines Vaters, und du standst auf, um dein Glas zu erheben.

In der Hochzeitsnacht liebten wir uns, weil es nun mal dazugehörte. Wir waren hundemüde. Aber es fühlte sich so real an. Wir hatten Eheringe und die Rechnung vom Catering und Adrenalin-Kopfschmerzen.

Ich nehme dich, meinen besten Freund und Seelenverwandten, zu meinem Lebensgefährten, durch alles Gute und alles Schwere und die zigtausend Tage, die irgendwo dazwischenliegen. Du, Fox Connor, bist der Mensch, den ich liebe. Ich binde mich an dich.

Jahre später sah unsere Tochter zu, wie ich das Kleid in den Kofferraum deines Wagens stopfte, um es zu demselben Laden zurückzubringen, in dem ich es entdeckt hatte.

4

Ich weiß noch genau, wie das Leben in der Zeit danach war.

In den Jahren, bevor unsere eigene Violet kam.

Abends vor dem Fernseher guckten wir Nachrichten mit Anderson Cooper und aßen dabei scharf Gewürztes vom Imbiss auf dem schwarzen Marmorcouchtisch mit den gefährlich spitzen Ecken. An den Wochenenden tranken wir schon um zwei Uhr nachmittags spritzigen Wein, und dann schliefen wir, bis wir Stunden später vom Lärm der Leute geweckt wurden, die draußen in Richtung Bar gingen. Sex fand statt. Haarschnitte fanden statt. Ich las den Reiseteil der Zeitung und hielt das für Recherche, realistische Recherche für die Orte, die wir als nächste besuchen würden. Ich durchstöberte teure Geschäfte mit einem warmen schaumigen Getränk in der Hand. Im Winter trug ich teure italienische Lederhandschuhe. Du gingst mit Freunden Golf spielen. Ich interessierte mich für Politik! Wir kuschelten miteinander in dem dicken Polstersessel und fanden es schön, zusammen zu sein, einander ganz nah. Filme waren etwas, das ich mir anschauen konnte, etwas, das mich von dem Ort ablenkte, an dem ich war. Das Leben war nicht so anstrengend. Gedanken waren klarer. Worte kamen müheloser! Meine Periode war leicht. Du legtest laute Musik auf, neues Zeug, Künstler, von denen dir irgendwer beim Bier in einer Bar erzählt hatte. Das Waschmittel war nicht bio, deshalb roch unsere Kleidung künstlich bergfrisch. Wir fuhren in die Berge. Du fragtest mich, wie es mit dem Schreiben lief. Ich sah nie einen anderen Mann an und fragte mich auch nicht, wie es wäre, mal mit einem anderen zu vögeln. Du fuhrst jeden Tag ein extrem unpraktisches Auto, bis es das vierte oder fünfte Mal in dem Jahr schneite. Du wolltest einen Hund haben. Wir schauten die Hunde auf der Straße an, blieben stehen und kraulten ihnen den Hals. Der Park war nicht meine einzige Atempause von der Hausarbeit. Die Bücher, die wir lasen, waren nicht bebildert. Wir machten uns keine Gedanken über die Auswirkung von Fernsehbildschirmen auf das Gehirn. Uns war nicht klar, dass Kindern gerade die Dinge, die für Erwachsene hergestellt wurden, am besten gefielen. Wir dachten, wir würden einander kennen. Und wir dachten, wir würden uns selbst kennen.

5

Der Sommer, als ich siebenundzwanzig war. Zwei verwitterte Klappstühle auf dem Balkon über der Gasse zwischen uns und dem Nachbarhaus. Durch die weiße Lampionkette, die ich aufgehängt hatte, war der schleichende Geruch des miefigen Abfalls unter uns irgendwie noch präsenter geworden. Wir tranken kühlen Weißwein, und da sagtest du zu mir: »Fangen wir an, es zu versuchen. Heute Nacht.«

Wir hatten schon darüber geredet, oft. Du platztest förmlich vor Freude, wenn ich die Babys anderer Leute im Arm hielt oder mich hinkniete, um mit ihnen zu spielen. *Du bist ein Naturtalent.* Aber ich war es, die es sich vorstellte. Mutterschaft. Wie das sein würde. Wie es sich anfühlen würde. *Steht dir gut.*

Ich würde anders sein. Ich würde wie die ganz normalen Frauen sein, denen das ganz leichtfiel. Ich würde alles sein, was meine eigene Mutter nicht war.

In der Zeit damals kam sie mir kaum in den Sinn. Dafür sorgte ich. Und wenn sie sich doch mal ungebeten hereinschlich, pustete ich sie weg. Als wäre sie die Asche, die in meinen O-Saft fiel.

In dem Sommer mieteten wir in einem Haus mit einem sehr langsamen Aufzug eine größere Wohnung, die ein Zimmer mehr hatte. Unsere alte Wohnung ohne Aufzug wäre mit Kinderwagen nicht praktikabel gewesen. Wir machten uns mit kleinen Stupsern, nie mit Worten, auf Babysachen aufmerksam. Winzige schicke Outfits in Schaufenstern. Kleine Geschwister, die sich brav an den Händen hielten. Es gab Vorfreude. Es gab Hoffnung. Monate zuvor hatte ich begonnen, genauer auf meine Periode zu achten. Auf meinen Eisprung. Ich hatte die Daten in meinem Terminkalender angestrichen. Eines Tages entdeckte ich kleine

Smileys neben meinen Kringeln. Deine Aufregung war liebenswert. Du würdest ein wunderbarer Vater sein. Und ich würde die wunderbare Mutter deines Kindes sein.

Ich schaue zurück und staune über die Zuversicht, die ich damals empfand. Ich sah mich nicht mehr als die Tochter meiner Mutter. Ich sah mich als deine Frau. Jahrelang hatte ich so getan, als sei ich perfekt für dich. Ich wollte, dass du glücklich bist. Ich wollte anders sein als die Mutter, von der ich stammte. Und deshalb wollte auch ich ein Baby.

6

Die Ellingtons. Sie wohnten drei Türen weiter von dem Haus, in dem ich aufwuchs, und ihr Rasen war der einzige in der Nachbarschaft, der in den trockenen, erbarmungslosen Sommern grün blieb. Mrs Ellington klopfte, exakt zweiundsiebzig Stunden nachdem Cecilia mich verlassen hatte, an unsere Tür. Mein Vater schnarchte noch immer auf dem Sofa, auf dem er das ganze letzte Jahr jede Nacht geschlafen hatte. Ich hatte erst eine Stunde zuvor begriffen, dass meine Mutter diesmal nicht mehr nach Hause kommen würde. Ich hatte in ihrer Kommode nachgesehen, in den Schubladen im Bad und an den Stellen, wo sie ihre Zigarettenstangen bunkerte. Alles, woran ihr etwas lag, war weg. Damals war ich schon so klug, meinen Vater nicht zu fragen, wohin sie verschwunden war.

»Hättest du Lust auf einen schönen Sonntagsbraten bei uns, Blythe?« Ihre Ringellöckchen waren glänzend und hart, frisch vom Friseur, und ich antwortete ihnen unwillkürlich mit einem Nicken und einem Dankeschön. Ich ging schnurstracks in den Wäscheraum und zog meine schönsten Sachen – einen dunkelblauen Trägerrock und einen bunt gestreiften Rollkragenpulli – aus der Waschmaschine. Ich hatte überlegt, sie zu fragen, ob mein Vater mitkommen könnte, aber ich kannte niemanden, der bessere Manieren hatte als Mrs Ellington, und ich dachte mir, wenn sie ihn nicht mit eingeladen hatte, musste es einen Grund dafür geben.

Thomas Ellington junior war mein bester Freund. Ich weiß nicht mehr, wann ich ihm dieses Prädikat verlieh, aber als ich zehn Jahre alt war, gab es außer ihm niemanden, mit dem ich gern spielte. Andere Mädchen in meinem Alter machten mich unsicher. Mein Leben war anders als ihres mit ihren Spielzeugküchen, ihren selbst gemachten Haarschleifen, ihren sauberen Söckchen. Ihren Müttern. Ich lernte sehr früh, dass es kein schönes Gefühl war, anders als sie zu sein.

Aber bei den Ellingtons fühlte ich mich wohl.

Das Seltsame an Mrs Ellingtons Einladung war, dass sie irgendwie gewusst haben musste, dass meine Mutter sich vom Acker gemacht hatte. Weil meine Mutter mir nämlich nicht mehr erlaubte, bei den Ellingtons zu essen. Irgendwann hatte sie beschlossen, dass ich jeden Tag um Viertel vor fünf zu Hause sein musste, obwohl dort nichts auf mich wartete: Der Herd war immer kalt und der Kühlschrank immer leer. Zu der Zeit aßen mein Vater und ich an den meisten Abenden Fertighaferbrei. Er brachte kleine Tütchen mit braunem Zucker zum Drüberstreuen mit nach Hause, die er in der Cafeteria des Krankenhauses, wo er das Reinigungspersonal leitete, stibitzt hatte. Er verdiente damals ganz anständig, zumindest im Vergleich zu anderen in unserer Gegend. Aber so lebten wir nun mal.

Ich hatte irgendwo gelernt, dass es höflich war, ein Geschenk mitzubringen, wenn man zum Essen eingeladen war, also hatte ich eine Handvoll Hortensien von dem Busch vor unserem Haus gepflückt, obwohl die weißen Blütenblätter Ende September größtenteils vertrocknet waren. Ich band die Stiele mit meinem Haargummi zusammen.

»Du bist so eine aufmerksame junge Lady«, sagte Mrs Ellington. Sie tat die Blumen in eine blaue Vase und stellte sie behutsam auf den Tisch, mitten zwischen die dampfenden Schüsseln.

Thomas' kleiner Bruder Daniel himmelte mich an. Nach der Schule spielten wir mit seiner Holzeisenbahn auf dem Wohnzimmerboden, während Thomas mit seiner Mutter Hausaufgaben machte. Ich fing mit meinen immer erst nach acht Uhr an, wenn Cecilia entweder ins Bett ging oder schon losgezogen war, um die Nacht in der Stadt zu verbringen. Das machte sie oft – und kam erst am nächsten Tag wieder. Die späte Erledigung meiner Hausaufgaben war für mich eine Möglichkeit, die Zeit zu überbrücken, bis meine Augen müde wurden. Der kleine Daniel faszinierte mich. Er redete wie ein Erwachsener und konnte schon mit fünf Jahren multiplizieren. Ich fragte ihn das Einmaleins ab, während wir auf dem kratzigen orangefarbenen Teppich der Ellingtons spielten, und staunte, wie schlau er war. Mrs Ellington kam manchmal herein, hörte kurz zu und strich uns beiden über den Kopf, ehe sie wieder ging. *Schön macht ihr das, ihr zwei.*

Auch Thomas war intelligent, aber anders. Er dachte sich die unglaublichsten Geschichten aus, und wir schrieben sie in kleine Spiralhefte, die seine Mutter uns aus dem Eckladen mitbrachte. Dann malten wir Bilder passend zu jeder Seite. Für jedes Büchlein brauchten wir Wochen – wir erörterten ausführlich, zu welchem Teil der Geschichte wir was malen würden, und dann spitzten wir in aller Ruhe sämtliche Buntstifte im Malkasten an, ehe wir anfingen. Einmal ließ Thomas mich ein Heft mit nach Hause nehmen, eine Geschichte, die ich besonders mochte. Sie handelte von einer Familie mit einer schönen, liebevollen Mutter, die an einer seltenen Art von tödlichen Windpocken erkrankt. Sie wollen ein letztes Mal alle zusammen Urlaub machen und reisen auf eine ferne Insel, wo sie im Sand einen winzigen Zwerg mit Zauberkräften finden, der George heißt und nur in Reimen spricht. Er gewährt ihnen die Gabe einer besonderen Superkraft, wenn sie ihn dafür in ihrem Koffer mit nach Hause auf die andere Seite der Welt nehmen. Sie stimmen zu, und er gibt ihnen das, was sie sich gewünscht haben – *Eure Mom wird ewig leben und immer bei euch sein. Und seid ihr einmal traurig, singt diesen kleinen Reim!* Der Zwerg wohnt von nun an in der Tasche der Mutter, und wenn sie nicht gestorben sind, dann leben sie noch heute. Ich hatte die Familie sorgfältig auf die Seiten dieses Heftes gemalt – sie schauten aus wie die Ellingtons, aber mit einem dritten Kind, einer Tochter, die anders als sie eine buntstiftrosa Haut hatte wie ich.

Eines Morgens sah ich meine Mutter auf meiner Bettkante sitzen und das Heft durchblättern, das ich ganz unten in einer Schublade versteckt hatte.

»Wo kommt das her?«, fragte sie, ohne mich eines Blickes zu würdigen, und dann verharrte sie bei der Seite, wo ich mich als Teil der schwarzen Familie gemalt hatte.

»Das hab ich gemacht. Mit Thomas. Bei ihm zu Hause.« Ich griff nach dem Heft in ihren Händen, meinem Heft. Es war ein zaghafter Versuch. Sie riss ihren Arm weg, und dann warf sie mir das Heft an den Kopf, als wäre sie angewidert von den spiralgebundenen Seiten und allem, was darauf war. Eine Ecke traf mich am Kinn, und das Heft landete zwischen uns auf dem Boden. Ich starrte darauf, schämte mich. Für die Bilder, die ihr nicht gefielen, für die Tatsache, dass ich das Heft vor ihr versteckt hatte.

Meine Mutter stand auf, den dünnen Hals gereckt, die Schultern gestrafft. Sie schloss die Tür leise hinter sich.

Am nächsten Tag brachte ich das Heft zurück zu den Ellingtons.

»Warum willst du es denn nicht behalten? Du warst doch so stolz darauf, was ihr beide gemacht habt.« Mrs Ellington nahm es mir aus der Hand und sah, dass es ein paar Knicke hatte. Sie strich sanft über den Umschlag. »Ist schon gut«, sagte sie kopfschüttelnd, sodass ich nicht antworten musste. »Du kannst es hier aufbewahren.«

Sie legte es auf ein Bücherregal im Wohnzimmer. Als ich an dem Tag gerade gehen wollte, sah ich, dass sie die letzte Seite des Heftes aufgeschlagen und wie ein Bild aufrecht hingestellt hatte – die fünfköpfige Familie, mich eingeschlossen, die Arme umeinander gelegt, und aus der lächelnden Mutter in der Mitte kam eine Explosion von winzigen Herzen.

Nach dem Essen an dem Sonntagabend, kurz nachdem meine Mutter verschwunden war, bot ich an, Mrs Ellington beim Aufräumen in der Küche zu helfen. Sie legte eine Musikkassette ein und sang ganz leise vor sich hin, während sie den Tisch abräumte und die Arbeitsplatte abwischte. Ich spülte das Geschirr und beobachtete sie dabei schüchtern aus dem Augenwinkel. Plötzlich hörte sie auf und nahm den Topfhandschuh von der Arbeitsplatte. Dann stülpte sie ihn über ihre Hand, hob ihn dicht neben ihr Gesicht und sah mich mit einem verschmitzten Lächeln an.

»Miss Blythe«, sagte sie mit einer lustigen, quietschigen Stimme, wobei sie die Hand in der Handschuhpuppe bewegte. »Wir stellen allen unseren prominenten Gästen hier in der abendlichen Ellington-Talkshow ein paar persönliche Fragen. Also. Verraten Sie uns – was machen Sie gern in Ihrer Freizeit? Zum Beispiel ins Kino gehen?«

Ich lachte verlegen, war unsicher, wie ich mitspielen sollte. »Ähm, ja. Manchmal?« Ich war noch nie im Kino gewesen. Ich hatte auch noch nie mit einer Handpuppe geredet. Ich schaute nach unten und schob ein paar Teller in der Spüle hin und her. Thomas kam in die Küche gerannt, schrie: »Mommy macht wieder die Talkshow!«, und prompt kam Daniel hereingesaust. »Frag mich was, frag mich!« Mrs Ellington stand da, eine Hand auf die Hüfte gestemmt, während die andere Hand plapperte, und quetschte ihre Stimme aus dem Mundwinkel. Selbst Mr Ellington schob den Kopf herein, um zuzuschauen.

»Also, Daniel, was isst du am liebsten, und sag nicht Eis, das gilt nicht!«, quietschte die Puppe. Daniel hüpfte ein paarmal auf und ab, während er über seine Antwort nachdachte und Thomas Vorschläge rief. »Kuchen! Ich weiß es, Kuchen!« Mrs Ellingtons Topfhandschuh keuchte auf. »KUCHEN! Doch wohl nicht Rhabarberkuchen, oder? Davon muss ich pupsen!«, und die Jungen brüllten vor Lachen. Ich hörte ihnen weiter zu. So etwas hatte ich noch nie erlebt. Die Spontaneität. Die Albernheit. Die Geborgenheit. Mrs Ellington sah mich von der Spüle aus zuschauen und winkte mich mit einem Finger zu sich. Sie schob mir den Topfhandschuh auf die Hand und sagte: »Ein Gastmoderator heute Abend! Wie schön!« Und dann flüsterte sie mir zu: »Los, frag die Jungs, was sie lieber machen würden. Würmer essen oder die Popel von jemand anderem.« Ich kicherte. Sie verdrehte die Augen und lächelte, als wollte sie sagen: *Glaub mir, die finden das toll, diese albernen Jungs.*

An dem Abend begleitete sie mich nach Hause, was sie vorher noch nie getan hatte. In unserem Haus waren alle Lichter aus. Sie blieb bei mir stehen, während ich die Tür aufschloss, um sich zu vergewissern, dass die Schuhe von meinem Dad in der Diele standen. Und dann zog sie das Heft über den zaubermächtigen Zwerg aus der Tasche und gab es mir.

»Hab mir gedacht, dass du das jetzt zurückhaben willst.«

Und ob. Ich fächerte die Seiten mit dem Daumen auf und dachte zum ersten Mal an diesem Abend an meine Mutter.

Ich bedankte mich noch mal für das Essen. Als sie schon am Ende unserer Einfahrt war, drehte sie sich um und rief: »Nächste Woche um dieselbe Zeit! Falls ich dich nicht schon vorher sehe.« Ich vermute, sie wusste, dass sie mich vorher sehen würde.

7

Ich wusste es, sobald du in mir kamst. Deine Wärme füllte mich, und ich wusste es. Ich konnte verstehen, dass du mich für verrückt hieltst – wir hatten es seit Monaten probiert –, aber knapp drei Wochen später lagen wir zusammen auf dem Badezimmerboden und lachten wie betrunkene Narren. Alles hatte sich verändert. Du machtest an dem Tag blau, weißt du noch? Wir guckten im Bett Filme und ließen uns, wenn wir Hunger hatten, etwas zu essen liefern. Wir wollten einfach nur zusammen sein. Du und ich. Und sie. Ich wusste, dass es ein Mädchen war.

Ich konnte nicht mehr schreiben. Meine Gedanken flogen in alle Richtungen, sobald ich es versuchte. Dahin, wie sie wohl aussehen und wer sie werden würde.

Ich fing an, Schwangerschaftsgymnastikkurse zu besuchen. Zu Beginn jedes Kurses setzten wir uns in einen weiten Kreis, stellten uns vor und sagten, im wievielten Monat wir waren. Ich war fasziniert davon, was auf mich zukam, wenn ich die Bäuche der anderen Frauen im Spiegel sah, während wir Aerobic-Übungen machten, die kaum der Mühe wert schienen. Mein eigener Körper war noch unverändert, und ich konnte es kaum erwarten, dass sie anfing, sich Platz zu schaffen. In mir. In der Welt.

Auch einfach durch die Stadt zu gehen, um einzukaufen, war nun anders. Ich hatte ein Geheimnis. Ich rechnete halb damit, dass die Leute mich anders wahrnahmen. Ich wollte meinen noch immer flachen Bauch berühren und sagen: *Ich werde Mutter. Das bin ich jetzt.* Ich war völlig erfüllt.

Eines Tages war ich in der Bibliothek und blätterte stundenlang in Büchern aus der Abteilung *Schwangerschaft und Entbindung*.

Mein Babybauch war noch kaum zu erkennen. Eine Frau ging an mir vorbei, las die Buchrücken auf der Suche nach einem bestimmten Band. Schließlich zog sie einen abgegriffenen Schlafratgeber aus dem Regal.

»Wie weit sind Sie?«

»Sechster Monat.« Sie ließ einen Finger über die Zeilen des Inhaltsverzeichnisses gleiten, blickte dann erst auf meinen Bauch, ehe sie mir ins Gesicht sah. »Und Sie?«

»Einundzwanzigste Woche.« Wir nickten einander zu. Sie sah aus, als ob sie früher zu Hause Kombucha angesetzt hätte und morgens um sechs zum Spinning-Kurs gegangen wäre, sich aber jetzt mit Püree vom Vortag und einem Spaziergang zum Supermarkt begnügen würde, um Windeln zu kaufen. »An Schlafprobleme hab ich noch gar nicht gedacht.«

»Ihr erstes?«

Ich nickte und lächelte.

»Das ist mein zweites.« Die Frau hielt das Buch hoch. »Ehrlich, wenn Sie das mit dem Schlafen hinkriegen, kommen Sie klar. Alles andere ist Nebensache. Beim ersten Mal hab ich das wirklich verkackt.«

Ich lachte gequält und dankte ihr für den Tipp. Kindergeschrei gellte durch die Bibliothek, und sie seufzte.

»Das ist meins.« Sie deutete nach hinten über ihre Schulter, und dann zog sie ein zweites Exemplar desselben Buches, das sie gesucht hatte, aus dem Regal. Sie hielt es mir hin, und mir fiel auf, dass sie rosa Filzstiftflecke an den Händen hatte. »Viel Glück.«

Sie wirkte von hinten drall und feminin, als sie wegging, ihre breiten Hüften, das schulterlange Haar ganz matt von dem wenigen Schlaf, den sie gefunden hatte. Sie kam mir so offensichtlich wie eine Mutter vor. Lag es an der Art, wie sie aussah oder sich bewegte? Lag es daran, dass sie anscheinend mehr hatte, worum sie sich kümmern musste, als ich? Wann würde mir das passieren, diese Verwandlung? Wie würde ich mich verändern?

8

»Fox, guck dir das an.« Es war das dritte große Paket, das deine Mutter uns schickte, seit wir ihr von dem Baby erzählt hatten. Ihre Freude war schier grenzenlos, und sie rief jede Woche an, um zu fragen, wie es mir ging. Ich zog niedliche Wickeltücher und gestrickte Babymützchen und winzige weiße Schlafanzüge heraus. Ganz unten war ein kleineres Päckchen, auf das sie »Fox' Babysachen« geschrieben hatte. Es enthielt einen abgegriffenen Teddybär mit Knopfaugen und eine Flanelldecke mit Seidensaum, die schon bessere Zeiten gesehen hatte und einmal elfenbeinfarben gewesen war. Die zarte Porzellanfigur eines kleinen Jungen, der auf einem Mond saß, mit deinem Namen in filigraner Goldschrift. Ich hob den Teddy an meine Nase und dann an deine. Du schwelgtest in Erinnerungen. Ich hörte mit einem Ohr zu, war aber mit den Gedanken woanders, stöberte in meiner Vergangenheit nach ähnlichen vertrauten Andenken wie Decken und Plüschtieren und Lieblingsbüchern, jedoch ohne fündig zu werden.

»Glaubst du, wir schaffen das?«, fragte ich dich an dem Abend beim Essen, während ich lustlos auf meinem Teller herumstocherte. Seit ich schwanger war, konnte ich Fleisch kaum noch runterkriegen.

»Was schaffen?«

»Eltern sein. Ein Kind großziehen.«

Du griffst lächelnd über den Tisch und spießtest mein Stück Rindfleisch mit deiner Gabel auf.

»Du wirst eine gute Mutter sein, Blythe.«

Du maltest ein Herz auf meinen Handrücken.

»Aber ... Meine Mutter war nicht ... sie ist abgehauen. Sie war ganz anders als deine.«

»Ich weiß.« Du verstummtest. Du hättest mich bitten können, mehr dazu zu sagen. Du hättest meine Hand nehmen, mir in die Augen sehen und mich bitten können, weiterzureden. Du trugst meinen Teller zur Spüle.

»Du bist anders«, sagtest du schließlich und umarmtest mich von hinten. Und dann, mit einer Entrüstung in der Stimme, die ich nicht erwartet hatte: »Du bist überhaupt nicht wie sie.«

Ich glaubte dir. Das Leben war einfacher, wenn ich dir glaubte.

Hinterher schmiegten wir uns auf der Couch aneinander, und du hieltst meinen Bauch, als wäre die Welt in deinen Händen. Wir warteten so gern darauf, dass sie sich bewegte, starrten auf meine gespannte Haut, die blaugrünen Schatten der Adern darunter wie die Farben der Erde. Manche Väter sprechen zum Bauch ihrer Frau – angeblich kann das Baby sie hören. Aber während wir darauf warteten, dass sie uns zeigte, dass sie dadrin war, schwiegst du ehrfürchtig, als wäre sie ein Traum, von dem du nicht glauben konntest, dass er real war.

9

»Heute könnte es so weit sein.«

Das Baby fühlte sich am Morgen schwer und tief an, und ich hatte die ganze Nacht geträumt, mein Fruchtwasser würde unser Bett durchtränken. Die Panik kam schnell und zerrte mich in einen Zustand, den ich die gesamten vierzig Wochen meiner Schwangerschaft bewusst vermieden hatte. Während ich darauf wartete, dass das Teewasser kochte, flüsterte ich vor mich hin: *Es ist okay, wenn sie kommt. Es ist okay, wenn es jetzt passiert. Es ist okay, dieses Baby zu bekommen.* Ich saß am Küchentisch und schrieb diese Mantras wieder und wieder auf ein Blatt Papier, bis du eintratst.

»Die Tasche ist im Auto. Ich behalte mein Telefon heute den ganzen Tag in der Hand.«

Ich schob das Blatt unter das Tischset. Du gabst mir einen Kuss und fuhrst zur Arbeit. Ich wusste es.

Um halb acht an diesem Abend knieten wir beide auf dem Boden im Schlafzimmer, meine Knie wund von den Rillen in dem alten Parkettholz. Du hieltst meine Hüften, während ich versuchte, tief und gleichmäßig zu atmen. Wir hatten das geübt. Wir hatten den Kurs gemacht. Aber es gelang mir nicht, das Ruhegefühl zu finden, das man mir versprochen hatte, die innere Stimme, die sich angeblich melden sollte. Du notiertest hektisch die Minuten und Wehen. Ich riss dir den Zettel aus der Hand und schleuderte ihn dir entgegen.

»Wir fahren jetzt.« Ich konnte nicht mehr in unserer Wohnung bleiben. Ich war ein Vulkan vor dem Ausbruch und kämpfte darum, sie in mir zu behalten. Nichts, worauf ich mich vorbereitet hatte, schien mir möglich. Ich war nicht offen, ich war nicht bereit. Ich konnte mir nicht bildlich vorstellen, wie sie in mein offenes Becken sank, konnte mich nicht als die Mündung eines Flusses sehen. Ich war verkrampft und verängstigt. Ich wusste nicht, was ich machen sollte.

Es stimmt, was man über den Schmerz sagt – ich kann mich nicht mehr erinnern, wie er sich anfühlte. Ich erinnere mich an den Durchfall. Ich erinnere mich daran, wie kalt der Raum war. Ich erinnere mich an die Geburtszange auf einem Wagen im weihnachtlich geschmückten Flur, als wir zwischen Wehen dort auf und ab gingen. Die Krankenschwester hatte Hände wie ein Holzfäller. Immer, wenn sie sie in mich hineinschob, um festzustellen, wie geweitet ich war, wimmerte ich, und sie schaute weg.

»Ich will das nicht«, flüsterte ich zu niemand Bestimmtem. Ich war erschöpft. Du standst einen halben Meter entfernt, trankst das Wasser, das die Schwester für mich gebracht hatte. Ich konnte es nicht bei mir behalten.

»Was willst du nicht?«

»Das Baby.«

»Du meinst die Geburt?«

»Nein, ich meine das Baby.«

»Willst du jetzt die Epiduralanästhesie? Ich glaube, du brauchst sie.« Du blicktest dich suchend nach der Schwester um und legtest mir einen kalten Lappen in den Nacken. Ich erinnere mich, dass du mein Haar hieltst wie eine Pferdemähne.

Ich wollte die Medikamente nicht. Ich wollte spüren, wie schlimm es werden konnte. *Bestraf mich*, sagte ich zu ihr. *Reiß mich auseinander*. Du küsstest meinen Hals, und ich schlug dich weg. Ich hasste dich. Wegen allem, was du von mir wolltest.

Ich flehte sie an, mich auf der Toilette pressen zu lassen – dort war es für mich am angenehmsten, und mittlerweile war ich halb wahnsinnig. Ich verstand nichts mehr, was irgendwer zu mir sagte. Du überredetest mich, dass ich mich zurück auf das Bett legte, und sie befahlen mich in die Beinhalter. Nichts davon fühlte sich richtig an. Das Brennen. Ich griff nach unten, um die

Flammen zu spüren, die doch ganz bestimmt da waren, doch jemand stieß meine Hand weg.

»Arschloch.«

»Kommen Sie«, sagte der Arzt. »Sie können das.«

»Ich kann nicht. Ich will nicht«, fauchte ich zurück.

»Du musst pressen«, sagtest du ruhig. Ich schloss die Augen und wünschte, dass irgendwas Schreckliches passierte. Tod. Ich wollte einen Tod. Meinen oder den des Babys. Ich glaubte nicht, schon damals nicht, dass wir einander überleben würden.

Als sie herauskam, hielt der Arzt sie über mein Gesicht, aber in dem blendend hellen Licht konnte ich sie kaum sehen. Ich zitterte heftig vor Schmerz und sagte, ich müsste mich übergeben. Du tauchtest neben meiner Hüfte auf, neben dem Arzt, und er hielt sie stattdessen dir hin, sagte, das Baby sei ein Mädchen. Du schobst eine Hand unter ihren glitschigen Kopf und hobst sie sanft an dein Gesicht. Du sagtest etwas zu ihr. Ich weiß nicht, was – seit ihrer ersten Minute in dieser Welt hattet ihr eure eigene Geheimsprache. Dann griff der Arzt unter ihren Bauch, als wäre sie ein nasses Kätzchen, und übergab sie der Schwester. Er machte sich wieder an die Arbeit. Meine Nachgeburt platschte auf den Boden. Er zupfte mit Wundfäden an meiner Öffnung, während ich in das Licht starrte und nicht fassen konnte, was ich gerade getan hatte. Ich war jetzt eine von ihnen, den Müttern. Noch nie hatte ich mich so lebendig gefühlt, so elektrisiert. Meine Zähne klapperten dermaßen, dass ich dachte, sie könnten splittern. Und dann hörte ich sie. Ihr Brüllen. Sie klang so vertraut. »Bereit, Mom?«, fragte jemand. Sie legten sie mir auf die nackte Brust. Sie fühlte sich an wie ein warmer, schreiender Laib Brot. Sie war von meinem Blut gereinigt und in eine Flanelldecke vom Krankenhaus gewickelt worden. Ihre Nase war gelb gesprenkelt. Ihre Augen sahen schleimig und dunkel aus und starrten genau in meine.

»Ich bin deine Mutter.«

Die erste Nacht im Krankenhaus schlief ich nicht. Ich starrte sie still hinter dem perforierten Vorhang an, der das Bett umgab.

Ihre Zehen waren Reihen von winzigen Zuckererbsen. Immer wieder zog ich ihre Decke zurück, fuhr mit dem Finger über ihre Haut und sah sie zucken. Sie lebte. Sie kam aus mir. Sie roch wie ich. Sie suchte nicht nach der Erstmilch, nicht mal, als ich meine Brust zusammendrückte wie einen Hamburger und ihr Kinn anhob. Sie sagten, ich sollte Geduld haben. Die Krankenschwester bot an, sie zu nehmen, während ich schlief, aber ich musste sie weiter anstarren. Ich merkte gar nicht, dass ich weinte, bis meine Tränen auf ihr Gesicht tropften. Ich wischte jede einzelne mit meinem kleinen Finger von ihrer Haut und kostete sie dann. Ich wollte sie schmecken. Ihre Finger. Die Oberseite ihrer Ohren. Ich wollte sie im Mund spüren. Von den Schmerzmitteln war ich körperlich taub, aber durch das Oxytocin hatte ich das Gefühl, als würde es in meinem Innern brennen. Manche Mütter mögen das Liebe genannt haben, aber für mich fühlte es sich mehr wie Erstaunen an. Wie Verwunderung. Ich dachte nicht daran, was als Nächstes geschehen würde, was wir machen würden, wenn wir zu Hause wären. Ich dachte nicht daran, sie großzuziehen, sie zu umsorgen, nicht daran, wer sie werden würde. Ich wollte mit ihr allein sein. In diesem surrealen Moment wollte ich jeden Pulsschlag spüren.

Ein Teil von mir wusste, dass wir nie wieder so zusammen existieren würden.

1962

Etta drehte den Badewannenhahn auf, um Cecilia die langen, verfilzten Haare zu waschen. Sie war fünf Jahre alt, und es kam nicht oft vor, dass jemand sie zwang, sich zu kämmen. Ihre Ellbogen drückten sich auf den avocadogrünen Wannenrand.

»Kopf nach hinten«, sagte Etta und zerrte an ihr. Sie zog Cecilias Kopf ein Stück weiter, bis er mitten unter dem tosenden kalten Wasser war. Cecilia schnappte nach Luft und würgte und wand sich, bis sie sich von Ettas Krallenfingern befreit hatte. Nachdem sie wieder zu Atem gekommen war, blickte sie auf und sah, dass Etta sie anstarrte. Etta verzog keine Miene. Cecilia wusste, dass sie noch nicht fertig war.

Etta packte sie an den Ohren und zwang sie erneut unter den harten Wasserstrahl, der ihr sofort schmerzhaft in die Nasenlöcher drang. Ihr Kopf fühlte sich an, als würde er davonschweben.

Und dann ließ Etta los. Sie zog den angeschimmelten Stöpsel aus dem Abfluss und ging aus dem Bad.

Cecilia rührte sich nicht. Sie hatte sich während des Kampfes die Hose vollgemacht und blieb einfach liegen, zitternd, stinkend und frierend, bis sie einschlief.

Als sie aufwachte, lag Etta schon im Bett, und Henry, zurück von der Arbeit, saß im Wohnzimmer vor dem Fernseher und aß einen Teller aufgewärmtes Roastbeef, die Alufolie sorgsam auf dem Tisch gefaltet, damit sie am nächsten Tag wiederverwendet werden konnte.

Cecilia ging ins Zimmer, ein Handtuch um die Schultern drapiert, und er erschrak. Mit vollem Mund fragte er, wieso zum Teufel sie kurz vor Mitternacht noch nicht im Bett war. Cecilia antwortete, sie habe ins Bett gemacht.

Er verzog das Gesicht, hob sie mit seinen langen Armen hoch und trug sie ins Schlafzimmer ihrer Mutter. Sie stank noch immer nach Kot, aber Henry erwähnte das mit keinem Wort. Er rüttelte Etta wach.

»Schatz. Kannst du Cecilias Bett neu beziehen? Sie hat sich eingenässt.«

Cecilia hielt den Atem an.

Etta schlug die Augen auf und nahm Cecilias Hand mit demselben harten Griff, der sie fünf Stunden zuvor fast umgebracht hätte. Sie zog sie in ihr Zimmer, streifte ihr das Nachthemd über den Kopf und bugsierte sie zu ihrem Bett. Cecilia hämmerte das Herz, während sie beide auf Henrys Schritte lauschten, der die Treppe hinunterging. Cecilia lauschte immer auf Henrys Schritte – er konnte Ettas Stimmung schlagartig verändern.

Etta sagte kein Wort, und sie fasste Cecilia auch nicht an. Sie ging einfach aus dem Zimmer.

Cecilia begriff, dass ihre instinktive Lüge richtig gewesen war. Was zwischen ihr und ihrer Mutter geschehen war, sollte ein Geheimnis bleiben.

In den folgenden Jahren kam es immer wieder vor, dass Ettas Probleme mit »den Nerven« für Cecilia offensichtlich wurden. An manchen Tagen ließ ihre Mutter sie nach der Schule nicht ins Haus. Die Haustür war verriegelt, die Hintertür abgeschlossen, sämtliche Vorhänge zugezogen. Aber Cecilia hörte drinnen das Radio spielen, das Wasser in der Küche laufen. Dann ging sie zur Main Street, um die Zeit totzuschlagen, indem sie durch Geschäfte bummelte, sich Dinge ansah, die ihre Mutter anscheinend nicht mehr kaufen wollte, wie nach Früchten duftende Seifen oder die Pfefferminzpralinen, die sie früher so gern gemocht hatte.

Wenn es dunkel wurde, wartete Cecilia noch eine Stunde ab, ehe sie zurück nach Hause ging. Dann war Henry da, und das Essen stand auf dem Tisch. Meistens erzählte sie Henry, sie wäre in der Bücherei gewesen, und er tätschelte ihren Kopf und sagte, sie würde noch Klassenbeste, wenn sie weiter so fleißig lernte.

Von Etta wurde sie stets vollkommen ignoriert, als hätte sie überhaupt nichts gesagt.

Es konnte auch passieren, dass Cecilia morgens zum Frühstück in die Küche kam und Etta am Tisch saß, auf ihren Schoß starrte, die dicken Wangen ganz weiß. Als hätte sie kein Auge zugetan. Cecilia wusste nicht, was ihre Mutter in solchen Nächten machte, aber an solchen Tagen wirkte Etta besonders abwesend. Besonders traurig. Sie blickte erst dann auf, wenn sie Henrys Schritte auf der Treppe hörte.

10

»Du bist unsicher. Das spürt sie«, sagtest du. Sie hatte fünfeinhalb Stunden geweint. Ich vier davon. Ich ließ dich in einem der Babybücher die Definition von Säuglingskolik nachschlagen.

»Mehr als drei Stunden an drei Tagen in drei Wochen hintereinander.«

»Sie weint aber schon länger.«

»Sie ist doch erst seit fünf Tagen hier, Blythe.«

»Ich meine Stunden. Länger als drei Stunden.«

»Sie hat bloß Blähungen, glaube ich.«

»Du musst den Besuch deiner Eltern absagen.« Die Vorstellung, deine perfekte Mutter in wenigen Wochen über Weihnachten bei uns zu haben, war mir unerträglich. Sie rief ständig an, und jedes Gespräch begann mit: *Ich weiß ja, dass heutzutage alles anders ist, aber glaub mir ...* Kolikmittel. Engere Windeln. Reisflocken ins Fläschchen.

»Sie werden eine große Hilfe für dich sein, Liebes. Für uns alle.« Du wolltest deine perfekte Mutter bei uns haben.

»Ich blute noch immer durch meine Binde. Ich rieche wie Gammelfleisch. Ich kann keine Bluse anziehen, meine Brüste sind zu wund. Sieh mich doch an, Fox.«

»Ich ruf sie heute Abend an.«

»Kannst du sie nehmen?«

»Gib sie mir. Versuch, ein bisschen zu schlafen.«

»Das Baby hasst mich.«

»Schsch.«

Ich war vor diesen schwierigen ersten Tagen gewarnt worden. Ich war vor Brüsten wie Zementklötze gewarnt worden. Clusterfeeding. Peri-Flasche. Ich hatte alle Bücher gelesen. Ich hatte mich gründlich informiert. Keiner hatte was davon gesagt, wie es sich anfühlte, nach vierzig Minuten Schlaf geweckt zu werden, auf blutigen Laken, mit dem schrecklichen Wissen, was als Nächstes kam. Ich fühlte mich wie die einzige Mutter auf der Welt, die das nicht überleben würde. Die einzige Mutter, die sich nicht davon erholen würde, dass ihr Damm vom Anus bis zur Vagina genäht worden war. Die einzige Mutter, die den Schmerz nicht aushielt, wenn Säuglingsgaumen sich wie Rasierklingen um ihre Brustwarzen schlossen. Die einzige Mutter, die nicht so tun konnte, als wäre sie funktionsfähig, während ihr Gehirn im Schraubstock der Schlaflosigkeit steckte. Die einzige Mutter, die auf ihre Tochter hinabblickte und dachte: *Bitte. Geh weg.*

Violet weinte nur, wenn sie bei mir war. Es fühlte sich an wie Verrat.

Wir sollten uns doch gegenseitig wollen.

11

Die Nachtschwester hatte die weichsten Hände, die ich je gespürt hatte. Der Schaukelstuhl war fast zu eng für sie. Sie roch nach Zitrusfrüchten und Haarspray, und sie war nicht aus der Ruhe zu bringen.

Ich war müde.

Jede frischgebackene Mutter macht das durch, Blythe. Ich weiß, wie schwer es ist. Ich erinnere mich noch gut.

Aber deine Mutter war wohl doch beunruhigt, denn sie engagierte die Nachtschwester für uns und bezahlte sie, ohne auch nur zu fragen. Violet war seit drei Wochen bei uns und schlief nie länger als anderthalb Stunden am Stück. Sie wollte immer nur gestillt werden und weinen. Meine Brustwarzen sahen aus wie Hackfleisch.

Du begegnetest der Nachtschwester kaum – du warst meistens schon eingeschlafen, wenn sie kam. Sie brachte mir das Baby alle drei Stunden, keine Minute früher oder später. Wenn ich ihre schweren Schritte hörte, die sich der Tür näherten, schreckte ich aus den herrlichen Tiefen des Schlafs auf und fischte mit halb geschlossenen Augen meine Brust aus dem Nachthemd. Ich reichte ihr Violet zurück, sobald ich fertig war. Sie trug sie dann ins Kinderzimmer, ließ sie Bäuerchen machen, wechselte die Windeln, wiegte sie in den Armen und legte sie zurück in ihr Bettchen. Wir sprachen kaum ein Wort miteinander, aber ich liebte sie. Ich brauchte sie. Sie kam vier Wochen lang zu uns, bis deine Mutter mit ihrer festen, aber einfühlsamen Stimme am Telefon zu mir sagte: »Liebes. Es ist jetzt ein Monat. Du musst es von nun an allein schaffen.«

Als die Nachtschwester ihre letzte Schicht bei uns hatte, brachte sie das Baby am frühen Morgen zum Stillen in unser

Zimmer, bevor sie nach Hause ging. Aber sie ging nicht aus dem Raum, wie sie das normalerweise tat. Du schnarchtest neben mir.

»Sie ist ein liebes Baby, nicht?«, flüsterte ich der Frau zu. Ich lehnte mich zur Seite, um meine hartnäckigen Hämorrhoiden zu entlasten, und dabei rutschte mein Nippel aus Violets Mund. In Wahrheit wusste ich nicht, ob sie ein liebes Kind war, aber ich glaubte, eine junge Mutter würde so etwas über das warme rosa Wesen sagen, das sie in die Welt gepresst hatte.

Die Frau stand bei uns und blickte nach unten auf meine übergroße braune Brustwarze und Violet, die versuchte, wieder anzudocken. Wir hatten den Bogen noch immer nicht richtig raus, und Milch spritzte ihr ins Gesicht. Die Nachtschwester antwortete nicht.

»Glauben Sie, sie ist ein gutes Baby?« Vielleicht hatte sie mich nicht gehört. Ich verzog das Gesicht. Violet hatte meinen Nippel gefunden. Die Frau trat zurück und beobachtete uns, als versuchte sie, sich über etwas klar zu werden.

»Manchmal reißt sie die Augen weit auf und sieht mich direkt an, als ob …« Sie sprach den Satz nicht zu Ende, und dann schüttelte sie den Kopf und sog zischend Luft durch die Zähne.

»Sie ist neugierig. Sie ist aufmerksam«, erklärte ich mit Wörtern, die ich von anderen Müttern gehört hatte. Ich war unsicher, was sie hatte andeuten wollen.

Sie blieb reglos und stumm bei uns stehen, während ich stillte. Einige Zeit später nickte sie. Zu viel Zeit später. Ich fragte mich, ob sie vielleicht noch etwas anderes sagen wollte. Als das Baby fertig war, nahm sie es leise auf den Arm und klopfte mir auf die Schulter. Sie brachte es zurück ins Kinderzimmer, und ich sah sie nie wieder.

Es ärgerte dich, dass der Geruch ihres Haarsprays noch wochenlang im Kinderzimmer hing, aber ich ging manchmal dort hinein, gerade weil es nach ihr duftete.

12

Der Monat mit der Nachtschwester war eine große Hilfe. Violet und ich tauchten aus dem Nebel auf und entwickelten einen regelmäßigen Tagesablauf. Ich konzentrierte mich sehr darauf. Eingerahmt wurde unser Tag von deinem morgendlichen Aufbruch zur Arbeit und deiner abendlichen Heimkehr. Ich musste sie bloß in der Zeit dazwischen am Leben erhalten. Eine Sache pro Tag – das war immer mein Ziel. Lebensmittel einkaufen. Ihre Arzttermine. Einen Strampler umtauschen, den sie nie getragen hatte und aus dem sie schon rausgewachsen war. Kaffee und ein Muffin. Ich setzte mich in der Kälte auf eine Parkbank, pulte trockene Teigstückchen heraus, starrte sie in ihrem dicken Daunenoverall an und wartete darauf, dass sie wieder einschlief.

In dem Schwangerschaftsgymnastikkurs hatte ich ein paar Frauen kennengelernt, die alle etwa um dieselbe Zeit ausgezählt waren wie ich. Ich hatte nicht viel mit ihnen zu tun gehabt, war aber irgendwie auf ihrer E-Mail-Liste gelandet. Sie luden mich oft auf einen Spaziergang ein oder zum Lunch in irgendeinem Restaurant, das Platz für unsere Phalanx von Kinderwagen bot. Du warst immer froh, wenn ich mit ihnen verabredet war, wolltest unbedingt, dass ich so war wie andere Mütter. Ich ging größtenteils dir zuliebe hin. Um dir zu zeigen, dass ich normal war.

Ebenso wie unsere Tage waren auch unsere Gespräche banal und stumpfsinnig. Wie die Babys schliefen, wann und wo, wann sie aßen und wie viel, der Plan, auf feste Nahrung umzustellen, Kita oder Nanny, welche Geräte sie gekauft hatten, ohne die sie gar nicht leben könnten und die wir uns alle unbedingt anschaffen sollten. Irgendwann war es dann für eines der Babys Zeit zu schlafen, was es nur zu Hause im Bettchen tun durfte, um den schwer erarbeiteten Zeitplan nicht zu gefährden. Also packten wir zusammen und verabschiedeten uns. Manchmal, wenn wir auf die Rechnung warteten, fand ich den Mut, das zu sagen, was mich wirklich beschäftigte. Ich warf es ihnen hin wie einen Köder:

»An manchen Tagen ist sie echt schwierig, oder? Dieses ganze Muttersein.«

»Manchmal. Ja. Aber es ist total befriedigend, weißt du? Es gibt doch nichts Schöneres, als morgens ihre kleinen Gesichter zu sehen.« Ich beobachtete diese Frauen genau, suchte nach ihren Lügen. Sie zeigten keine Schwächen. Gaben sich keine Blöße.

»Absolut.« Ich lieferte immer irgendeine Form von Zustimmung. Doch dann starrte ich auf dem ganzen Nachhauseweg Violets Gesicht im Kinderwagen an und fragte mich, warum sie mir nicht wie das Beste vorkam, das mir je passiert war.

Einmal, ich hatte mich schon seit Wochen nicht mehr mit diesen Frauen getroffen, kam ich am Schaufenster eines Coffeeshops vorbei und sah drinnen an der Theke mit Blick auf die Straße eine Mutter sitzen, die ihr Baby anstarrte. Es war etwa drei oder vier Monate alt, ein kleines bisschen jünger als Violet. Das Baby hing schlaff in den Händen seiner Mutter und starrte sie zurück an. Der Mund der Frau bewegte sich nicht. Über ihre Lippen kamen keine Beruhigungen: *Du bist Mamas Baby, du bist mein süßes Baby. Du bist ja so ein braves Baby.* Stattdessen drehte sie das Kind ein wenig zu einer Seite und dann zur anderen, als würde sie ein Kunstwerk aus Ton auf Makel untersuchen.

Ich blieb vor dem Fenster stehen und beobachtete die beiden, suchte nach Liebe, suchte nach Bedauern. Ich stellte mir das Leben vor, das sie vielleicht gehabt hatte, bevor das Baby ihr nur noch die Wahl ließ zwischen einer spießigen, chaotischen Wohnung, die nach ihrer eigenen sauer gewordenen Milch roch, und dem einsamen Schaufenster eines Coffeeshops.

Ich ging hinein, bestellte einen Latte, den ich nicht wollte, und setzte mich auf den Hocker neben ihr. Violet schlief im Kinderwagen, und ich schob ihn sachte vor und zurück, damit sie nicht aufwachte. Der Beutel mit den Windeln rutschte vom Griff, das Fläschchen fiel heraus und rollte über den Boden. Ich hob es auf und beschloss, den Schnuller nicht abzuwischen. Mich überkam immer ein jähes Gefühl der Macht, wenn ich solche heimlichen Entscheidungen traf, Entscheidungen, die andere Mütter sich nicht trauten, zum Beispiel die nasse Windel zu lange nicht zu wechseln und das längst nötige Bad auszulassen, weil ich einfach keine Lust dazu hatte. Die Frau wandte sich mir zu, und wir tauschten einen Blick. Kein Lächeln, sondern das Eingeständnis, dass wir beide uns in eine Version unserer selbst verwandelt hatten, die sich nicht so gut anfühlte, wie sie beschrieben worden war. Geronnene Milch quoll aus dem Mund ihres Babys, und sie wischte sie mit einer groben Papierserviette ab.

»Harte Zeiten, was?«, sagte ich und deutete mit dem Kinn auf ihr Baby, das sie noch immer ausdruckslos anstierte.

»Es gibt doch so eine Redensart, die Tage sind lang, doch die Jahre fliegen dahin.« Ich nickte und betrachtete mein eigenes Baby, das anfing, sich zu rühren, das Kinn kräuselte. »Tja, wir werden sehen«, sagte sie trocken, als glaubte auch sie nicht, dass sich ihre Wahrnehmung von Zeit je wieder ändern würde.

»Manche Frauen sagen ja, Mutter zu sein ist ihre größte Leistung. Aber ich weiß nicht, ich hab nicht das Gefühl, schon viel geleistet zu haben.« Ich lachte leichthin, weil sich die Situation plötzlich zu persönlich anfühlte. Aber ich brauchte diese Frau. Sie war alles, was diese Lunch-Freundinnen nicht waren.

»Mädchen?«

Ich nannte ihr den Namen des Babys.

»Harry«, sagte sie mit Blick auf ihr Kind. »Er ist fünfzehn Wochen.«

Wir saßen da und schwiegen einige Minuten. Und dann sagte sie: »Es kommt mir vor, als wäre er mir einfach zugestoßen, urplötzlich. Ist in meine Welt eingebrochen und hat das Mobiliar umgeworfen.«

»Oh ja«, sagte ich langsam, betrachtete ihren Sohn, als wäre er eine Waffe. »Du willst sie und trägst sie aus und presst sie heraus, aber in Wahrheit stoßen sie dir zu.«

Sie nahm Harry von der Theke und legte ihn in den Kinderwagen. Sie steckte die Decke nachlässig um ihn fest, wie ein schlecht gemachtes Bett. Noch immer hatte sie nicht mit ihrem Sohn im Singsangton gesprochen, wie all die anderen Mütter, und ich fragte mich, ob sie das je tat.

»Bis dann«, sagte sie, und mir wurde schwer ums Herz. Ich hatte Angst, dass wir einander nie wiedersehen würden. Ich stammelte, wollte irgendetwas sagen, damit sie blieb.

»Wohnen Sie hier in der Gegend?«

»Nein, eigentlich nicht. Wir leben etwas außerhalb. Ich hatte bloß einen Termin hier.«

»Ich gebe Ihnen mal meine Telefonnummer«, sagte ich und wurde rot im Gesicht. Es war mir nie leichtgefallen, Bekanntschaften zu schließen. Aber ich stellte mir plötzlich nächtliche Textnachrichten vor, in denen wir einander brutal ehrliche Kümmernisse gestanden und über unser Leben jammerten.

»Oh. Gern. Moment, ich speichere sie in mein Handy.« Sie wirkte peinlich berührt, und ich wünschte, ich hätte den Mund gehalten, als ich ihr meine Handynummer nannte. Sie meldete sich nie bei mir, und ich bin ihr nie wieder begegnet.

Noch heute denke ich manchmal an diese Frau. Ich frage mich, ob sie irgendwann doch das Gefühl hatte, etwas geleistet zu haben, ob sie Harry heute ansieht und weiß, dass sie eine gute Mutter war, einen guten Menschen großgezogen hat. Ich frage mich, wie sich das anfühlt.

13

Sie lächelte zuerst dich an. Nachdem sie gebadet worden war. Du hattest deine Lesebrille auf und sagtest, dass sie wohl ihr Spiegelbild in den Gläsern gesehen hatte. Aber wir wussten beide, dass sie dich von Anfang an am meisten wollte. Ich konnte sie nie so trösten wie du, wenn sie weinte – sie verschmolz mit deiner Haut und schien dort bleiben zu wollen, ein Teil von dir. Meine Wärme und mein Geruch schienen ihr nichts zu bedeuten. Die Leute reden vom Herzschlag der Mutter und dem vertrauten Klang ihres Bauchs, aber es war, als wäre ich ein fremdes Land.

Ich hörte dir zu, wenn du sie im sanften Flüsterton besänftigtest, sodass sie ruhig wurde und einschlief. Ich studierte dich. Ich imitierte dich. Du sagtest, es wäre alles nur in meinem Kopf, dass ich die Sache viel zu wichtig nähme. Dass sie bloß ein Baby sei und Babys noch gar nicht fähig wären, einen Menschen zu mögen. Aber es fühlte sich an wie zwei gegen eine.

Wir waren rund um die Uhr zusammen, und somit, ja, gab es zwangsläufig Momente, in denen sie auf meinem Arm oder an meiner Brust einschlief. Du hieltst mir das entgegen, als wäre es der Beweis dafür, dass ich im Irrtum war – *Na bitte, Liebes! Sei einfach entspannter mit ihr, dann ist alles bestens.* Ich glaubte dir. Ich musste dir glauben. Manchmal fuhr ich mit der Nase über das feine Haar auf ihrem Kopf und atmete sie ein. Ihr Geruch tat mir gut. Ihr Geruch war eine Erinnerung daran, dass sie aus mir herausgekommen war. Dass wir mal durch eine lebendige, pulsierende Schnur aus Blut verbunden gewesen waren. Dann schloss ich die Augen und ließ die Nacht Revue passieren, in der sie geboren wurde. Nach unserer Verbindung suchend, tastend. Jene ersten Stunden. Ich wusste, dass die Nähe da gewesen war.

Vor den rissigen, blutenden Brustwarzen und der totalen Erschöpfung und dem lähmenden Zweifel und der unsäglichen Taubheit.

Du machst das großartig. Ich bin stolz auf dich. Das flüstertest du mir manchmal im Dunkeln zu, während ich sie stillte. Du berührtest unsere Köpfe. Deine Mädchen. Deine Welt. Ich weinte, wenn du aus dem Zimmer gingst. Ich wollte nicht die Achse sein, um die ihr beide kreistet. Ich hatte nichts mehr, das ich geben konnte, aber unser gemeinsames Leben hatte gerade erst begonnen. Was hatte ich getan? Warum hatte ich sie gewollt? Warum hatte ich geglaubt, ich würde anders sein als die Mutter, von der ich stammte?

Ich dachte an Flucht. Dort, in der Dunkelheit, während meine Milch floss und ich im Schaukelstuhl saß, dachte ich daran, sie in ihr Bettchen zu legen und mitten in der Nacht zu verschwinden. Ich dachte daran, wo mein Pass war. Ich dachte an die zahllosen Flüge auf den Abfluganzeigetafeln im Flughafen. Daran, wie viel ich auf einen Schlag am Geldautomaten abheben könnte. Daran, mein Handy dort auf dem Nachttisch liegen zu lassen. Daran, wie lange es dauern würde, bis meine Milch versiegte, meine Brüste den Beweis einstellten, dass sie geboren worden war.

Meine Arme zitterten beim Gedanken an all diese Möglichkeiten.

Das sind Gedanken, die ich nie über meine Lippen kommen ließ. Das sind Gedanken, die die meisten Mütter nicht haben.

14

Ich war acht Jahre alt und hätte längst im Bett sein sollen. Ich stand im Nachthemd in der Diele und belauschte meine Eltern, die sich im Wohnzimmer heftig stritten.

Da war das Geräusch von splitterndem Glas gewesen. Ich wusste, dass es die kleine Figur der Frau in eleganter Südstaatenkleidung mit einem Sonnenschirm in der Hand gewesen war. Ich weiß nicht, wo die herkam – vielleicht ein Hochzeitsgeschenk. Sie waren über irgendwas, das er in ihrer Manteltasche gefunden hatte, in Streit geraten, und dann über die Fahrten meiner Mutter in die Stadt, und über jemanden namens Lenny, und dann über mich. Mein Vater meinte, ich wäre zu still, zu verschlossen. Dass mir etwas mehr mütterliche Aufmerksamkeit hin und wieder guttun würde.

»Sie braucht mich nicht, Seb.«

»Du bist ihre Mutter, Cecilia.«

»Sie wäre besser dran, wenn ich es nicht wäre.«

Als meine Mutter anfing zu weinen, richtig laut zu schluchzen, wie ich sie noch nie hatte schluchzen hören, trotz der Gehässigkeiten, die sich meine Eltern fast allabendlich entgegenschleuderten, drehte ich mich um und wollte zurück in mein Zimmer gehen. Mein Gesicht war heiß, und beim Klang ihrer gepressten schrillen Stimme krampfte sich mir der Magen zusammen. Doch dann hörte ich, dass mein Vater den Namen meiner Großmutter aussprach. Er sagte: »Du endest noch genau wie Etta.«

Die Schritte meines Vaters bewegten sich Richtung Küche. Ich hörte, wie zwei Gläser mit dicken Böden auf die Arbeitsplatte knallten, dann das Platschen von Whisky. Der Alkohol beruhigte sie. Ihr Streit war zu Ende. Ich kannte diesen Teil des Ablaufs – den Punkt, an dem sie sich müde geredet hatte und mein Vater sich in den Schlaf trank.

Aber an dem Abend wollte sie weiterreden.

Ich rutschte mit dem Rücken an der Wand herunter und kauerte auf dem Boden. Die ganze nächste Stunde hockte ich dort und hörte ihr zu, und zum ersten Mal brannten sich diese Fragmente ihrer Vergangenheit in meinen Kopf ein.

In dieser Nacht schlief mein Vater bei ihr im Ehebett, was er selten tat. Als ich am Morgen erwachte, war die Tür geschlossen. Ich machte mir Frühstück und ging zur Schule. Am Abend stritten sie sich nicht. Sie war ruhig, höflich. Ich erledigte meine Hausaufgaben. Ich sah, dass meine Mutter seinen Rücken berührte, als sie ihm einen Teller mit zerkochtem Hühnchen hinstellte. Er dankte ihr und nannte sie »Liebling«. Sie gab sich Mühe. Er gab sich versöhnlich.

Nach diesem Abend belauschte ich sie in den darauffolgenden Jahren immer wieder. Sobald ich Ettas Namen hörte, wusste ich, dass irgendwas meine Mutter mal wieder aufgewühlt hatte. Ich schlich mit klopfendem Herzen aus meinem Zimmer und wagte kaum zu atmen, um auch ja alles mitzubekommen, was sie meinem Vater erzählte. Diese seltenen Nächte waren für mich wie Geschenke, obwohl sie das nie erfuhr. Ich wollte unbedingt wissen, wer sie war, bevor sie meine Mutter wurde.

In diesen schlaflosen Nächten, wenn ich über die Dinge nachdachte, die ich belauscht hatte, begriff ich allmählich, dass wir alle aus etwas gewachsen sind. Dass wir die Saat weitertragen und dass ich Teil ihres Gartens war.

1964

Ohne ihre Puppe Beth-Anne konnte Cecilia nicht einschlafen, auch mit sieben nicht. Sie liebte diese Puppe über alles – den Geruch, das Gefühl der seidigen Haare unter ihren Fingern, wenn sie wegdämmerte. Eines Abends konnte sie Beth-Anne nicht finden und überlegte verzweifelt, wo sie sie zuletzt gesehen hatte. Etta rief aus dem Keller wütend nach oben, offenbar aufgebracht, weil Cecilia im ganzen Haus herumlief, obwohl sie längst im Bett sein sollte.

»Sie ist hier unten, Cecilia!«

Im Keller gab es einen kleinen Verschlag für Eingemachtes, kaum größer als eine Hundehütte. Etta kochte schon seit Jahren nicht mehr selber Gemüse ein, und mittlerweile hatten sie fast alles aufgegessen. Sie stand gebückt an der Tür zu dem Verschlag, reckte ihrer Tochter den Hintern entgegen.

»Da ganz hinten. Da musst du sie liegen gelassen haben.«

»Hab ich nicht! Ich hasse den Verschlag!«

»Tja, ich pass da nicht rein. Los, hol sie.«

Cecilia jammerte, dass ihr Nachthemd schmutzig werden würde. Dass sie nicht da reinwollte. Aber sie sah Beth-Anne tatsächlich in einer Ecke liegen.

»Sei nicht so ein Angsthase, Cecilia. Wenn du deine Puppe haben willst, musst du sie dir holen.«

Cecilia ging auf alle viere und erhielt prompt einen so heftigen Schubs von Etta, dass ihr die Arme wegknickten. Sie wimmerte, kroch aber weiter in die kleine dunkle Höhle hinein, weil sie Beth-Anne unbedingt zurückhaben wollte. Die wenigen Einmachgläser auf den Regalen sahen trübe und verdreckt aus, und Cecilia bekam Atemnot.

Irgendetwas knarrte hinter ihr, aber in dem engen Verschlag war es ihr unmöglich, sich umzudrehen. Dann merkte sie, dass selbst das spärliche Licht, das sie auf den Einmachgläsern ringsherum gesehen hatte, verschwunden war. Sie kriegte nicht genug Luft und rief nach Etta. Kleine Steinchen unter ihren Knien gruben sich bei jeder Bewegung in die Haut. Sie kroch rückwärts und versuchte, die Tür aufzutreten, aber die hatte sich verklemmt.

Sie hörte das Telefon im Wohnzimmer klingeln. Ettas schwere Schritte stapften die Treppe hinauf. »Hallo?«, hörte Cecilia sie sagen, und dann war es einen Moment lang still, bis der Fernseher eingeschaltet wurde und die vertraute Stimme der Abendnachrichten ertönte. Wieder hörte sie Ettas gedämpfte Stimme, die ins Telefon sprach. Es war September 1964, und das Untersuchungsergebnis der Warren-Kommission wurde veröffentlicht. Wie alle war Etta richtiggehend besessen von dem Kennedy-Attentat.

Etta kam nicht zurück. Henry hebelte die Tür auf, als er von der Spätschicht nach Hause kam. Er zog Cecilia an den Füßen heraus. Ihre Hände waren zerkratzt. Henry und Etta debattierten darüber, ob sie mit Cecilia ins Krankenhaus fahren sollten. Er meinte, sie würde flach atmen und ihre Augen sahen komisch aus. Aber Etta setzte sich durch: Sie blieben zu Hause.

Henry saß an Cecilias Bett, während sie schlief. Er legte ihr kalte Wickel auf die Stirn und ging am nächsten Morgen nicht zur Arbeit. Tagelang sprachen er und Etta kein Wort miteinander. Henry baute die Tür des Verschlags aus und verstaute die verbliebenen Einmachgläser in der Speisekammer neben der Küche.

»Die Tür hat dauernd geklemmt«, sagte er kopfschüttelnd.

Eine Woche später flüsterte Etta Cecilia etwas zu, während sie den Tisch abräumte. Henry war arbeiten. Im Küchenradio liefen die Nachrichten. Cecilia konnte ihre Mutter nicht genau verstehen, glaubte aber, dass sie sagte: »Ich wollte eigentlich zurückkommen und dich holen, Cecilia.« Sie drückte ihre Lippen an Cecilias Wange und verharrte einen Moment lang. Cecilia bat Etta nicht, ihre Worte zu wiederholen.

15

Die Zeit vergeht so schnell. Genieße jeden Augenblick.

Mütter reden über die Zeit, als sei sie die einzige Währung, die wir kennen.

Unglaublich, was? Unglaublich, dass sie schon sechs Monate alt ist! Andere Frauen sagten das zu mir, beinahe aufgekratzt, während sie auf dem Bürgersteig ihre Kinderwagen sachte vor- und zurückschoben, in denen ihre Babys unter teuren, flauschigen Decken schliefen und an ihren Schnullern nuckelten. Ich sah dann zu Violet hinunter, die mich aus ihrem Wagen anstarrte und die Fäuste schwenkte, Beine steif, fordernd, fordernd, fordernd. Und ich fragte mich, wie ich es bis hierher geschafft hatte. Sechs ganze Monate. Es fühlte sich an wie sechs Jahre.

Ist doch der schönste Job der Welt, nicht? Muttersein. Das hatte die Ärztin bei einem von Violets Impfterminen gesagt. Sie selbst hatte drei Kinder. Ich erzählte ihr von meinen hartnäckigen traubengroßen Hämorrhoiden, wie lange es her war, dass wir miteinander geschlafen hatten, dass ich überhaupt mal an deinen Penis gedacht hatte. Ihre Augenbrauen hoben sich zu einem Lächeln – *Oh ja. Das kenne ich. Ehrlich.* Als gehörte ich nun zu einem Klub und wäre in seine Geheimnisse eingeweiht. Nicht erzählen konnte ich jedoch, dass ich das Gefühl hatte, seit Violets Geburt um ein Jahrhundert gealtert zu sein. Dass mir jede Stunde, die ich mit ihr verbrachte, endlos vorkam. Dass die Monate quälend langsam vergangen waren und ich mir oft kaltes Wasser ins Gesicht klatschte, um festzustellen, ob ich bloß träumte – ob die Zeit mir deshalb immer so irreal vorkam.

Es ist, als würdest du einmal blinzeln, und plötzlich sind sie schon groß. Sind vor deinen Augen zu süßen kleinen Menschen geworden. Violet schien ganz langsam zu wachsen. Mir fiel nie irgendeine Veränderung an ihr auf, bis du mich darauf aufmerksam machtest. Du sagtest mir, dass ihr Sachen zu klein geworden waren, dass ihr Bauch unter dem Hemd herausschaute, dass ihre Leggings nur noch bis zu den Knien reichten. Du packtest ihr Babyspielzeug weg und kauftest ihr auf dem Heimweg von der Arbeit irgendwelche Sachen, die blinkten und piepten, Sachen für winzige Menschen, die lernen, denken, sich entwickeln. Ich versuchte bloß, sie am Leben zu halten. Ich konzentrierte mich darauf, dass sie aß und schlief und die probiotischen Tropfen bekam, die ich irgendwie trotzdem andauernd vergaß. Ich konzentrierte mich darauf, die Tage durchzustehen, die sich schleppend aneinanderreihten.

16

Wir. Kein Paar kann sich vorstellen, wie seine Beziehung sein wird, sobald Kinder da sind. Aber es gibt die Erwartungshaltung, dass beide zusammenhalten. Dass sie ein Team sein werden, wo immer Teamwork möglich ist. Unser gemeinsamer Einsatz funktionierte. Unser Kind wurde gefüttert und gebadet und spazieren gefahren und gewiegt und gewickelt und angezogen, und du tatst alles, was du konntest. Ich hatte sie tagsüber, aber sobald du durch die Tür kamst, warst du für sie da. Geduld. Liebe. Zärtlichkeit. Ich war dankbar für alles, was du ihr gabst, das sie von mir nicht haben wollte. Ich beobachtete euch beide, und ich war neidisch. Ich wollte das haben, was du hattest.

Aber dieses Ungleichgewicht hatte seinen Preis. Wir hatten unsere zehn unbeschwerten kostbaren Jahre der Zweisamkeit hinter uns gelassen. Stattdessen zogst du dich von mir zurück. Ich hatte Angst vor deinem Urteil. Je mehr Violet von dir bekam, desto weniger gabst du mir.

Wir küssten uns noch immer zur Begrüßung und plauderten beim Essen im Restaurant, wenn wir abends mal allein ausgingen. Du legtest immer deine Hand unten auf meinen Rücken, wenn wir zurück zu unserer Wohnung spazierten, zu dem Nest, das wir gemeinsam gebaut hatten. Wir hatten gewisse Rituale etabliert, an die wir uns nach wie vor hielten. Und doch entstanden kleine Leerstellen. Wir hörten auf, zusammen Kreuzworträtsel zu lösen. Du ließest die Badezimmertür nicht mehr auf, wenn du dich unter die Dusche stelltest. Es gab Raum, wo zuvor kein Raum gewesen war, und in diesem Raum sammelte sich Groll.

Ich versuchte, mich zu bessern. Vater zu werden hatte dich schöner gemacht. Dein Gesicht hatte sich verändert. Warm. Weich.

Deine Augenbrauen hoben sich öfter, und dein Mund war immer staunend geöffnet, wenn sie in deiner Nähe war. Kindlich. Du warst zur fröhlicheren Version des Mannes geworden, den ich kannte. Ich wünschte mir nichts sehnlicher, als dass es auch mir so ergehen möge. Aber ich hatte mich verhärtet. Mein Gesicht sah verdrossen und müde aus, wo das Leben früher meine Wangenknochen gehoben und aus meinen blauen Augen gestrahlt hatte. Ich sah aus, wie meine Mutter ausgesehen hatte, kurz bevor sie mich verließ.

17

Irgendwann in unserem siebten gemeinsamen Monat war es so weit: Violet schlief endlich länger als immer nur zwanzig Minuten am Stück. Ich fing wieder an zu schreiben. Ich verschwieg es dir – du beharrtest darauf, dass ich mich hinlegte, wenn sie tagsüber schlief, und fragtest mich abends, ob ich das getan hatte. Das war das Einzige, was dich interessierte. Ich sollte wach und geduldig und ausgeruht sein, damit ich meine Pflichten erfüllen konnte. Früher hattest du dich für mich als Person interessiert – dafür, ob ich glücklich war, für die Dinge, die mir Freude bereiteten. Jetzt war ich eine Dienstleisterin. Du sahst mich nicht als Frau. Ich war lediglich die Mutter deines Kindes.

Daher log ich dich die meisten Tage an, weil es so einfacher war: *Ja, ich hab geschlafen. Ja, ich hab mich ausgeruht.* Dabei hatte ich in Wahrheit an einer Short Story gearbeitet. Die Sätze strömten nur so heraus. Ich konnte mich nicht erinnern, dass mir das Schreiben je so leichtgefallen war. Ich war auf das Gegenteil gefasst gewesen. Andere Autorinnen mit Babys berichteten frustriert von mangelnder Energie und einem Gehirn, das nicht mehr funktionierte wie früher, zumindest im ersten Jahr. Ich dagegen lebte richtig auf, sobald mein Bildschirm anging.

Violet wurde unweigerlich alle zwei Stunden wach, und ich war jedes Mal gerade ganz in meine Arbeit versunken, fühlte mich physisch und psychisch weit weg. Ich gewöhnte mir an, sie schreien zu lassen, schwor mir, nur noch eine Seite. Manchmal setzte ich mir Kopfhörer auf. Manchmal wurden aus einer Seite zwei. Manchmal schrieb ich noch eine ganze Stunde. Wenn sie sich so richtig in verzweifelte Wut hineingesteigert hatte, schaltete ich den Laptop aus und hastete zu ihr, als hätte ich sie gerade eben erst gehört. *Oh, hallo Kleines! Du bist ja wach! Komm in Mommys Arme.* Ich weiß nicht, für wen ich dieses Theater spielte. Ich war zutiefst beschämt, wenn sie mich wegstieß, sobald ich versuchte, sie zu trösten. Wie hätte ich es ihr verübeln können, dass sie mich zurückwies?

Der Tag, an dem du früher nach Hause kamst.

Ihr Gebrüll und die Musik in meinen Ohren waren so laut, dass ich dich nicht reinkommen hörte. Mir blieb das Herz stehen, als du jäh meinen Stuhl herumzogst. Du hättest ihn fast umgerissen. Du ranntest ins Kinderzimmer, als stünde das Baby in Flammen. Ich hielt die Luft an, während ich zuhörte, wie du sie beruhigtest. Sie war hysterisch.

»Es tut mir leid, es tut mir leid«, sagtest du zu ihr.

Es tat dir leid, dass ich ihre Mutter war. Das wolltest du sagen.

Du kamst nicht mit ihr heraus. Ich saß in der Diele auf dem Boden und wusste, dass nichts mehr zwischen uns so sein würde wie vorher. Ich hatte dein Vertrauen missbraucht. Ich hatte all deine heimlichen Zweifel an mir bestätigt.

Als ich schließlich ins Kinderzimmer trat, saßt du mit ihr auf dem Arm im Schaukelstuhl, die Augen geschlossen und den Kopf zurückgelehnt. Sie hickste mit dem Schnuller im Mund.

Ich ging auf euch zu und wollte sie dir abnehmen, aber du hobst abwehrend einen Arm.

»Was zum Teufel hast du dir dabei gedacht?«

Ich versuchte gar nicht erst, mich herauszureden. Noch nie hatte ich deine Hände vor Wut zittern sehen.

Ich ging unter die Dusche und weinte, bis das Wasser kalt wurde.

Als ich herauskam, machtest du gerade Rührei, mit Violet auf der Hüfte.

»Sie wacht immer um drei aus dem Mittagsschlaf auf. Als ich reinkam, war es Viertel vor fünf.«

Ich beobachtete, wie du das Ei in der Pfanne rührtest.

»Du hast sie über anderthalb Stunden brüllen lassen.«

Ich konnte euch beide nicht ansehen.
»Läuft das jeden Tag so?«
»Nein«, sagte ich mit Nachdruck. Wie zu meiner Ehrenrettung.
Wir hatten uns noch immer nicht in die Augen gesehen. Violet fing an zu zappeln.
»Sie hat Hunger. Still sie.« Du reichtest sie mir, und ich tat es.

Am Abend drehtest du dich im Bett von mir weg und sprachst in Richtung des offenen Fensters.
»Was ist dein Problem?«
»Ich weiß nicht«, antwortete ich. »Es tut mir leid.«
»Du brauchst Hilfe. Mach eine Therapie.«
»Das werde ich.«
»Ich hab Angst um sie.«
»Fox. Bitte. Das musst du nicht.«
Ich hätte ihr niemals wehgetan. Ich hätte sie niemals in Gefahr gebracht.

Noch Jahre später, als sie schon längst die Nächte durchschlief, wachte ich oft auf, weil ich meinte, sie weinen zu hören. Dann fasste ich mir an die Brust und dachte daran, was ich getan hatte. Ich dachte an das bedrückende Schuldgefühl und die noch stärkere Genugtuung, sie zu ignorieren. Ich dachte an den Rausch, über die Mischung aus Musik und Tränen hinweg zu schreiben. Wie rasch sich die Seite füllte. Wie schnell mein Herz raste. Wie beschämend es war, entlarvt zu werden.

18

Meine Mutter konnte sich nicht in kleinen Räumen aufhalten. Die Speisekammer in meinem Elternhaus wurde nicht benutzt, auf den verstaubten Regalen sammelte sich Kot von den Mäusen, die sich über die ranzigen Erdnüsse und eine alte offene Tüte Zucker hergemacht hatten. Der Schuppen im Garten war abgeschlossen. Den niedrigen Keller hatte Cecilia eigenhändig mit drei Brettern und rostigen Nägeln aus der Garage verrammelt.

Als ich acht Jahre alt war, saß ich an einem mörderisch heißen Augusttag im Garten unseres unerträglich stickigen Hauses, während meine Mutter an einem Plastiktisch auf dem stoppeligen gelben Rasen rauchte, der sich von einem schiefen Maschendrahtzaun zum anderen erstreckte. Es war absolut still, als könnten nicht mal die üblichen Geräusche aus der Nachbarschaft die schwüle Luft durchdringen, die ich kaum in meine Lunge zu zwängen vermochte. Früher an dem Tag war ich bei den Ellingtons gewesen, und Mrs Ellington hatte uns in den kühlen, feuchten Keller geschickt, wo es erträglicher war. Wir hatten so getan, als würden wir da unten ein Picknick veranstalten. Sie brachte uns eine Decke und hart gekochte Eier und Apfelsaft in mit Luftballons verzierten Pappbechern, die noch von Daniels Geburtstagsparty übrig geblieben waren. Ich fragte meine Mutter, ob wir auch in den Keller gehen könnten. Ob wir die Bretter nicht entfernen könnten. Ob wir die Nägel nicht mit der Rückseite des Hammers rausziehen könnten, wie Dad das vergangenes Wochenende gemacht hatte, als er die Veranda reparierte.

»Nein«, zischte sie. »Hör auf zu betteln.«

»Aber, Mom, bitte, mir ist schon ganz schlecht. Es ist überall viel zu heiß außer im Keller.«

»Hör auf zu betteln, Blythe. Ich sag's nicht noch einmal.«

»Ich sterbe hier draußen, bloß wegen dir.«

Sie schlug mir ins Gesicht, aber ihre Hand rutschte an meiner verschwitzten Wange ab, also schlug sie erneut zu. Diesmal traf sie mich mit geschlossener Faust genau auf den Mund. Mit Wucht. Ein Zahn flog mir hinten in den Hals, und ich hustete Blutspritzer auf mein T-Shirt.

»Ist bloß ein Milchzahn«, sagte sie, nachdem ich ihn in meine Hand gespuckt hatte und darauf starrte. »Die fallen sowieso alle aus.« Sie drückte ihre Zigarette auf einer kahlen Stelle in dem dürren Rasen aus. Aber ihre verzogenen orangeroten Lippen verrieten mir, dass sie von sich selbst angewidert war. Sie hatte mich noch nie geschlagen. Daher hatte ich noch nie diese eigenartige Kollision von Scham und Selbstmitleid und Kummer empfunden. Ich ging auf mein Zimmer, faltete mir aus einem Supermarktprospekt einen Fächer und legte mich in meiner Unterwäsche auf den Boden. Als sie eine Stunde später hereinkam, nahm sie mir den Fächer aus der Hand, strich die Falten glatt und sagte, sie bräuchte den Rabattcoupon, um Hähnchenschenkel zu kaufen.

Sie setzte sich auf mein Bett, was sie nur selten tat, weil sie es nie lange in meinem Zimmer aushielt. Sie räusperte sich heiser.

»Als ich in deinem Alter war, hat meine Mutter etwas sehr Grausames mit mir gemacht. Im Keller. Deshalb kann ich nicht da runter.«

Ich rührte mich nicht. Ich dachte daran, was ich spätnachts belauscht hatte, wenn sie mit meinem Vater weinte und stritt. Ihre Geheimnisse ließen mein Gesicht rot anlaufen. Ich sah, wie sie die nackten Füße aneinanderrieb, die Zehennägel frisch mit leuchtendem Kirschrot lackiert.

»Warum war sie so gemein zu dir?« Sie hätte mein Herz unter den Blutflecken auf meinem Shirt pochen sehen können.

»Etwas stimmte nicht mit ihr.« Ihr Tonfall legte nahe, dass die Antwort mir schon damals hätte klar sein müssen. Sie riss den Hähnchenschenkel-Coupon unten von dem Prospekt ab und faltete den Rest wieder zu einem Fächer zusammen. Ich streckte den Arm aus, um ihren Zeh zu berühren, den glatten Nagellack zu spüren, sie zu spüren. Ich berührte sie sonst nie. Sie zuckte zusammen, zog aber ihren Fuß nicht weg. Wir starrten beide meinen Finger auf ihrem Zehennagel an.

»Das mit deinem Zahn tut mir leid«, sagte sie und stand dann auf. Ich nahm langsam meine Hand weg.

»Der war sowieso schon locker.«

Es war das erste Mal, dass sie mir von Etta erzählte. Ich glaube, hinterher hat sie es wahrscheinlich bereut, denn in den Wochen danach war sie besonders kalt zu mir. Aber ich weiß noch, dass ich sie häufiger berühren wollte, ihr nah sein. Ich weiß noch, dass ich morgens an ihr Bett trat, um mit dem Finger sanft über ihren Wangenknochen zu streichen, und rasch aus dem Zimmer schlich, wenn sie sich bewegte.

19

Ich beschloss, in den nächsten paar Monaten nicht zu schreiben. Ich beschloss, Violet meine volle Aufmerksamkeit zu widmen.

Meine Ärztin glaubte nicht, dass ich an einer postpartalen Depression litt, und folglich glaubte ich das auch nicht. Auf dem Klemmbrett in ihrem Wartezimmer hatte ich einen Fragebogen ausgefüllt:

– Fühlen Sie sich ohne erkennbaren Grund gestresst oder ängstlich? *Nein*
– Meiden Sie Aktivitäten, auf die Sie sich früher gefreut haben? *Nein*
– Sind Sie manchmal so bedrückt, dass Sie nicht schlafen können? *Nein*
– Spüren Sie den Wunsch, sich selbst zu verletzen? *Nein*
– Spüren Sie den Wunsch, Ihr Baby zu verletzen? *Nein*

Sie empfahl, dass ich mir mehr Zeit für mich selbst nehmen und wieder Dinge tun sollte, die mir Freude bereitet hatten, bevor das Baby kam. Wie beispielsweise das Schreiben. Ich wusste, dass das bei dir nicht gut ankommen würde. Stattdessen erzählte ich dir, sie hätte mir zu körperlicher Bewegung und mehr Zeit an der frischen Luft geraten und dass ich in sechs Wochen zur Nachuntersuchung kommen solle. Ich gewöhnte mir an, morgens, sobald du aus dem Haus warst, mit Violet spazieren zu gehen. Wir waren oft stundenlang unterwegs. Ich marschierte mit ihr den weiten Weg bis ins Zentrum, zu deinem Büro, und wir holten dich auf einen Kaffee ab. Du warst ganz begeistert, wenn Violet quietschte, sobald sie dich aus dem Aufzug treten sah, und freutest dich über mein rosig frisches Gesicht, das wirkte, als fühlte ich mich wohl. Sie war inzwischen fast ein Jahr alt, und die ganze Welt um sie herum schien ihre Neugier zu wecken, also meldete ich uns bei Mutter-Kind-Musikkursen und beim Babyschwimmen an. Du erwärmtest dich langsam für mich – du mochtest diese Version von mir, und es fühlte sich gut an. Und inzwischen hatte ich allerhand wiedergutzumachen. Wir hielten uns auf Trab, und ich hielt den Mund.

Gab es schöne Augenblicke? Natürlich gab es die. Einmal legte ich abends Musik auf, während ich die Küche aufräumte. Alles war mit Babybrei bekleckert – meine Kleidung und ihr Gesicht und der Fußboden. Sie lachte in ihrem Kinderstuhl, während ich mit dem Schneebesen in der Hand durch die Küche tanzte. Ihre Arme reckten sich mir entgegen. Ich zog sie schwungvoll hoch und wirbelte mit ihr durch die Küche, und sie warf den Kopf nach hinten und krähte fröhlich. Mir wurde bewusst, dass wir so etwas noch nie zusammen erlebt hatten – die Geborgenheit, die Albernheit, den Spaß. Mrs Ellington und ihre Handpuppe. Vielleicht könnten auch wir das haben. Stattdessen suchte ich immer danach, was mit uns nicht stimmte. Ich küsste sie ab, und sie wich zurück, um mich anzustarren – diese Art von Zärtlichkeit kannte sie sonst nur von dir. Dann beugte sie sich mit nassen offenen Lippen an mein Gesicht und machte »*abbbb*«.

»Ja. Wir geben uns Mühe, was?«, flüsterte ich.

Du räuspertest dich. Du hattest uns von der Tür aus beobachtet. Du lächeltest. Ich konnte die Erleichterung sehen, als deine Schultern sich entspannten. Wir waren eine Bilderbuchfamilie in dieser Küche. Als du dich umgezogen hattest, schenktest du uns zwei Gläser Wein ein und küsstest mich auf den Kopf, und dann sagtest du:

»Ich hab nachgedacht. Du solltest wieder mit dem Schreiben anfangen.«

Ich war bei dir gleichsam auf dem Prüfstand gewesen und hatte den Test bestanden. Wir wollten unbedingt, dass das Leben schön war, und hofften beide, dass es das auch sein könnte. Ich drückte meine Nase an Violets klebrigen Hals und ließ mir von dir das Weinglas reichen.

20

»Sie hat's gesagt. Ich schwöre. Sag's noch mal.« Du gingst in die Hocke und wackeltest an ihren Hüften. »Komm schon. Sag *Mama*.«

»Liebster, sie ist elf Monate alt. Das ist doch noch zu früh.« Wir waren im Park, und ich hatte uns gerade zwei Kaffee geholt. Wir waren umgeben von anderen jungen Eltern, die ganz vernarrt waren in ihre Kinder und mehr oder weniger verfroren und müde aussahen. Ich lächelte eine Mom in der Nähe an, die ein vollgerotztes Taschentuch in der Hand hielt. »Ich meine, ich bin den ganzen Tag mit ihr zusammen, und sie hat's noch nie gesagt.«

»*Mama*«, wiederholtest du. »*Mama*. Komm, sag's.«

Violet schmollte und dackelte zur Schaukel. »Niiiahhh.«

»Du hast es echt verpasst. Genau als du losgegangen bist, um den Kaffee zu holen. Sie hat hinter dir hergezeigt und *Mama* gesagt. *Mama*. Dreimal sogar, glaub ich.«

»Aha. Okay, tja – das ist toll. Wow.« Ich konnte mir nicht vorstellen, dass du dir das bloß ausgedacht hattest, aber es war schwer zu glauben. Du setztest sie in die Babyschaukel.

»So ein Mist, dass ich das nicht auf Video aufgenommen hab. Ich wünschte, du hättest es gehört.« Du schütteltest den Kopf und betrachtetest sie ehrfürchtig, dein kleines Wunderkind, das im Schaukelsitz wackelte, damit du mehr Schwung gabst. Ich reichte dir deinen Kaffee und schob meine Hand in die Gesäßtasche deiner Jeans, wie früher. Wir fühlten uns so normal inmitten der anderen jungen Familien, vertrödelten einen Sonntagvormittag und genossen das Koffein.

»Mama!«

»Hast du das gehört?« Du sprangst von der Schaukel zurück.

»Mein Gott, ja. Ich hab's gehört.«

»Sag das noch mal.«

»Mama!«

Mein Kaffee schwappte über, als ich hastig über den Spielplatzsand stapfte. Ich hielt die Schaukel vorne fest und zog Violet an mich, um ihr einen Kuss mitten auf die nassen Lippen zu geben. »Ja! Mama!«, sagte ich zu ihr. »Das bin ich!«

»Mama!«

»Ich hab's dir doch gesagt!«

Du drücktest von hinten meine Schultern, und wir starrten sie an, während ich so tat, als würde ich ihre Füße kitzeln, wenn sie auf uns zuschwang. Da lachte sie, sagte wieder und wieder »Mama«, um bei uns eine Reaktion hervorzurufen. Ich war regelrecht verzaubert. Wir schwankten ganz leicht hin und her, ich griff nach oben und strich über die Wochenendstoppeln an deinem Kinn. Du wandtest mir das Gesicht zu und küsstest mich, kurz, glücklich, unbekümmert. Violet beobachtete uns und sagte es erneut. Wir blieben eine gefühlte Ewigkeit so stehen.

Auf dem Nachhauseweg schlief sie im Kinderwagen ein. Es schien unendlich lange her, dass ich mich ihr oder dir so nahe gefühlt hatte, und ich klammerte mich an dieses Glück – die Leichtigkeit meiner Beine beim Gehen, die wohltuende Tiefe meiner langen, vollen Atemzüge. Ich trug sie behutsam, damit sie nicht aufwachte, zu ihrem Bettchen, zog ihr die kleinen Stiefelchen aus, während sie schlief. In der Diele wollte ich Richtung Küche, um die Unordnung vom Frühstück wegzuräumen, die wir stehen gelassen hatten. Du zogst mich ins Bad und drehtest die Dusche auf. Ich lehnte mich gegen den Waschtisch und sah zu, wie du dich entkleidetest.

»Komm doch. Komm mit rein.«

»Jetzt?« Ich dachte an die halbe Avocado, die noch auf der Arbeitsplatte lag, die kalten Eier in der Pfanne. Es war so lange her, dass wir einander berührt hatten.

»Nun komm schon, *Mama*.«

Ich war gerade unter die Dusche gestiegen, als wir von der Diele her ihr leises Wimmern hörten. Sie war dabei aufzuwachen. Ich griff nach der Armatur, dachte, du würdest zu ihr eilen wollen, bevor sie losweinte.

»Bleib hier, wir beeilen uns«, flüstertest du, schon hart, also blieb ich. Ihre Geräusche wurden drängender, eine Mahnung, dass sie da war, aber du hörtest nicht auf. Du wolltest mich mehr als sie. Die Genugtuung, die mir das verschaffte, während wir vögelten, die Tatsache, dass es mich so sehr erregte, fand ich selber abstoßend. Ich horchte auf sie durch das Plätschern des Wassers hindurch. Ich wollte sie brüllen hören, mir vorstellen, dass du sie ignoriertest, wie ich das manchmal tat. Wir kamen schnell und gleichzeitig unter dem schwachen Strahl des Duschkopfs.

Du drehtest das Wasser jäh ab, sobald wir fertig waren. Sie war still. Sie hatte nicht angefangen zu schreien, wie ich das erwartet hatte, wie sie es tat, wenn ich mit ihr allein war. Du warfst mir ein Handtuch zu, als wäre ich ein Sportskamerad in der Umkleide. Früher hattest du mich langsam abgetrocknet, das hatte zu unserer Zweisamkeit immer mit dazugehört. Violets Stimme war leise aus ihrem Zimmer zu hören, eine sinnfreie Abfolge von Lauten, und ich stellte mir vor, dass sie auf dem Rücken lag, Beine in der Luft, an ihren verschwitzten Zehen zog. Es war, als wüsste sie, dass du gleich zu ihr kommen würdest. Du wickeltest dir ein Handtuch um die Taille, küsstest meine nackte Schulter und gingst zu ihr.

Zurück in der Küche machtest du uns gegrillte Käse-Sandwiches, während ich die verklebten Frühstücksreste wegräumte. Du summtest dabei und berührtest mich jedes Mal, wenn ich in deine Nähe kam. Sie sagte es wieder und wieder, während sie auf deine Reaktion achtete, in ihrem Kinderstuhl mit den Beinen strampelte: »*Mama. Mama.*«

1968

Etta war nicht immer unberechenbar. Es gab Phasen, in denen es ihr gelang, so auszusehen und sich so zu verhalten, wie das von einer Mutter erwartet wurde. Cecilia spürte, dass ihr das nicht leichtfiel – sie erkannte es manchmal an dem nervösen Zittern von Ettas Händen, wenn eine andere Mutter an die Haustür klopfte, um kurz hereinzuschauen, oder wenn Cecilia sie bat, ihr einen Zopf zu flechten. Aber mittlerweile achtete niemand mehr so genau auf Etta. In Wahrheit hatten alle sie längst abgeschrieben. Und dennoch war in Etta noch etwas vorhanden, das sie bewog, es trotzdem zu versuchen. Manchmal funktionierte es und manchmal nicht. Und Cecilia drückte ihr jedes Mal wieder die Daumen.

Als Cecilia in der sechsten Klasse war, fand nach den großen Ferien ein Schulfest statt, und sie hatte nichts Passendes anzuziehen – ihre Eltern gingen mit ihr nicht in die Kirche und nur selten mal auf eine Feier. Cecilia störte das nicht weiter, und sie beklagte sich auch nicht, aber Etta sagte, sie würde ihr ein schönes Kleid nähen. Cecilia war sprachlos – sie hatte ihre Mutter noch nie handarbeiten sehen. Am nächsten Tag besorgte Etta Stoff, und als sie nach Hause kam, rief sie nach oben: »Cecilia, komm mal gucken!«

Sie hatte ein Schnittmuster aus Seidenpapier für ein Etuikleid ausgebreitet und daneben meterweise dunkelgelben Baumwollstoff. Cecilia musste stillstehen, während Etta an ihrem langen, mageren Körper, der so anders war als Ettas, Maß nahm. Cecilia hatte das Gefühl, von einer Fremden berührt zu werden, während die Hände ihrer Mutter innen an ihren Beinen entlangglitten, über ihre schmale Taille bis hinauf zu den Schultern. Etta schrieb die Maße auf eine Serviette und erklärte, das Kleid würde wunderschön werden.

Die Vorbesitzer des Hauses hatten im Dielenschrank eine alte Nähmaschine zurückgelassen, die Etta nun auf dem Küchentisch aufbaute. Fünf Abende hintereinander arbeitete sie an dem Kleid, und der alte Motor hielt Cecilia bis spät in die Nacht wach. Morgens lagen Stecknadeln und Garnreste auf dem Küchentisch herum. Wenn Etta nach unten kam, starrte sie mit noch ganz müden Augen auf den Stoff, den sie Cecilia anhielt. Das Projekt verlieh Etta eine Zielstrebigkeit, die Cecilia ihrer Mutter nie zugetraut hätte. Und es ließ ihr, wie Cecilia wusste, weniger Raum für Zorn und Traurigkeit.

Am Morgen des Schulfestes war Etta schon früh auf den Beinen und kam mit dem Kleid in Cecilias Zimmer. Es war fertig – lag gebügelt über ihren Arm drapiert. Sie hielt es Cecilia an die Schultern und fuhr mit den Händen über die tiefe Taille und den Faltenrock. Das Dekolleté und die Ärmel hatte sie mit schöner geknüpfter Seide paspeliert.

»Wie findest du's?«

»Toll.« Genau das wollte Etta hören, ja, aber Cecilia fand das Kleid wirklich toll. Noch nie hatte sie etwas Schöneres besessen, und noch nie hatte jemand etwas für sie gemacht. Sie stellte sich vor, wie sie an dem Tag in die Klasse spazieren und die anderen Mädchen sie ungläubig und neidisch anstarren würden.

Cecilia wandte sich ab und zog ihr Nachthemd aus. Der Reißverschluss des Kleides war schwergängig, aber es gelang ihr, ihn zu öffnen, und sie schob die Beine in das Kleid. Sie zog es hoch und spürte die Nähte rau auf der Haut. Es saß eng an der Taille und drückte ihren kleinen Hintern platt und ließ sich nicht höher ziehen. Sie drehte es ruckelnd einmal um den Körper und zog etwas fester. Aber das Kleid wollte nicht.

»Steck die Arme rein. Na los.«

Sie versuchte, sich in das Kleid hineinzupressen und die Hände durch die Armlöcher zu schieben, aber es war zu eng. Sie hörten das Geräusch von reißendem Stoff.

»Lass mich mal.« Etta zog sie näher heran und zurrte und zerrte an ihr herum, als wäre sie eine Anziehpuppe. Sie riss das Kleid an Cecilias Beinen hinunter und versuchte dann, es ihr über den Kopf zu stülpen. Etta sagte kein Wort. Cecilia wehrte sich nicht, während ihre Mutter das Kleid knautschte und sie hin und her schubste. Ettas Stirn war schweißnass, und ihr Gesicht hatte sich in ein dunkleres Rot verfärbt als sonst. Cecilia presste die Augen so fest zusammen, wie sie konnte.

Schließlich ließ Etta sie los und stand auf.

»Du wirst das Kleid tragen, Cecilia.«

Ihr wurde angst und bange. Sie konnte es unmöglich tragen. Sie passte einfach nicht hinein.

Fünfzehn Minuten später kam Cecilia, wie üblich in beiger Hose und blauem Rollkragenpullover in die Küche. Sie sah Etta nicht an. Sie setzte sich und griff nach ihrem Löffel.

»Geh wieder hoch und zieh das Kleid an.«

»Du hast es doch gesehen. Es passt nicht.« Cecilia hämmerte das Herz.

»Mach es passend. Geh rauf. Sofort.«

Cecilia fragte sich, ob Henry sie wohl hören konnte. Sie legte den Löffel hin und überlegte, was sie tun sollte.

»SOFORT.«

Cecilia hörte Ettas schweres Atmen hinter sich. Sie spürte förmlich, wie Ettas Wut ihr über den Rücken kroch. Sie lauschte auf Henrys Schritte, hoffte, dass er sich beeilen und herunterkommen würde.

»SOFORT!«

In dem Moment begriff Cecilia zum ersten Mal, dass sie eine gewisse Macht über Etta hatte. Sie konnte sie wütend machen. Sie konnte sie dazu bringen, die Beherrschung zu verlieren. Sie hätte nach oben gehen und so tun können, als würde sie es erneut versuchen, aber sie wollte sehen, wie weit Etta gehen würde, wenn sie sie einfach ignorierte. Es war ein Kräftemessen.

»SOFORT, CECILIA.«

Etta zitterte, und sie schrie erneut. »SOFORT! SOFORT!« Und

jedes Mal, wenn sie schrie, strömte die Wut durch sie hindurch wie eine Droge, und Cecilia konnte die Scham in ihrem Gesicht erkennen, als der Rausch nachließ.

Viele Jahre später sollte Cecilia dieses Gefühl selbst kennenlernen.

Henry kam in die Küche, als Etta gerade wieder den Mund öffnete. Irgendwie kriegte sie sich in dem Moment in den Griff, und sie goss ihm eine Tasse Kaffee ein. Cecilia rannte ohne das Kleid aus dem Haus.

An dem Abend wartete sie, bis es dunkel war und sie sicher sein konnte, dass Henry da sein würde, bevor sie die Haustür öffnete. Etta würdigte sie keines Blickes. Oben in ihrem Zimmer sah Cecilia, dass das Kleid weg war. Kurz darauf kam Etta herein, den gelben Stoff über dem Arm zusammengelegt. Sie setzte sich auf Cecilias Bett und hielt das Kleid hoch. Sie hatte die Nähte aufgetrennt und an den Seiten zusätzlichen Stoff eingenäht. Es sah jetzt eckig und unförmig aus, aber sie hatte sich Mühe gegeben.

»Du kannst es zum nächsten Schulfest anziehen.«

Cecilia nahm es ihr aus den Händen und strich mit den Fingern über die Paspeln, und dann umarmte sie sie. Etta versteifte sich in ihren Armen.

Einige Monate später trug sie das Kleid zum Schuljahresabschlussfest. Sie saß verlegen am Rand der Bühne in der Turnhalle und versuchte zu kaschieren, wie schlecht es ihr passte. Als sie nach Hause kam, zog sie sich nicht um, sondern behielt das Kleid zum Abendessen an. Ihre Mutter verlor kein Wort darüber, ebenso wenig wie Henry, und Cecilia zog das Kleid nie wieder an.

21

Das Fest war eher für uns als für sie. Ein ganzes Jahr Eltern. Ich bestellte einen riesigen Strauß Luftballons in Pastellfarben mit einer übergroßen »1« aus Alufolie in der Mitte, und ich kaufte hübsche Pappteller mit geriffeltem Rand. Die Strohhalme waren gepunktet. Deine Mutter schenkte Violet einen schönen butterfarbenen Baumwollpulli und eine gerippte Strumpfhose mit Rüschen am Po. Sie sah aus wie ein Entenküken, als sie durchs Wohnzimmer watschelte und ihre nassen rosa Lippen Spuckebläschen sprühten, während sie auf ihre Gäste einplapperte. Dein Vater folgte ihr, kroch auf seinen kaputten Knien herum und filmte jede ihrer Bewegungen.

In der Konditorei, bei der ich auf unseren Spaziergängen oft Zwischenstation machte, um Violet eine kleine Leckerei zu gönnen, kaufte ich die Torte. Und für sie einen Muffin mit Vanillecreme-Glasur und bunten Zuckerstreuseln obendrauf. Sie quietschte und klatschte in die Hände, als ich den Muffin auf das Tablett ihres Kinderstuhls stellte, und ihre Augen starrten gebannt auf die einzelne kleine Kerze.

»Froh!«, sagte sie. Glasklar.

»Ich hab's auf Video«, sagte dein vernarrter Dad und hielt seine Digitalkamera hoch. Deine Mutter küsste sie ab, und deine Schwester, die wir nur selten sahen, die aber einen fünfstündigen Flug auf sich genommen hatte, um dabei zu sein, knüllte Seidenpapier zusammen, um sie zum Lachen zu bringen. Meine College-Freundin Grace, die eine Flasche Tequila mitgebracht hatte, schnitt die Torte an und verteilte Teller. Wir beobachteten die anderen gemeinsam von dem gemütlichen Wohnzimmersessel aus, ich auf deinem Schoß, deine Arme über meiner Brust verschränkt.

»Wir haben's geschafft«, flüstertest du, und als du langsam meinen Duft einatmetest, kitzelte deine Nase mich im Nacken. Ich nickte und trank einen Schluck von deinem Bier. Violet sah in dem Kinderstuhl wie ein kleiner Engel aus, umgeben von ihrem hingerissenen Publikum, Vanillecreme um den Mund verschmiert. Wieder spürte ich deine Nase an meinem Hals. Ich trank noch einen Schluck und zog dich hoch.

»Komm, wir machen ein Familienfoto.«

Wir standen in dem natürlichen Licht, das durchs Fenster drang, und ich hielt Violet zwischen uns im Arm. Sie wirkte ungewöhnlich folgsam, und ich zog sie näher und küsste sie auf die zuckrige Wange. Sie lächelte, während die anderen Fotos schossen. Du brachtest sie mit deinen Quakgeräuschen zum Lachen. Ich hielt sie hoch über unsere Köpfe, während wir uns mit weit offenen Mündern anstrahlten.

Wir drei, genau wie wir sein sollten.

22

Kurz nach ihrem ersten Geburtstag schlief Violet plötzlich nicht mehr die Nächte durch.

Du hörtest sie nie sofort und manchmal auch gar nicht, aber irgendwie kam es mir so vor, als öffneten sich meine Augen, wenige Sekunden bevor sie in ihrem Zimmer am Ende des Flurs die ersten Laute von sich gab. Ich fand das jedes Mal ein bisschen unheimlich, diese Erinnerung daran, dass sie noch immer so sehr ein körperlicher Teil von mir war. Alle zwei Stunden schrie sie nach ihrem Fläschchen. Nach ein paar Wochen gewöhnte ich mir an, sechs mit Milch gefüllte Fläschchen am Gitter ihres Bettchens aufzureihen, in der Hoffnung, dass sie eins davon finden würde, wenn sie es wollte. Sie tat es nie.

Ich schaff das nicht, dachte ich jedes Mal, wenn sie mich weckte. *Ich steh das nicht noch einmal durch.*

Ich öffnete meist die Tür zum Kinderzimmer, drückte ihr ein Fläschchen in die Hand und ging wieder.

»Bilden sich denn keine Bakterien, wenn die Milch so lange da steht? Ist das nicht gefährlich?«, fragtest du, als du mitbekamst, was ich machte.

»Keine Ahnung.« Wahrscheinlich hattest du recht, aber es war mir egal. Ich wollte bloß, dass sie wieder einschlief.

So lief das mehrere Monate, und es machte mich fertig. Ich erwachte morgens mit Kopfschmerzen, die hinter meinen Augen saßen und meine Gedanken verlangsamten. Ich mied Situationen, in denen ich mit anderen Erwachsenen hätte reden müssen, weil ich fürchtete, sinnloses Zeug von mir zu geben. Mein Groll auf euch beide wuchs. Ich hasste es, dich tief und gleichmäßig atmen zu hören, wenn ich zurück ins Bett kroch, und manchmal zog ich kräftig an der Decke, weil ich hoffte, es würde dich aus einem Zustand wecken, in dem ich so schrecklich gern sein wollte.

Ich machte den Vorschlag, Violet ein paar Tage die Woche in eine Kinderkrippe zu geben. Du hattest ganz zu Anfang gesagt, noch vor Violets Geburt, dass du nicht viel von solchen Krippen hieltst. Deine Mutter hatte ihre Kinder zu Hause großgezogen, bis sie in die Schule kamen. Für deine eigenen Kinder wünschtest du dir dasselbe. Ich hatte zugestimmt, blind, aus vollem Herzen. Ich wollte die Dinge tun, die perfekte Mütter deiner Meinung nach taten.

Aber das war vorher.

Ich fand in unserer Nähe eine Einrichtung, in der ab Herbst ein Platz frei wurde. Ich hatte mitbekommen, wie Leute von dieser Krippe schwärmten, und dort gab es sogar eine Kamera im Raum, über die Eltern aus der Ferne zuschauen konnten. In Wahrheit taten mir diese Krippenbabys oft leid, wenn ich sie aufgereiht wie Eier in einem Karton in diesen überlangen Kinderwagen sitzen sah, die von müden, unterbezahlten Betreuerinnen als Beschäftigungsmaßnahme durch die Stadt geschoben wurden. Aber es gab Studien über Babys in solchen Einrichtungen – bessere Sozialisierung, größere Reizstimulation, schnellere Entwicklung und so weiter. Dann und wann schickte ich dir solche Aufsätze. Beim Abendessen verfolgte ich mein Ziel taktvoll weiter, indem ich den inneren Konflikt betonte, den du dir von mir wünschtest: Vielleicht brauchte Violet jetzt mehr Anregungen? Vielleicht wäre jetzt der Zeitpunkt gekommen? Obwohl, vielleicht war sie zu Hause besser aufgehoben. Wegen Schlafrhythmus und so. »*Was meinst du?*« Ich fragte das mit geheuchelter Sorge, aber wir kannten beide die Antwort, die ich brauchte.

»Warte mit der Entscheidung, bis sie besser schläft«, lautete deine vernünftige Antwort. »Du bist im Moment einfach übermüdet. Ich weiß, es ist hart, *aber es kommen bessere Zeiten.*« Du brachtest es fertig, mir das zu sagen, während du dich für die Arbeit anzogst, das Gesicht ausgeruht, die Haare frisch geschnitten. An dem Morgen hatte ich dich unter der Dusche singen hören.

Ich war trübsinnig. Sie und ich waren das, so schien es. Sie war zutiefst unglücklich, wenn sie mit mir allein war. Sie ließ sich nicht mehr von mir auf den Arm nehmen. Sie wollte mich nicht in ihrer Nähe haben. An den meisten Tagen war sie reizbar und übellaunig, wenn wir allein waren, und nichts konnte sie trösten. Wenn ich sie hochhob, schrie sie so laut, dass ich mir vorstellte, die Nachbarn nebenan würden zur Salzsäule erstarren. In der Öffentlichkeit, im Supermarkt oder im Park erkundigten sich manchmal andere Mütter mitfühlend, ob sie irgendwie helfen könnten. Ich war beschämt – entweder, sie bemitleideten mich, weil ich ein Kind wie Violet geboren hatte oder weil ich eine Mutter war, die zu schwach wirkte, um ihre eigene Tochter zu ertragen.

Wir blieben immer öfter zu Hause, obwohl ich dich anlog, wenn du von der Arbeit kamst und den Tagesbericht hören wolltest, während sie freudig auf deinen Schoß kletterte. Eingesperrt in unserer Wohnung, huschte sie herum wie ein Skorpion und suchte nach irgendwelchen Sachen, die sie sich in den Mund stopfen konnte – Hände voll Pflanzenerde, die Schlüssel aus meiner Handtasche, sogar die Füllung aus unseren Kissen. Manchmal bekam sie dann keine Luft mehr und lief fast blau an. Wenn ich ihr das Zeug aus dem Mund pulte, zappelte sie wie ein Fisch auf dem Trockenen und wurde dann völlig schlaff. Als wäre sie tot. Mir blieb immer das Herz stehen. Ihre Augen wurden ganz groß, und dann kam ein Schrei aus ihrem tiefsten Innern, so abstoßend, dass mir Tränen in den Augen brannten.

Ich war so enttäuscht, dass sie mein Kind war.

Ich wusste, dass ihr Verhalten teilweise als normal eingestuft werden konnte. Du spieltest es herunter und meintest, es sei nur eine für Kleinkinder typische Trotzphase, Anzeichen eines Entwicklungssprungs. Mag sein, versuchte ich mir einzureden. Aber sie ließ das Herzige und die Anhänglichkeit anderer Kinder in ihrem Alter vermissen. Sie zeigte kaum Zuneigung. Sie war nie froh – nicht mehr. Ich erkannte in ihr eine Härte, die manchmal körperlich schmerzhaft wirkte. Ich konnte sie in ihrem Gesicht sehen.

Wie alle Eltern witzelten wir über das Kleinkindleben mit anderen Leuten, die Kinder im gleichen Alter hatten, suchten nach Bestätigung. Wir fühlten uns solidarisch mit den Nachbartischen, wenn wir am frühen Abend hastig in Restaurants mit klebrigen Kinderstühlen aßen. Ich bagatellisierte, wie schlimm sie sein konnte, weil ich wusste, dass du das so wolltest. Ich stimmte folgsam zu, dass die Augenblicke zwischen dem Chaos alles andere wettmachten. Aber sie war destruktiv. Und ich bekam allmählich Angst vor ihr.

Ich sehnte mich verzweifelt nach mehr Zeit für mich. Ich wollte Erholungspausen von ihr. Mir erschien das Bedürfnis durchaus nachvollziehbar, aber du gabst mir das Gefühl, dass ich mich dir gegenüber noch immer beweisen musste. Dein anhaltender Zweifel blieb unausgesprochen, aber er wog so schwer, dass ich manchmal in deiner Nähe kaum noch Luft bekam.

Ich konnte nur schreiben, wenn sie schlief, aber sie wachte immer nach kurzer Zeit auf, und so waren wir in unsere alte heimliche Gewohnheit zurückgefallen, obwohl ich mir geschworen hatte, ihr das nie mehr anzutun. Ich erlaubte mir das nur wenige Tage die Woche. Und ich machte es immer wieder gut – ein Keks bei unserem Nachmittagsspaziergang, ein gemütliches langes Bad.

Ich wusste, dass diese Tage gezählt waren – bald würde sie in der Lage sein, richtig zu sprechen, dir zu erzählen, was sie tagsüber erlebt hatte, und dann würde ich die Macht verlieren, die ich so schmählich ausnutzte. Vielleicht war das für mich auch eine Art Rechtfertigung. Mein Verhalten war pathologisch. Und ich konnte nicht aufhören, sie dafür zu bestrafen, dass es sie gab. Wie leicht war es da, meine Kopfhörer aufzusetzen und so zu tun, als existierte sie nicht.

Ein Tag war ganz besonders schwierig. Sie wurde jedes Mal wütend, wenn ich in ihre Nähe kam, trat und biss. Sie schlug den Kopf gegen die Wand und sah mich dann an, wartete darauf, was ich machen würde. Und dann tat sie es wieder. Sie hatte den ganzen Tag nichts gegessen. Ich wusste, dass sie Hunger hatte, aber sie ließ keinen Bissen über ihre Lippen, weil ich diejenige war, die sie füttern wollte. Während ihres Mittagsschlafes hatte ich die ganze Zeit geweint, im Internet nach frühen Anzeichen für Verhaltensstörungen recherchiert und dann die Browser-Chronik gelöscht. Ich wollte nicht, dass du sie sahst, und ich wollte keine Mutter mit so einem Kind sein.

Nur wenige Minuten bevor du nach Hause kamst, hörte sie auf, sich zu wehren, als hätte sie gehört, dass du aus dem Aufzug tratst. Ich setzte sie mir auf die Hüfte, während ich das Wohnzimmer aufräumte. Sie war verspannt. Still. Sie roch ein bisschen muffig. Ihr Schlafanzug fühlte sich rau an meinem Arm an, die Baumwolle fusselig von zu häufigem Waschen.

Ich gab sie dir. Du trugst noch immer deinen guten Büro-Pullover. Ich erklärte, woher sie die rote Beule am Kopf hatte. Mir war egal, ob du mir glaubtest oder nicht.

»Schatz.« Du versuchtest zu lachen, um deine Ablehnung zu unterdrücken, während du sie auf dem Wohnzimmerboden kitzeltest. »Ist sie denn wirklich so schlimm? Ich dachte, es läuft jetzt besser.«

Ich sank kraftlos auf die Couch. »Ich weiß nicht. Ich bin einfach so müde.«

Ich konnte dir nicht die Wahrheit sagen: Dass meiner Überzeugung nach mit unserer Tochter irgendwas nicht stimmte. Für dich war ich das Problem.

»Hier.« Du hieltst sie mir hin. Sie lutschte an einem Stück Käse, das du ihr gegeben hattest. »Sie ist ruhig. Sie ist zufrieden. Kuschel ein bisschen mit ihr. Zeig ihr, dass du sie lieb hast.«

»Fox, es geht nicht um Liebe. Oder Zärtlichkeit. Das versuche ich andauernd.«

»Nimm sie einfach in den Arm.«

Ich setzte sie mir auf den Schoß und wartete darauf, dass sie mich wegstieß, aber sie saß da, ganz ruhig, nuckelte an ihrem Stück Cheddar. Wir schauten zu, wie du deine Aktentasche auspacktest. »Dada«, sagte sie. »Baba.«

Du gabst ihr das Fläschchen vom Couchtisch, und sie schmiegte sich an mich.

»Ich glaube, du verstehst das nicht«, sagte ich leise, um sie nicht aufzuschrecken. Ihr Gewicht an meinem Körper war tröstlich, und ich beruhigte mich allmählich. Ich kam mir vor wie eine Schiffbrüchige, die nach langer Zeit erstmals menschlichen Kontakt hatte. Ich fuhr mit einem Finger über ihre Stirn, strich ihre flaumigen Haare zurück. Sie ließ sich von mir küssen. Sie nahm die Flasche aus dem Mund und seufzte – wir waren es beide so leid, einander zu bekämpfen.

»Legst du dich aufs Ohr, wenn sie schläft?« Auch du sprachst leise, betrachtetest uns aufmerksam.

»Das kann ich nicht«, fauchte ich, und die Gelassenheit entwich meiner Brust. Violet wand sich aus meinen Armen. »Ich hab viel zu viel zu erledigen. Wäsche. Ich versuche zu schreiben. Dauernd kreisen mir Gedanken durch den Kopf.«

Ich warf die Flasche auf den Couchtisch, und ein Spritzer Milch landete auf den Seiten, die ich ausgedruckt hatte. Ich hatte vorgehabt, sie dir heute Abend zu zeigen – es war lange her, dass du mich gefragt hattest, woran ich arbeitete. Ich sah zu, wie die Milch aus dem Gummischnuller auf meine Sätze tropfte, die Druckerschwärze verlief.

Du zogst dich um, kamst zurück und sankst neben mir auf die Couch. Deine Hand tätschelte meinen Oberschenkel. Früher mal hätte ich dich gefragt, wie dein Tag war. Die Schwermut der Distanz, die sich in den vergangenen Monaten wieder zwischen uns entwickelt hatte, war etwas, worüber wir nicht sprachen. Ich war bereit, sie im Hintergrund gären zu lassen, und anscheinend warst du das auch.

»Was ist das?« Du zeigtest auf die nassen Seiten.

»Nichts.«

»Melde sie in der Kinderkrippe an, wenn du willst. Aber nur drei Tage die Woche, okay? Mehr können wir uns nicht leisten.« Du massiertest dir die Stirn.

Den Rest der Woche tat ich mein Bestes. Aber wir fielen wieder in unseren täglichen Kampf zurück. An dem Montag danach brachte ich sie zum ersten Mal in die Kinderkrippe, und ich spüre noch heute die kolossale Erleichterung, die in mir aufstieg, als ich sie am Eingang abgab. Sie starrte auf ihre gelben Regenstiefel, bis eine Betreuerin kam und ihre Hand nahm. Sie sah mich nicht an, als ich mich verabschiedete, und ich drehte mich kein einziges Mal um, als ich über den nassen Rasen und aus dem Tor ging.

23

Deine Mutter schenkte Violet die erste Puppe.

»Der Mutterinstinkt setzt früh ein«, sagte sie, während sie frischen Fisch vom Markt auspackte, und deutete auf Violet, die auf dem Küchenboden saß. Violet hatte das Baby mit dem Plastikkopf unter den Arm geklemmt und nicht aus der Hand gelegt, seit sie es bekommen hatte. »*Baybiiii*«, sang Violet immer wieder und stupste die großen flatternden Augen an, deren Wimpern dicker als meine waren. Die Puppe roch künstlich nach Babypuder und trug einen rosa Schlafanzug.

Ich trank meinen Wein und sah zu, wie deine Mutter das Abendessen zubereitete – sie hatte darauf bestanden, auf Zedernholz gegrillten Lachs mit einer Soße aus Ahornsirup zuzubereiten, obwohl ich angeboten hatte, Essen zu bestellen. Violet kam mit der Babypuppe zu mir und setzte sie mir auf den Schoß. »Mama. Baby.«

»Ja, Schätzchen. Es ist süß.« Ich wiegte und küsste die Puppe, während Violet zusah. »Jetzt du.«

Sie reckte sich und drückte ihren weit offenen Mund auf den kahlen Kopf der Puppe. Ich hatte sie noch nie so zärtlich gesehen, außer mit dir, aber das sagte ich deiner Mutter nicht, weil ich ihr die Genugtuung nicht gönnte.

»Liebes Mädchen. Küsschen.«

Fischgeruch zog durch die Wohnung. Dein Vater war mit dir zu einem Hockeyspiel gefahren. Deine Eltern waren für drei Nächte in der Stadt. Im Hotel. Wegen Platzmangel, hatte ich gesagt, obwohl wir bei unserem Einzug extra für sie ein Schlafsofa gekauft hatten. Ich war noch immer schrecklich müde, wenngleich Violet jetzt besser schlief, und viel zu angespannt, um deine

Mutter die ganze Zeit um mich zu haben. Meine Gefühle für sie waren kompliziert. Ich wünschte mir sehnlichst ihre Hilfe, irgendeine Hilfe, doch mittlerweile nervte mich ihre Tüchtigkeit, durch die sie dir dein Leben lang vermittelt hatte, alles sei kinderleicht.

»Wie kommt unsere Süße denn in der Krippe zurecht?«

»Gut, glaube ich. Sie scheint die Erzieherinnen richtig gern zu haben. Und sie hat in den paar Wochen schon so viel gelernt.«

Sie schenkte mir Wein nach und bückte sich, um Violet einen Kuss zu geben.

»Und du?«, fragte sie.

»Ich?«

»Genießt du deine freie Zeit?«

Sie hatte dich und deine Schwester fast zwei Jahrzehnte lang zu Hause versorgt. Kuchen gebacken. Sich in der Elternvertretung engagiert. Sie hatte sämtliche Kissen, Vorhänge, Servietten, Tischsets und Duschvorhänge selbst genäht. Ich sah ihre blonde Bubifrisur schwingen, während sie kochte, dieselbe Länge und derselbe Schnitt wie auf jedem goldgerahmten Familienfoto in der Diele deines Elternhauses.

»Ich hab mehr geschrieben und einiges erledigt, was die ganze Zeit liegen geblieben war.«

»Du zählst doch bestimmt die Stunden, bis du sie wieder abholen kannst. Hab ich jedenfalls gemacht, als sie in die Schule kamen. Du wünschst dir ein bisschen Ruhe für dich, und dann denkst du den ganzen Tag doch bloß an die Kinder.« Sie schnitt Dill und lächelte dabei vor sich hin. »Fox hat so viel Freude an ihr. Ich hab immer gewusst, dass er mal ein wunderbarer Vater sein wird. Schon als er klein war.«

Violet schlug mit einem Schneebesen gegen den Herd, den Fuß der Puppe in der anderen Hand.

»Er ist unglaublich. Er ist ... der perfekte Dad.« Genau das wollte sie hören, und in gewisser Weise stimmte es auch.

Sie lächelte wieder und griff nach einer Zitrone, und dann schaute sie Violet einen Moment lang beim Spielen zu, ehe sie die Zitronenschale abraspelte. Ich bückte mich, um Violet aufzuheben und mit ihr ins Bad zu gehen. Sie zuckte zusammen, als sie meine Berührung spürte, und ich wusste, dass ich ihren Widerstand geweckt hatte. Sie brüllte los, wand sich auf den Bodenfliesen.

»Komm, Schätzchen, Zeit fürs Bad.« Ich wollte nicht vor deiner Mutter mit ihr kämpfen. Ich hob sie hoch, obwohl sie wild strampelte und schrie, und trug sie ins Bad. Ich schloss die Tür und ließ das Wasser ein. Wenige Minuten später klopfte deine Mutter an die Tür und fragte laut über das Gebrüll hinweg: »Kann ich irgendwie helfen?«

»Sie ist bloß schlecht gelaunt, Helen. Sie ist müde.« Aber sie kam trotzdem herein. Inzwischen war ich klatschnass, und Violet war vor Wut dunkelrot angelaufen. Ich griff sie unter einem Arm und spülte ihr den Schaum aus den Haaren. Als ich sie heraushob, bekam sie kaum noch Luft vom Schreien. Deine Mutter beobachtete uns und reichte mir ein Handtuch.

»Kann ich sie nehmen?«

»Sie beruhigt sich gleich wieder«, sagte ich und hielt Violet fest, um sie zu bändigen. Aber ihre Zähne bohrten sich in meine weiche Wange, bevor ich das Gesicht wegdrehen konnte – sie hatte mich gebissen. Ich schrie mit zusammengepressten Zähnen und versuchte, ihren Kopf wegzuziehen, aber sie ließ nicht locker. Deine Mutter keuchte und drückte den Mund ihrer Enkeltochter mit den Fingern auf. Sie riss mir Violet aus den Armen und sagte bloß: »Mein Gott.«

Ich sah mir den Abdruck im Spiegel an und drehte kaltes Wasser auf. Ich presste mir einen nassen Waschlappen an die Wange.

Ich war gedemütigt. Ich konnte das entsetzte Gesicht deiner Mutter hinter mir sehen.

Violet war prompt verstummt. Sie kam wimmernd auf dem Arm deiner Mutter zu Atem und sah sie schutzsuchend an, als hätte sie sich gegen den Griff eines Folterknechts verteidigt.

»Es tut mir leid«, sagte ich. Zu niemandem.

»Wir wär's, wenn du dich um den Fisch kümmerst und ich ihr den Pyjama anziehe?«

»Nein, ist schon gut.« Ich nahm sie von deiner Mutter, beschämt, entschlossen, aber Violet brüllte wieder los, warf den Kopf nach hinten. Das Gesicht deiner Mutter war feuerrot. Ich drückte ihr Violet erneut in die Arme und drehte mich zum Waschbecken um. Sie ging über den Flur zu Violets Zimmer und murmelte ihr beruhigende Worte ins Ohr, wie du das auch immer machtest, während der rauschende Wasserhahn mein Weinen übertönte.

»Danke für das Essen, Helen. Es war köstlich.«

»Das ist doch das Mindeste, was ich tun kann.«

»Tut mir leid wegen vorhin. Was für eine Szene.«

»Liebes, denk nicht mehr dran.« Sie hob ihr Weinglas, trank aber nicht. »Bestimmt ist sie bloß müde. Meinst du, sie bekommt genug Schlaf?«

»Vielleicht nicht.« Den bekam sie. Wir taten beide so, als wäre alles halb so schlimm. Als gäbe es für Violets Verhalten eine harmlose Erklärung. Zu diesem Mittel griff deine Familie am liebsten. Ich schob den letzten Bissen auf meinem Teller herum. »Sie hat gerade eine Daddy-Phase, glaube ich.«

»Tja, wer will ihr das verdenken?« Sie zwinkerte und räumte unsere Teller ab. »Ihr könnt beide froh sein, dass ihr ihn habt.«

Und was ist mit ihm? Kann er nicht auch froh sein, dass er mich hat? In der Küche goss sie mir noch ein Glas ein. Ich war still.

»Es wird leichter werden«, flüsterte sie.

Ich nickte. Wieder kamen mir die Tränen, und ich spürte, dass ich rot anlief. Sie schwieg einen Moment lang und sprach dann weiter, mit weicherer Stimme, als hätte sie plötzlich akzeptiert, dass die Dinge schlimmer waren, als sie glauben wollte. Sie legte eine Hand auf meine und drückte sie fest, und wir starrten beide darauf.

»Hör mal. Niemand hat gesagt, dass es leicht wäre, Mutter zu sein. Besonders, wenn es nicht so ist, wie du gedacht hast, oder wenn es nicht das ist, was –« Sie presste nachdenklich die dünnen rosa Lippen zusammen. Sie hätte nicht gewagt, meine Mutter zu erwähnen. »Aber irgendwie findet sich ein Weg, es durchzustehen. Für alle. Anders geht es nicht.«

Als du zur Tür hereinkamst, fragtest du als Erstes nach Violet. »Wie war meine Kleine heute Abend?« Du strahltest. Es freute dich immer, wenn deine Mutter Zeit mit unserer Tochter verbrachte.

»Sie war sehr lieb, die meiste Zeit.« Deine Mutter küsste dich auf die Wangen und wandte sich ab, um ihre Handtasche zu nehmen. Du zogst mich an dich und fühltest dich in meinen Armen leicht betrunken an. Du rochst nach Bier und Hotdogs und Kälte. Als ich mich von dir löste, fragtest du, was mit meinem Gesicht passiert war – du berührtest den Fleck, den Violets Zähne hinterlassen hatten, und ich zuckte zurück.

»Nichts. Bloß ein kleiner Zusammenstoß mit Violet.« Ich sah zu deiner Mutter hinüber.

»Ja, vor dem Zubettgehen hat sie ein bisschen Theater gemacht«, sagte sie zu dir. »Sie ist ganz schön jähzornig, die Kleine.«

Du runzeltest die Stirn und haktest die Sache dann ab. Zogst deinen Mantel aus. Deine Mutter lächelte dich verkrampft an, mit erhobenen Augenbrauen, als erwartete sie, dass du nachfragtest. Ich wandte den Blick von ihr ab, dankbar für ihre Solidarität und beschämt, weil ich sie so verzweifelt brauchte.

»Halt durch, Liebes.« Das sagte sie leise zu mir, und dann ging sie, um zu deinem Vater unten ins Taxi zu steigen.

24

Ab dem Alter von acht Jahren habe ich klare Erinnerungen an meine Kindheit. Ich wünschte, ich müsste mich nicht allein auf diese Erinnerungen verlassen, aber mehr bleibt mir nicht. Manche Menschen umrahmen ihre Rückblicke in die Vergangenheit mit abgegriffenen Fotografien oder Geschichten, die zahllose Male von jemandem erzählt werden, der sie liebt. Dergleichen hatte ich ebenso wenig wie meine Mutter, und vielleicht war das Teil des Problems. Wir besaßen nur eine Version der Wahrheit.

Nur eines taucht gelegentlich vor meinem geistigen Auge auf: die weiße Auskleidung meines Kinderwagens, dunkelblaue Blümchen und eine Spitzenborte, und die Mitte eines mit Bast umwickelten Chromgriffs. Die Finger meiner Mutter in kanariengelben Handschuhen über mir. Ich kann ihr Gesicht nicht sehen, denn es blickt nach unten, nur ihr Schatten gleitet dann und wann über mich hinweg, wenn sie um eine Ecke biegt und die Sonne im Rücken hat. Eine derart frühe Erinnerung ist unmöglich, ich weiß. Aber ich kann saure Babymilch und Talkumpuder und Zigarettenrauch riechen, und ich kann das Geräusch der langsamen Stadtbusse hören, die Leute zum Abendessen nach Hause bringen.

Dieses Spiel spiele ich manchmal im Kopf mit Sam.

Woran hätte er sich erinnert? An die Rauheit des Grases auf dem Hügel im Park oder die orangefarbene Decke, auf die wir ihn legten, drei Gesichter wie schwankende Schirme über ihm? Vielleicht an den Duft der Kürbis-Muffins, die Violet so gern backte. Oder an den großen Löffel mit dem roten Stiel, den sie ihm immer teigtropfend zum Ablecken gab. An das Badespielzeug mit dem kreiselnden Licht, das du wegwerfen wolltest.

Vielleicht an die Bilder im Kinderzimmer – der kleine Cherub schien morgens immer seine Aufmerksamkeit zu bannen.

Aber ich glaube, er hätte sich an Folgendes erinnert: an die Wandfliesen in der Umkleide des öffentlichen Schwimmbads. Ich weiß nicht, warum, aber ich denke, die wären ein Teil von ihm geworden. Jede Woche legte ich ihn auf die Holzbank in der hinteren Umkleidekabine und hielt ihn mit einer Hand fest, während ich den Arm ausstreckte, um mit der anderen die Schwingtür zu verriegeln. Immer sah er mit suchenden Augen an der Wand hoch und berührte die kleinen bunten, wahllos angeordneten Quadrate, als wären sie etwas Lebendiges. Senfgelb, Smaragdgrün und ein schönes Dunkelblau. Ein Marineblau. Die Fliesen beruhigten ihn. Er gab leise Laute von sich und riss die Augen weit auf, wenn ich ihm seine Schwimmwindel anzog und ein Handtuch um meine noch immer rundliche Taille wickelte. Jedes Mal, wenn wir dorthin gingen, freute ich mich darauf, wie Sam die Fliesen betrachtete. Sie waren in seiner kleinen Welt etwas, das ihn berührte.

Ich kehre oft in diese Umkleidekabine zurück. Suche ihn dort in den Fliesen.

25

Ihr Haar wuchs dicht und schön, und oft blieben Leute stehen, um uns zu sagen, was für ein hübsches Mädchen sie war. Dann lächelte sie verschämt und bedankte sich, und für den Bruchteil einer Sekunde konnte ich diesen kleinen, außergewöhnlichen, höflichen Menschen sehen, der doch unmöglich die Fähigkeit besitzen konnte, mich an den Rand des Wahnsinns zu treiben. Solche dunklen Momente waren seltener geworden, und andere Elemente ihrer Persönlichkeit traten zutage. Sie war ganz vernarrt in ihre Babypuppe und nahm sie überallhin mit. Mit sechzehn Monaten konnte sie Farben unterscheiden. Sie bestand darauf die längste Zeit des Jahres eine Strumpfhose mit Weihnachtsbäumen unter ihrer Hose zu tragen. Sie aß zu fast jeder Mahlzeit Rühreier und nannte sie gelbe Wolken. Streifenhörnchen machten ihr Angst, und Eichhörnchen fand sie putzig. Sie liebte die Frau in dem Blumenladen an der Ecke, wo wir jeden Samstagmorgen eine Blume kauften. Die hielt sie dann in der Hand, wenn sie auf dem Töpfchen saß und Pipi machte. Sie ergab überhaupt keinen Sinn und doch allen Sinn der Welt.

Sie ließ mir gerade genug Raum, um mich festzuhalten, mir einzureden, dass ich mich wieder auf sicheren Boden hieven könnte. Für eine Weile jedenfalls, bis ich erneut daran erinnert wurde, wo mein Platz in ihrer kleinen, aber geordneten Welt war.

Als sie drei war, hatte ich mich nach der Rückkehr von einem Wochenendtrip zur Hochzeit deines Freundes in ihr Zimmer geschlichen, ohne meinen Mantel auszuziehen.

Es war nach Mitternacht. Ich hatte ihren Duft riechen wollen. Im Flugzeug hatte mich eine ungewohnte Panik erfasst, ein

Gefühl, dass irgendwas nicht stimmte, dass sie im Schlaf ersticken könnte und deine Mutter sie nicht hören würde, wie ich das täte, dass die Kohlenmonoxid-Melder nicht funktionierten, dass das Flugzeug bei der Landung falsch aufsetzen und uns beide in den Tod reißen würde. Ich brauchte sie. Ich empfand diese Sehnsucht nach ihr nur selten, auch dann nicht, wenn ich sie hätte empfinden sollen, aber sobald sie einsetzte, vergaß ich, wie es war, Violet nicht bei mir haben zu wollen. Wer war diese andere Mutter? Diejenige, die mich mit so viel Scham erfüllte?

Das Gesicht eines schlafenden Kindes. Sie schlug flatternd die Augen auf und sah mich über sie gebeugt. Ihre Lider schlossen sich enttäuscht. Ihre Traurigkeit war echt. Sie drehte sich auf die Seite, zog die himmelblaue Decke bis unters Kinn und blickte aus dem dunklen Fenster. Ich neigte mich zu ihr, um ihr einen Kuss zu geben, und spürte, wie sich ihre Muskeln unter meiner Hand verkrampften.

Ich ging aus dem Zimmer und sah dich im Flur. Ich sagte dir, dass sie schlief. Du gingst trotzdem hinein, und ich hörte schmatzende Geräusche auf deiner Wange. Sie erzählte dir, dass deine Mutter ihr erlaubt hatte, einen Film mit einer Meerjungfrau zu gucken. Sie fragte, ob du dich zu ihr legen würdest. Sie hatte auf dich gewartet.

Ich glaubte, dass ich nie das mit ihr haben würde, was du hattest.

»Das bildest du dir bloß ein«, sagtest du immer zu mir, wenn ich das ansprach. »Du hast dir diese Geschichte über euch beide ausgedacht und kannst sie nicht mehr loslassen.«

»Sie sollte mich bei sich haben wollen. Ich bin ihre Mutter. Sie sollte mich brauchen.«

»Es ist alles in Ordnung mit ihr.«

Mit ihr. Es war alles in Ordnung mit ihr, sagtest du.

Beim Frühstück am nächsten Morgen erzählte deine Mutter von dem schönen Wochenende, das sie beide gehabt hatten. Du strahltest vor Glück, wieder bei deiner Tochter zu sein, wipptest sie auf den Knien.

»Dann war also alles gut?«, fragte ich deine Mutter leise hinterher, als wir gemeinsam die Spülmaschine einräumten.

»Sie war ein Engel. Ganz ehrlich.« Sie rieb mir kurz den Rücken, als wollte sie einen Schmerz lindern, von dem sie wusste, dass ich ihn mit mir herumtrug. »Ich glaube, sie hat euch beide vermisst.«

26

Im dritten Schuljahr arbeitete unsere ganze Klasse eine Woche lang daran, Papierblumensträußchen für unsere Mütter zu basteln. Wir klebten Knöpfe auf die Innenseite von rosa und gelben Muffin-Förmchen, bogen Stiele aus Pfeifenreinigern. Wir befestigten das Ganze auf dickem Bastelpapier und schrieben in unserer besten Schönschrift das Gedicht von der Tafel ab: *Rosen sind rot, und Veilchen sind blau, ich hab die beste Mom der Welt, das weiß ich genau!* Ich wurde als Letzte fertig. Ich konnte mich nicht erinnern, irgendwann mal was für sie gebastelt zu haben, jedenfalls nicht so was Schönes. Die Lehrerin nahm es mir aus der Hand und flüsterte: »Es ist richtig toll geworden, Blythe. Sie wird sich unheimlich freuen.«

Die Lehrerin gab uns allen eine Einladung zu Kaffee und Kuchen für unsere Mütter mit. Ich warf meine direkt in den Mülleimer, als ich an dem Tag aus der Schule kam – ich wollte meine Mutter nicht einladen. Oder, genauer gesagt, ich wollte sie nicht einladen für den Fall, dass sie nicht kommen wollte. Ich war neun, aber ich hatte bereits gelernt, mit meiner eigenen Enttäuschung umzugehen. Als ich am Morgen des Kaffeeklatsches allein in der Küche frühstückte, während meine Mutter wie üblich länger schlief, überlegte ich mir, dass ich den anderen erzählen würde, wenn ich in die Schule kam: Meine Mutter war krank, sie hatte irgendwas Schlechtes gegessen. Sie konnte nicht kommen.

An dem Nachmittag dekorierten wir das Klassenzimmer mit Seidenpapierblumen, bevor die Mütter eintrafen. Ich stand gerade mit einer Reißzwecke in der Hand auf einem Stuhl und reckte mich nach der Pinnwand, als ich hörte:

»Bin ich zu früh?«

Ich wäre fast vom Stuhl gefallen. Meine Mutter. Die Lehrerin begrüßte sie freundlich und sagte, nein, nein, sie sei bloß die Erste, und sie sei froh, dass es ihr wieder besser gehe. Meine Mutter schien meine Lüge gar nicht zu registrieren – sie sah zu nervös aus. Sie winkte kurz von der Tür her. Sie trug etwas, das ich noch nie an ihr gesehen hatte: ein hübsches pfirsichfarbenes Kostüm und Perlenohrringe, die unmöglich echt sein konnten. Es war ungewohnt für mich, dass sie so weich, so feminin aussah. Mir pochte das Herz in der Brust. *Sie ist gekommen.* Irgendwie hat sie von dem Kaffeekränzchen erfahren, und sie ist gekommen.

Sie bat mich, sie im Klassenzimmer herumzuführen, während wir darauf warteten, dass das Beisammensein anfing. Ich zeigte ihr unser Wetterhäuschen und die Abakusse und die Multiplikationstabellen. Sie lachte, als ich ihr möglichst einfach erklärte, wie die funktionierten, als hätte sie noch nie Zahlen gesehen. Dann kamen andere Mütter herein und wurden freudig von ihren Kindern begrüßt, und meine Mutter studierte jede einzelne genau – ihre Kleidung, ihre Frisur, ihren Schmuck. Da spürte ich, dass meine Mutter unsicher war, und das schockierte mich – es schien ihr doch immer egal zu sein, was andere Mütter dachten. Es schien ihr immer egal zu sein, was irgendwer dachte.

Mrs Ellington kam als Nächste herein, und Thomas rief sie. Er war gerade dabei, ganz vorsichtig Teetassen mit Untertellern aufzustellen, die die Lehrerin von zu Hause mitgebracht hatte. Mrs Ellington winkte ihm, steuerte aber zuerst auf mich und meine Mutter zu. Sie streckte meiner Mutter die Hand entgegen.

»Cecilia, wie schön, Sie wiederzusehen. Die Farbe steht Ihnen gut.« Meine Mutter nahm ihre Hand, und dann beugte Mrs Ellington sich vor und deutete einen Wangenkuss an, wie ich es bei anderen Frauen gesehen hatte, aber noch nie bei meiner Mutter. Ich fragte mich, wie sie wohl für Mrs Ellington roch.

»Ich find's auch schön.« Meine Mutter lächelte. »Und *danke.* Hierfür.« Sie deutete mit dem Kinn auf die vielen kleinen Tische mit Platzdeckchen und Tellern voll Gebäck. Mrs Ellington fuhr sich mit der Hand durchs Haar, als wäre das alles nicht der Rede wert. Als würden sie einander mögen. Ich hatte noch nie gehört, dass sie so freundlich miteinander redeten.

»Deine Mom ist echt hübsch, Blythe«, flüsterte mir eine Mitschülerin zu.

»Sie sieht aus wie ein Filmstar«, sagte eine andere. Ich betrachtete meine Mutter und überlegte, was sie wohl in ihr sahen, ohne all die belastenden Dinge, die ich über sie wusste. Ihr wippender Fuß verriet mir, dass sie eine Zigarette brauchte. Ich fragte mich, wo ihr Outfit herkam – hatte sie das im Schrank gehabt? Oder extra für heute gekauft? Ich beobachtete, wie meine Freundinnen sie beobachteten, während sie neben ihren normal aussehenden Müttern saßen. Zum ersten Mal in meinem Leben war ich stolz auf sie. Sie sah elegant aus. Sie gab sich Mühe. Für mich.

Die Lehrerin verteilte die Blumen, die wir gebastelt hatten, und die Mütter bewunderten demonstrativ unsere kleinen Kunstwerke. Ich überreichte meiner Mutter mein Sträußchen, und sie las das Gedicht. Noch nie hatte ich so etwas Ähnliches zu ihr gesagt. Wir wussten beide, dass sie nicht die beste Mutter war. Wir wussten beide, dass sie weit davon entfernt war.

»Gefällt's dir?«

»Ja. Danke.« Sie blickte weg und legte es auf den Tisch. »Ich hätte gern ein Wasser. Blythe, kannst du mir ein Glas einschenken?«

Aber ich wollte, dass sie sich wie eine bessere Mutter fühlte, als sie tatsächlich war. Ich nahm das Gedicht und las es ihr laut vor, sprach mit zittriger Stimme gegen den Lärm im Raum an.

»Rosen sind rot, und Veilchen sind blau, ich hab die beste Mom der Welt« – ich stockte und schluckte –, »das weiß ich genau!«

Sie blickte nicht auf, nahm mir das Gedicht erneut aus den Händen.

»Alle mal herhören: Noch fünf Minuten!«

»Wir sehen uns dann zu Hause, okay?« Sie strich mir über den Kopf, nahm ihre Handtasche und ging. Mrs Ellingtons Augen folgten ihr aus dem Raum.

Meine Mutter hatte zum Abendessen einen Hackfleischauflauf gemacht und trug noch immer das pfirsichfarbene Kostüm, als ich nach Hause kam. Mein Vater ließ sich am Tisch nieder und erklärte, er habe einen Bärenhunger.

»Na, dann erzählt mir mal von dem Muttertagskränzchen.«

Kartoffelpüree klatschte auf seinen Teller, und meine Mutter sagte kein Wort. Er sah mich an und hob die Augenbrauen. »Wie war's, Blythe?«

»Schön.« Ich trank meine Milch. Sie holte die heiße Auflaufform aus dem Ofen, schob sie auf den Tisch und knallte einen Löffel daneben.

»Herrgott, das Holz!« Mein Vater sprang auf, um ein Geschirrtuch zu holen, und verbrannte sich die Finger, als er die Auflaufform anhob, um das Tuch darunterzuschieben. Er sah meine Mutter wütend an, aber sie schien es nicht mal zu merken.

»Ich hab Papierblumen für Mom gemacht.«

»Donnerwetter. Wo sind die, Cecilia?« Er schob sich eine Gabel voll Püree in den Mund und sah sie an. »Zeig doch mal.«

Meine Mutter blickte von der Spüle auf. »Was denn?«

»Was sie zum Muttertag für dich gebastelt hat.«

Meine Mutter schüttelte verwirrt den Kopf, als hätte ich ihr gar nichts geschenkt. »Ich weiß nicht, ich weiß nicht, wo ich die hingetan hab.«

»Irgendwo müssen sie ja sein. Guck mal in deiner Handtasche nach.«

»Nein, ich weiß nicht, wo sie sind.« Sie sah mich an und schüttelte erneut den Kopf. »Ich weiß es einfach nicht.« Sie zündete sich eine Zigarette an und drehte den Hahn auf, um Spülwasser einlaufen zu lassen. Sie aß nie mit uns. Ich sah sie überhaupt nie essen.

Mir wurde schwer ums Herz. Es war zu viel gewesen – ich hatte zu viel gesagt.

»Ist schon gut, Dad.«

»Nein. Nein, wenn du deiner Mutter so was Schönes gebastelt hast, werden wir es finden. Und dann hängen wir es auf.«

»Seb.«

»Nun geh schon suchen, Cecilia.«

Sie schleuderte ihm den Spüllappen ins Gesicht. Ich schreckte von dem lauten Klatschgeräusch zusammen, und mir fiel die Gabel aus der Hand. Mein Vater saß mit geschlossenen Augen da, während ihm der nasse Lappen im Gesicht klebte. Er legte Messer und Gabel hin und ballte die Fäuste so fest, dass seine Knöchel die Farbe des Kartoffelpürees annahmen. Ich wollte, dass er mit der gleichen Wut losbrüllte, die ständig in ihr brodelte. Er war völlig reglos, und ich fragte mich, ob er überhaupt noch atmete.

»Ich bin hingegangen, oder etwa nicht? Zu diesem verdammten Kaffeeklatsch. Ich war da. Hab an dem Tischchen gesessen und mitgespielt. Was willst du denn noch von mir?« Sie schnappte sich ihre Zigaretten und ging auf die Veranda. Mein Vater zog sich den Lappen vom Gesicht und faltete ihn auf dem Tisch zusammen. Dann nahm er seine Gabel und sah mich an.

»Iss.«

27

Im Frühjahr nach Violets viertem Geburtstag bat ihre Erzieherin uns an einem Freitag nach der Kita um ein Gespräch.

»Kein großer Grund zur Sorge«, sagte sie am Telefon, wobei sie das Wort *großer* betonte. »Trotzdem sollten wir uns mal unterhalten.«

Du warst von Anfang an skeptisch, aber ich wusste, dass du insgeheim Angst davor hattest, was sie wohl sagen würde. *Will sie etwa ihre Buntstifte nicht verleihen?*

Wir saßen auf Kinderstühlen, und deine Knie gingen dir fast bis zum Kinn. Sie bot uns Wasser in rosa Plastikbechern an, das nach Spülmittel schmeckte.

Jeder weiß, dass man immer mit dem Positiven anfängt.

»Violet ist ein außergewöhnlich intelligentes Kind. Sie ist ihrem Alter in vielerlei Hinsicht weit voraus. Sie ist sehr ... aufgeweckt.«

Aber es gab einige Vorfälle, die dazu geführt hatten, dass die anderen Kinder sie mieden. Sie nannte das Beispiel eines Jungen, der Angst hatte, neben ihr zu sitzen, weil sie ihm manchmal die Finger verdrehte, bis er weinte. Ein Mädchen hatte geklagt, Violet habe es mit einem Bleistift in den Oberschenkel gestochen. Und laut einem anderen Kind hatte Violet ihm am Nachmittag davor in der Pause die Hose heruntergerissen und eine Handvoll Steine in die Unterhose gestopft. Mein Gesicht wurde heiß, und ich hob eine Hand an den Hals, spürte förmlich, wie er fleckig anlief. Ich schämte mich dafür, ein Menschenkind erschaffen zu haben, das sich so verhielt. Ich blickte aus dem Fenster auf den Pausenhof, der mit kleinen staubigen Kieseln bedeckt war. Ich dachte an die Aggression, die sie an den Tag gelegt hatte, als sie kleiner war. Daran, wie wenig Empathie ich jetzt in ihr entdeckte. Ich konnte mir gut vorstellen, dass an allen Vorwürfen etwas dran war.

»Sie entschuldigt sich, wenn sie dazu aufgefordert wird, ja«, sagte die Erzieherin zögerlich, als du sie danach fragtest. »Sie ist schlau. Sie weiß, dass ihr Verhalten verletzend ist, aber das scheint sie nicht so abzuschrecken, wie wir gedacht haben. Ich denke, unter diesen Umständen müssen wir andere Maßnahmen ergreifen.«

Wir einigten uns auf eine Strategie und dankten ihr für das Gespräch.

»Hör mal, das klingt nicht gut, aber jedes Kind macht so was durch. Testet Grenzen aus. Wahrscheinlich langweilt sie sich da. Hast du gesehen, wie viel Plastikscheiß rumliegt? Sah aus wie ein Spielzimmer für Babys. Wie viel zahlen wir denen noch mal im Monat?«

Ich starrte auf die Bläschen, die in deinem Glas aufstiegen. Wir waren was trinken gegangen, mein Vorschlag. Ich hoffte, das würde die Spannung zwischen uns lockern.

»Wir werden mit ihr reden«, versuchtest du, dich selbst zu überzeugen. »Offensichtlich wird sie von irgendwas zu so einem Verhalten provoziert.«

Ich nickte. Deine Reaktion war mir unverständlich. Du warst sonst immer so vernunftbetont. Aber wenn es um unsere Tochter ging, verlorst du all deine Klarsicht. Du verteidigtest sie blindlings.

»Kannst du vielleicht auch mal was dazu sagen?« Du warst wütend.

»Ich bin – ich bin bestürzt. Ich bin enttäuscht. Und ja, wir werden mit ihr reden …«

»Aber?«

»Aber ich kann nicht behaupten, dass ich überrascht wäre.«

Du schütteltest den Kopf – *jetzt kommt's.*

»Andere Kinder in ihrem Alter würden im Streit beißen oder hauen oder sagen: ›Du darfst nicht auf meine Geburtstagsfeier kommen.‹ Aber was sie macht, das klingt … irgendwie grausam. Irgendwie berechnend.« Ich barg das Gesicht in den Händen.

»Sie ist vier, Blythe. Sie kann sich noch nicht mal die Schuhe zubinden.«

»Versteh doch, ich liebe sie, ich meine bloß –«

»Wirklich?«

Wie gut sich das angefühlt haben muss. Es war das erste Mal, dass du es aussprachst, aber ich wusste, dass du es schon seit Jahren dachtest. Du starrtest auf die wasserfleckige Bartheke.

»Ich liebe sie, Fox. Nicht ich bin das Problem.« Ich dachte daran, wie sorgfältig die Erzieherin ihre Worte gewählt hatte.

Ich ging allein nach Hause und gab der Babysitterin Geld fürs Taxi. Violet schlief tief und fest. Ich schlüpfte in ihr Bett, zog die Decke über meine Beine und hielt den Atem an, als sie sich kurz bewegte. Sie hätte mich nicht so nah bei sich haben wollen, und doch legte ich mich oft zu ihr. Ich versuchte, in ihrer Stille irgendetwas zu finden. Keine Ahnung, was. Vielleicht erinnerte mich ihr unverfälschter süßer Geruch, wenn sie schlief, daran, woher sie kam. Sie war nicht perfekt, sie war nicht einfach, aber sie war meine Tochter, und vielleicht war ich ihr mehr schuldig.

Und dennoch. Während ich da in der Dunkelheit lag und über das Gespräch mit der Erzieherin nachdachte, spürte ich eine leise Bestätigung. Ich lebte schon lange mit diesem entsetzlichen, andauernden Verdacht gegenüber meiner Tochter, und ich spürte, dass endlich auch jemand anders sie ähnlich sah.

28

Irgendwann in den Wochen danach besuchte ich eine Galerie im Stadtzentrum, nachdem ich Violet zur Kita gebracht hatte. Ich wollte mir eine umstrittene Ausstellung ansehen, die am Vortag in der Zeitung besprochen worden war. Ich hatte mitbekommen, wie du den Artikel bei deiner morgendlichen Tasse Kaffee last und dann kaum merklich den Kopf schütteltest, bevor du die Seite umblättertest.

Ich machte einen Schritt in die Galerie und ließ den Blick über die mattweißen Wände gleiten. Sie waren behängt mit zuvor in den Medien verwendeten Porträtfotos von Kindern, die wegen Straftaten mit Schusswaffen angeklagt worden waren. Unvorstellbar brutale Taten mit manchmal tödlichen Folgen. Kinder, manche kaum alt genug für Pickel im Gesicht, kaum groß genug, um auf eine Achterbahn gelassen zu werden.

Ich dachte daran, wie klein die Genitalien dieser Jungen gewesen sein mussten, wie kindlich, haarlos, geschlechtslos. Zwei Mädchen waren dabei. Beide lächelten breit, intensiv, die Lippen zum Zerreißen gespannt. Die eine trug eine Zahnspange. Bestimmt war sie jeden Monat mit ihrer Mutter zum Kieferorthopäden gegangen, um die Spange nachstellen zu lassen, und hatte sich ausgesucht, welche Farbe die Gummis haben sollten. Hatte hinterher ein Erdbeereis haben wollen, weil alles andere in ihrem Mund zu wehgetan hätte.

Stundenlang starrten mich die Kinder an. Erkannten sie mich als die Art Frau, von der sie abstammten? Als jemanden wie ihre eigenen Mütter? Eine Angestellte mit kurzem, seitlich gescheiteltem Haar blickte nur kurz von den Kunstkatalogen auf, die sie an dem wuchtigen Eichenschreibtisch in der Ecke studierte. Ich berührte die Glasabdeckung auf dem Schulfoto eines kleinen Mädchens. Über jeder Schulter hing ein perfekter Zopf. Wo fängt es an? Wann erkennen wir es? Was bringt sie dazu? Wer trägt die Schuld?

Auf dem Nachhauseweg redete ich mir ein, dass es eine irrationale Vorstellung war, irgendetwas Vertrautes in diesen Porträts entdecken zu können. Dorthin zu gehen war völlig verrückt gewesen.

Am selben Tag holte ich sie früher von der Kita ab. Wir setzten uns in ein Café, und ich bestellte Kakao und Kekse. Sie bot mir die Hälfte von ihrem Keks an, als wir Platz nahmen.

»Ich finde, du bist ein sehr liebes Mädchen«, sagte ich. Sie leckte die Schokostückchen von ihrer Hälfte ab, während sie darüber nachdachte.

»Noah hat gesagt, ich bin gemein. Aber ich mag Noah sowieso nicht.«

»Dann kennt Noah dich einfach noch nicht gut genug.«

Sie nickte und rührte mit dem Finger durch die geschmolzenen Marshmallows.

Wir ließen das Abendessen ausfallen – nach den Keksen hatten wir keinen Hunger mehr. In der Badewanne schloss sie die Augen und lag in der dicken Schaumschicht wie ein Engel im Schnee.

»Morgen tu ich Noah weh.«

Bei dem Satz blieb mir das Herz stehen. Ich wrang den Waschlappen aus und hängte ihn über die Armatur, überlegte, wie ich reagieren sollte. Sie wollte eine Reaktion von mir.

»Das wär aber nicht nett, Violet«, sagte ich ruhig. »Wir tun anderen nicht weh. Sag ihm doch lieber eine Sache, die du wirklich an ihm magst. Gibt er gern ab? Macht es Spaß, in der Pause mit ihm zu spielen?«

»Nein«, sagte sie und tauchte den Kopf unter Wasser.

Am nächsten Tag sagte ich dir, ich hätte einen Termin, und bat dich, sie von der Kita abzuholen. Stattdessen lief ich ziellos durch den Supermarkt, ohne etwas zu kaufen. Mir schlug das

Herz bis zum Hals, als ich nach Hause kam. Tagsüber hatte ich immer wieder auf mein Handy gestarrt, fest damit gerechnet, dass die Erzieherin anrufen würde.

»Wie war sie?«, fragte ich fast atemlos.

»Die Erzieherin meinte, sie hatte einen richtig guten Tag.« Du zerzaustest Violet das Haar, während sie Spaghetti auf ihre Gabel drehte. Sie sah zu mir hoch und saugte eine einzelne Nudel durch die Lücke zwischen ihren Schneidezähnen.

Später, bevor ich ins Bett ging, sammelte ich ihre Kleidung für die Waschmaschine auf und fand ein dickes Büschel lockiger blonder Haare in der Tasche des Kleides, das sie an dem Tag in der Kita getragen hatte. Ich zog es heraus und starrte darauf. Das Gefühl, die Haare eines anderen Menschen in der Hand zu halten, war verstörend. Und dann begriff ich, wessen Haare das waren. Der schmächtige, schüchterne, blasse kleine Noah mit seinem wirren Lockenkopf. Ich ging den Flur entlang, unsicher, was ich damit machen sollte.

»Fox?«

»Ich hab was für dich«, riefst du aus dem Wohnzimmer. Deine Stimme klang heller als sonst. Ich schloss die Faust um das Haarbüschel. Du saßest auf der Couch und reichtest mir eine kleine quadratische Schachtel. Und dann fiel mir ein, dass du an dem Tag deine jährliche Beurteilung gehabt hattest. Du warst befördert worden. Hattest eine fette Gehaltserhöhung bekommen.

»Du tust so viel für uns«, sagtest du, die Nase an meine Stirn gedrückt. Ich öffnete die Schachtel. Darin lag eine dünne Goldkette mit einem kleinen Anhänger, in den der Buchstabe *V* eingraviert war. Ich nahm die Kette und hielt sie mir an den Hals. »Im Moment ist alles nicht so einfach, aber ich liebe dich. Das weißt du doch, oder?«

Du zogst mir die Bluse aus. Du sagtest, dass du mich wolltest.

Die Haare steckten in meiner Jeanstasche auf dem Boden, und als wir fertig waren, spülte ich das blonde Büschel in der Toilette runter.

Auf dem Weg zur Kita am nächsten Morgen fragte ich Violet, was denn am Vortag mit Noah passiert war.

»Er hat sich seine ganzen Haare abgeschnitten.«

»Er selbst?«

»Ja. Auf dem Klo.«

»Was hat die Erzieherin dazu gesagt?«

»Weiß nicht.«

»Du hattest nichts damit zu tun?«

»Nein.«

»Lügst du mich an?«

»Nein. Ich schwöre.«

Sie schwieg eine Weile, während wir weitergingen, und dann sagte sie:

»Ich hab ihm beim Saubermachen geholfen. Deshalb waren seine Haare in meiner Tasche.«

Als wir an dem Morgen auf den Hof der Kita kamen, rannte Noah, sobald er Violet erblickte, zurück zu seiner Mutter und drückte das Gesicht an ihre Beine. Sein Kopf war kahl geschoren. Violet ging schnurstracks an ihm vorbei und in die Kita. Seine Mutter bückte sich und fragte, was er denn habe. »Nichts«, hörte ich ihn wimmern. Sie hielt ihm ein Taschentuch an die Nase und sagte, er solle sich schnäuzen. Ich warf ihr einen mitfühlenden Blick zu und lächelte. Sie sah müde aus. Sie versuchte, mein Lächeln zu erwidern, und winkte. Ich hätte zu ihr gehen sollen und sagen: *Ich kenne das Gefühl. Manche Tage sind hart.* Aber ich hatte weiche Knie, und ich musste da weg.

Auf dem Nachhauseweg dachte ich an die Fotografien, die ich am Vortag in der Galerie gesehen hatte. An die Frauen hinter diesen Kindern. *Aber ihre Mutter war so normal. Sie war genau wie wir.*

Als ich an dem Tag nach der Kita die Wäsche gemacht hatte und nach oben kam, stand Violet ganz vorn auf einem Stuhl an der Küchentheke, und ihre kleinen Finger glitten träge durch ein halb leeres Gurkenglas.

»Was machst du da?«, fragte ich.

»Ich fange Wale«, sagte sie. Ich schaute ihr über die Schulter und beobachtete, wie sie versuchte, die letzten paar warzigen Gurken, die in dem Saft anmutig zwischen weichem Dill auf- und abtauchten, herauszufischen, und ganz ehrlich, sie sahen genau wie Wale aus. Sie hatte einen gescheiten, fantasievollen Kopf, und manchmal hätte ich gern in ihn hineingeschaut. Obwohl ich mich davor fürchtete, was ich dort finden würde.

29

Vielleicht hast du vergessen, dass er Elijah hieß. Seine Beerdigung war an einem Samstag Anfang November, und es hatte seit zwei Tagen ununterbrochen geregnet. In uns allen war eine Schwere, die uns manchmal überkam, wenn die Wohnung sich feucht anfühlte, wenn die Kälte uns in die Knochen drang. Wir ließen Violet mit der Babysitterin zu Hause. Während wir fort waren, malte sie ein Bild von zwei Kindern. Das eine lächelte, und das andere weinte, mit einem roten Gekritzel auf der Brust, von dem ich annahm, dass es Blut sein sollte. Ich zeigte es dir, aber du sagtest nichts. Du legtest das Bild auf die Küchentheke und riefst ein Taxi für die Babysitterin. Violet war fast fünf Jahre alt.

Als wir an dem Abend ins Bett gingen, drehte ich mich zu dir und fragte, ob wir uns unterhalten könnten. Du riebst die Stelle zwischen deinen Augen – wir hatten einen langen, aufwühlenden Tag hinter uns, aber ich konnte nicht anders. Du wusstest, worüber ich reden wollte.

»Verdammt noch mal, hast du denn heute in der Kirche nichts begriffen?«, zischtest du durch zusammengebissene Zähne. Und dann: »Es ist bloß ein Bild.«

Aber es war so viel mehr. Ich drehte mich auf den Rücken und starrte unsere Decke an und befingerte die Kette um meinen Hals.

»Akzeptier sie doch einfach, wie sie ist. Du bist ihre Mutter. Mehr wird von dir nicht erwartet.«

»Ich weiß. Und das tue ich.« Das Überzeugen. Das Lügen. »Ehrlich.«

Du wolltest die perfekte Mutter für deine perfekte Tochter, und es gab keinen Raum für irgendwas anderes.

Am nächsten Morgen war Violets Bild von der Küchentheke

verschwunden. Im Müll konnte ich es nicht finden. Ich sah im Abfalleimer in der Küche nach, in dem im Bad, im Papierkorb neben meinem Schreibtisch. Ich habe dich nie gefragt, was du damit gemacht hast.

Bei Elijahs Beerdigung sprach der Geistliche davon, dass Gott für jeden Einzelnen von uns einen Plan hat, dass Elijahs Seele nicht bestimmt gewesen war, alt zu werden. Ich konnte das nicht mit dem vereinbaren, was, wie ich fürchtete, tatsächlich eine Woche zuvor nach der Kita im Park geschehen war.

Ich glaube, ich sah etwas passieren, kurz bevor der arme Junge oben von der Rutsche stürzte.

Ich war so müde – Violet hatte wieder mal Schlafprobleme, wollte mehr Wasser, wollte, dass das Licht anblieb. Es war Wochen her, dass ich eine Nacht durchgeschlafen hatte. Womöglich konnte ich nicht mehr klar denken.

Zehn Sekunden, würde ich schätzen. So lange beobachtete sie Elijah, der von der anderen Seite des großen Klettergerüsts nach oben auf die höchste Rutsche lief, wo Violet stand. Sie hielt die Hände auf dem Rücken, die Augen auf den Jungen gerichtet. Er kam über die wacklige Brücke auf sie zugehüpft, mit offenem Mund, vor Freude quietschend, sein langes Haar flatterte in der frischen Herbstluft.

Das Geräusch, als er auf dem Boden aufschlug, war nicht dumpf. *Wack*. So etwa.

Sie blickte ohne jede Reue in den Augen zu mir herunter, nachdem sie seinen kleinen Körper in dem gestreiften Shirt und der Jeans mit Gummizug reglos unten auf dem Schotter hatte liegen sehen. Sie verzog keine Miene, als wir seine Nanny um Hilfe schreien hörten, ihre Stimme so schrill vor Panik, dass mir die Ohren klingelten. Sie blieb ungerührt, als der Krankenwagen kam und den Jungen auf einer winzigen Trage abtransportierte, vor den Augen einer Schar geschockter Mütter und Nannys, die mit ihren Kindern auf dem Arm dastanden und die kleinen Köpfe sicher an den Hals drückten.

Ich starrte zu der Rutsche hinauf, ließ das, was da gerade geschehen war, Revue passieren.

In dem Augenblick, bevor er auf sie zurannte, hatte Violet über die hohe Plattform der Rutsche nach unten geblickt, wie eine Turmspringerin, die das spritzerfreie Eintauchen ins Wasser visualisiert. »Sei vorsichtig, bitte!«, hatte ich gerufen. »Das ist zu hoch! Das ist gefährlich!« Die Panik einer Mutter. Wenn ich ehrlich bin, hatte ich genau diesen Gedanken: Gefahr. Tod. Aber ihrer. Eine Mutter hat ständig solche Gedanken. Sie trat zurück und lehnte sich gegen einen Holzpfosten des Gerüsts. Ich hatte nicht begriffen, warum sie da wartete.

Ich sah, wie ihr Bein sich hob. Im genau richtigen Augenblick.

Ich glaube, er schlug zuerst mit dem Kopf auf.

Während die Sirenen verhallten, fragte Violet mich mit leiser Stimme, ob wir ein Eis essen gehen könnten. Ihre Augenbrauen hoben sich in gespannter Erwartung meiner Reaktion. War das ein Test? Was hatte ich gesehen? Was würde ich mit ihr machen? Der Gedanke, dass sie ihm ein Bein gestellt haben könnte, war so absurd, so unvorstellbar, dass er fast sofort wieder verschwand. Nein, nein, das ist nicht passiert. Ich blickte in den grauen Himmel und sagte laut: »Das ist nicht passiert.« *Blythe, das hast du nicht gesehen.* »Mom? Kann ich ein Eis haben?«

Ich schüttelte den Kopf, schob meine zitternden Hände in die Manteltaschen und sagte, wir müssen los.

Komm. Sofort. SOFORT.

Wir gingen die sieben Blocks zu unserer Wohnung, ohne ein Wort zu sagen.

Ich setzte sie vor den Fernseher und schloss mich eine Stunde lang im Bad ein, unfähig, mich zu bewegen. Ich visualisierte, was ich möglicherweise gesehen hatte. Es ging nicht mehr um ein ausgerissenes Büschel Haare oder Gemeinheiten in der Kita. Die Plattform war mindestens dreieinhalb Meter hoch. Ich nahm das *V*-Halsband ab, das du mir geschenkt hattest. Mein Hals fühlte sich wund an. Heiß.

Seltsame Dinge kamen mir in den Sinn, Dinge wie kleine rosa Handschellen und Sozialarbeiter vom Jugendamt und Reporter in Trenchcoats, die an unsere Tür hämmerten, und der ganze Papierkrieg, weil Violet die Kita wechseln musste, und die horrenden Scheidungskosten und der elektrische Rollstuhl dieses armen Jungen. Ich starrte auf den Schimmel in den Fugen unserer Duschfliesen, und ich spielte Violets Reaktion wieder und wieder im Kopf durch. Und dann beschloss ich: Nein. Sie hat diesem Jungen kein Bein gestellt. Sie war zu weit von ihm weg gewesen. Nein, ich war nicht die Mutter eines Kindes, das zu so etwas imstande war.

Ich war so unglaublich müde.

Ich machte ihr ein Erdnussbutterbrot. Sie berührte meinen Arm, als ich den Teller auf den Couchtisch stellte, und ihre Finger an meiner Haut ließen mich zusammenfahren. Ich starrte ihre Hände an, und sie sahen so klein aus, so unschuldig, an den Knöcheln noch immer Babyspeckgrübchen.

Nein. Nein, sie hatte nichts Böses getan.

Am Abend erzählte ich dir von Elijahs schrecklichem Unfall.

Unfall, sagte ich.

Violet machte am anderen Tischende ein Puzzle. Sie sah zu mir hoch, als mein Handy auf der Küchentheke summte. Ich blickte sie an, während ich telefonierte. Es war eine der anderen Mütter vom Spielplatz, die mir erzählte, dass Elijah im Krankenhaus gestorben war.

»Tot. Mein Gott. Er ist tot.« Ich bekam keine Luft mehr. Du warfst mir einen erbosten Blick zu, wegen meiner Offenheit, wegen meines mangelnden mütterlichen Einfühlungsvermögens, dass ich das laut ausgesprochen hatte, und du tratst neben Violet, um sie zu trösten. Aber es ging ihr gut. Sie zuckte mit den Achseln. Sie fragte, ob du das Eckstück finden könntest, nach dem sie suchte.

»Sie braucht nur etwas Zeit, um das zu verarbeiten.«

Natürlich.

»Du hättest nicht so damit rausplatzen sollen, Blythe. Musste sie denn unbedingt mit anhören, dass er tot ist? Schlimm genug, dass sie bei dem Unfall dabei war.«

Und dann, erst viel später an dem Abend, als wir ins Bett gingen: »Geht's dir einigermaßen? Komm mal her. Das muss ein schreckliches Erlebnis gewesen sein. Es tut mir so leid, Blythe.« Du zogst mich an dich und schliefst ein, ein Bein um meine geschlungen. Ich starrte im Dunkeln an die Decke, wartete darauf, dass Violet wieder aufwachte.

Am nächsten Tag stellte ich eine tiefgefrorene Quiche und teure Proteinsmoothies in einer Kühlbox vor der Wohnungstür der Familie ab, mit einer Karte, auf der stand, dass wir in Gedanken bei ihnen waren. Ich schickte Blumen an das Beerdigungsinstitut, große weiße Lilien.

Unser tiefstes Mitgefühl. Die Connors.

Die Polizei untersuchte den Vorfall kurz, routinemäßig. Sie befragten mich. Ich erzählte ihnen, was ich dir erzählt hatte: Wir hatten nichts gesehen. Violet war schon von der Rutsche herunter, als ich das Geräusch hörte, wie sein Körper auf dem Boden aufschlug. Dass die Holzplanken zu abgelaufen und glitschig waren. Dass ich schon immer gefunden hatte, der Spielplatz wäre gefährlich. Dass ich an seine arme Mutter dachte.

30

Die pädiatrische Intensivstation war im zehnten Stock. Ich ließ Mantel und Handtasche im Auto und trug noch meine Pyjamahose. Das und das Happy Meal von McDonald's, das ich gekauft hatte, bevor ich den Aufzug betrat, überzeugten die Stationsschwester, dass ich eine Angehörige war. Eltern von todkranken Kindern fragt man nur selten nach ihrem Ausweis.

Ich setzte mich auf die Metallbank am Ende des Flurs unter einem Fenster mit Blick auf den Personalparkplatz. Die Lüftung über mir machte Geräusche wie ein knurrender Magen. Ich stellte das Happy Meal neben mir ab.

Ich war von mir selbst angewidert, dass ich hier war. An dem Ort, wo Elijah gestorben war.

Zwei Wochen lang dachte ich jede Minute jedes Tages an den Unfall. Jedes Mal, wenn ich die Augen schloss, war ich wieder auf dem Spielplatz, kurz bevor es passierte, und schrie zu ihr hoch, sie solle vorsichtig sein. Ich sah ihre kleinen Beine, sah ihn laufen, sah sie ruhig an dem Pfosten stehen. Und dann hob sich ihr Bein, genau in dem Moment, als er an ihr vorbeikam.

Aber ich wusste es nicht – ich konnte mir nicht sicher sein.

Ich lauschte. Auf die apathischen Geräusche eines kleinen Jungen, dem Blut abgenommen wurde, und auf die sanfte Stimme seiner Mutter, die ihm sagte, wie tapfer er sei. Aus dem Zimmer gegenüber trat ein übermüdet aussehender Mann mit einem kleinen Mädchen auf dem Arm. Sie hielt einen Teddybär fest an sich gedrückt und winkte irgendwem zum Abschied, während ihre schäbigen Winterstiefel an den Hüften des Mannes baumelten. Eine Krankenschwester folgte ihnen und schloss leise die Tür. Dahinter hörte ich eine Frau laut und hemmungslos weinen.

Ihre durchdringenden Schluchzer verrieten mir, wie wütend sie war.

Und zwei Türen weiter sang eine Familie ein Lied, das auch Violet in der Kita gelernt hatte. Die Musik war gedämpft, durchsetzt mit frohen kindlichen Schreien und dem Klingeln eines Glöckchens von irgendeinem Brettspiel. Wie die Hintergrundgeräusche eines Rummelplatzes. Für einen Moment wünschte ich mir, ich könnte mich ihnen anschließen.

Pflegekräfte kamen und gingen, klatschten mit dem Handballen auf die Spender mit Desinfektionsmittel neben jedem Zimmer. Leute gingen Kaffee holen. Mütter ließen sich Handtücher bringen. Ein Clown in einem Tutu schob einen Rollwagen mit Spielzeug vor sich her und klopfte sachte an jede Tür, fragte, ob es passend war. Flüstern. Kichern, Klatschen. *Braves Mädchen. Was für ein großer Junge.* Lange Phasen der Stille. Eine Durchsage über Lautsprecher, dass die Aufzüge im Westflügel die nächsten zwanzig Minuten nicht benutzbar seien. Ich starrte die dicke Schmutzschicht auf der Fußleiste des orange-grau gesprenkelten Bodens an. Schwere Doppeltüren am Ende des Flurs fielen zu und schwangen auf, wieder und wieder und wieder.

»Kann ich Ihnen helfen?« Ich hatte die Frau in blassgrüner Dienstkleidung, die auf mich zukam, gar nicht bemerkt. Ich versuchte zu schlucken, bevor ich antwortete, und verzog das Gesicht. Mein Hals fühlte sich an, als wäre er mit Mull vollgestopft. Die Luft war abgestanden. Ich schüttelte den Kopf und dankte ihr. Ich blieb vier Stunden da sitzen.

Auf dem Weg nach draußen, die Schachtel mit kalten Pommes in der Hand, blieb ich vor der Tür stehen, hinter der ich zuvor die weinende Frau gehört hatte. Ich spähte durch das Drahtglasfenster und sah sie im Bett liegen, neben ihr ein kleiner Körper unter der Decke, unter die sich eine Vielzahl von Schläuchen schlängelte, verbunden mit Beuteln voll Flüssigkeiten, die wie Gewitterwolken über ihnen hingen. Regen tröpfelte, Tropfen für Tropfen. Auf einem Whiteboard an der Wand hinter dem Bett stand: »Ich heiße ____ und am liebsten mache ich ____.« Jemand hatte in die Leerstellen geschrieben. »Oliver«. »Mit meinen Freunden Fußball spielen«.

Mütter sollten keine Kinder haben, die leiden. Wir sollten keine Kinder haben, die sterben.

Und wir sollten keine bösen Menschen zur Welt bringen.

Als ich vor der Tür stand, wünschte ich mir einen Moment lang, es wäre Violet gewesen, die von der Rutsche gestoßen wurde.

Ich saß in meinem Auto auf dem Krankenhausparkplatz und sah den Unfall diesmal anders ablaufen. Ich musste aufhören, die Möglichkeit in Erwägung zu ziehen. Ich musste daran glauben, dass meine Tochter diesem Jungen kein Bein gestellt hatte.

An dem Abend strichst du mit der Hand über meine Schultern und fingst an, mir den Nacken zu massieren, während ich Garnelen anbriet. Als ich mich wegdrehte, fragtest du, was ich denn hätte. Ich wollte dir sagen, wo ich an dem Tag gewesen war. Ich wollte sagen: *Ich bin ein Monster, weil ich diese Gedanken habe.* Stattdessen murmelte ich irgendwas von Kopfschmerzen und blickte starr auf das brutzelnde Öl. Du gingst kopfschüttelnd aus der Küche.

31

»Heute geht's leider nicht.« Mr Ellington stand in der offenen Tür, einen nassen Lappen in der Hand. Ich hatte fünf Minuten lang immer mal wieder geklopft, bis er schließlich aufmachte. Thomas und Daniel waren bei ihrer Tante, sagte er. Mrs Ellington fühlte sich nicht gut. Offenbar sah er die Enttäuschung in meinem Gesicht, denn als ich mich abwandte, um nach Hause zu gehen, hielt er mich an der Schulter fest.

»Moment, Blythe. Ich frag mal, ob sie vielleicht doch Besuch haben möchte.« Ich wartete in der Diele, bis er zurückkam. »Du kannst hochgehen. Sie liegt im Bett und ruht sich aus.«

Ich war noch nie in ihrem Schlafzimmer gewesen, aber ich wusste, dass es am Ende des Flurs lag. Ich war nervös, weil es so ein privater Raum war, aber ich fühlte mich auch geehrt. Die Tür war nur angelehnt, also schlüpfte ich leise hinein, und Mrs Ellington setzte sich im Bett auf.

»Hallo, Schätzchen. Das ist aber eine schöne Überraschung.« Sie trug kein Make-up, und sie hatte ein Seidentuch um ihr Haar gebunden. Ihre Augen sahen kleiner aus, und ihre Brauen wirkten dünner, aber sie war genauso schön wie immer. Sie klopfte neben sich aufs Bett, und ich fragte mich, ob ich ihr wirklich so nahe kommen sollte, ob sie das nicht stören würde. Aber sie klopfte erneut auf die Matratze, also setzte ich mich und faltete höflich die Hände auf dem Schoß.

»Ich seh heute nicht besonders gut aus, was?«

Ich wusste nicht, was ich darauf antworten sollte. Stattdessen blickte ich mich im Zimmer um. Die goldenen Vorhänge waren rechts und links vom Fenster mit Kordeln zusammengebunden, und die Strukturtapete mit Blattmuster schien die gleiche wie bei uns zu Hause, nur dass sie dunkelgelb war und nicht krankenhausgrün, eine Farbe, die ich nie gemocht hatte. Ich strich mit der Hand über die Tagesdecke, die zu den Vorhängen passte. Alles sah so gepflegt und gemütlich aus. Ich dachte an das Bett meiner Mutter, nie gemacht, die Bettwäsche selten gewaschen.

»Werden Sie wieder gesund?«

»Oh ja, ich werde wieder gesund. Ich bin auch nicht richtig krank.«

»Was denn dann?« Ich wusste, dass das eine vorlaute Frage war, aber ich musste es wissen. Ich roch etwas Eigenartiges, kräftig und süß, wie der Joghurt, den andere Kinder mittags in der Schule aßen. Auf dem Tisch neben ihr stand ein kleiner Behälter mit Tabletten, und ich fragte mich, ob das die gleichen waren wie die im Zimmer meiner Mutter.

»Eigentlich steht es mir ja nicht zu, mit dir über die Bienchen und Blümchen zu reden, aber du bist sehr gescheit für deine zehn Jahre.« Ich wurde bestimmt rot. Meine Mutter und ich hatten nie über Sex geredet oder darüber, wo die Babys herkamen, aber von den anderen in der Schule hatte ich einigermaßen mitbekommen, wie das funktionierte. Mrs Ellington hob die Decke an und zog ihr weißes Nachthemd straff über ihren geschwollenen Bauch. Mir war vorher nicht aufgefallen, dass sie dick geworden war, aber sie trug immer schöne Sachen, die nicht so eng und schlecht saßen wie die meiner Mutter.

»Sie bekommen ein Baby?«

»Nicht mehr. Ich war schwanger. Aber das Baby hat es nicht geschafft.«

Das verstand ich nicht. Ich hatte keine Ahnung, was »nicht geschafft« bedeutete, was aus dem Baby in ihrem Bauch geworden war. Wo war es hin? Was war passiert? Sie musste meine Verwirrung gespürt haben. Sie zog die Decke wieder über ihren Körper, ganz langsam, als ob es ihr wehtun würde, aber sie lächelte trotz des Schmerzes, der da in ihr war. Ich sah, dass sie ein Krankenhausarmband am Handgelenk hatte. Es sah genauso aus wie das, mit dem meine Mutter einmal vor Jahren nach

Hause gekommen war, nachdem sie ganz schlimm an der Grippe erkrankt war. Ich wusste nicht, was ich sagen sollte. Ich zeigte auf die Tabletten auf ihrem Nachttisch.

»Wollen Sie noch mehr davon?«

Sie lachte. »Ja, aber ich darf nur alle sechs Stunden eine nehmen.«

»Werden Thomas und Daniel traurig sein?«

»Ich hatte ihnen noch nicht verraten, dass sie ein Geschwisterchen bekommen würden. Ich wollte es ihnen bald sagen.«

»Sind Sie traurig?«

»Ja, ich bin sehr traurig. Aber weißt du, was? Gott hilft uns durch so etwas hindurch.« Ich nickte, als würde ich es verstehen, als würde auch ich auf Gott vertrauen.

»Sie war ein kleines Mädchen. Ich hätte eine Tochter gehabt.« Sie tippte mir auf die Nase, und Tränen traten ihr in die Augen. »Eine wie dich.«

32

Die Straße mit den alten Reihenhäusern hatte etwas Besonderes an sich. Die Luft duftete nach Winter-Geißblatt, als wir aus dem Auto stiegen. Ich sollte feststellen, dass der Garten hinter dem Haus voll damit war. Interessenten konnten noch eine Woche lang Angebote abgeben, aber wir einigten uns direkt vor Ort auf eine Summe. Schon am Abend hatte unsere Maklerin den Kauf unter Dach und Fach gebracht. Sie rief uns mit der guten Nachricht an, während wir nervös Pizza in einem Restaurant aßen, in dem wir bald Stammgäste werden würden. Nur fünfzehn Minuten von Violets Kita entfernt. Die meisten Arbeiten konnten wir selbst erledigen. An den Häusern, die die Sackgasse säumten, hingen Basketballkörbe, und die Grundschule ganz in der Nähe galt als eine der besten weit und breit.

Vier Zimmer. Ein problemloser Deal. In mir regte sich die Hoffnung, dass wir endlich wieder nach vorn schauen könnten. Ich sehnte mich danach.

Wir hatten eine Veränderung gebraucht, obwohl wir nicht so über das neue Haus sprachen. Wir sprachen überhaupt nicht darüber, dass wir eine Veränderung brauchten. Drei Monate waren seit dem Unfall vergangen, und ich träumte nicht mehr von dem Spielplatz. Ich hörte nicht mehr das Geräusch, mit dem sein Körper auf der Erde aufschlug, wenn ich Cornflakes aus der Packung schüttete oder die Autotür schloss. Das verdankte ich der Zeit. Der Zeit und meinem Entschluss zu vergessen. Ich ging nicht mehr in den Park. Ich kam nicht mal mehr in seine Nähe. Der Name des Jungen wurde nie erwähnt. Violet schlief wieder durch, und der Nebel, der mein Gehirn umwabert hatte, schien sich gelichtet zu haben.

Du warst eines Tages nach Hause gekommen und hattest auf deinem Laptop die Hausangebote einer Immobilienmaklerin aufgerufen. Ich wusste nicht mal, dass du gesucht hattest.

Die folgenden zwei Monate verbrachten wir drei jedes Wochenende in dem neuen Haus, nahmen mit geliehenem Werkzeug Dinge auseinander und trafen uns mit Handwerkern, die wir mit dem beauftragten, was wir nicht selbst machen konnten. Uns war klar, dass wir uns im Moment keine vollständige Renovierung leisten konnten, aber es gab allerhand, was nicht warten konnte: neue Böden, neue Bäder. Durch dein scharfes Architektenauge wurde die Liste immer länger. Als wir schließlich einzogen, kamen deine Eltern für eine Woche und kümmerten sich um Violet, während wir ein- und auspackten. Sie brachten sie vorbei, um sich von der Wohnung zu verabschieden, bevor wir die Schlüssel abgaben. Rituale lagen deiner Mutter am Herzen, mir nicht. Im Laufe der Zeit hatte ich irgendwie die sentimentale Bindung zu dem Ort verloren, wo unsere Familie entstand. Und bei dir war es genauso – das erkannte ich an der Erleichterung in deinen Augen, als wir das Gebäude zum letzten Mal verließen. An der Art, wie du die Schlüssel in den dicken Umschlag fallen ließest und ihn auf den Schreibtisch des Pförtners warfst.

Violet blieb bei deinen Eltern in ihrem Hotel in der Stadt, während wir bis zwei Uhr morgens arbeiteten. Ich trug ihre in Plastiksäcke verpackten Babysachen in das zweite Kinderzimmer im ersten Stock.

»Kommen die nicht in den Keller?«

»Früher oder später werden wir sie wieder brauchen.«

Du holtest tief Luft. »Machen wir Schluss für heute.«

Wir schliefen auf der Matratze auf dem Boden mitten in unserem neuen Schlafzimmer. Wir hatten vergessen, die Heizung aufzudrehen, deshalb schmiegten wir uns in Kapuzenshirts und Jogginghose unter der Decke aneinander.

»Wir werden hier glücklich sein«, flüsterte ich und rieb meine in dicken Socken steckenden Füße an deine.

»Ich dachte, das wären wir immer gewesen.«

33

Sie musste meine nackte Silhouette im Mondlicht gesehen haben. Mein dünnes Nachthemd über dem Schnittpunkt unserer Körper, mein katzenhaftes Aufbäumen, Brüste wie kleine Sandsäcke, die über deinem Gesicht baumelten.

Ich stöhnte tief und lang, meine Hände am Kopfbrett, und ich blendete den Raum um uns herum aus. Der Schrank hatte keine Türen, um die schmutzige Wäsche zu verbergen, die ich noch nicht gewaschen hatte, die Bügel mit den Sachen aus der Reinigung, die ich noch nicht aus der Plastikhülle geholt hatte, die Kiste mit den Kleiderspenden, die ich noch nicht abgegeben hatte. Überall um mich herum lauter Unerledigtes. Der Umzug war schlecht organisiert gewesen und das Ende der Renovierungsarbeiten nicht abzusehen.

Rückblickend befanden wir uns mitten in der Art von banalem Chaos, nach dem ich mich jetzt manchmal sehne.

Ich hörte weder das Quietschen der Tür noch das Klatschen ihrer nackten Füße auf dem neuen Parkettboden, der in der Woche davor verlegt worden war. Ich wusste nicht, dass sie da war, bis du mich fluchend von dir runterstießt und die Decke über dich zogst. Ich lag in Embryonalhaltung am Fußende des Bettes, wo ich aufgrund deiner Panik gelandet war. »Geh wieder ins Bett. Alles ist gut«, sagte ich ruhig zu ihr. Sie fragte, was wir da gemacht hätten. »Nichts«, antwortete ich. »Herrgott, Blythe«, sagtest du, als ob es meine Schuld wäre.

Und in gewisser Weise war er das auch. Ich hatte meinen Eisprung. Du warst müde. Ich hatte in mein Kissen geweint. Also hattest du meinen Rücken gerieben und begonnen, meinen Nacken zu küssen, die Art von Küssen, die signalisierten, dass du mich liebtest, aber nicht mit mir schlafen wolltest. »Wir müssen es ja nicht übers Knie brechen«, sagtest du.

»Du willst kein zweites Kind«, hatte ich dir vorgeworfen. »Warum nicht?« Wir lagen schweigend da, und später fuhrst du mit den Fingern durch mein Haar. »Doch, ich will ein zweites Kind«, flüstertest du.

Du logst, aber das war mir egal.

Ich rollte mich herum und streichelte dich, bis ich spürte, dass du nachgabst. Ich schob dich in mich und tat so, als wäre alles anders – du, das Zimmer, die Mutterschaft, die ich kannte –, und flehte dich an, nicht aufzuhören.

Drei Wochen zuvor hatte ich wieder davon angefangen, während wir uns die Zähne putzten. Du spucktest ins Waschbecken und rissest für uns beide je ein Stück Zahnseide ab. »Mal sehen. Später vielleicht. Mal sehen.« In deiner Stimme lag eine untypische Schroffheit, die mich an jedem anderen Tag misstrauisch gemacht hätte. Aber da nicht. Es ging nicht um dich. Es ging um mich. Die einzige Zukunft, die ich mir für unsere Familie vorstellen konnte, war ein zweites Kind. Die Erlösung, vielleicht, von allem, was falschgelaufen war. Ich erinnerte mich daran, warum wir Violet eigentlich bekommen hatten: Du wolltest eine Familie, und ich wollte dich glücklich machen. Aber ich wollte außerdem all meine Zweifel widerlegen. Ich wollte auch meine Mutter widerlegen.

Blythe, die Frauen in dieser Familie … wir sind anders. Du wirst schon sehen.

Ich wollte eine weitere Chance auf Mutterschaft.

Ich konnte nicht eingestehen, dass ich das Problem war.

Wenn ich Violet zur Kita brachte, zeigte ich oft auf irgendwelche Babys. »Wäre das nicht schön? Ein kleines Geschwisterchen?« Sie antwortete mir nur selten. Sie war zunehmend in ihrer eigenen Welt, doch mittlerweile machte die stetig wachsende Distanz zwischen uns das Leben einfacher. Jeden Morgen sahen wir vor der Kita dieselbe Mutter, die ihr Neugeborenes an die

Brust drückte, während sie sich vorsichtig bückte, um ihrem älteren Kind einen Abschiedskuss zu geben.

»Zwei sind sicher viel Arbeit«, sagte ich einmal lächelnd zu ihr.

»Anstrengend, aber das ist es wert.« Das ist es wert. Da hörte ich es wieder. Sie wiegte den Säugling und streichelte seinen Kopf. »Er ist ein ganz anderes Baby. Das zweite erlebt man völlig anders.«

Anders.

Violet in unserem Schlafzimmer, mit herabhängenden Armen. Sie weigerte sich zu gehen, bevor ich ihr nicht erklärte, was wir da gemacht hatten. Also tat ich es. Wenn zwei Menschen sich lieb haben, dann kuscheln sie auf eine besondere Art. Wir schwiegen, alle drei, in der Dunkelheit. Und dann ging sie zurück in ihr Zimmer. »Wir sollten sie trösten«, sagte ich zu dir. »Wir sollten nachschauen, ob es ihr gut geht.«

»Dann geh«, sagtest du. Aber ich ging nicht. Wir drehten uns voneinander weg, gefangen in einer Konfrontation, die ich nicht verstand.

Am nächsten Morgen schwiegen wir uns an. Ich duschte, ohne vorher für dich Kaffee aufzusetzen. Auf meinem Weg in die Küche blieb ich mitten auf der Treppe stehen und lauschte deinem Frühstücksgespräch mit Violet. Sie sagte zu dir, dass sie mich hasste. Dass sie wünschte, ich würde sterben, damit sie mit dir allein leben könnte. Dass sie mich nicht lieb hatte. Diese Sätze hätten jeder anderen Mutter das Herz zerrissen.

Du sagtest zu ihr: »Violet, sie ist deine Mom.«

Du hättest so viel anderes sagen können, aber das war deine Antwort.

In jener Nacht bettelte ich dich schamlos an, es noch mal zu versuchen. Nur noch einmal. Und du gabst nach.

34

Die Mutter trug dieselbe Yoga-Kleidung wie jeden Morgen vor der Schule, das Shirt vom Tragetuch leicht zerknittert. Ihre Frisur war noch ein Überbleibsel von der Anstrengung am Vortag. Ihr Sohn stand neben ihr und zog seine Basecap vom Kopf. Der Schulhof strotzte geradezu vor morgendlicher Energie, Bäuche voll mit Cheerios, Gesichter frisch vom Schlaf. Sie ging in die Hocke. Er schmiegte sich an ihren Hals. Von da, wo ich stand, konnte ich den Schmerz im Gesicht des Jungen sehen. Ihre Hände schlossen sich wie Blütenblätter um seinen Kopf. Ihr Mund bewegte sich langsam an seinem Ohr. Er drückte sich fest an sie. Er brauchte sie. Hinter ihm wurden Geräusche lauter, Stimmen, das Klatschen von Basketballgummi auf Zement.

Sie strich mit den Händen über seine dünnen Schultern, und er trat zurück, seine schmale Brust hob sich, doch sie zog ihn wieder an sich. Diesmal brauchte sie ihn. Jetzt war ihr Gesicht an seinem Hals, drei Sekunden, vielleicht vier. Wieder sprach sie zu ihm. Er presste die Augen zusammen. Er nickte, setzte seine Cap auf, rückte sie tief in die Stirn und ging weg. Nicht langsam, nicht zögerlich, sondern voller Vorfreude, hastig, auf Beinen, die an den Knien leicht nach innen knickten. Sie konnte ihm nicht hinterherschauen, nicht an diesem Morgen. Sie wandte sich zum Gehen, blickte auf ihr Handy und lenkte sich mit etwas ab, das nicht so einen sehnsüchtigen Schmerz in ihr weckte wie ihr Sohn.

Zum ersten Mal an diesem Morgen spürte ich ein Flattern im Bauch, wie von einem Netz voller Schmetterlinge. Das Baby erwachte in mir. Violet hatte eine Plastiktüte mit Orangenscheiben bei mir vergessen, und ich lutschte den warmen Saft aus, warf die Schalen in einen Mülleimer, während ich der Mutter die Straße hinunter und über zwei Kreuzungen folgte. In einem Eckladen kaufte sie Salz, und ich nahm Deckung hinter einer Tomatenpyramide, um sie zu beobachten. Ich wollte ihr ins Gesicht blicken. Wollte wissen, ob sie ihn bei sich trug. Ich fragte mich, wie es aussah – wie es sich anfühlte –, diese Art von Bindung zu einem anderen Menschen zu haben. Ich hatte die Antwort noch nicht gefunden, als ich sie einen Häuserblock weiter an einer belebten Kreuzung, wo der Bürgersteig erneuert wurde, aus den Augen verlor.

Derlei Dinge geschahen um Violet und mich herum, in einer Sprache, die uns fremd war. Und ich wollte sie unbedingt lernen. Beim nächsten Kind wollte ich besser sein.

Auf dem Nachhauseweg kam ich an einer Frau vorbei, die einen kleinen Trödelstand am Straßenrand aufbaute. Sie lehnte einen Stapel alter Gemälde an einen Laternenpfahl und klebte auf die Rückseite bunte Punkte, um den jeweiligen Preis daraufzuschreiben. Sie zog eines in einem eleganten Goldrahmen aus dem Stapel und betrachtete es nachdenklich. Ich trat hinter sie und musste eine Hand an die Brust drücken, als ich sah, was das Bild darstellte: eine Mutter mit ihrem kleinen Kind auf dem Schoß. Das rosige Baby war weiß gekleidet und hielt das Kinn der Mutter sanft umfasst, während sie nach unten blickte, einen Arm um die Mitte des Kindes gelegt, die Hand des anderen an dem kleinen Oberschenkel. Ihre Köpfe berührten sich. Sie strahlten etwas Friedliches aus, etwas Warmes und Geborgenes. Das lange, wallende Kleid der Frau war zartrosa mit kleinen burgunderroten Blumen darauf. Ich konnte kaum sprechen, um nach dem Preis zu fragen. Aber der spielte eigentlich keine Rolle – ich musste es haben.

»Ich nehme das«, sagte ich zu der Frau, als sie es wieder zu den anderen stellte.

»Das Ölbild?« Sie nahm ihre Brille ab und schaute zu mir hoch.

»Ja, das da. Die Mutter mit dem Kind.«

»Das ist die Kopie von einem Mary Cassatt. Natürlich kein Original.« Sie lachte, als müsste ich wissen, wie abwegig die Vorstellung war, es könnte sich um ein Original handeln.

»Ist sie das auf dem Bild? Die Künstlerin?«

Sie schüttelte den Kopf. »Cassatt ist nie Mutter geworden. Vielleicht hat sie gerade deshalb so gern Mütter mit Kindern gemalt.«

Ich trug das Bild unterm Arm nach Hause und hängte es im Kinderzimmer des Babys auf. Als du am Abend nach Hause kamst, war ich dabei, den Rahmen gerade an der Wand auszurichten, und du bliebst in der offenen Tür stehen, machtest ein Geräusch. Ein Räuspern.

»Was? Gefällt's dir nicht?«

»Nicht gerade übliche Kinderzimmerkunst. In Violets Zimmer hast du Bilder von Tierbabys aufgehängt.«

»Tja, ich find's schön.«

Ich wollte dieses Baby. Dieses umfasste Kinn. Diese mollige Hand an meinem Gesicht. Diese greifbare Liebe.

35

Violet beobachtete stumm, wie sich mein Körper dehnte und veränderte. Das Baby bewegte sich den ganzen Tag, schob seine unwahrscheinlich kleinen Fersen quer durch meinen Bauch und wieder zurück. Ich liebte es, mit hochgezogenem Shirt auf der Couch zu liegen, uns alle daran zu erinnern, dass es da war. Dass wir bald zu viert wären.

»Macht er's wieder?«, riefst du manchmal von der Küche aus, wenn du das Geschirr spültest.

»Er macht wieder Rabatz«, erwiderte ich dann, und wir lachten.

Das Baby hatte unsere Beziehung verändert, obwohl ich nicht genau hätte sagen können, was diese Veränderung ausmachte. Wir gingen netter miteinander um, doch zugleich war da eine neue Distanz zwischen uns, die du anscheinend mit mehr Arbeit fülltest. Ich nutzte diesen Raum, um mich nach innen zu wenden. Zu ihm. Wir waren frohen Herzens alles füreinander, schon in dieser frühen Zeit. Mutter und Sohn.

Als die Ärztin mit der Sonde über meinen Bauch glitt und mit Blick auf das diffuse Grau auf dem Monitor »Sie haben da einen kleinen Jungen« sagte, schloss ich die Augen und dankte Gott zum ersten Mal in meinem Leben. Ich behielt die Neuigkeit zwei Tage lang für mich – so lange dauerte es, bis du fragtest, was bei meinem Ultraschalltermin herausgekommen war. Das war untypisch für dich – bei meiner ersten Schwangerschaft warst du zu jeder Untersuchung mitgekommen. Zu diesem Zeitpunkt lebten wir nebeneinander her. Du hattest mehrere große Projekte laufen, neue Kunden mit viel Geld. Ich brauchte damals so wenig von dir. Ich hatte ja ihn.

Violet wollte mir dabei helfen, ihre alten Babysachen durchzusehen. Wir saßen zusammen im Wäscheraum und falteten die winzigen Schlafanzüge frisch aus dem Trockner zusammen. Sie hob jedes einzelne Teil an die Nase, als würde sie daran zurückdenken, wann und wo sie es getragen hatte. Ich ließ sie ihrem Puppenbaby einen kleinen Strickpulli anziehen, und sie tat so, als würde sie es stillen. Ich staunte über die ungewohnte Behutsamkeit, mit der sie alles anfasste, die Weichheit in ihrer Stimme.

»Du hast immer so gemacht«, sagte sie und wiegte die Puppe zweimal nach rechts, dann zweimal nach links und dann wieder nach rechts.

Zuerst verstand ich nicht, was sie meinte – ich konnte mich nicht erinnern, das getan zu haben. Aber ich nahm die Puppe und stand auf und wiegte das Baby so, wie Violet es vorgemacht hatte. Sofort empfand ich die Vertrautheit der Bewegung. Violet hatte recht. Ich lachte, schaukelte das Puppenbaby weiter hin und her, und sie nickte kichernd.

»Sag ich ja!«

»Du hast vollkommen recht.«

Es schien unmöglich, dass sie das noch wusste, dass sie sich nach so vielen Jahren daran erinnerte. Sie legte beide Hände rechts und links an meinen dicken Bauch und deutete dieselbe Bewegung für das Baby in mir an, wiegte sich mit meinem Bauch in ihren kleinen Händen. Und dann tanzten wir, wir drei, zum Rhythmus der rotierenden Waschmaschine.

36

Ich tastete mit den Händen nach unten, als sein Kopf durch den warmen Ring meines Muttermundes kam. Die Erlösung war euphorisch. Du sahst zu, wie ich ihn aus meiner Körperöffnung dirigierte und dann sanft, behutsam auf die Stelle legte, die er zweihundertdreiundachtzig Tage lang ausgefüllt hatte. *Du bist da.* Er sah suchend zu mir hoch und drückte den Rücken durch, und dann fing er an, meinen Bauch hochzukriechen wie eine Raupe, bedeckt mit Schleim und Blut. Sein Mund war offen, und seine glasigen Augen waren noch schwarz. Um seine zuckenden, schrumpeligen Hände schien viel zu viel Haut zu sein. Sie fanden meine Brust, und sein kleines Kinn bebte. Er war mein Wunder. Ich zog ihn an meine Brustwarze und drückte die Spitze leicht an seine Unterlippe, obwohl meine Arme noch vom Oxytocin zitterten. *Gut so, mein kleiner Prinz.* Er war das schönste Wesen, das ich je gesehen hatte.

»Er sieht genauso aus wie Violet«, sagtest du, während du über meine Schulter blicktest.

Aber für mich sah er überhaupt nicht so aus wie sie. Er war sieben Pfund von etwas so Reinem, so Beglückendem, dass es sich anfühlte, als könnte er mir davonschweben, ein Traum, etwas, das ich nie wirklich verdienen würde, ganz gleich, wie lange ich lebte. Ich hielt ihn stundenlang im Arm, meine Haut an seine gedrückt, bis sie mich zwangen, ins Bad zu gehen. Das Blut strömte aus mir heraus in die Toilette, und als ich auf die Sauerei hinabblickte, musste ich irgendwie an unsere Tochter denken. Und dann ging ich langsam wieder zurück zu meinem Sohn in seinem Plexiglasbettchen vor der Badezimmertür.

Ansonsten erinnere ich mich kaum daran, wie er in die Welt kam.

Ich erinnere mich haargenau, wie er sie verließ.

1969

Cecilia bekam ihre Periode, als sie zwölf Jahre alt war. Da hatte sie schon größere Brüste als jedes andere Mädchen in ihrer Klasse. Beim Gehen zog sie die Schultern nach vorne, um diese neuen Anzeichen ihrer Weiblichkeit zu kaschieren. Etta redete zu der Zeit kaum noch mit ihr und hätte das Thema Pubertät erst recht nicht angesprochen. Cecilia hatte das mit dem Bluten von anderen Mädchen gehört, aber ihr blieb trotzdem das Herz stehen, als sie ihre nasse rote Unterhose sah. Sie durchsuchte die Schränke ihrer Mutter nach Monatsbinden, fand aber keine. Sie krümmte sich vor Schmerzen auf dem Badezimmerboden, sah das Blut durch ihre Hose dringen und wusste, dass sie nicht drum herumkam, mit ihr darüber zu reden.

Etta reagierte nicht, als Cecilia an die Tür vom Elternschlafzimmer klopfte, aber das war nicht ungewöhnlich – es war drei Uhr, und nachmittags schlief sie meistens. Cecilia trat an Ettas Bett und flüsterte ihren Namen, bis sie mit einem Ruck erwachte. Etta seufzte, als Cecilia ihr erzählte, was passiert war – ob vor Mitleid oder Ekel konnte Cecilia nicht erkennen.

»Was willst du von mir?«

Sie antwortete nicht, weil sie es nicht wusste. Die Kehle schnürte sich ihr zu. Etta zog die Nachttischschublade auf und nahm zwei Tabletten aus einem roten Schminktäschchen, das sie vor Henry versteckt hielt. Sie gab sie Cecilia, schob die andere Hand unters Kopfkissen und schloss die Augen.

Cecilia starrte die kleinen weißen Tabletten an, legte sie auf den Nachttisch und verließ das Zimmer. Sie fand das Portemonnaie ihrer Mutter in der Diele, nahm Geld heraus und ging damit zur Drogerie. Ihr Gesicht brannte, als sie die Binden bezahlte, und sie konnte dem jungen Mann an der Kasse nicht in die Augen sehen. Zu Hause ließ sie ein heißes Bad ein, und als sie gerade in die Wanne stieg, kam Etta herein, um die Toilette zu benutzen. Etta pinkelte mit geschlossenen Augen.

Später am Nachmittag stand Cecilia wieder vor Ettas Tür. Eine ungewohnte Wut kroch ihr in die Brust. Sie stürmte hinein, schaltete das Licht an und blieb mit geballten Fäusten am Fußende von Ettas Bett stehen. Da begriff sie: Sie wollte, dass Etta ihr wehtat. Von ihr geohrfeigt zu werden hätte zumindest bedeutet, dass sie in Ettas kleiner, trauriger Welt existierte. Mittlerweile hatte Cecilia seit Monaten das Gefühl, für ihre Mutter praktisch tot zu sein. Etta wurde wach und sah sie an.

»Schlag mich, Etta«, sagte sie zittrig. »Na los. Schlag mich!«

Noch nie hatte sie ihre Mutter mit Vornamen angeredet.

Ettas Gesichtsausdruck blieb leer. Sie blickte von Cecilias bebendem Gesicht zum Lichtschalter und seufzte. Sie ließ den Kopf wieder sinken und schloss die Augen. Von unten waren Henrys Schritte zu hören, die sich von der Diele in die Küche bewegten. Er hatte Abendessen erwartet, aber es gab keins. Nicht heute. Die beiden Tabletten, die Etta ihr gegeben hatte, lagen noch immer auf dem Nachttisch. Cecilia wusste selbst nicht, warum sie nicht wollte, dass Henry die sah. Sie nahm sie und spülte sie in der Toilette runter.

»Geht's ihr wieder nicht gut?« Henry setzte gerade Wasser auf, als Cecilia in die Küche kam.

»Kopfschmerzen«, sagte sie. Sie waren alle so gut darin, einander anzulügen, so zu tun, als wäre alles nicht so schlimm, wie es war. Er nickte und durchsuchte den Kühlschrank nach irgendwas Essbarem. Cecilia schaltete das Radio ein, um den Raum mit Geräuschen zu füllen, damit sie nichts mehr sagen mussten.

37

Ich wüsste gern, ob du je die Dinge an ihm bemerktest, für die ich lebte.

Seine Art, im Schlaf die Arme über den Kopf zu werfen wie ein Teenager. Der Geruch seiner Füße kurz vor dem abendlichen Bad. Wie er sich auf die Arme stützte, wenn er morgens das Quietschen der Tür hörte, freudig durch die Stäbe des Gitterbettchens nach mir Ausschau hielt. Deshalb bat ich dich nie, die Angeln zu ölen.

Heute lastet er schwer in mir. Das kommt manchmal vor. Einzelne hermetische, schmerzliche Tage, an denen alles um mich herum sauer schmeckt. Dann will ich nur ihn, doch die reale Welt droht, seine Geräusche, seine Düfte zu ersticken.

Ich will ihn tief einatmen und nie wieder ausatmen.

Geht es dir auch manchmal so?

Die ersten Tage. Saure Milch und Körpergeruch. Die Bettwäsche fleckig von Brustwarzensalbe. Ein beharrlicher kreisrunder Teerand auf dem Nachttisch. Ich weinte, ohne zu denken, ohne zu wissen, warum, aber die Tränen waren eine Ausschüttung von Liebe. Meine Milch schoss ein, meine Brüste wurden steinhart, und ich rührte mich kaum aus dem Bett. Ich schaukelte ihn an meinem nackten Oberkörper in den Schlaf. Ab und zu erschrak er, warf seine dünnen Ärmchen hoch und drückte sich dann an mich. Und dann fingen wir wieder von vorn an. Es gab weder Tag noch Nacht. Meine Nippel schmerzten bei dem Gedanken daran, ihn bald stillen zu müssen.

Und dennoch. Ich wollte nicht, dass diese Zeit mit ihm endete. Er war alles, was ich mir je gewünscht hatte. Die Nähe zwischen uns war das Einzige, was ich empfinden konnte. Ich sehnte mich nach dem Gewicht seines Körpers auf mir. *So ist das also*, dachte ich oft. *So soll es sich anfühlen*. Ich schlürfte ihn ein wie Wasser.

Manchmal hob er den Kopf zwischen meinen Brüsten an und schaute sich wackelig um, als suchte er, als wollte er seine Mama finden, den Menschen, den er liebte. Ich beugte mich dann zu ihm, legte meine Wange an seine, und er ruhte sich aus, geborgen und glücklich und satt. Voll von Milch, von mir.

Irgendwann verließ ich dann doch mein Bett und widmete mich wieder dem Leben. Ich räumte Violets Frühstück ab, ihre Spielsachen weg, ich warf bergeweise Wäsche in den Trockner. Aber wenn er nicht bei mir war, war ich in Gedanken bei ihm, oben im Kinderzimmer.

Violet machte sich anfangs nicht viel aus Sam, obwohl sie jedes Mal aufmerksam zusah, wenn ich ihn zum Stillen anlegte. Oft betastete sie ihre eigene flache Brust, während er an mir trank, als wunderte sie sich über die Funktion der weiblichen Brüste. Wenn er fertig war, ging sie immer aus dem Raum, wollte die meiste Zeit allein sein.

Sam verliebte sich schon bald mächtig in sie. Wenn wir sie von der Schule abholten, strahlte er übers ganze Gesicht, sobald er ihre Stimme hörte.

»Da ist deine Schwester!«, sagte ich dann, und er strampelte mit den Beinen, wollte näher zu ihr, wartete darauf, dass ihr Gesicht dicht vor seinem auftauchte. Sie fasste seinen Fuß und wackelte daran, und wir marschierten los, zurück nach Hause, zu dem Teil des Tages, den ich am meisten fürchtete. Wir drei allein, das Minenfeld des späten Nachmittags, während wir darauf warteten, dass du zur Tür hereinkamst. Du warst der große Neutralisator.

Du und ich. Wir waren Partner, Gefährten, Schöpfer dieser beiden Menschen. Aber wir lebten zunehmend unterschiedliche Leben, wie die meisten Eltern. Du warst intellektuell und kreativ tätig, entwarfst Räume und Blickachsen und Perspektiven, befasstest dich mit Beleuchtung, Aufriss, Flächen. Du hattest drei

Mahlzeiten am Tag. Du last Sätze, die für Erwachsene geschrieben wurden, und du trugst einen sehr schönen Schal. Du hattest einen Grund zu duschen.

Ich war eine Soldatin, die in Endlosschleife eine Reihe von körperlichen Aktivitäten ausführte. Windel wechseln. Babymilch anrühren. Fläschchen erwärmen. Cheerios in Teller schütten. Das Chaos aufwischen. Verhandeln. Betteln. Seinen Schlafanzug wechseln. Ihre Kleidung herauslegen. Wo ist ihre Lunchbox? Sie warm anziehen. Gehen. Schneller. Wir sind spät dran. Sie zum Abschied umarmen. Die Schaukel anstoßen. Den verlorenen Handschuh finden. Den geklemmten Finger streicheln. Ihm einen Snack geben. Das nächste Fläschchen holen. Kuss, Kuss, Kuss. Ihn ins Bett legen. Putzen. Aufräumen. Finden. Machen. Hähnchen auftauen. Ihn aus dem Bett holen. Kuss, Kuss, Kuss. Seine Windel wechseln. Ihn in den Kinderstuhl setzen. Sein Gesicht abwischen. Geschirr spülen. Kitzeln. Seine Windel wechseln. Kitzeln. Die Snacks in einen Beutel packen. Waschmaschine anstellen. Ihn warm einpacken. Windeln kaufen. Und Spülmittel. Zur Schule hetzen, um sie abzuholen. Hallo, hallo! Schnell, schnell. Die warmen Sachen ausziehen. Wäsche in den Trockner. Ihre Lieblingssendung einschalten. Das genügt jetzt. Bitte. Du tust, was ich sage. Nein! Fleckentferner. Windel. Abendessen. Geschirr spülen. Die Frage zum x-ten Mal beantworten. Das Bad einlassen. Sie ausziehen. Den Boden trockenwischen. Hörst du mir zu? Zähne putzen. Benny Bunny suchen. Pyjama anziehen. Stillen. Buch vorlesen. Noch ein Buch vorlesen. Weitermachen, weitermachen, weitermachen.

Ich weiß noch, dass mir eines Tages klar wurde, wie wichtig mein Körper für unsere Familie war. Nicht mein Intellekt, nicht mein Traum von einer Karriere als Schriftstellerin. Nicht die Person, die in den ersten fünfunddreißig Jahren entstanden war. Bloß mein Körper. Ich stand nackt vor dem Spiegel, nachdem ich meinen Pullover ausgezogen hatte, auf den Sam Erbsenpüree gespuckt hatte. Meine Brüste welkten wie die Pflanze in unserer Küche, die ich ständig vergaß zu gießen. Mein Bauch quoll über die Druckstelle vom Gummizug meiner Unterwäsche wie der Milchschaum über den Rand einer lauwarmen Tasse Latte macchiato. Meine Schenkel waren löcherige Marshmallows. Ich war Brei. Aber wichtig war nur, dass ich körperlich in der Lage war, unsere Familie am Laufen zu halten. Mein Körper war unser Motor. Ich vergab dieser nicht wiederzuerkennenden Frau im Spiegel alles und kam gar nicht auf den Gedanken, dass mein Körper nie wieder derart nützlich sein würde: notwendig, verlässlich, geachtet.

Etwa um diese Zeit schien sich der Sex für uns beide noch weiter verändert zu haben. Wir waren effizient. Routiniert. Du warst nicht bei der Sache, wenn ich mich rittlings auf dich setzte. Und auch ich ließ meine Gedanken wandern. Zu den Babyfeuchttüchern, die ich kaufen musste. Zu dem Arzttermin, den ich eigentlich hatte machen wollen. Wo hatte ich noch gleich das Rezept für das Möhren-Curry gesehen? Sommerkleider. Bibliotheksbücher. Die Bettwäsche, die ich waschen musste.

38

»Heute Morgen geht's einfach nicht, Fox. Er hat seine Schwimmstunde, und anschließend treffen sich die Kinder zum Spielen, und ich hab dieser Mom schon zweimal abgesagt. Du weißt seit einer Woche, dass Violet heute den Zahnarzttermin hat.«

»Ich kann mich nicht erinnern, dass Violet ein so reges Sozialleben hatte«, sagtest du.

Ich war dabei, die Windeltasche zu packen. Violet sah vom Boden zu mir hoch, wo sie sich gewissenhaft die Schuhe zuband. Ich signalisierte dir mit einem Blick: *Nicht jetzt.* Aber du machtest andauernd solche Bemerkungen. Du meintest, unsere Tochter käme zu kurz, obwohl sie sich kein bisschen dafür interessierte, wie eng die Beziehung zwischen ihrer Mutter und ihrem kleinen Bruder war. Zu unser aller Überraschung hatte sie sich fast klaglos auf die neue Situation eingestellt. Das Baby hatte die Spannungen zwischen ihr und mir irgendwie entschärft, als könnten wir beide jetzt ein bisschen freier atmen. In diesem neuen Raum gewährte sie mir kleine, verhaltene Gesten der Zuneigung – beim abendlichen Vorlesen saß sie etwas näher bei mir, sie winkte kurz zum Abschied, bevor sie in der Schule verschwand.

Wir machten Fortschritte.

Du warst es, der mir Schwierigkeiten bereitete. Du hättest dich über die Mutter freuen sollen, die ich endlich in mir entdeckt hatte, als Sam in unser Leben kam.

In der Woche zuvor hatte uns deine Mutter für ein paar Tage besucht. An ihrem letzten Abend trankt ihr beide nach dem Essen noch eine Tasse Tee in der Küche, während ich das Spielzeug im Wohnzimmer wegräumte. Offenbar glaubtet ihr beide, ich wäre oben. Du danktest ihr für ihr Kommen. Immer wieder gerne, sagte sie. Ich verharrte, als ich hörte, dass sie meinen Namen nannte und sagte, ich sei anscheinend in sehr viel »besserer Stimmung« als vor Sams Geburt.

»Sie liebt den Kleinen. Ich wünschte bloß, sie würde für Violet ebenso empfinden.«

»Fox«, sagte sie sanft, aber tadelnd. Und kurz darauf: »Das zweite Mal ist für manche Frauen leichter. Eine leichtere Umstellung.«

»Ich weiß, Mom. Aber ich mach mir Sorgen um Violet. Sie braucht –«

Ich marschierte mit der Kiste voll Plastiktieren in die Küche und ließ sie vor deinen Füßen auf den Boden fallen. Du zucktest zusammen und starrtest die Spielsachen an.

»Gute Nacht, Helen.« Ich konnte dich nicht ansehen.

Bevor sie am nächsten Morgen zum Flughafen fuhr, entschuldigte sie sich für deine Äußerungen, die ich mit angehört hatte, als wäre sie noch immer irgendwie für dich verantwortlich.

»Alles okay zwischen euch beiden?«

Ich wollte nicht, dass sie sich Sorgen machte.

»Bloß zu wenig Schlaf, mehr nicht.«

»Tut mir leid, aber deshalb musst du mit ihr heute Morgen dahin. Okay?« Ich bückte mich, um Violets Schnürsenkel fester zuzubinden.

»Ich hab um zehn einen Termin mit einem Kunden. Bis dahin schaff ich es nicht einmal quer durch die Stadt und wieder zurück.«

»Tja, dann nimm sie doch danach mit ins Büro. Gib ihr einfach Papier und Stifte, damit sie beschäftigt ist, während du dein Meeting hast, und fahr sie hinterher zur Schule. Das wär doch schön, oder, Violet?«

»Herrgott, Blythe.« Du riebst dir die Augen. Sam hatte uns die halbe Nacht nicht schlafen lassen. Er zahnte. Wenn Violet nachts aufgewacht war, hattest du immer wunderbar durchschlafen können, aber seit Sam da war, schien dir das schwerzufallen. »Also gut. Dann komm, Süße, wir müssen los.«

Beim Abendessen erzählte sie mir ausführlich von ihrem Tag. Die Schatzkiste beim Zahnarzt, der Locher, mit dem sie an deinem Schreibtisch gespielt hatte.

»Und mittags hab ich mit Daddy und seiner Freundin gegessen.«

»Oh, wie schön. Und wer war das?«

»Jenny.«

»Gemma«, verbessertest du sie.

»Gemma«, wiederholte sie.

»Jemand aus dem Büro?« Den Namen hattest du noch nie erwähnt.

»Meine neue Assistentin. Sie hat sich ein bisschen um Violet gekümmert, während ich mein Meeting hatte, deshalb hab ich sie eingeladen.«

»Wie nett von dir. Ich wusste gar nicht, dass du eine neue Assistentin hast. Wo seid ihr denn hingegangen?«

»Da gab's Hähnchen-Nuggets! Und hinterher hat sie mir ein Eis gekauft! Auch noch einen Bleistift, wo ein Einhorn drauf ist, und einen Radiergummi.«

»Du Glückspilz!«

»Sie findet meine Haare schön.«

»Das tu ich auch. Du hast wunderbare Haare.«

»Ihre Haare sind lang und lockig, und sie hat rosa Farbe auf den Fingernägeln.«

Sam wurde in seinem Kinderstuhl unruhig, eine Faust im Mund. Violet klatschte beide Hände auf den Tisch, um ihn abzulenken. »Sammy, das reicht! Guck mal, ich trommle! Ta-damm, ta-damm, ta-damm. Ta-damm, ta-damm, TA-DAMM!«

»Räumst du den Tisch ab?«, fragte ich. Ich trug Sam ins Bad, ohne deine Antwort abzuwarten.

Ich las ihr in unserem Bett eine Geschichte vor. Sam strampelte zwischen uns mit seinem Stoffhasen, Benny Bunny.

»Noch eine«, sagte sie, als ich das Buch ausgelesen hatte. Immer noch eine mehr. Ich seufzte und gab nach. Sam schlug mit der Hand auf sein fast leeres Fläschchen. *Mehr, mehr.* Du zogst dich am Fußende um, stiegst in deine Jeans.

»Mom, Sammy will noch mehr Milch.«

»Gehst du weg?«

»Noch mal ins Büro«, sagtest du. »Ich muss heute Abend noch ein Angebot fertig machen.«

»Daddy, du musst mich heute Abend ins Bett bringen!«

Du beugtest dich vor und küsstest uns drei. Nacheinander. Systematisch. Sam hielt seine leere Flasche hoch.

»Das übernimmt Mom, Schätzchen. Ich muss los. Sei schön brav, okay?«

»Sammy braucht mehr Milch!«, sagte Violet mit Nachdruck.

»Hab euch lieb«, sagtest du zu uns dreien.

Ich setzte mich auf die Kante ihres Betts, um ihr Gute Nacht zu sagen. Sie war in letzter Zeit so lieb gewesen, und ich hatte ihr das nie gesagt. Ich hatte begonnen, diese neue friedliche Normalität zwischen uns als selbstverständlich hinzunehmen. Ich konnte mich kaum an eine Zeit vor Sam erinnern. Ich konnte mich kaum an die Mutter erinnern, die ich gewesen war. So ist das mit dem Muttersein – es gibt nur das Jetzt. Die Verzweiflung im Jetzt, die Erleichterung im Jetzt.

Ihr Gesicht wurde reifer, ließ erahnen, wie sie als Teenager aussehen würde. Ihre Lippen waren rund und voll, und ich stellte mir vor, wie sie jemanden küsste. Jemanden liebte. In den Monaten seit Sams Geburt hatte sie sich verändert. Oder vielleicht war ich diejenige, die sich verändert hatte. Vielleicht konnte ich endlich sehen, wer sie war.

»Violet? Ich möchte dir sagen, dass du in letzter Zeit ein richtig liebes Mädchen bist. Du gehst so nett und sanft mit Sam um. Du bist hilfsbereit. Und in der Schule bist du eine gute Freundin. Ich bin stolz auf dich.«

Sie war still, dachte nach. Ich knipste ihre Nachttischlampe aus und beugte mich vor, um sie zu küssen, und sie ließ es zu.

»Gute Nacht. Schlaf schön.«

»Hast du Sam lieber als mich?« Ihre Frage ließ mich erstarren. Ich dachte an dich. Welche Äußerungen von dir sie vielleicht mitbekommen hatte.

»Aber nein, meine Süße. Natürlich nicht. Ich hab euch beide gleich lieb.«

Sie schloss die Augen, tat so, als würde sie einschlafen, und ich sah ihre Lider flattern.

39

Erst als sie etwas sagte, merkte ich, dass sie in seinem Zimmer war.

Monatelang hatten die Nächte uns gehört, länger als das laut den einschlägigen Babybüchern normal war. Ich erwachte schlagartig beim leisesten Geräusch aus Sams Bettchen, als wäre in meinem Ohr eine Rakete abgeschossen worden. Dann stand ich in der Dunkelheit da und wiegte mich in den Hüften, der Rhythmus wie der Geruch meiner Haut und der Geschmack meiner Milch mein Erkennungszeichen für ihn. *Schlaf wieder ein, mein kleiner Liebling.* Ich fuhr mit den Lippen über seinen flaumigen Kopf, sachte, um ihn nicht zu wecken. In jener speziellen Nacht, an die ich mich erinnere, stillte ich ihn kaum, wollte nur das Gefühl meiner Brustwarze, die seinen Mund füllte. Den Trost. Die Soundmaschine rauschte, eine Mischung von entspannenden Geräuschen, die wie der Ozean klingen sollten.

»Leg ihn hin«, sagte sie zu mir. Ich keuchte auf, erschreckte das Baby in meinen Armen.

»Violet! Was machst du hier?«

»Leg ihn hin.«

Sie sprach ruhig, direkt. Beinahe drohend. Ich spürte, dass sie irgendwo in der Nähe des Schranks war. In dem schwachen Lichtschein, der unter der geschlossenen Tür hereinfiel, konnte ich sie nicht sehen. Ich drehte mich langsam um, versuchte, einen anderen Blickwinkel in den Raum zu finden, und wartete ab, ließ meine Augen im Dunkeln die Möbel des Kinderzimmers finden. Diesmal kam ihre Stimme von der anderen Seite.

»Leg ihn hin.«

»Geh wieder ins Bett, Schätzchen. Es ist drei Uhr nachts. Ich komm gleich und reib dir den Rücken.«

»Ich geh nicht«, sagte sie langsam und leise, »bis du ihn hinlegst.«

Mir wurde eng in der Brust – wieder dieses Gefühl, diese schleichende Angst. Es war unvermittelt zurück, als hätte sie mit den Fingern geschnippt, um mich aus ihrer Hypnose zu wecken. Dieser Tonfall, der mich verfolgt hatte. *Ich steh das nicht noch einmal mit dir durch*, dachte ich. Mein Mund war trocken. Warum war sie hier in seinem Zimmer? Was hatte sie vor?

Ich schnaubte, um ihr zu zeigen, wie albern sie sich benahm, aber ich tat, was sie wollte.

Ich legte Sam in sein Bett und tastete auf der Matratze nach Benny. Er hielt ihn sich immer ans Gesicht. Ich konnte den Stoffhasen nicht finden.

»Violet, weißt du, wo Benny ist?«

Sie warf ihn mir zu und ging hinaus. Sie hatte den Hasen aus Sams Bett genommen. Sie hatte ihn im Schlaf beobachtet.

Sie war ihm ganz nah gewesen.

Ich zog die Tür hinter mir zu und folgte ihr in ihr Zimmer.

Ich setzte mich behutsam auf ihre Bettkante. Ich schob meine Hand über den Rücken ihrer mit Erdbeeren gemusterten Pyjamajacke bis hoch auf die vollkommene seidige Haut in ihrem Nacken. Sie hatte es gern, wenn ihr der Rücken gestreichelt wurde. Von dir.

»Fass mich nicht an. Geh.«

»Violet.« Ich nahm meine Hand weg. »Warst du schon öfter nachts da und hast Sam beim Schlafen zugeschaut? Machst du das manchmal?«

Sie antwortete nicht.

Mein Herz raste, als ich zurück zu unserem Schlafzimmer ging und kurz vor Sams geschlossener Tür stehen blieb, um mich zu vergewissern, dass er still war. Ich schämte mich für die Gedanken, die mir in den Sinn kamen. Und dann: *Ich könnte ihn mit in mein Bett nehmen. Ich könnte dafür sorgen, dass er in Sicherheit ist. Nur heute Nacht. Nur dieses eine Mal.*

Wir hatten das hinter uns. Wir hätten das doch hinter uns haben sollen.

Ich nahm mein Handy aus der Nachttischschublade und sah mir Fotos von ihr an, bis du neben mir unruhig wurdest, von dem bläulichen Licht gestört. Ich suchte nach irgendetwas in ihrem Gesicht, aber ich wusste nicht genau, wonach. Ich ging wieder in Sams Zimmer und nahm ihn zu mir ins Bett.

40

»Sie war in letzter Zeit so lieb, weißt du? Das kam aus heiterem Himmel.«

Es war früh am nächsten Morgen. Wir waren noch im Bett, Sam auf dem Boden mit seinen Bilderbüchern. Ich hatte gelogen, als ich sagte, Sam wäre nicht wieder eingeschlafen, nachdem Violet in seinem Zimmer gewesen war, und dass ich ihn deshalb zu uns geholt hatte. Ich schmiegte mich an dich, sehnte mich nach deiner Wärme. Du griffst nach deinem Handy, und ich betrachtete dich. Deine Brust, deine ersten grauen Haare, die Art, wie du sie zwischen den Fingern zwirbeltest, während du deine E-Mails last.

»Wahrscheinlich machst du aus einer Mücke einen Elefanten. Mal wieder.«

Aber eines hast du nicht verstanden: Es gab viele Dinge, mit denen ich mich gedanklich nicht befassen wollte. Meine Fantasie schlich sich gleichsam auf Zehenspitzen in das Undenkbare, bevor ich überhaupt merkte, in welche Richtung ich dachte. Während ich eine Schaukel anstieß oder Süßkartoffeln schälte. Es waren entsetzliche, grauenvolle Gedanken, aber es hatte auch etwas Befriedigendes, sie zuzulassen. Wie weit sie wohl gehen würde. Was passieren könnte. Wie sich meine schlimmsten Ängste anfühlen würden, falls sie wahr wurden. Was ich tun würde. Was würde ich tun?

Genug. Dann kam ich zur Besinnung und war wieder ganz klar im Kopf: die Kinder. Die fröhlichen Stimmen. Das Leben in ihren Augen. Alles war in bester Ordnung.

Ich ließ die Kinder nach der Schule mit der Babysitterin allein und traf mich mit Grace zur Pediküre. Damals kam die Babysitterin einmal die Woche, und ich genoss die kleine Verschnaufpause. Ich entschied mich für eine Farbe namens *Charcoal Dreams*, weil ich fand, dass sie irgendwie zu der herbstlichen Kühle in der Luft passte, und versuchte, nicht zu tief zu atmen, während die Frau meine vernachlässigte Nagelhaut bearbeitete. Sie stellte meinen Fuß auf ihren Oberschenkel und schien sich auf eine schwierige Aufgabe gefasst zu machen: Die Hornhaut an meinen Fersen hätte mit einer Käsereibe bearbeitet werden müssen. Vaseline über Nacht, schlug sie vor, in dicken Socken. Meine Fersen waren mir nicht wichtig genug für so was, und fast hätte ich das auch erwidert, aber das war schließlich ihr Beruf – Füße –, deshalb dankte ich ihr für den Tipp.

Grace erzählte von dem Urlaub, aus dem sie gerade zurückgekommen war. Cabo San Lucas mit ihrer Mutter, zu deren siebzigstem Geburtstag. Der Barkeeper hatte ihnen an der Poolbar Margaritas mit Kaktusfeigen serviert. Irgendwas über einen neuen Selbstbräuner. Ich blendete sie aus. Ich dachte an die Kinder zu Hause, daran, dass die Babysitterin gesagt hatte, sie würde die Kinderzimmer aufräumen. Dass Violet lieber im Keller spielen wollte und Sam so lange quengeln würde, bis er zu ihr gebracht würde. In letzter Zeit wollte er immer nur in ihrer Nähe sein, griff nach ihr, wenn sie vorbeiging, und rief aus seinem Bett nach ihr – »Bai-ett! Bai-ett!« –, wenn er morgens aufwachte. Ich musste schmunzeln, als ich an sein Babygestammel dachte. Grace erzählte jetzt von zwei Brüdern, die sie kennengelernt hatte, irgendwas über einen Rancher aus Iowa. Gab es Ranches in Iowa? Ich dachte an den Raum unten im Keller, wo sie jetzt wahrscheinlich waren. Der war noch nicht fertig, leicht feucht, aber sauber genug für Sam, um herumzukrabbeln, was er inzwischen reichlich tat. Ich dachte daran, dass wir einen neuen Teppichboden brauchten. Einen mit niedrigem Flor, leicht zu reinigen. Und Platz für das Spielzeug. Ich dachte daran, dass du da unten auch deine Sportsachen aufbewahrtest, dass deine Golftasche kaum durch die enge Treppe passte. Dass du am Tag zuvor deine Schläger runtergebracht hattest. Dass Violet sie gern rauszog und so tat, als wäre sie auf der Driving Range. Ich dachte daran, dass die Babysitterin immer aufräumen wollte, obwohl ich ihr gesagt hatte, sie müsste das nicht. Dass Sam Violet auf Schritt und Tritt folgte. Dachte an das Gewicht des Drivers in ihrer Hand. Dass ich gesehen hatte, wie sie ihn schwang. Wie eine Waffe. Dachte an seinen kleinen, flaumigen Kopf. Daran, wie leicht es für sie wäre. Dass es nur eine Sekunde dauern würde. Dachte an das Knacken. Ob Blut fließen würde. Hirnschaden oder bloß Blut?

Jetzt sprach Grace davon, dass sie auf die Ranch eingeladen worden war. Sie überlegte, im März hinzufahren. Allmählich brannte mir das Aceton in den Bronchien, und ich zog meine Füße von der Frau weg, die erst die Nägel eines Fußes fertig lackiert hatte. Ich lehnte mich nach hinten, um bessere Luft einzuatmen, aber der ganze Raum kam mir toxisch vor, und das Engegefühl in meiner Brust wurde stärker. Ich musste weg. Ich nahm meine Handtasche und ließ die Frau verblüfft zurück, den Nagellackpinsel in der Hand. Grace rief mir hinterher, was mit meinen Schuhen wäre, wo ich denn hinwollte, und ich rannte los. Die Golfschläger. Sie könnte es tun. Sie würde es tun. Die Babysitterin würde nicht genug aufpassen. Ich rannte, überquerte zwei rote Ampeln, eine Hand ausgestreckt, damit die Autos bremsten, während meine tauben Füße mich nach Hause trugen.

»Du bringst dich noch um«, rief ein Mann auf einem Fahrrad.

Nein!, wollte ich schreien. *Sie wird ihn umbringen. So sehr hasst sie ihn. Das verstehst du nicht.*

»Violet!« Ich stieß die Tür auf. Ich stürmte zur Kellertreppe und schrie erneut ihren Namen. Keine Antwort. »Sam! Wo ist Sam?«

Die Babysitterin kam eilig in die Diele, einen Finger an die Lippen gehoben.

Sam schlief. Violet war in ihrem Zimmer und las ein Buch.

Ich sank gegen die Wand. Es war nichts passiert.

Es war nichts passiert.

41

»Panikattacken sind keine Seltenheit. Besonders bei jungen Müttern. Das ist normal.«

Ich fragte mich, ob ich mehr hätte sagen sollen. Die Ärztin pustete auf das Ende ihres Stifts, als wäre er heiß. Sie stellte mir ein Rezept aus und erklärte, wann ich die Tabletten nehmen sollte. Als ich das Gebäude verließ, dachte ich an den durchsichtigen orangefarbenen Behälter auf dem Nachttisch meiner Mutter, voll mit kleinen weißen Tabletten, die jeden Monat weniger wurden. Ich steckte das Rezept in meine Handtasche.

Ich wusste, dass etwas nicht stimmte. Anfangs war es die Leere, die ich in ihren Augen sah, seit ich sie in Sams Zimmer entdeckt hatte, die Art, wie sie jetzt glatt durch mich hindurchschaute, wenn ich mit ihm zusammen war. Ihre Verachtung hatte sich verändert. An die Stelle der unbändigen Wutanfälle, die mich einst in Tränen hatten ausbrechen lassen, war eine manipulative, vorsätzliche Kälte getreten. Die ruhige, unentwegte Ablehnung, die sie mir zeigte, ging weit über ihre fast sieben Jahre hinaus. Die eisigen Blicke. Die absolute Geringschätzung. Der passive Widerstand gegen alles, was ich sagte: Kannst du bitte deinen Teller leer essen? Räumst du deine Spielsachen auf? Sie ließ alles ohne die geringste Reaktion an sich abperlen, bot mir nichts, womit ich hätte arbeiten können. Bestrafungen oder Drohungen waren nutzlos; Konsequenzen bedeuteten ihr nichts. Alle Aufmerksamkeit, die ich seit Sams Geburt von ihr bekommen hatte, war schlicht verschwunden. Sie ließ sich nicht von mir anfassen. Wir nahmen wieder unsere alten feindlichen Positionen ein. So wie du deinen alten Platz einnahmst, als der einzige Mensch, den sie in ihrer Welt haben wollte.

Irgendwie lernten wir, einander so weit zu tolerieren, dass wir koexistieren konnten. Sie brauchte nur so wenig von mir, dass sie mir allmählich wie eine Untermieterin vorkam, die ich mit Plastikgeschirr auf einem herzförmigen Platzdeckchen verpflegen musste. Stattdessen konzentrierte ich mich auf Sam, auf unseren Tagesablauf, auf die Mechanismen, die ich liefern musste, wenn sie nicht in der Schule war. Und wenn du abends nach Hause kamst, erwachte sie zum Leben.

Sam war mein Licht, und ich tat, was ich konnte, damit Violet es nicht trübte. An manchen Tagen, nachdem wir Violet zur Schule gebracht hatten, stiegen wir zurück in unser ungemachtes Bett, ausgestattet mit allem, was wir brauchten: Fläschchen, Tee, Bücher, Benny. Die Unordnung in der Küche und die Wäsche konnten ruhig warten. Stattdessen verbrachten wir die Zeit damit, einander anzuschauen. Wir sinnierten über Enten und Dinosaurier und Bauchnabel. Später machten wir ein Nickerchen in der Spätwintersonne. Er schlief auf meiner Brust, auch noch nachdem er abgestillt war und mein Geruch sich verändert hatte. Es war, als wüsste er, wie sehr ich ihn brauchte.

Für eine Weile blieb meine Panik aus. Ich bewahrte das noch nicht eingelöste Rezept weiter in meiner Handtasche auf. Jedes Mal, wenn ich hineingriff, um etwas herauszunehmen, sah ich es und musste an meine Mutter denken. Ich konnte mich nicht überwinden, zur Apotheke zu gehen. Ich traute mir selbst nicht.

42

»Cecilia ist nicht da.« Mein Vater versuchte, hart zu klingen, aber ich hörte das Beben in seiner Stimme. »Ich weiß nicht, wo sie ist.« Er legte den Telefonhörer mit zittriger Hand auf die Gabel. Ich hatte ihn von der Diele aus beobachtet. Er hatte die Person am anderen Ende belogen. Meine Mutter war zu Hause und hatte schon eine ganze Weile nicht das Bett verlassen. Ich wusste nicht, warum oder wieso mein Vater diesen Menschen, der immer wieder anrief und sie sprechen wollte, anlügen musste. Einmal hatte ich vor ihm nach dem Hörer gegriffen, aber er hatte ihn mir aus der Hand geschlagen, als würde die Stimme am anderen Ende mir das Ohr verbrennen.

Er brachte ihr Suppe und Wasser und Zwieback. Ich fragte, ob sie sich den Magen verdorben hatte.

»Ja. So was in der Art.«

Ich war im Weg. Er begegnete mir auf der Treppe, den Rücken gekrümmt, während er vorsichtig ein Tablett zu ihr hochtrug. Ich hatte meine Mutter seit Tagen nicht gesehen, seit sie sich das letzte Mal für einen Abend in der Stadt schick gemacht hatte. Mittlerweile ging sie öfter aus, blieb über Nacht weg, manchmal zwei Nächte hintereinander. Verschwand einfach. Ich lauschte von meinem Zimmer aus, aber in jener Nacht konnte ich nicht verstehen, was sie sagten. Sie klang schwach und weinerlich, er war geduldig und ruhig. Ich schlich näher an ihre Tür.

»Du brauchst Hilfe.«

Und dann ein Klirren. Geschirr. Sie hatte den Suppenteller hingeworfen. Ich sprang beiseite, als mein Vater eilig herauskam, um einen Lappen zu holen. Ich schaute in ihr Zimmer und sah sie im Bett sitzen, die Augen geschlossen. Die Arme vor der Brust verschränkt. Ich bemerkte das gleiche Plastikarmband, das ich ein Jahr zuvor an Mrs Ellington gesehen hatte, als das Baby in ihrem Bauch es nicht geschafft hatte. Aber meine Mutter war dünn, ihre Taille so schmal wie meine mit elf Jahren, und sie wollte ganz sicher nicht noch ein Kind. Ich ging in mein Zimmer und machte mich bettfertig, hoffte, sie würden sich weiter streiten, damit ich mir zusammenreimen konnte, was los war. Ich schlief ein, während ich meine Mutter weinen hörte.

Am Morgen ging ich ins Bad, um zu pinkeln. Im Haus war alles still – mein Vater schlief noch auf der Couch. Ich klappte den Toilettendeckel hoch. In der Schlüssel schwamm Blut und etwas, das aussah wie die Gedärme der Mäuse, die die Nachbarskatze manchmal auf unserer Veranda ablegte. Neben dem Klo lag die Unterhose meiner Mutter. Ich hob sie auf und sah, dass die dicken braunen Flecken verkrustetes Blut waren.

»Dad? Was hat Mom?«

Mein Vater stand an der Kaffeemaschine, trug noch dieselben Sachen wie am Tag zuvor. Er antwortete mir nicht. Er ging nach draußen, um die Zeitung zu holen, und warf sie auf den Tisch.

»Dad?«

»Sie hatte eine Operation.«

Ich machte mir mein Müsli und aß still. Das Telefon klingelte, während er am Tisch die Zeitung durchblätterte und seinen Kaffee trank. Ich stand auf, wollte rangehen.

»Lass es klingeln, Blythe.«

»Seb!«

Er seufzte und erhob sich von seinem Stuhl. Er goss eine Tasse Kaffee für sie ein und ging aus der Küche. Das Telefon klingelte wieder, und ich griff instinktiv zum Hörer.

»Ich muss mit ihr reden.«

»Wie bitte?« Ich hatte genau verstanden, wusste aber nicht, was ich sonst hätte sagen sollen.

»'tschuldigung. Falsch verbunden.« Der Mann legte auf. Ich hörte die Schritte meines Vaters die Treppe herunterkommen und setzte mich rasch zurück an den Tisch.

»Bist du ans Telefon gegangen?«

»Nein.«

Er sah mich lange an. Er wusste, dass ich log.

Ehe ich zur Schule musste, klopfte ich leise an die Tür meiner Mutter. Ich wollte selbst sehen, wie es ihr ging.

»Herein.« Sie trank Kaffee und starrte aus dem Fenster. »Du kommst zu spät zur Schule.«

Ich blieb im Türrahmen stehen und dachte daran, wie ich bei Mrs Ellington gesessen und sie mir ihren geschwollenen Bauch gezeigt hatte. Meine Mutter hatte denselben eigenartigen Geruch. Auf dem Nachttisch standen zwei neue Behälter mit Tabletten. Sie sah müde und aufgedunsen aus. Sie hatte das Krankenhausarmband abgenommen, das ich am Vortag gesehen hatte. Ihr Handrücken sah grün und blau aus.

»Ist alles in Ordnung?«

Sie wandte den Blick nicht vom Fenster.

»Ja, Blythe.«

»Im Klo war Blut.«

Sie wirkte überrascht, als hätte sie vergessen, dass auch ich in diesem Haus wohnte.

»Mach dir darüber keine Gedanken.«

»War das von einem Baby?«

Ihre Augen wanderten vom Fenster zu einer Stelle an der Zimmerdecke. Ich sah, dass sie schluckte.

»Wie kommst du darauf?«

»Mrs Ellington. Die hatte ein Baby, das es nicht geschafft hat.«

Endlich sah meine Mutter mich an. Und dann durch mich hindurch. Sie blies zischend Luft durch die Zähne und drehte den Kopf zum Fenster, schüttelte ihn. »Du weißt ja nicht, was du da redest.«

Ich bereute sofort, meiner Mutter von Mrs Ellington erzählt zu haben. Ich wünschte, ich hätte die Worte zurück in meinen Mund schaufeln können. Ich wollte meiner Mutter überhaupt nichts von meinem Verhältnis zu Mrs Ellington erzählen. Das war das Einzige in meinem Leben, das heilig war. Ich wandte mich ab und ging zur Schule, und als ich zurückkam, schien alles wieder normal zu sein. Meine Mutter stand in der Küche und ließ Essen auf dem Herd anbrennen. Mein Vater goss sich einen Drink ein. Das Wandtelefon klingelte, und er nahm ab, drückte dann auf die Gabel und ließ den Hörer herunterhängen. Wir lauschten dem leisen Wählton, während wir aßen.

43

An dem Tag, bevor Sam starb, gingen wir in den Zoo.

Es war sehr warm für die Jahreszeit, und der Wetterbericht hatte Sonne vorhergesagt.

Im Auto hörten wir Kinderlieder. *Im Zoo, im Zoo, im Zoo, ist's schön wie nirgendwo!* Wir hatten Proviant eingepackt und die gute Kamera mitgenommen, aber wir vergaßen, Fotos zu machen.

Violet zog den ganzen Tag an deinem Arm, wollte vorlaufen. Sie wollte immer vorne sein. Ihr beide gegen die Welt. Ich musste euch immerzu von hinten anschauen, die Ähnlichkeit zwischen euch. Die Silhouette von euch beiden zusammen. Die Art, wie du dich ein bisschen zu ihr hinüberlehntest, wie sie nach oben griff, um deine Ellbogenbeuge zu fühlen.

Ich fütterte Sam vor dem Eisbärengehege, und du holtest Violet einen Apfelsaft vom Automaten, weil sie sagte, unsere Saftpäckchen von zu Hause würden komisch schmecken. Ein Eichhörnchen klaute den letzten Keks unten aus der Ablage von Sams Buggy. Violet weinte. Sie wollte den Hut nicht tragen, den ich für sie mitgenommen hatte. Sam spuckte seine Milch aus, und ich machte ihn mit den braunen Papierhandtüchern von der Toilette sauber, weil ich unsere Feuchttücher vergessen hatte. Ich malte Kringel auf seinen Handteller, ließ dann meine Finger über seinen Arm nach oben spazieren und kitzelte ihn am Kinn. Sein Lachen war wie ein Schrei, lebensfroh und überschwänglich, und ich lebte für dieses Lachen. Eine ältere Frau, die in der Nähe die behandschuhte Hand eines kleinen Jungen hielt, sagte zu mir: »Was haben Sie für ein süßes Baby, so ein Wonneproppen!« Danke, er gehört zu mir, ich habe ihn gemacht. Vor einem ganzen

Jahr. Er war so sehr Teil von mir, dass sich in den Sekunden, bevor er losweinte, mein Inneres buchstäblich verengte, als würde jemand in meinem Brustkorb einen Luftballon aufblasen.

»Jetzt kommt was ganz Tolles!«, sagtest du zu Violet, und wir gingen die Rampe hinab in den dunklen, hallenden Untergrund, und ihr beide stelltet euch an die Glaswand. Ihr wart Schatten vor dem neongrün leuchtenden Wasser in dem Becken, Schmutzpartikel und Fischschuppen umschwebten euch wie die Flugschirmchen von Pusteblumen. Ich blieb weiter hinten, mit Sam in den Armen, und es kam mir vor, als würde ich eine fremde Familie betrachten. Dass ihr beide zu mir gehörtet, schien in diesem Moment unmöglich. Ihr wart so schön zusammen. Der Eisbär presste genau vor Violets Gesicht eine Tatze an die Scheibe. Sie schnappte nach Luft und schlang die Arme um deine Taille, furchtsam, erschrocken, verwundert, die Art von Reaktion, die man nur wenige Male im Leben des eigenen Kindes erlebt, eine Erinnerung daran, dass sie neu in der Welt sind, dass sie unmöglich wissen können, ob sie in Sicherheit sind oder nicht.

Wir kauften ihnen zwei kleine Plastiklöwen im Souvenirladen, und Violet warf ihren auf dem Heimweg aus dem Autofenster. Ich war wütend, schaute nach hinten auf den Highway, fragte mich, ob das Spielzeug vielleicht gegen eine Windschutzscheibe geprallt war. Du schriest sie an und sagtest, das sei gefährlich.

»Aber ich wollte die Löwenmutter nicht haben. Ich hasse meine Mom.«

Ich sah zu dir rüber und atmete tief durch und wandte mich ab. *Lass gut sein.* Und dann fing Sam an zu weinen. Violet hob Benny auf, der aus Sams Kindersitz gefallen war, und warf ihn ihm wieder hin. Sie beruhigte ihn nett, und du sagtest zu ihr: »Liebes Mädchen, Violet.«

Ihre Nase war sonnenverbrannt – ich hatte nicht an Sonnenmilch im Februar gedacht. Ich drückte etwas Aloe-Creme aus einer alten Tube und tupfte sie mit dem Finger auf Violets Nase. Ich zählte die Sommersprossen in ihrem Gesicht, wollte diesen seltenen Moment verlängern, in dem ich sie berühren durfte. Sie starrte mich an, als hätte sie noch nie jemanden zählen hören. Ich dachte, sie würde mich vielleicht umarmen, und meine Muskeln spannten sich an, machten sich bereit für das Gefühl, sie zu spüren – es war so lange her. Doch dann schaute sie weg.

Sie sah zu, wie ich Sam vor dem Zubettgehen badete, und danach setzte sie sich zu mir auf den Boden, streichelte seinen Bauch und sagte: »Er ist ein liebes Baby, nicht?« Sie drückte ihm Benny in die Hand, und er kaute auf einem Hasenohr, während sie ihn still beobachtete. Ich ließ sie ihm seinen Schlafanzug anziehen, eine Geduldsprobe für uns beide, weil sie so selten darum bat, das tun zu dürfen. Als sie das zweite Bein hochzog, sagte sie: »Ich will Sammy nicht mehr.« Ich schnalzte tadelnd mit der Zunge und kitzelte seinen Bauch. Er lächelte Violet an und strampelte mit den stämmigen Beinchen. Sie gab ihm trotzdem einen Kuss, setzte sich dann auf den Toilettendeckel und sah zu, wie ich mit einem Waschlappen über sein Zahnfleisch rieb.

»Er zahnt wieder«, erklärte ich ihr. »Du wirst sehen, bald hat er mehr Zähne als du, wenn deine weiter ausfallen.«

Sie zuckte mit den Schultern und hüpfte davon, um dich zu suchen.

Du warst an dem Abend freundlich. Du warst zärtlich zu mir. Bevor wir ins Bett gingen, schlichen wir noch mal in ihre Zimmer und bestaunten ihre weichen, wunderbaren Köpfe.

44

Aus irgendwelchen Gründen gingen wir früher los als geplant. Es war einer jener seltenen reibungslosen Tage, an denen sich niemand beim Frühstück vollkleckerte, und Violet ließ sich von mir die Haare kämmen, ohne zu jammern. Ich musste also nichts schreien, was man nicht schreien soll. *Beeil dich! Mir reicht's jetzt!* Der Morgen war ausgesprochen friedlich.

An Wochentagen waren wir selten zu dritt unterwegs, aber Violets Schule hatte an dem Tag geschlossen. Ich wollte mir auf dem Weg zum Park noch einen Tee holen. Joe unterhielt sich wie immer mit Violet, während ich Honig in meinen Becher rührte. Er half mir, den Buggy die zwei Stufen hinunterzubugsieren, ehe er zum Abschied winkte, und wir gingen zu der Straßenecke, den frischen Winterwind in unseren Gesichtern.

Wir blieben an der Kreuzung stehen, die wir fast jeden Tag überquerten. Ich kannte jede Ritze im Bürgersteig. Ich konnte die Augen schließen und die Graffiti an dem Backsteingebäude auf der Nordwestseite sehen.

Wir warteten, dass die Ampel umsprang. Sam hielt in seinem Buggy nach Bussen Ausschau, Violet und ich standen stumm da. Ich wollte nach Violets Hand greifen, war auf unser übliches Tauziehen gefasst, aber heute schien es keinen Grund dafür zu geben.

»Sei vorsichtig an der Straße«, sagte ich stattdessen, eine Hand am Buggy. Sam reckte einen Arm nach Violet, er wollte raus. Ich nahm meinen Tee aus dem Becherhalter und hob ihn an die Lippen. Noch zu heiß zum Trinken, aber der Dampf wärmte mein Gesicht. Violet sah zu mir hoch, während wir warteten, und ich dachte, sie wollte mir eine Frage stellen. *Wann können wir rüber? Kann ich mir einen Donut kaufen?* Ich pustete wieder auf meinen Tee, während sie mich beobachtete. Ich stellte den Becher zurück in den Halter und berührte Sams Gesicht im Kinderwagen, eine kleine Erinnerung, dass ich da war, hinter ihm, dass ich wusste, dass er rauswollte. Ich sah zu Violet hinunter. Und dann hob ich den Becher wieder an die Lippen.

Ihre rosa Handschuhe schoben sich aus den Taschen, und sie griff nach mir. Sie riss mit beiden Händen meinen Ellbogen nach unten. So jäh, so gewaltsam, dass mir die heiße Flüssigkeit ins Gesicht schwappte. Ich ließ den Becher fallen, schnappte nach Luft und starrte sie an. Und dann schrie ich: »Violet! Was soll das?«

Als diese Worte aus meinem Mund kamen, als ich beide Hände an mein verbrühtes Gesicht drückte, rollte Sams Buggy auf die Straße.

Ich werde nie den Ausdruck in ihren Augen vergessen – ich konnte den Blick nicht von ihnen abwenden. Aber ich wusste, was passiert war, sobald ich es hörte.

Der Buggy wurde von dem Aufprall völlig zerstört.

Sam war noch in seinem Sitz angeschnallt, als er starb.

Ihm blieb keine Zeit, an mich zu denken oder sich zu fragen, wo ich war.

Ich dachte sofort an die dunkelblau gestreifte Latzhose, die ich ihm an dem Morgen angezogen hatte. Daran, dass Benny auch in dem Kinderwagen war. Dass ich Benny mit nach Hause nehmen müsste, ohne Sam. Und dann fragte ich mich, wie ich Benny aus diesem Wrack, diesem Buggy herausholen könnte, weil Sam ihn am Abend brauchen würde, um einschlafen zu können.

Inmitten des Chaos um mich herum starrte ich fassungslos auf den Straßenrand – das leichte Gefälle des Zementbodens und dann eine Rille, wo Bürgersteig und Asphalt zusammentrafen. Wieso hatte die ihn nicht gestoppt? In der Wärme des Vortags war das Eis geschmolzen. Der Bürgersteig war trocken. Wieso waren die Räder durch die Rille nicht gebremst worden? Ich musste den Buggy doch sonst immer kräftig anschieben, wenn wir die Kreuzung überquerten, oder? Musste ich ihn sonst nicht immer anschieben?

Ich konnte nicht atmen. Ich starrte Violet an. Ich hatte ihre rosa Handschuhe nach dem Buggy fassen sehen, als ich ihn losließ. Ich hatte ihre rosa Handschuhe an dem Griff gesehen. Ich schloss die Augen. Rosa Wolle, schwarzer Gummigriff. Bei der Vorstellung schüttelte ich heftig den Kopf.

Ich weiß nicht, was als Nächstes passierte oder wie wir zum Krankenhaus kamen. Ich erinnere mich nicht, ihn gesehen oder berührt zu haben. Ich hoffe, dass ich ihn aus seinen Gurten zog und auf dem kalten Asphalt im Arm hielt. Ich hoffe, dass ich ihn wieder und wieder küsste.

Aber ich denke, dass ich vielleicht einfach bloß dastand. An diesem Straßenrand, und die Rille anstarrte.

Eine Mutter fuhr den SUV, mit zwei Kindern im selben Alter wie unsere auf der Rückbank. Sie fuhr über die grüne Ampel, wie es ihr gutes Recht war, wie sie es wahrscheinlich schon dreitausend Mal gemacht hatte. Die beiden Autos, die aus der anderen Richtung kamen, machten eine Vollbremsung, als sie den Buggy sahen, aber ihr blieb keine Reaktionszeit. Sie bremste nicht mal ab. Ich habe mich immer gefragt, was ihr wohl gerade durch den Kopf ging, als es passierte. Ob sie mit ihren Kindern Lieder sang oder ihre endlosen Fragen beantwortete. Vielleicht schaute sie gerade in den Rückspiegel, lächelte ihr Baby an. Vielleicht war sie geistig abwesend, dachte daran, wie gern sie irgendwo anders wäre als in diesem Auto mit ihren brüllenden Kindern.

Ich wünschte, der Schmerz wäre stärker. Ich wünschte, ich könnte es noch immer so fühlen, als wäre es heute passiert. Manchmal habe ich Momente, in denen der Schmerz fort ist, und ich denke: *Mein Gott, ich bin innerlich tot. Ich bin mit ihm gestorben.* Früher habe ich jede Minute jedes Tages damit verbracht, seine Sachen anzustarren, mir gewünscht, dass der Schmerz mit Macht zurückkehrt. Ich weinte, weil ich nicht genug litt. Und dann, Tage später, schwoll der Schmerz wieder an, und die Welt wurde auf eine Art, die ich verabscheute, ein klein wenig lebendiger. Ich roch den Duft von Bananenbrot aus dem Haus nebenan, und ich war entsetzt – dass ich riechen konnte, dass mir das Wasser im Mund zusammenlief, dass da jemand hinter der Mauer einen Morgen erlebte, der es ihr erlaubte, für ihre Kinder Bananenbrot zu backen. Ich war taub gewesen – das grausame Fehlen von Schmerz war Taubheit gewesen. Später dann betete ich darum, dass die Taubheit zurückkehrte. Obwohl ich im Schmerz Genugtuung fand, wusste ich, dass ich ihn nicht überleben würde.

Als du bei uns im Krankenhaus ankamst, zogst du Violet an dich und drücktest ihren Kopf an deine Brust. Und dann sahst du mich an, und du öffnetest den Mund, um etwas zu sagen, aber es kam nichts heraus. Wir starrten einander an, und dann weinten wir. Violet wand sich aus deinen Armen, und du kamst zu mir. Ich sank zu Boden und lehnte mich an deine Beine.

Violet beobachtete uns still. Sie kam näher und legte ihre Hand auf meinen Kopf.

»Sammys Buggy ist Mom aus der Hand gerutscht und vor ein Auto gerollt.«

»Ich weiß, Schätzchen, ich weiß«, sagtest du.

Ich konnte euch beide nicht ansehen.

Polizisten kamen, um mit dir zu reden, um dir alles zu erklären, was sie mir bereits erklärt hatten. Dass der Fahrerin kein Vorwurf zu machen war, dass wir entscheiden mussten, was mit dem Körper unseres Babys geschehen sollte. Mit seinen Organen. Offenbar konnten drei davon möglicherweise in andere Babys transplantiert werden, deren Mütter besser auf ihre Kinder aufgepasst hatten als ich. Eine Krankenschwester gab mir eine Beruhigungstablette.

Ich ging mit Violet den Flur hinunter zum Wasserspender. Während sie ihren Pappbecher überlaufen ließ, übergab ich mich in einen Mülleimer voll mit weggeworfenen Latexhandschuhen und Medikamentenverpackungen. Ich hörte dich hinten im Flur schluchzen, durch die schwere Glastür hindurch, die uns vom restlichen Wartebereich trennte. Violet beobachtete mich und trat von einem Bein aufs andere. Sie traute sich nicht, mich anzusprechen. Ich wusste, dass sie dringend pinkeln musste, aber ich wollte, dass sie sich in die Hose machte. Ich sah, wie der helle Jeansstoff dunkel wurde, als sich die Nässe ausbreitete. Ich sagte kein Wort und sie auch nicht.

Ich redete mit der Polizei, als würde ich an einem Drive-in-Schalter einen Hamburger bestellen: Meine Tochter hat an meinem Arm gezogen, und der heiße Tee hat mich verbrüht. Ich habe den Buggy losgelassen. Und dann hat sie ihn auf die Straße gestoßen.

Sonst noch etwas, Ma'am?

Nein, das ist alles.

Ich hatte nicht die Kraft, sie mit einer Lüge zu schützen. Der Polizist bat mich mehrmals, das zu wiederholen, wollte wahrscheinlich feststellen, ob ich unter Schock stand, suchte nach Ungereimtheiten. Vielleicht fand er welche. Ich weiß es nicht. Ich weiß nicht, was er dir erzählte, als ich nicht dabei war. Aber als ich zurückkam, ging der Officer in die Hocke, legte seine Hand auf Violets schmale Schulter und sagte: »Unfälle passieren nun mal, okay, Violet? Unfälle passieren, und niemand ist schuld. Deine Mom hat nichts falsch gemacht.«

»Hast du gehört, Blythe? Du hast nichts falsch gemacht«, sagtest du zu mir und nahmst mich in den Arm.

»Ich glaube, sie hat ihn gestoßen«, flüsterte ich, als du Salbe auf meine verbrühte Haut tupftest. Ich spürte absolut nichts. »Ich glaube, sie hat ihn auf die Straße gestoßen. Das hab ich der Polizei gesagt.«

»*Schsch.*« Als wäre ich ein Baby. »Sag so was nicht. Okay? Sag so was nicht.«

»Ich hab ihre rosa Handschuhe am Griff des Buggys gesehen.«

»Blythe. Nein. Es war ein Unfall. Ein schrecklicher Unfall.«

»Der Wagen muss gestoßen worden sein. Sonst wär er nicht über die Rille gerollt.«

Du sahst den Officer an und schütteltest den Kopf, wischtest dir Tränen vom Gesicht. Du räuspertest dich. Der Mann spitzte seine blassen, rissigen Lippen. Er nickte dir zu, eine Art Bestätigung. Die irrationale Mutter. Die unfähige Frau. *Da sehen Sie – ich muss ihr Salbe auftragen. Ich muss sie beruhigen.*

Violet tat so, als würde sie nicht hören, was ich sagte. Sie malte Blumen auf ein Whiteboard, neben einer Skizze von Organen, die irgendwer gezeichnet hatte, als ich nicht da war, vielleicht, um meinem Mann zu veranschaulichen, welche Teile meines Sohnes sie haben wollten. Die Skizze sah aus wie eine Karte von den Großen Seen. Der Officer sagte, er würde uns eine Weile allein lassen.

Sobald er weg war, wiederholtest du langsam und mit brüchiger Stimme. »Blythe, es war ein Unfall. Ein schrecklicher Unfall.«

Ich war allein mit meinem Verdacht.

Auf unserem Weg zum Park am Wochenende zuvor hatte Violet mir genau an dieser Kreuzung eine Frage gestellt, deren Antwort sie bereits kannte.

»Halten die Autos nur, wenn die Ampel rot ist?«

»Das weißt du doch, du bist jetzt sieben! Du weißt, dass Autos vor roten Ampeln halten. Und Gelb bedeutet, Achtung, gleich springt sie auf Rot. Deshalb darfst du erst über die Straße gehen, wenn die Autos vor der roten Ampel gehalten haben.« Sie hatte genickt.

Ich hatte gedacht, wie neugierig sie auf die Welt um sie herum geworden war, und überlegt, ob wir anfangen sollten, ihr den Stadtplan zu erklären. Wir konnten durch unser Viertel gehen und nach Straßennamen suchen, Wegbeschreibungen entwerfen. Dass es schön wäre, das zusammen zu machen.

Während ich im Familienraum der Notaufnahme saß, ging mir diese Frage nicht aus dem Kopf.

Du brachtest Violet nach Hause, aber ich konnte mich nicht losreißen. Der Körper meines Sohnes war noch in diesem Gebäude.

Unter einem Tuch? Im Keller? Auf einer von diesen Metallliegen, die in die Wand geschoben werden wie ein Backblech? Lag mein Baby auf einem Backblech, und war ihm kalt? Ich wusste nicht, wo sie ihn hingebracht hatten, und wir durften ihn nicht sehen. Benny war in einem Plastikbeutel auf meinem Schoß, sein weißer Schwanz dreckig.

45

Elf Tage lang erbrach ich alles, was ich zu mir nahm. Ich weinte in meinen Träumen, und dann erwachte ich und weinte in der Dunkelheit. Mein Körper zitterte manchmal stundenlang.

Der Arzt kam in seiner Straßenkleidung an einem Samstagmorgen. Du hattest sein Haus entworfen, und er tat dir einen Gefallen. Er meinte, ich hätte eine Magen-Darm-Infektion, dass es nicht bloß die Trauer war, dass eine derartige Tragödie das Immunsystem schwächen kann. Du warst seiner Meinung und schenktest ihm zum Dank eine Flasche Wein, als er ging, und ich war zu apathisch, um euch beiden zu sagen, ihr solltet euch verpissen.

Deine Mutter kam für eine Weile zu uns. Sie brachte mir Tee und Taschentücher und Schlaftabletten und kalte Waschlappen, die ich mir aufs Gesicht drückte. Ich sagte, was ich sagen musste, damit sie aus dem Zimmer ging. »Ich komm klar, versprochen. Ich brauch nur ein bisschen Zeit für mich.« Sie gab sich alle Mühe, aber ihre Anwesenheit nahm Raum in meinem Kopf ein, lenkte mich von den Gedanken ab, die ich haben wollte. Gedanken an ihn. Wut machte das Atmen schwer. Traurigkeit machte es schwer, die Augen zu öffnen, Licht in mich hereinzulassen. Ich gehörte in die Dunkelheit, die Dunkelheit besaß mich.

Deine Mutter zog mit Violet für ein paar Tage in ein Hotel, weil sie meinte, der Ortswechsel würde ihr guttun. Ich hatte Violet seit dem Krankenhaus nicht mehr gesehen. An dem Morgen, als du sie wieder abholtest, saß ich unter dem Fenster in unserem Schlafzimmer, mit einem Messer aus dem Modellbaukasten, das auf deinem Schreibtisch gelegen hatte. Ich hob mein Shirt an und schnitt eine dünne Linie in meine Haut, von den Rippen bis hinunter zur Taille. Ich schrie nach Sam, bis meine Stimme heiser war. Das Blut bildete eine perforierte Linie und schmeckte ranzig, als wäre ich von dem Moment seines Todes an innerlich verfault. Ich konnte nicht aufhören, es mir auf die Zunge zu tupfen. Ich verschmierte das Blut über Bauch und Brüste und wollte mehr. Ich wollte mich fühlen, als wäre ich ermordet worden, als hätte jemand mich zum Sterben zurückgelassen.

Als ich Violets Stimme von unten hörte, musste ich die Hände zusammenpressen, damit sie nicht zitterten. Ich schloss die Schlafzimmertür ab, und dann duschte ich und wischte das Blut vom Boden mit einem Shirt auf. Ich hatte es eine Woche zuvor gekauft, hatte Sam dafür durch den eiskalten Schneeregen geschoben, weil ich das Gefühl gehabt hatte, ich hätte nichts mehr zum Anziehen. Als mir so etwas noch wie ein Problem vorkam. Ich hatte seine Snacks vergessen. Hatte seinen Hunger ungeduldig in der langen Warteschlange beschwichtigt und ihn erst mit Verspätung zu seinem Mittagsschlaf hingelegt.

»Mommy ist oben«, hörte ich dich zu ihr sagen. Du nanntest mich praktisch nie Mommy, und sie auch nicht.

Du trugst eine schwarze Jogginghose und ein rotes Flanellhemd. Nach seinem Tod wechseltest du wochenlang die Kleidung nicht. Das war das Einzige an dir, das anders wirkte als vorher, obwohl ich weiß, dass dein Schmerz immens war. Ich hörte, wie du zwischen Wohnzimmer und unserem Schlafzimmer hin- und hergingst, dann in Violets Zimmer und in die Küche. Du betratst sein Zimmer nie. Ein Kreislauf durch unser Haus mit demselben Knarren des Bodens und denselben Geräuschen: die Toilettenspülung, das Öffnen des Flurfensters, das Schließen der Kühlschranktür. Vielleicht wartetest du respektvoll auf jemanden, der dir sagte, dass das Leben wieder weitergehen konnte, dass du dir den Wecker für die Arbeit, die du liebtest, stellen und dienstags zum Basketball gehen und so laut mit Violet lachen konntest wie vorher. Oder vielleicht machtest du dir keinerlei Hoffnung, diese Freuden im Leben je wiederzufinden.

Weißt du, dass du bloß viermal mit mir redetest? Viermal in fast zwei Wochen. Der Schmerz, der sich in unseren Augen spiegelte, war zu schwer zu ertragen.

1. Du sagtest, du wolltest keine Trauerfeier. Also hatten wir keine.
2. Du wolltest wissen, wo Violets Thermosflasche war.
3. Du sagtest mir, dass er dir fehlte, und dann legtest du dich neben mir aufs Bett, nackt und nass nach dem Duschen, und du weintest fast eine Stunde lang. Ich hob die Decke an, meine einzige Einladung an dich seit seinem Tod, und du schmiegtest dich an mich. Ich hielt deinen Kopf an meine Brust und begriff, dass es in mir keinen Raum für dich geben würde, nicht an jenem Tag und vielleicht nie. (Das war das letzte Mal, dass du diesen Satz – »Er fehlt mir« – aus eigenem Antrieb zu mir sagtest. Danach reagiertest du monatelang mit einem automatischen »Natürlich fehlt er mir«, wenn ich den Mut aufbrachte, dich zu fragen.)
4. Du fragtest, ob ich für Violet Abendessen machen könnte, wenn sie zurückkam, weil du nämlich verabredet wärst, weil du um fünf Uhr aus dem Haus gehen würdest. Ich antwortete, nein, ich könnte nicht, und du gingst aus dem Zimmer. Ich hasste dich dafür, dass du versuchtest, normal zu sein. Mich mit ihr allein zu lassen, hier, innerhalb der Mauern von Sams Zuhause.

Violet kam nicht nach oben. Ich ging nicht nach unten.

Als ich am nächsten Tag aufwachte und sah, dass du das Gemälde aus seinem Kinderzimmer geholt und an die Wand neben dem Fußende unseres Betts gelehnt hattest, wurde ich für einen Moment schwerelos. Der Schmerz hörte auf, durch meine Knochen zu pumpen. Ich hatte diese Mutter, die ihr Kind hielt, fast ein Jahr lang angestarrt, während ich ihn wiegte und stillte und schaukelte, damit er sein Bäuerchen machte, und Schlummerlieder in sein kleines Ohr summte. Ich weiß nicht, warum, aber als ich das Bild sah, wurde mir klar, dass ich weiterleben würde. Ich wusste, dass ich aus diesem Loch, das jede Faser in mir zerquetschte, herauskriechen würde. Und ich hasste dich dafür. Ich wollte mich nie wieder normal fühlen.

Ich ging in Unterwäsche zu Violets Zimmer, meine Beine schwer wie nie. Ich öffnete die Tür, und da war sie, regte sich unter der Bettdecke. Ihre Lider flatterten, und dann blinzelte sie in das Licht aus dem Flur.

»Steh auf.«

Ich machte ihr Müsli und schaute mich in der Küche um. Jemand hatte seinen Kinderstuhl weggeräumt, seine Fläschchen, seinen blauen Silikonlöffel, die Kräcker, auf denen er so gern lutschte. Violets Füße trappelten ein Stockwerk höher in unser Bad, wo du dich gerade rasiertest.

Ich weiß nicht, warum du das Gemälde dort hingestellt hattest. Wir sprachen nie darüber. Es ist jetzt in unserem Schlafzimmer, hier bei mir, in diesem leeren Haus. Ich registriere die Details unseres Hauses kaum noch, wie die Lackierung der Wasserhähne oder die Tatsache, dass die Tür zum Wäscheraum nach außen aufgeht. Aber von Zeit zu Zeit sieht mich diese Frau, diese Mutter an. Morgens fällt die Sonne auf sie und bringt die Farben ihres Kleides stundenlang zum Leuchten.

46

An manchen Tagen, wenn ich es zu Hause nicht mehr aushielt, fuhr ich mit der U-Bahn von einer Endstation zur anderen. Ich mochte die Dunkelheit draußen vor den Fenstern, und ich mochte es, dass die Leute alle schwiegen. Das Rattern des Zuges war beruhigend.

Ich sah ein Plakat an einer Tafel am Bahnsteig und fotografierte es mit meinem Handy.

Zwei Tage später führte mich die Anschrift in das Kellergeschoss einer Kirche. Der Raum war kalt, und ich zog meine Jacke nicht aus, obwohl alle anderen ihre Mäntel und Jacken auf Drahtbügeln an das Rollgestell in der Ecke gehängt hatten. Ich brauchte eine zusätzliche Schicht zwischen mir und der feuchten Kühle, die durch die weißen Zementwände hereindrang. Eine zusätzliche Schicht zwischen mir und den anderen. Den Müttern. Es waren elf. Es gab Ingwerkekse und eine Kanne Kaffee und kleine Milchpackungen in einem Korb, der mit weihnachtlichen Servietten ausgelegt war, obwohl wir schon April hatten. Es gab orangefarbene Plastikstühle, die gleichen, die in der Aula meiner Highschool bei Schulversammlungen aufgestellt worden waren. Irgendwas Ordinäres war in den Sitz geritzt worden, auf dem ich Platz nahm. Da waren wir, versammelt, ich und die Mütter.

Die Gruppenleiterin, eine unwahrscheinlich magere Frau mit etlichen Goldreifen an den Armen, forderte uns auf, uns einander vorzustellen. Gina war fünfzig und alleinerziehende Mutter von drei Kindern, und ihr ältester Sohn hatte vor zwei Monaten jemanden in einem Nachtklub ermordet. Mit einer Pistole. Er wartete noch auf seinen Prozess, wollte sich aber schuldig bekennen. Sie weinte, während sie das erzählte, und ihre Haut war so trocken, dass die Tränen dunkle, deutliche Spuren auf ihrem Gesicht hinterließen. Lisa, die neben ihr saß, tätschelte ihr die Hand, obwohl sie sich gar nicht kannten. Lisa war eine Veteranin der Gruppe. Ihre Tochter verbüßte eine fünfzehnjährige Gefängnisstrafe wegen versuchten Mordes an ihrer Freundin und hatte gerade erst zwei Jahre davon abgesessen. Nach ihrer Geburt hatte Lisa ihren Beruf aufgegeben und war zu Hause geblieben. Ihre Stimme war leise, und bei jedem Satz stockte sie vor dem letzten Wort. Sie hatte pflaumenfarbene Schatten unter den Augen.

Ich war die Nächste. Als ich gerade etwas sagen wollte, flackerten die Neonröhren, und ich hoffte schon, ein Stromausfall würde mich davor bewahren. Ich erzählte ihnen, mein Name wäre Maureen und ich hätte eine Tochter, die wegen Diebstahls im Gefängnis saß. Diebstahl war das Harmloseste, was mir einfiel. Diebstahl erschien mir bloß wie eine einmalige Verfehlung, als hätte jeder schon mal gestohlen, aber nicht jeder war erwischt worden. Als könnte ich noch immer die Mutter eines Menschen sein, der gut und liebenswert war.

Ich erinnere mich nicht mehr in allen Einzelheiten, was die anderen sagten, aber ich weiß noch, dass von einer Vergewaltigung und ein paar Eigentumsdelikten die Rede war, und ein Sohn hatte seine Frau mit einer Schneeschaufel erschlagen. Seine Mutter nannte die Tat den »Sterling-Hock-Mord«, als müsste uns der Name etwas sagen, aber ich hatte noch nie davon gehört. Die Gruppenleiterin ermahnte uns, dass wir keine Nachnamen oder Details nennen sollten. Wir sollten anonym bleiben.

Ich suchte in jedem einzelnen Gesicht in der Runde nach etwas, das mir vertraut war.

»Ich hab das Gefühl, als hätte ich das Verbrechen begangen«, sagte eine der Mütter. »Die Wärter in der Haftanstalt behandeln mich so. Die Anwälte behandeln mich so. Alle sehen mich an, als wäre ich diejenige, die etwas falsch gemacht hat. Aber das habe ich nicht.« Sie stockte. »Wir haben nichts falsch gemacht.«

»Wirklich nicht?«, fragte eine Mutter nach kurzem Nachdenken. Einige Frauen zuckten mit den Achseln, andere nickten, und manche zeigten gar keine Reaktion. Die Gruppenleiterin sah aus, als würde sie lautlos bis zehn zählen, eine Taktik, die sie wahrscheinlich in ihrem Sozialarbeitsstudium gelernt hatte, und sagte dann, wir könnten uns in der Pause gern von den Keksen bedienen.

»Kommst du nächste Woche wieder?« Lisa mit den Augenschatten reichte mir eine Serviette für den Kaffee, der mir auf die Hand getropft war, als ich den kleinen Styroporbecher füllte.

»Ich weiß noch nicht.« Ich hatte Schweißperlen auf der Stirn. Ich konnte nicht länger mit diesen Frauen in einem Raum bleiben. Ich hatte andere Mütter wie mich sehen wollen, Mütter, deren Kinder etwas ähnlich Böses getan hatten wie meines, aber ich hatte auf einmal das Gefühl, dass die Kellerwände auf mich eindrangen. Ich tastete in meiner Handtasche nach dem Rezept, das ich noch immer nicht eingelöst hatte. Stattdessen spürte ich die Weichheit seiner Windel. Ich hatte vorsichtshalber immer eine in meiner Handtasche gehabt.

»Das ist meine zweite Gruppe. Die andere ist montags, aber meistens muss ich montagabends arbeiten und kann nur hingehen, wenn jemand mit mir die Schicht tauscht.«

Ich nickte und trank den lauwarmen Kaffee.

»Deine Tochter, ist sie halbwegs in der Nähe?«

»Ja.« Ich sah mich nach dem Ausgangsschild um.

»Meine auch. Das macht es um einiges leichter, nicht? Fährst du oft hin?«

»'tschuldigung – die Toilette?«

Sie deutete Richtung Treppe, und ich dankte ihr, wollte nichts wie raus aus diesem Keller.

»Wir sind gar nicht so übel«, sagte sie. Ich blieb in der Tür stehen. »Das wirst du noch merken, falls du beschließt, von der Toilette zurückzukommen.«

»Hast du es immer schon gewusst?« Die Wörter fühlten sich wie Zähne an, die aus meinem Kiefer gerissen wurden. Aber ich musste es fragen.

»Was gewusst?«

»Hast du immer schon gewusst, dass etwas mit ihr nicht stimmt? Schon als sie klein war?«

Die Frau musterte mich mit hochgezogenen Augenbrauen, und ich glaube, in dem Moment begriff sie, dass ich die Gruppe angelogen hatte.

»Meine Tochter hat einen Fehler gemacht. Hast du noch nie einen Fehler gemacht, Maureen? Ich bitte dich, wir sind alle nur Menschen.«

47

Die Stadt war erstickend. Ich wollte weg. Fahren. Zweiundzwanzig Wochen waren vergangen, und es fiel mir noch immer schwer, durch die Straßen zu gehen. Es fiel mir noch immer schwer zu denken. Ich wollte, dass wir beide in unseren Wagen stiegen und diese Stadt langsam Meile für Meile eine Zeit lang hinter uns ließen. Das Meer. Die Wüste. *Irgendwohin*, hatte ich gesagt, lass uns einfach losfahren. Du wolltest nicht. Du sagtest, es würde sich nicht richtig anfühlen, nicht ohne Violet, und gerade jetzt bräuchte sie ihr vertrautes Zuhause.

Seit seinem Tod hatte ich ihr nicht mehr in die Augen gesehen. Ich gewöhnte mir wieder an, meine Tage im Bett zu verbringen. Wenn ich nicht dort war, stand ich in der Küche, starrte auf das schmutzige Geschirr, unfähig, es abzuspülen. Unfähig, überhaupt irgendetwas zu tun.

Überall gab es Erinnerungen an ihn. Doch vor allem lebten sie in ihr. Die kleine Lücke zwischen ihren Schneidezähnen. Der Geruch ihrer Bettwäsche am Morgen. Der gestreifte Pullover, den sie unbedingt dauernd tragen wollte und der zu der Latzhose passte, in der er gestorben war. Der Gang zur Schule. Badewasser.

Diese Hände.

Ich sehnte mich danach, ihn in ihr zu finden, so schmerzlich es auch war. Und ich hasste sie dafür.

Niemand sprach je über ihn. Nicht unsere Freunde. Nicht unsere Nachbarn. Nicht deine Eltern oder deine Schwester. Sie fragten, wie es uns ging, und ihre Augen quollen über vor Mitgefühl, aber sie sprachen nie seinen Namen aus. Dabei wünschte ich mir genau das von ihnen.

»Sam.« Manchmal sagte ich ihn laut, wenn ich allein im Haus war. »Sam.«

Caroline, die Mutter des Jungen, der zwei Jahre zuvor auf dem Spielplatz gestorben war, schickte mir wenige Monate nach Sams Tod eine E-Mail. Mein Herz raste, als ich ihren Namen las.

Ich bete, dass Sie wie ich irgendwie einen Weg finden, darüber hinwegzukommen. Ich weiß nicht, wie, aber letztendlich habe ich bei aller Trauer einen inneren Frieden gefunden.

Der Frieden, von dem sie schrieb, traf auf mich nicht zu. Ich löschte ihre Mail.

»Vielleicht solltest du mal für eine Weile wegfahren. Du allein.« Du standst in der Badezimmertür. Ich rutschte tiefer in die Wanne, sodass meine Ohren unter Wasser waren.

Später am Abend fragte ich dich, was du gemeint hattest. Wegfahren, wohin? *Weg*. Du wolltest mich weghaben.

»Es gibt Einrichtungen, die dir helfen können. Mit deiner Trauer. Erholungseinrichtungen mit psychologischer Betreuung.«

»Wie eine *Klinik*?« Ich runzelte die Stirn.

»Wie ein Wellnesscenter. Ich hab eins auf dem Land gefunden. Ist nur ein paar Autostunden entfernt.« Du reichtest mir einen Ausdruck auf deinem dicken Büropapier. »Die hätten gerade was frei. Ich hab da angerufen.«

»Warum willst du mich da hinschicken?«

Du setztest dich aufs Fußende unseres Betts und bargst das Gesicht in den Händen. Dein Rücken bebte, und Tränen fielen auf deine Hose, langsam und gleichmäßig, wie die Tropfen aus dem undichten Wasserhahn in unserer Küche. Ein Geständnis braute sich in dir zusammen, etwas Schweres, das an deinem Innern zerrte, etwas, das noch nicht ausgesprochen war. *Tu's nicht*, flehte ich stumm. *Bitte, tu's nicht. Ich will es nicht wissen.*

Du riebst dir das Kinn und starrtest das Bild aus Sams Kinderzimmer an, das an der Wand lehnte.

»Okay, ich fahre.«

48

Es gab Klangbäder, Energieheilkreise, Vorträge über Honigbienen und seidene Hängematten, die an Holzbalken in der renovierten Scheune hingen. In meinem Zimmer stand eine Phalanx von ätherischen Ölen auf der Badezimmerablage, und in der Nachttischschublade lag eine Informationsbroschüre über natürliches Heilen. Morgens um neun und nachmittags um drei gab es Therapie. Die erste einzeln, die zweite in der Gruppe. Sie reichten mir eine Verzichtserklärung, als ich mich am Empfang anmeldete. Ich kreuzte den Satz an: *Ich lehne bewusst die Teilnahme an Therapiesitzungen ab, die im wöchentlichen Preis eingeschlossen sind.* Ich wollte den Namen unserer Tochter nicht laut aussprechen müssen, solange ich dort war. Ich hatte mich auf diesen Aufenthalt eingelassen, um von ihr wegzukommen. Ich hatte nicht vor, über sie zu reden oder über dich oder darüber, wie verkorkst meine eigene Mutter war. Ich hatte ein totes Kind. Ich wollte bloß in Ruhe gelassen werden.

Abendessen wurde um Punkt fünf im Speisesaal serviert. Die Einzeltische waren alle besetzt, also entschied ich mich für die Bank an dem langen rustikalen Tisch und blickte, als ich mich umsah, in ein Meer von reichen Leuten. Mein Trainingsanzug schien ein wenig fehl am Platze. Ich zog den Reißverschluss bis zum Kinn hoch und griff nach den schwarzen Bohnen.

»Gerade angekommen?« Ich hätte fast den Löffel fallen lassen und drehte mich nach links – ihre Stimme klang genau wie die meiner Mutter. Die Frau beugte sich vor, um in meine Schüssel zu spähen, und sagte, sie glaube nicht, dass ich die für mein Energiefeld richtige Nahrung zu mir nähme. Am Ende des Abends teilten wir uns eine Decke am Lagerfeuer und tranken Ingwertee, während ich ihr zuhörte. Iris war die anstrengendste Frau, der ich je begegnet war. Aber ich mochte sie auf Anhieb.

Sie schlug mir vor, sie doch jeden Morgen auf ihrem Spaziergang zu begleiten, der so getimt war, dass wir die Wiese genau bei Sonnenaufgang überquerten. Wenn sie vor meinem Cottage ankam, hielt sie immer einen Zirkonkristall in der Hand, ohne den sie den Tag nicht anfangen konnte, wie sie beteuerte. Wir überquerten die Wiese, die die Gäste-Cottages vom Haupthaus trennte, wanderten von dort zu einem kleinen Fluss an der Nordgrenze des Geländes und dann über einen markierten Weg um die Lavendelfelder herum. Wir waren jedes Mal anderthalb Stunden unterwegs, und ich war immer einen Schritt hinter ihr. Iris redete über ihre Schulter in einem unaufhörlichen Bewusstseinsstrom und mit einer derart eigenartigen Betonung, dass es sich fast anhörte, als hätte sie jeden Satz einstudiert. Sie hatte eine lange, markante Nase und einen akkurat geschnittenen pechschwarzen Bubikopf, der sich kaum bewegte, während sie flott dahinschritt, und ihre Haare kräuselten sich nie in der feuchten Luft, wie meine das taten.

Sie redete meistens über ihr eigenes Leben, ihre Krebserkrankung, die Wunder, die sie als Ärztin miterlebt hatte, und über ihre Verluste. Iris war mit einem Chirurgen verheiratet gewesen, der während einer OP einen tödlichen Herzinfarkt erlitten hatte. Sie sprach darüber, als wäre die Tatsache, dass er den Eingriff nicht mehr beenden konnte, das Schlimmste an seinem Tod. Sobald sie mir alles, was sie an dem Tag loswerden wollte, erzählt hatte – es schien immer irgendeine Absicht dahinterzustecken, als arbeite sie ein Lehrbuch durch –, blieb sie stehen, dehnte ihre Waden und sagte, ich solle den Rest des Weges vor ihr hergehen.

Dann fing sie an, mir Fragen nach Sam zu stellen. Fragen, die mir das Gefühl gaben, unter einer grellen Lampe auf ihrem OP-Tisch zu liegen, wo mir der Brustkorb aufgebrochen wurde. Rippe für Rippe.

Ich hatte ihr während unserer ersten Begegnung beim Essen von Sam erzählt, weil sie mich so unverblümt gefragt hatte: »Wie viele Kinder hast du, und leben sie alle noch?«

Ich hatte ihr ruhig geantwortet. Ja, einen Sohn. Und er war tot. Iris zeigte wenig Mitgefühl. Ihre Stimme blieb ausdruckslos. Sie sagte mir, ich müsse einen neuen Weg finden, im Hier und Jetzt zu leben. Ich hasste sie, und ich liebte sie.

Ich stand jeden Morgen um fünf Uhr auf. Ich putzte mir die Zähne und trat hinaus auf das frische, taunasse Gras, um mit der Frau zu sprechen, die ich nicht kannte. Wenn ich mit Iris über Sam redete, taten mir die Beine weh, und meine Brust fühlte sich so schwer an, als könnte sie mich zu Boden ziehen. Wenn ich nach dem Spaziergang wieder in meinem Cottage ankam, mit nassen Füßen und feuchten Leggings, ging ich unter die Außendusche und vergaß jedes Wort, das ich am Morgen gesagt hatte, jede Frage, die Iris mir gestellt hatte. *Was glaubst du, wie er heute wäre, wenn er noch lebte? Was mochtest du am liebsten an ihm? Wie hat er sich in deinen Armen angefühlt? Wie ist er auf die Welt gekommen? Wie war das Wetter an dem Tag, als er starb?* Ich schrubbte das alles von mir ab, wie eine Affäre mit einem anderen Mann, den verbotenen Sex, von dem nie jemand erfahren durfte.

An dem Tag vor meiner geplanten Abreise, zwei Wochen nachdem du mich hergebracht hattest, fanden mich die Gärtner in dem eiskalten Fluss auf dem Gelände. Ich war nackt und völlig außer mir, schlug wild um mich, wie ein Tier, das bei lebendigem Leibe zerfleischt wird.

Lasst mich ihn anfassen. Ich bin seine Mutter. Ich brauche ihn. Ich muss ihn mit nach Hause nehmen.

Ich hatte stundenlang keine Stimme mehr.

Ich konnte nicht aufrecht stehen, als sie mich aus dem Wasser zogen. Der Arzt des Hauses kam und ging. Leute tuschelten und hielt die Hände sacht ans Schlüsselbein gedrückt, während sie zusahen, wie ich langsam das Gleichgewicht wiederfand und mir eine Jogginghose aus dem Geschenkeshop überstreifte, mit dem aufgestickten Logo des Hauses an der Hüfte. Ich zog mir die Decke von den Schultern und ließ den kleinen Menschenauflauf um mich herum meine verkümmerten Brüste anstarren. Ich war weit über den Punkt hinaus, wo Scham existieren konnte.

Iris brachte mir Tee zum Cottage, aber ich machte nicht auf, als sie an die Tür klopfte oder als sie sich laut durch die Zedernholzbretter entschuldigte, sie habe verkannt, wie fragil ich war. Fragil. Ich schrieb das Wort mit der Fingerspitze auf die andere Seite der Tür.

Eine auf Trauerarbeit spezialisierte Therapeutin, diejenige, die ich so bewusst abgelehnt hatte, bat darum, mich genauer zu begutachten, und empfahl mir, meinen Aufenthalt zu verlängern. Sie deutete an, dass ich ohne Betreuung gefährdet sei. Sie schlug vor, dich anzurufen.

»Nein, danke«, sagte ich, und das war's. Es gab nicht viel mehr zu sagen.

Am nächsten Morgen saß ich mit meinem Koffer auf der Veranda des Cottage und wartete auf dich. Ich starrte auf die Bäume hinter dem Parkplatz, jeder einzelne ordentlich Richtung Westen gebeugt.

»Und?« Du hieltst den Blick auf den Highway gerichtet. Ich legte meine Hand auf deine, auf dem Schaltknüppel. Du schaltetest vom fünften in den sechsten Gang. Ich wusste, was ich als Nächstes sagen musste.

»Wie geht's ihr? Wie geht's Violet?«

49

»Wir kommen klar. Geh schon. Viel Spaß.« Ich drehte die Puzzleteilchen auf dem Boden mit der richtigen Seite nach oben und zwang mich, Violet anzuschauen. Sie blickte nicht auf. Du hattest einen beruflichen Termin. Die schienen jetzt häufiger zu sein als früher, und du sahst anders aus, wenn du das Haus verließt. Sorgsamer gekleidet, deine Jeans mit Gürtel. Du sahst gut aus, und das hatte ich dir auch kurz zuvor gesagt, in unserem Schlafzimmer.

»Immer noch derselbe, den du geheiratet hast«, sagtest du.

Ich hätte nicht behaupten können, dass ich noch dieselbe war, und das wussten wir beide, als sich unsere Blicke in dem großen Spiegel an der Rückseite der Tür trafen.

Das Sonnensystem-Puzzle hatte tausend Teile und war vor meiner Abreise nicht in unserem Haus gewesen. Deine Eltern waren bei dir und Violet geblieben, während ich fort war. Deine Mutter und ich hatten seit Sams Tod nicht viel miteinander geredet, obwohl sie monatelang jeden zweiten Tag angerufen hatte, um kurz Guten Tag zu sagen, um anzubieten, uns zu besuchen, um zu sagen, dass sie in Gedanken bei mir war. Sie gab sich Mühe, aber sie wusste nicht, wie sie mit mir umgehen sollte, und ich wusste nicht, wie ich mich überhaupt Menschen gegenüber verhalten sollte. Bei meiner Rückkehr aus dem Wellnesscenter waren die beiden schon fort, aber die Kekse, die sie gebacken hatte, standen noch warm auf der Küchentheke. Die Babysitterin war da, als ich durch die Tür trat – ich hatte sie nicht mehr gesehen, seit Sam tot war. Ihre Augen waren verquollen und rot. Wir umarmten einander, und ich dachte an den zuckrigen Duft, den sie jedes Mal an ihm hinterlassen hatte, wenn ich ihn aus ihren Armen nahm.

Drei Tage. So lange dauerte es, bis Violet das erste Mal seit meiner Rückkehr mit mir sprach. Sam war mittlerweile fast sieben Monate tot. Sie fing mit Neptun an, und ich arbeitete an Jupiter. Schließlich trafen wir uns irgendwo in der Nähe der Sonne.

»Warum bist du weg gewesen?«

»Ich musste mich erholen.«

Ich reichte ihr das Puzzleteilchen, nach dem sie suchte.

»Ich hab dich vermisst, als ich fort war«, sagte ich.

Sie drückte das Teil in die richtige Stelle und sah zu mir hoch. Andere Leute sagten mir ständig, sie wirke älter, als sie war, und erst in diesem Moment sah ich das. Ihre Augenfarbe schien mir dunkler. Wo ich auch hinblickte im Haus, alles war anders. Alles hatte sich verändert. Ich schaute als Erste weg. Galle stieg mir unter die Zunge. Sie sah mich schlucken. Und noch mal schlucken. Ich stand auf und ging ins Bad.

Das Puzzle war weggeräumt, als ich zurückkam. Sie saß in ihrem Zimmer und las ein Buch. Ich war mir sicher, dass sie gehört hatte, wie ich in die Toilette würgte.

»Möchtest du, dass ich dir das vorlese?«

Sie schüttelte den Kopf.

»Mir ist ein bisschen schlecht. Hab das Essen nicht vertragen. Geht's dir gut?«

Sie nickte. Ich setzte mich zu ihr aufs Bett.

»Möchtest du über irgendwas reden?«

»Ich will, dass du wieder weggehst.«

»Aus deinem Zimmer?«

»Weg von uns. Von mir und Dad.«

»Violet.«

Sie blätterte die Seite um.

Mir schossen Tränen in die Augen. Ich hasste sie. Ich vermisste ihn so sehr.

50

Nachdem meine Mutter uns verlassen hatte, machte mein Vater so weiter, als wäre nichts geschehen. Logistisch war das nicht schwierig – im Laufe der Jahre hatte sie immer weniger an unserem Tagesablauf teilgenommen und war mehr und mehr zu einer desinteressierten Beobachterin geworden, als schaute sie sich einen Film an, den sie jederzeit abschalten konnte.

Die einzige Veränderung war, dass er meine Zahnbürste und meine Haarbürste im Bad auf das obere Bord legte, das noch mit Flecken von ihrem Make-up und von billigen, aus Spraydosen ausgelaufenen Haarpflegemitteln übersät war. Jetzt, wo meine Sachen nicht mehr unter dem Waschbecken lagen, fühlte ich mich, als hätte ich neue Aufgaben übernommen, obwohl ich nicht wusste, welche das waren.

Mein Vater gewöhnte sich an, jeden Freitagabend in unserer Küche mit Freunden Poker zu spielen. Ich ging dann zu Mrs Ellington und blieb dort bei Thomas. Wir guckten Filme und aßen Popcorn, bis sie den Fernseher ausschaltete und anbot, mich nach Hause zu bringen, wo ich schnurstracks ins Bett ging. Aber eines Abends verharrte ich in der dunklen Diele vor der Küche und lauschte. Das Haus roch nach herbem Rasierwasser und Bier.

Mich störten diese Abende nicht, das Haus voller Männer und ihren Gerüchen – sie zählten zu den seltenen Augenblicken, in denen mein Vater mir wie eine echte Person vorkam. Mein Vater trank damals nicht viel, abgesehen von seinem Glas Whisky nach der Arbeit, aber die anderen taten es. Sie beschimpften einander mit nuschelnden Stimmen, und dann schlug jemand auf den Tisch. Ich hörte einen Wasserfall Pokerchips auf den Boden prasseln.

»Du bist ein Betrüger«, sagte mein Vater, wie ich ihn noch nie gehört hatte, als fiele es ihm schwer, zwischen diesen vier Worten Luft zu holen. Und dann sagte jemand: »Wenn dich jemand betrogen hat, dann deine Frau, du blöder Schlappschwanz. Kein Wunder, dass sie dich verlassen hat.«

Als ich den Blick vom Dielenboden hob, sah ich meinen Vater in der offenen Küchentür stehen. Er starrte mich zitternd vor Wut an. Ich hatte seine Schritte gehört, aber meine Beine waren zu taub gewesen, um wegzulaufen. Er schrie mich an, ich solle in mein Zimmer gehen. Jemand knallte eine Flasche auf den Tisch. Jemand sagte: »'tschuldigung, Seb, das hat er nicht so gemeint. Er ist besoffen.«

Am nächsten Morgen sagte mein Dad, es tue ihm leid, dass ich das hatte mit anhören müssen, und ich zuckte die Achseln und sagte: »Was denn?«

»Blythe, manchmal denken Leute Dinge über dich, die nicht wahr sind. Wichtig ist bloß, was du über dich selbst denkst.«

Ich trank meinen O-Saft, er seinen Kaffee, und ich dachte, mein Vater ist besser als diese Männer. Aber ein Wort von diesem Abend ging mir nicht aus dem Kopf – Schlappschwanz. *Du blöder Schlappschwanz.* Ich dachte an all die Male, die er ihr nicht die Stirn geboten hatte, sie nicht gebeten hatte, zu Hause zu bleiben. Ich dachte an den nassen Spüllappen, der ihm im Gesicht klebte. Ich dachte an den Mann, der angerufen hatte, an die fleischigen Blutklumpen in der Toilette. An die Tabletten, die er ihr nie wegnahm, an die zerbrochenen Teller, die er immer auffegte. An seinen wortlosen Rückzug auf die Couch. Ich hasste es, dass meine Mutter ihn verlassen hatte, aber ich fragte mich, ob er je wirklich versucht hatte, sie aufzuhalten.

51

Ich fing wieder an zu schreiben, indem ich jedes Wort löschte, das ich vor Sams Tod geschrieben hatte. Mein Gehirn hatte sich verändert, als arbeitete es auf einer anderen Frequenz als davor. Davor. Danach. Das Danach fühlte sich schroff an, meine Sätze abrupt und schneidend, als könnte jeder Absatz jemanden verwunden. Da war so viel Wut auf dem Blatt, aber ich wusste nicht, wohin sonst damit. Ich schrieb über Dinge, von denen ich nichts verstand. Krieg. Pionierarbeit. Eine Autowerkstatt. Ich schickte die erste fertige Short Story an eine Literaturzeitschrift, die Sachen von mir veröffentlicht hatte, bevor ich Kinder bekam. Die Antwort, die ich erhielt, war ebenso brüsk wie mein Begleitbrief, und sie fühlte sich gut an, so wie es sich in der Woche nach Sams Tod gut angefühlt hatte, mir Blut auf den Bauch zu schmieren. *Fickt euch. Ich hab das sowieso nicht für euch geschrieben.* Nichts davon ergab Sinn, aber es füllte die Stunden, die ich durchstehen musste.

Ich fing an, regelmäßig in einen Coffeeshop zu gehen, der nur einen kurzen Fußweg entfernt war und wo keine Musik lief und die Tassen schön groß waren. Ich war gern dort. Du nicht. Also machte ich ihn zu dem Ort, den ich aufsuchte, um zu schreiben. Ich sah dort oft einen Mann, einen jungen Mann, etwa sieben oder acht Jahre jünger als ich. Er arbeitete immer an seinem Laptop, ließ sich nie Kaffee nachschenken. Wir saßen beide gern im hinteren Bereich, weit genug weg von der Zugluft, die durch die Tür drang. Mir gefiel die Art, wie er seine Jacke über den Stuhl hängte, damit das dicke Kapuzenfutter ein bequemes Polster zum Anlehnen bildete, und ich begann, meinen Mantel ebenso über die Lehne zu hängen.

Eines Tages brachte er ein älteres Paar mit. Der Mann hatte seine sehr große Nase und die Frau seine sehr dunklen Augen. Er forderte sie auf, sich zu setzen, ging zur Theke und brachte ihnen Kaffee und ein Croissant, das sie sich teilten. Er legte sorgsam zwei Servietten vor ihnen auf den Tisch, als würde er Stammkunden in einem Edelrestaurant bedienen.

Er hatte sein erstes Haus gekauft! Die Nachricht freute mich. Ich lauschte, während er ihnen die verschiedenen Fotos auf seinem Handy erklärte. Da ist der Eingang zur Küche, und hier geht's ins Bad, und, ach ja, das wird das Zimmer für das Baby. Er würde ein Baby haben! Wie meinen Sam. Ich wollte, dass er mich ansah, damit ich lächeln konnte, damit ich ihm zeigen konnte, dass mir seine Zukunft am Herzen lag, dass ich mich besorgt gefragt hatte, ob dieser nette junge Mann jemanden in seinem Leben hatte, der ihn liebte.

Sie redeten über Grundsteuer und ein neues Dach und wie lang er demnächst zur Arbeit brauchen würde. Und dann fragte die Mutter, was ihr Sohn für die Zeit nach der Geburt des Babys in nur einem Monat geplant hatte.

»Ich kann in der Woche herkommen und euch helfen, bei allem. Abwasch, Wäsche. Ich mach das gern, ich hab ja Zeit. Ich könnte das Klappbett aus unserem Gästezimmer mitbringen.« Ihre Stimme war so hoffnungsvoll, und noch bevor der Sohn etwas sagte, wusste ich, dass seine Antwort eines der schwierigsten Dinge sein würde, die sie je hatte hören müssen. Er erklärte, dass Saras Mutter sich schon angeboten hatte. Dass es für Sara besser so wäre. Dass sie ja später kommen könnte, wenn sie ihren Rhythmus gefunden, eine Weile zusammen verbracht hätten, nur sie drei. Und Saras Mom. Er würde ihr Bescheid geben, wann sie kommen könnte. Vielleicht in ein paar Wochen oder so. Sie würden abwarten müssen, wie alles so lief.

Der Kopf der Mutter bewegte sich langsam nach vorn und dann zurück, und sie rang sich die Worte »Natürlich, Schatz« ab, und sie legte für einen kurzen Moment eine Hand auf seine, ehe sie sie wieder unter ihren Oberschenkel auf ihrem Stuhl schob.

Das Herz einer Mutter bricht im Laufe ihres Lebens auf millionenfache Art.

Ich stand auf – ich wollte ihnen nicht mehr zuhören. Ich ging über Umwege nach Hause.

52

Es gab einen Moment im Auto auf der Heimfahrt von irgendwoher – ich hab's vergessen. Wir sahen uns an, unterdrückten ein Auflachen, schauten uns in die Augen, derselbe gemeinsame Reflex, den wir früher hatten, wenn Violet irgendwas Lustiges gesagt hatte. Worauf es ankam, war, dass wir dieses vertraute Wissen voneinander hatten. Dass wir sie gemeinsam erschaffen hatten, und jetzt war sie da, sagte in ihrer dünnen Achtjährigenstimme diese unwahrscheinlich erwachsenen Dinge. Wie war ich fähig gewesen, diesen Augenblick absolut typischer Freude mit dir zu finden? Mit ihr? Es verging kein Tag, an dem ich mir nicht vergegenwärtigte, was an jener Kreuzung geschehen war.

Aber das Leben ging weiter, begriff ich, als ich von dir wegschaute, ob ich das wollte oder nicht. Wir waren zusammen im Auto, wir drei, ohne ihn, sahen einander an, wie wir das vorher getan hatten. Er war seit über einem Jahr tot.

Er fehlte mir wahnsinnig. Ich wollte in dem Auto seinen Namen aussprechen, damit ihr beide ihn hören musstet. Er hätte bei uns sein sollen.

Ich griff nach unten, in die Tasche zu meinen Füßen, und holte ein Päckchen Taschentücher hervor. Ich schaute nach hinten zu Violet auf dem Platz hinter dir. Ich zog eins heraus und warf es über meinen Kopf auf die Rückbank. Sie sah das Taschentuch hochschweben und dann auf ihrem Schoß landen. Ich zog noch eins heraus und noch eins und noch eins. Du nahmst den Blick von der Straße und sahst kurz zu mir rüber, dann ein zweites Mal, und dann in den Rückspiegel, um sie zu beobachten. Violet blickte dir direkt in die Augen, dann starrte sie stumm aus dem Fenster, während die Taschentücher auf die Rückbank segelten.

Wir hatten das früher manchmal mit Sam gemacht, wenn er im Auto weinte. Wir ließen Taschentücher um ihn herum schweben, bis sich seine langen, traurigen Schluchzer in perlendes Lachen verwandelten. Er liebte das. Manchmal leerten wir dabei eine ganze Großpackung, kicherten hemmungslos, und die weichen weißen Fallschirme füllten den Wagen, die Freudenschreie der Kinder wurden lauter, und unsere müden, erleichterten Gesichter grinsten ziellos nach vorne.

Keiner von euch sagte etwas, als ich das an jenem Nachmittag für ihn tat. Ich wandte mich von dir ab, als das Päckchen leer war, und legte es aufs Armaturenbrett, wo du es sehen musstest, während du fuhrst. Ich glaube, draußen zogen Wiesen vorbei. Ich weiß noch, dass ich über sie drüberlaufen wollte, bis du mich an der Kapuze meines Sweatshirts festhieltst. Falls du mir überhaupt hinterherlaufen würdest.

An dem Abend fragte ich dich, ob Violet vielleicht eine Therapie machen sollte. Bei einem Kinderpsychologen, um ihre Trauer zu bewältigen. Sie schien einfach nicht über Sam reden zu wollen.

»Ich habe den Eindruck, sie bewältigt das alles ganz gut. Ich glaube nicht, dass sie eine Therapie braucht.«

»Und was ist mit uns? Zusammen. Paartherapie.« Auch wir schienen nicht über ihn reden zu können. Du hattest mit keinem Wort darauf reagiert, was ich im Auto gemacht hatte.

»Ich finde, auch wir bewältigen das alles ganz gut.« Du gabst mir einen Kuss auf die Stirn. »Aber du solltest eine Therapie machen. Du allein. Du solltest es noch mal versuchen.«

Ich ging ziellos durch unser stilles Haus.

Du hattest in deinem Arbeitszimmer ein Modell gebaut, und deine Sachen lagen verteilt unter dem Schwenkarm der Lampe auf dem Schreibtisch. Sekundenkleber und Schneidematte und ein Messerset mit austauschbaren Klingen. Die kleinen Schaumkartonwände standen aufgereiht an einer Seite. Violet guckte dir unheimlich gern zu, wenn du Modelle von deinen Entwürfen bautest.

Ich hob nacheinander die Klingen auf und warf sie in die Blechdose. Sie hätten nicht offen herumliegen sollen. Ich hatte dich schon einmal gebeten, vorsichtiger damit zu sein. Als ich die letzte aufnahm, ließ ich sie über meinen Finger gleiten und zuckte zusammen, weil sie so scharf warf. Wie leicht sie schneiden konnten. Wie leicht ich schneiden konnte. Ich berührte die Narbe unter meinem Shirt, die Hautwulst, die sich auf meinem Bauch gebildet hatte. Wie gut sich das Blut angefühlt hatte. Ich schloss die Augen.

»Was machst du?« Deine Stimme ließ mich zusammenfahren.

»Ich räum deine Sachen auf. Du sollst die Klingen nicht einfach so rumliegen lassen, wegen Violet.«

»Ich mach das. Geh schlafen.«

»Kommst du auch?«

»Gleich.« Du setztest dich an den Schreibtisch und knipstest die Lampe an. Ich berührte deine Schulter und streichelte deinen Nacken. Ich küsste dich hinters Ohr. Du schobst eine Klinge in das Messer und nahmst dann das Metalllineal. Bei der Arbeit hieltst du immer die Luft an. Ich drückte ein Ohr an deinen Rücken und lauschte deinem tiefen Einatmen. »Sorry, Schatz. Heute nicht. Ich muss das hier fertig machen.«

Stunden später wurde ich von dem Geräusch geweckt – langsam, eine nach der anderen, fielen die Klingen in die Dose. Klirr. Klirr. Eine Pause. Dann klirr, klirr. Eine Pause. Ich öffnete die Augen und orientierte mich durch den schwachen Glanz auf unserer gläsernen Deckenlampe im Raum. Klirr, klirr. Mein Kopf fiel zur Seite, und das Geräusch der Metallklingen auf Blech wurde zu dem der Hagelkörner auf der Regenrinne neben unserem Fenster. Der Wind frischte auf. Klirr, klirr. Klirr. Ich schloss die Augen und träumte von meinem kleinen Jungen in meinen Armen, vom Duft seines warmen Halses und dem Gefühl seiner Finger in meinem Mund, von Blut, das langsam auf ihn tropfte wie Wasserperlen aus einem undichten Hahn, während er bei jedem Tropfen zuckte. Ich sah das Blut auf seiner zarten Haut landen und zu gewundenen Rinnsalen werden, die sich in den

Vertiefungen seines kleinen Körpers sammelten. Ich leckte an ihm, als wäre er ein geschmolzenes Eis im Hörnchen. Er schmeckte wie die Süße des warmen Apfelbreis, mit dem ich ihn in dem Sommer, bevor er starb, gefüttert hatte.

Du kamst in dieser Nacht nicht ins Bett. Am Morgen fand ich dich schlafend auf dem Boden in ihrem Zimmer, unter der Decke der Wohnzimmercouch.

»Der Hagel hat ihr Angst gemacht«, sagtest du beim Frühstück. »Sie hatte einen Albtraum.«

Du streicheltest ihr über den Kopf und gossest ihr noch mehr O-Saft ein, während ich wieder nach oben ins Bett ging.

53

»Es ist eiskalt draußen, Blythe. Hat sie keine Handschuhe für den Schulweg?« Deine Mutter verzog das Gesicht, als sie sich bückte und aus ihren nassen Stiefeln schlüpfte. Sie war für ein paar Tage gekommen, um etwas Zeit mit Violet zu verbringen, und hatte sie von der Schule abgeholt. Violet saß in einer Pfütze aus schmelzendem Schnee, klopfte ihre Hose ab.

»Die sind in ihrem Rucksack, aber sie will sie nicht anziehen.«

Violet schob sich an mir vorbei in die Küche.

Deine Mutter schüttelte vor dem Spiegel in der Diele ihre dünner werdenden Haare auf, und ihre fahrige Art verriet mir, dass sie etwas loswerden wollte. Ich lehnte mich an die Wand und wartete.

»Die Lehrerin meinte, dass Violet einen schwierigen Tag gehabt hat. Dass sie zornig wirkte. Sie wollte bei keiner Klassenaktivität mitmachen.«

Ich spürte, wie sich mir die Brust zuschnürte. »Das hat sie mir auch schon gesagt. Aber wenn ich Violet darauf anspreche, zuckt sie bloß mit den Achseln. Fox denkt, sie langweilt sich in der Schule.«

»Sie hat allein auf dem Schulhof in einer Ecke gesessen, als ich ankam. Hat mit niemandem gespielt.« Sie hob die Augenbrauen und warf einen Blick in Richtung Küche, um sich zu vergewissern, dass Violet außer Hörweite war. »Es ist noch keine zwei Jahre her. Ihr dürft nicht vergessen, dass auch sie ihn geliebt hat, genau wie wir. Trotz allem.«

Trotz allem – ihre Bemerkung überraschte mich. Sie brachte nie die Sprache auf den Tod unseres Sohnes. Ich wusste nicht, ob sie wusste, was ich wusste. Ich hatte sie immer fragen wollen.

Sie war noch am ehesten so etwas wie eine Verbündete für mich.

»Helen«, flüsterte ich. »Hat Fox mit dir über den Tag gesprochen, als Sam starb? Darüber, was ich ihm erzählt habe, wie es passiert ist?«

Sie schaute weg und drehte sich dann um, zog den Mantel gerade, den sie an die Garderobe gehängt hatte. »Nein. Und ehrlich gesagt, ich weiß nicht, ob ich darüber reden kann. Es tut mir furchtbar leid. Ich weiß, du warst dabei, du hast es erlebt, aber – ich kann nicht.«

»Du hast ›trotz allem‹ gesagt. Ich dachte –«

»Ich hab gemeint, obwohl das alles sie scheinbar ungerührt lässt.« Sie sprach eindringlich. »Und obwohl sie so gut zu Hause klarkommt, trotz deiner Unzugänglichkeit ihr gegenüber.« Jetzt warf ich einen Blick in Richtung Küche, und sie senkte die Stimme wieder. »Das ist nicht als Kritik gemeint, Blythe, ich schwöre. Du hast die Hölle durchgemacht.«

Ich nickte, um eventuelle Spannungen zu entschärfen, die ich verursacht hatte. Sie kam mir in dem Moment so schwach vor, so viel älter als ihre siebenundsechzig Jahre, und ich erkannte, dass der Verlust des Enkelsohnes auch sie gezeichnet hatte. Natürlich hattest du ihr nicht erzählt, was ich glaubte. Violet rief nach ihr, wollte Schokokekse mit ihr backen, und ich hörte sie in dem Schrank mit den Rührschüsseln kramen. Deine Mutter war am Morgen durch den Schnee zum Supermarkt gegangen, um alle Zutaten zu besorgen. Ich nahm Helens Hand und drückte sie.

»Du bist eine starke Frau«, sagte sie leise. Dieser Satz bedeutete mir nichts – er war unwahr. Sie liebte mich, aber sie kannte mich überhaupt nicht.

Als du an dem Abend nach Hause kamst, sah ich, wie sie dich in das dunkle Wohnzimmer zog. Ihr unterhieltet euch leise. Ich hörte deine Hand ihren Rücken tätscheln. Hinterher rochst du nach ihrem starken Rosenparfüm, und ich musste die ganze Nacht an diese Umarmung denken.

54

Es gibt eine Version von Violet und mir, die ich mir manchmal vorstelle.

Diese Version geht so:

Sie trinkt von meiner Brust, bis sie ein Jahr alt wird. Das Gefühl ihrer warmen Haut an meiner lässt mein Herz höher schlagen. Ich bin glücklich. Ich bin dankbar. Mir ist nicht nach Weinen zumute, wenn ich in ihrer Nähe sein muss.

Wir bringen einander Dinge bei. Geduld. Liebe. Einfache, freudige Momente mit ihr erfüllen mich mit Lust auf das Leben. Nach ihrem Nickerchen spielen wir mit Bauklötzen, und abends lesen wir immer dasselbe Buch, bis sie jede Seite auswendig kennt, und sie kann nur einschlafen, wenn ich sie vorher in den Armen wiege. Ich bin dir nicht böse, wenn du erst spät nach Hause kommst, sie mir erst spät wegnimmst. Wenn sie nachts wach wird, ruft sie nach mir. Sie kräht Guten Morgen, wenn ich in ihr Zimmer komme, und wir verbringen noch eine ruhige Stunde zusammen, bevor du aufstehst. Sie braucht dich nicht so sehr, wie sie mich braucht.

Wir gehen zusammen zur Kita, und sie winkt mir vom Eingang noch einmal zu. Ich vermisse sie den ganzen Tag unterschwellig. Sie bastelt mir eine Karte zum Muttertag, zu der sie sich den Text selbst ausgedacht hat. Ihre Erzieherin hat ihn für sie ausgedruckt, und als ich die Karte aufmache, werde ich weinerlich vor Rührung. Mir graut nicht davor, sie nachmittags von der Kita abzuholen.

Sie lächelt mich an. Sie umarmt meine Beine. Ich bitte um ihre Küsse.

Sie sorgt für ihn wie für eine Babypuppe. Sie berührt sein Köpfchen, wenn sie ihn hält. Sie sieht zu, wenn ich ihn stille, und sie schmiegt sich an uns, will die Wärme unserer Körper spüren. Ich wünsche mir nicht, mit ihm allein zu sein, ohne sie. Sie redet über ihn, wenn er nicht da ist. Sie erzählt Fremden von ihm. Nur manchmal fragt sie, ob wir allein in den Park gehen können, weil ihr unsere Zeit zu zweit fehlt. Wir tun es, und wir schaukeln Seite an Seite und kaufen uns Vanilleeis im Hörnchen. Wir gehen nach Hause, und er wartet schon auf uns, sicher umsorgt von dir. Ich tue nicht insgeheim so, als wäre er mein einziges Kind.

Sie sitzt auf meinem Bett, während ich mich umziehe, und wir reden über die Dinge, über die Mütter und Töchter reden. Ich bin einfühlsam, und ich bin herzlich. Sie ist neugierig. Sie ist gern in meiner Nähe. Ihre Augen sind sanft. Ich traue ihr. Ich traue mir selbst im Umgang mit ihr. Ich sehe sie zu einer jungen Frau heranwachsen, die respektvoll und freundlich ist. In der ich meine Tochter erkenne. Wir haben einen Sohn, und sie hat einen Bruder. Wir lieben sie beide gleichermaßen. Wir sind eine vierköpfige Familie, die jeden Sonntag das Gleiche isst, die darüber streitet, was sie sich freitags zusammen im Fernsehen anschauen, die in den Osterferien gemeinsam Urlaub macht.

Ich verbringe meine Tage nicht damit, darüber nachzugrübeln, was wir hätten sein können.

Oder wie das Leben wäre, wenn nicht er, sondern sie gestorben wäre.

Ich bin kein Monster und sie auch nicht.

55

Du warst zu dem Laden in der Hotellobby gegangen, um mehr Sonnencreme zu kaufen. Strandurlaub war eigentlich nichts für uns, wir bekamen zu schnell Sonnenbrand. Aber wir versuchten, eine normale Familie zu sein. Deine Mutter hatte uns zu dem Urlaub geraten, weil sie meinte, die Abwechslung würde uns guttun, also hattest du ihn gebucht. Violet spielte gern im Sand, auch noch mit neun Jahren. Ich las einen Roman unter unserem gestreiften Sonnenschirm und hob immer mal wieder die Krempe meines Schlapphuts an, um nach ihr zu schauen. Sie buddelte ein Labyrinth von Kanälen und füllte sie mit Wasser. Ein spindeldürrer Junge, höchstens drei Jahre alt, tapste zwischen ihr und den plätschernden Wellen herum, pfriemelte an seinem Daumennagel.

Sie lief auf Zehenspitzen zu ihm und ging vor ihm in die Hocke. Der Wind trug ihre Stimmen von mir weg. Es sah aus, als würde der Kleine kichern. Sie ließ sich mit einem lustigen Ausdruck im Gesicht nach hinten fallen, und er lachte in die Sonne. Er folgte ihr zu dem Kanallabyrinth, und sie gab ihm einen Eimer, damit er ihr half, es mit Wasser zu füllen.

Seine Mutter hatte eine Eleganz, die ich schon am Vormittag beim Pool bewundert hatte.

»Ihre Tochter ist ein echter Schatz, so nett, wie sie mit ihm spielt. Verdient sie sich schon etwas Taschengeld als Babysitterin?«

Ich erklärte, dass sie älter aussah, als sie war. Ich lud sie auf deinen leeren Liegestuhl ein, während die beiden spielten. Wir schauten unseren Kindern zu und tauschten die üblichen Nettigkeiten unter Müttern aus. Der Junge blickte auf und rief nach ihr, winkte, zeigte ihr den Eimer, den er bekommen hatte.

»Ich seh's, ich seh's! Wie schön, Jakey!« Sie waren für eine

Woche da. Sie hatte noch zwei andere Kinder, die mit ihrem Vater eine Bootstour machten, aber sie und Jake wurden schnell seekrank. Violet fing an, ihn im Sand einzugraben. Erst die Beine. Dann den Oberkörper. Sie klopfte auf den Sand, strich ihn glatt, während der Junge so regungslos dalag, wie er konnte.

»Würden Sie kurz auf ihn aufpassen?«, fragte sie und hielt ihr Handy hoch.

Sie musste beruflich einen Anruf erledigen, doch am Strand war es dafür zu windig. Sie lief zu der Promenade hinter uns, und ich sah, wie der weiße Kaftan ihre langen Beine umwehte.

Der Junge war jetzt bis zum Kinn eingegraben, sein heißer runder Kopf wie eine auf den Sand gefallene Kirsche. Violet lief zum Wasser, füllte den größten Eimer und ging langsam zu dem Kleinen zurück. Ihre Arme zitterten von dem Gewicht. Wie konnte sie einen derart schweren Eimer tragen? Ich setzte mich auf. Sie hielt den Eimer über seinen Kopf, und ihre Brust hob sich. Sie verharrte, schaute herüber, ob ich sie beobachtete. Ich starrte zurück, mit pochendem Herzen. Die Augen des Jungen waren geschlossen. Ich stand hastig auf. Als sie mühsam eine Hand unter den Eimer schob, spritzte etwas Wasser heraus. Sie würde ihn über dem Kleinen auskippen. Das viele Wasser dadrin würde ihm im Nu die Luftröhre füllen. Sie starrte ihn an, bewegungslos, ihre Hand bereit, den Eimerboden anzuheben. Meine Knie wurden weich, ich wollte etwas rufen, brachte aber keinen Ton heraus. Ich schlug mir auf die Brust, um meine Stimme wiederzufinden. Und dann endlich schrie ich. Sein Name kam heraus, kaum zu verstehen, die Tonlage wie Feuer in meiner Kehle.

»Sam!«

»Was ist los?« Deine Hand an meinem Arm erschreckte mich, und ich schlug sie weg. Violet stand da und starrte uns an, den Eimer neben sich abgestellt. Der Junge reckte den Hals, und die Sandschicht, die ihn bedeckte, wurde rissig wie Eis.

»Du hast es kaputt gemacht!«

»Tut mir leid«, sagte er und fing an zu wimmern.

Sie kniete sich hin und half ihm auf die Beine, wischte ihm den

Sand vom Rücken und aus den feinen blonden Haaren. »Heul nicht. Wir können's ja noch mal machen. Alles okay?« Ihr Arm legte sich um seine schmalen Schultern, und er nickte. Sie blickte kurz zu mir rüber, wollte sehen, ob ich sie noch immer beobachtete.

»Nichts«, sagte ich endlich zu dir und zog das Unterteil meines Badeanzugs gerade. Mein Herzschlag ließ meine Brust erbeben. Ich sah zu, wie sie versuchte, den Jungen aufzumuntern. Vielleicht hatte ich überreagiert. Ich dachte wieder an ihre rosa Handschuhe, die den Buggy angeschoben hatten, und verscheuchte das Bild gleich wieder. Du gabst mir die Plastiktüte und wirktest unbekümmert – du hattest nicht mitbekommen, dass ich seinen Namen gesagt hatte. Oder zumindest tatst du so.

Wir blieben noch zwei Stunden dort. Ich las mein Buch zu Ende. Du ließest mit den Kindern einen Drachen steigen. Am Abend saßen wir mit der Familie des Jungen, der eleganten Mutter und ihren drei Bilderbuchsöhnen, draußen am Lagerfeuer.

Ich beobachtete Violet, wie sie für die Kinder Marshmallows aufspießte und ihnen zeigte, wie man S'mores macht. Ich spürte, dass du mich von deinem Gartensessel aus ansahst. Ich wandte mich dir zu, und du lächeltest. Du trankst deinen Wein aus. Ich stand auf, um noch eine Tafel Schokolade in kleine Quadrate zu brechen, und gab sie den Kindern. Ich ging zu dir, setzte mich auf deinen Schoß, wo ich so oft gesessen hatte, wenn die Kinder schliefen, und schob meine Hände unter dein Shirt, um sie zu wärmen. Du küsstest mich auf den Mund. Ich sah, dass die Frau uns über die Flammen hinweg beobachtete. Es konnte so leicht sein, ich musste es nur zulassen.

56

Eine lange genervte Pause vor einer Antwort, die einem hätte leichtfallen sollen. Die Tür zum Bad schließen, die sonst immer aufgelassen wurde. Nur noch einen Kaffee mit nach Hause bringen statt zwei. Im Restaurant nicht fragen, was das Gegenüber bestellen möchte. Sich mit dem Gesicht zum Fenster drehen, wenn die andere Person allmählich aufwacht. Beim Gehen immer ein kleines bisschen mehr Abstand halten.

Diese Verhaltensänderungen sind bewusst und spürbar. Sie zermürben das, was einmal war. Es vollzieht sich langsam und scheint beinahe bedeutungslos; wenn die passende Musik läuft oder die ersten Sonnenstrahlen genau richtig ins Schlafzimmer fallen, kann es fast gar nichts bedeuten.

Am Morgen deines neununddreißigsten Geburtstags ging ich nach unten in die Küche und machte mir Frühstück. Am Vorabend hattest du angedeutet (zweimal sogar), dass du gern in der Brasserie um die Ecke frühstücken würdest.

Aber ich wollte, dass du in unserem Bett aufwachen und riechen würdest, dass ich einen Bagel toastete. Du mochtest keine Bagels. Du würdest begreifen, dass ich nicht mit dir in der Brasserie frühstücken würde. Ich wollte dir wehtun. Du solltest denken: *Vielleicht liebt sie mich nicht mehr.* Du solltest dich enttäuscht auf die andere Seite drehen und in dem Gefühl wieder einschlafen, dass du nicht die Art von Ehemann warst, dessen Frau ihn an einem Morgen, der doch ein ganz besonderer war, glücklich machen wollte.

Du kamst zwanzig Minuten später herunter, in einem Pullover, den ich nicht mochte. Die Wolle war fusselig und ausgeleiert. Ich spülte gerade den Frischkäse vom Messer. Es war inzwischen neun Uhr, und du sagtest, du würdest die Zeitung holen gehen. Wir hatten die *Times* abonniert, und ich warf sie in deine Richtung auf die Küchentheke. Du sagtest, du wolltest das *Wall Street Journal*. Ich dachte, du würdest das *Journal* nicht mehr gern lesen. Du kamst anderthalb Stunden später zurück und sagtest nichts. Du aßest auch nichts, bis wir weit nach Mittag übrig gebliebene Spaghetti aufwärmten. Also hattest du offenbar ohne mich in der Brasserie gefrühstückt. Wir sprachen nie darüber, und ich bereute mein Verhalten nicht.

Drei Tage davor hattest du gefragt, was das für Blumen waren, die ich am Wochenende für den Küchentisch gekauft hatte. »Die so weiß und fluffig sind.« Es waren Dahlien. Ich fragte, warum du das wissen wolltest, und du sagtest, nur so, dass du sie schön fandst, dass ich öfter so welche kaufen sollte. Das war seltsam. Blumen hatten dich nie interessiert. Du hattest mich noch nie nach irgendwelchen Blumennamen gefragt.

Eine Woche danach saßest du in deinem Lesesessel und hattest mein Smartphone in der Hand. Ich hatte es auf dem Tisch liegen lassen. Du sahst dir ein Foto von dir selbst an, das ich einen Monat zuvor aufgenommen hatte. Ich war nicht mit drauf, und Violet auch nicht. Es war nur ein Bild von dir, gut aussehend, grinsend, Zweitagebart, einen Ellbogen auf den Tisch im Restaurant gestützt. Als ich später im Bett lag, dachte ich, vielleicht fragt er sich, wie er auf andere Frauen wirkt. Vielleicht hat er sich vorgestellt, welchen ersten Eindruck er auf eine Frau macht, die ihn womöglich anziehend findet. Vielleicht hat er in dem Foto nach einer anderen Version seiner selbst gesucht.

Aber sich ein Foto von sich selbst anzusehen ist kein Beweis für eine Affäre. Und sich nach einer bestimmten Blumensorte zu erkundigen ist kein Beweis für eine Affäre. Aber solche Dinge gären in der Psyche eines Menschen, bis er sich nicht mehr geliebt fühlt. Es sind diese Vorkommnisse, die uns aus einer Situation, die wir hätten überstehen können – selbst angesichts eines Todes, der auch mich fast umgebracht hätte –, in eine andere Situation brachten, aus der es einfach kein Zurück mehr gab.

Diese Dinge wurden zu schwer und zu verletzend, gewohnheitsmäßige Kränkungen an dem Ort, der sich mal als der sicherste der Welt angefühlt hatte.

Deshalb ging ich an deinem neununddreißigsten Geburtstag nicht mit dir frühstücken.

57

Du schenktest dir eine Tasse Kaffee ein und schobst das Kündigungsschreiben zu mir rüber. Ich hatte Violet gerade zur Schule gebracht und nicht damit gerechnet, dass du noch zu Hause sein würdest.

»Aber warum?«

Du lehntest dich zurück und schlugst die Beine übereinander. Erst da fiel mir auf, dass du dich schon mehrere Tage nicht rasiert hattest. Vielleicht drei oder vier. Es gab so vieles an dir, was ich nicht mehr bemerkte.

»Ich will mehr zukunftsorientiertes Denken. Vielleicht einen größeren Schwerpunkt auf Nachhaltigkeit. In dem Laden gibt's einfach keinen Platz mehr für Kreativität. Wesley hat seine Finger überall drin.«

Ich sah, wie du langsam auf den Holztisch trommeltest. Meine Augen glitten zu dem Brief und deiner Unterschrift. Die Mitteilung war kurz und knapp. Ein paar Sätze. Mit Datum vom Vortag.

»Wir hätten darüber reden sollen, findest du nicht?« Ich wusste nicht genau, wie unsere finanzielle Lage war, wie viele Rücklagen wir hatten. Ich versuchte hektisch, mich an den letzten Kontoauszug zu erinnern. Unsere Rechnungen bezahltest du immer. Ich hatte keinen Überblick über unsere Einnahmen und Ausgaben. Plötzlich schämte ich mich für meine Gleichgültigkeit. »Ich meine, kommen wir finanziell klar? Das ist eine große Entscheidung.«

»Wir stehen gut da.« Du hieltst mich gern aus diesen Dingen heraus. Du klopftest wieder auf den Tisch. »Ich wollte dich damit nicht belasten.«

»Und was jetzt?«

»Ich hab ein paar Angebote in der Hinterhand.«

Du recktest dich auf deinem Stuhl, wipptest mit dem Fuß. Du wirktest unruhig. Und vielleicht erleichtert. Damals konnte ich es nicht richtig einordnen.

»Ich geh joggen.«

»Es ist kalt draußen.«

»Stör dich nicht an mir. Tu einfach das, was du sonst tagsüber machst, wenn ich nicht da bin.« Du wuscheltest mir durchs Haar, wie du das bei Violet immer machtest, und gingst aus der Küche, um deine Laufschuhe zu suchen. Du warst schon ewig nicht mehr joggen gewesen.

Irgendwas fühlte sich falsch an. Mir war leicht schwindelig. Ich hatte den Impuls, deine Mutter anzurufen. Sie war gerade mit dem Hund unterwegs, als sie sich meldete.

Ich sagte, ich wollte frühzeitig mit ihr über Weihnachten reden, planen, wann sie zu Besuch kämen. Sie würden einen Flug für den zweiundzwanzigsten Dezember buchen, und am nächsten Tag würden wir mit Violet und deiner Schwester zum Eislaufen gehen. Ich fragte sie nach Geschenkideen für deinen Vater. Wir besprachen, wer was für das große Essen kochen sollte.

»Ich weiß, es wird wieder hart werden«, sagte sie. »Ohne Sam.«

»Er fehlt mir.«

»Mir auch.«

»Helen«, sagte ich, unsicher, ob ich das Gespräch nicht besser beendet hätte. »Fox hat mir heute Morgen erzählt, dass er seinen Job gekündigt hat. Wusstest du, dass er mit dem Gedanken gespielt hat?«

»Nein, davon hat er nie was gesagt.« Sie stockte. »Falls Geld ein Problem ist, können wir euch jederzeit helfen. Ich möchte nicht, dass du dir deswegen Sorgen machst.«

»Darum geht's mir nicht. Aber – ich hab das Gefühl, als würde ich ihn gar nicht mehr kennen. Er ist so … distanziert.« Ich hielt die Luft an und verdrehte innerlich die Augen. Ich redete nicht gern mit ihr über dich, aber ich brauchte unbedingt eine gewisse Beruhigung. »Ich hab das Gefühl, da ist noch was anderes im Gange.«

»I wo, Liebes, das glaube ich nicht. Nein.« Ihr Tonfall ließ erkennen, dass sie verstanden hatte, was ich meinte. »Ihr seid noch immer trauernde Eltern, Blythe. Es ist eine schwere Zeit für euch beide. Vielleicht leidet Fox mehr, als dir bewusst ist.« Sie machte eine Pause, wartete auf meine Reaktion, aber ich sagte nichts. »Hab Geduld mit ihm.«

»Bitte sag ihm nicht, dass ich dich angerufen habe, okay?« Ich massierte meine Schläfe, versuchte, die Anspannung loszuwerden.

»Natürlich nicht.« Sie wechselte das Thema, überlegte laut, an welchem Tag sie wieder nach Hause fliegen sollten, und ich hielt am Wohnzimmerfenster nach dir Ausschau.

Dein Laptop war eingeschaltet, und ich kannte dein Passwort. Dein Schreibtisch sah aus wie immer, herumliegendes Werkzeug, ein Modell in Arbeit, bei dem wir dich vergangene Nacht unterbrochen hatten. Es wirkte nicht so, als ginge da etwas zu Ende, alles wie immer. Ich öffnete deinen Posteingang und sah deine Nachrichten durch. Die E-Mail von deinem Chef war nicht schwer zu finden: *Ich bin froh, dass wir beide diese Entscheidung angesichts der Besonderheit des Vorfalls für die beste Lösung halten. Ich bedaure, dass es so enden musste: Vielleicht hätten wir sachlicher mit der Situation umgehen können. Cynthia wird Ihnen die genauen Einzelheiten der Abfindung, auf die wir uns geeinigt haben, zukommen lassen.*

Es hatte irgendeinen Vorfall gegeben. Abfindung – du warst entlassen worden.

Ich öffnete eine E-Mail, die an diesem Morgen von deiner Assistentin geschickt worden war. Du hattest sie noch nicht gelesen. Sie hatte bloß geschrieben: *Habe gerade mit der Personalabt. geredet. Ruf mich an.*

Ich ging in Violets Zimmer und nahm den Einhorn-Bleistift, den sie ihr zusammen mit dem Radiergummi geschenkt hatte.

Dann schnupperte ich an dem Radiergummi, als könnte ich so irgendeine Bestätigung finden. Ich legte ihn zurück ins Regal und streckte mich auf Violets ungemachtem Bett aus.

Ich presste beide Hände auf das Hämmern in meiner Brust. Die langen Abende im Büro. Die Ablehnung, wenn ich dich berührte. Die Art, wie deine Finger auf den Tisch geklopft hatten, als du mich anlogst. Ich schloss die Augen und nahm Violets Schlafgeruch auf dem Kissen wahr.

»Ich hasse euch«, flüsterte ich. Euch beide. Ich hasste euch beide. Ich wollte nur Sam. Wenn er noch gelebt hätte, wäre alles in Ordnung gewesen. Ich weinte, bis ich dich die Haustür öffnen hörte. Deine Schuhe fielen auf die Fliesen. Deine Füße kamen die Treppe herauf. Ich lag still da, und du gingst an Violets Zimmertür vorbei ins Bad, um zu duschen. Ich hatte die E-Mail auf deinem Laptop offen gelassen. Du würdest sie zwanzig Minuten später finden und kein Wort zu mir sagen.

58

Am nächsten Morgen brachte ich Violet zur Schule und wartete eine Weile draußen, ehe ich wieder nach Hause ging. Ich wollte, dass du weg warst, aber das Haus roch noch zu stark nach dir. Du warst irgendwo. Ich rief nicht nach dir. Ich schloss die Badezimmertür und ging in die Dusche und schrubbte mich heftig ab. Jeden Teil von mir. Ich blieb unter dem Brausekopf stehen, bis das Wasser kalt wurde.

Ich konnte dich auf der anderen Seite der Tür hören, die Geräusche, die ich fast jeden Morgen unseres gemeinsamen Lebens gehört hatte. Das Öffnen und Schließen deiner Schubladen. Deine frische Unterwäsche. Und dann der Schrank. Dein Oberhemd – offenbar wolltest du an dem Tag jemanden beeindrucken. Die Metallklammern an den Kleiderbügeln klackten. Dein Anzug glitt von den schweren Holzschultern auf deine Arme.

Und dann ging die Badezimmertür auf. Ich war nackt. Du starrtest meinen Körper an diesem Morgen anders an; die schlabberige Haut, die deine Kinder in sich geborgen hatte; die Brüste, die diese Kinder leer gesaugt hatten; die zotteligen Schamhaare, die seit Jahren nicht mehr getrimmt worden waren – alles da, vor den Augen eines Mannes, der etwas Besseres, Jüngeres, Festeres hatte, das er anschauen konnte. Ich stellte mir vor, dass ihre Haut glatt war und frei von lila Adern und hartnäckigen Haaren. Ich sah dich an, während du mich ansahst. Und ich fragte mich, was dieser Körper dir jetzt bedeutete. War er bloß ein Gefäß? Sozusagen das Schiff, das dich hierhergebracht hatte, Vater einer wunderschönen Tochter und eines Sohnes, den du kaum gekannt hattest?

Du sahst, dass ich dich beobachtete, und dann wandtest du den Blick ab. Du wusstest, dass du meinen nackten Körper zu lange betrachtet hattest. Du wusstest, dass ich es wusste. Du nahmst das Handtuch vom Haken und reichtest es mir.

Wir sprachen an jenem Morgen kein Wort miteinander. Du bliebst bis zehn Uhr abends weg. Und dann kamst du nach Hause und vögeltest mich so hart, dass ich blutete. Ich hatte dich förmlich darum angefleht. Ich dachte mir, dass du sie an diesem Abend auch gevögelt hattest. Aber ich wollte mich benutzt fühlen, auf eine mechanische Art, die mir das Gefühl gab, dass mein Körper getrennt von mir war. Ich wollte mich wie ein Lastkahn auf dem Meer fühlen. Verrostet, vertraut, verbeult.

Es gibt Tage wie diesen, Tage, die die Augenblicke in unserem Leben markieren, die verändern, wer wir sind. War ich die betrogene Frau? Warst du der Mann, der mich hinterging? Wir waren bereits Eltern eines toten Jungen. Einer Tochter, die ich nicht lieben konnte. Wir würden ein getrenntes Paar werden. Der Ehemann, der seine Frau verließ. Die Frau, die über nichts davon je hinwegkam.

1972

Irgendwann war jedem klar, dass Etta unaufhaltsam davonglitt. Sie hatte aufgehört zu kochen und aufgehört zu essen. Sie hatte inzwischen so ziemlich mit allem aufgehört. Im Haus roch es muffig, wie feuchte Handtücher, die in der Waschmaschine vergessen worden waren. An manchen Tagen wanderte sie im ersten Stock herum, doch an anderen verließ sie ihr Schlafzimmer nicht.

Auch für Cecilia war es eine schwere Zeit. Sie wurde immer dünner, schwamm in den Klamotten, die ihr Anfang des Jahres noch gepasst hatten. Sie hatte den Appetit verloren und pflegte sich nicht mehr so, wie andere fünfzehnjährige Mädchen das gelernt hatten. Sie wollte Henry nicht um Geld für Monatsbinden bitten, also fing sie an, sich Socken in die Unterhose zu stopfen, wenn sie ihre Periode hatte. Es gab nie Waschmittel im Haus, also versteckte sie die Socken einfach unter ihrem Bett. Als Henry sie fand, schämte Cecilia sich. Er bat seine Schwester, für eine Weile bei ihnen zu wohnen. Sie lebte im Ausland, und soweit Cecilia wusste, hatte Henry vorher noch nie von ihr erzählt, deshalb dachte sie sich, dass sie in einer verzweifelten Lage sein mussten. Sie gingen einander, so gut sie konnten, aus dem Weg – Henrys Schwester verstand, dass die Situation heikel war. Sie putzte das Haus und füllte den Kühlschrank.

Eines Tages hörte Cecilia zufällig, wie Henrys Schwester vorschlug, Cecilia auf ein Internat zu schicken. Sie glaubte nicht, dass das Zusammenleben mit ihrer Mutter noch sicher für sie war. Henrys Faust ließ das Besteck klirren.

»Sie ist ihre Tochter, Herrgott noch mal. Etta braucht Cecilia in ihrer Nähe.«

»Henry. Das will sie doch gar nicht. Sie liebt das Kind nicht.«

Cecilia spähte um die Ecke und schaute ihn an. Er barg eine Zeit lang das Gesicht in den Händen. Und dann schüttelte er den Kopf. »Du irrst dich. Liebe hat damit überhaupt nichts zu tun.«

Ein paar Tage später erhängte sich Etta mit einem von Henrys Gürteln an der Eiche im Vorgarten. Es war ein Montagmorgen, und die Sonne ging gerade auf. Sie wohnten in derselben Straße, an der auch Cecilias Schule lag. Etta war zweiunddreißig Jahre alt.

59

Ich fragte mich, ob der Schmerz, mir vorzustellen, wie du mit einer anderen schliefst, zur Folge haben würde, dass ich Sam weniger vermisste. Gewiss hat die Traurigkeit, die ein Mensch ertragen kann, eine Grenze. Und so dachte ich, wenn ich mich mehr damit beschäftigen würde, was du mir antatst, würde die Trauer um Sam sich allmählich weniger erdrückend, weniger überwältigend anfühlen.

Aber dazu kam es nicht. Ich litt einfach nicht genug unter deiner Untreue. Sams Tod hatte mich abgestumpft, mich so sehr erschüttert, dass ich noch immer nicht zu einer tieferen Empfindung fähig war als zu der Trauer um ihn. Du wolltest eine andere Frau? Okay. Du liebtest mich nicht mehr? Verständlich.

Die Ärztin, die nach Sams Tod im Krankenhaus mit uns geredet hatte, sagte Folgendes zu uns, bevor du gingst: »Geben Sie sich gegenseitig Kraft. Viele Beziehungen überstehen den Tod eines Kindes nicht. Machen Sie sich das klar, und kämpfen Sie um Ihre Ehe.«

»Wieso sagt die uns so was?«, hattest du mich später gefragt. »Wir haben doch schon genug Sorgen.«

Acht Tage lang sprach ich dich nicht auf meinen Verdacht an. Wir ließen unseren Alltag in ruhigen Bahnen verlaufen, damit Violet die Spannungen nicht bemerkte. Du warst besonders lieb zu mir. Besonders rücksichtsvoll. Ich wollte das alles nicht. Ich fragte dich nie, wo du tagsüber warst, weil es mich eigentlich nicht interessierte. Um sie zu treffen, einen neuen Job zu finden? Ich wusste es nicht. Ich bat dich, den Weihnachtsbesuch deiner Eltern abzusagen, obwohl das praktisch eine Bestrafung für uns beide war.

»Ruf *du* doch meine Mutter an«, sagtest du. »Du hältst sie ja sonst auch gern über mich auf dem Laufenden.«

Sie hatte dir von meinem Anruf erzählt.

Ich weiß nicht, welche Ausrede du ihr auftischtest, als du den Besuch absagtest. Danach nahm ich den Hörer nicht mehr ab, wenn sie anrief, obwohl es mir jedes Mal wehtat, sie zu ignorieren.

Am achten Abend ging ich zu dir, als du dabei warst, deinen Schreibtisch aufzuräumen. Deine Projekte waren schon weggeschafft, an die Leute übergeben, die ab jetzt deine Kunden betreuten. Der lange Arm deiner Lampe war zusammengeklappt, als sollte sie mit Blisterfolie umwickelt und für einen Umzug verpackt werden. Vielleicht würde sie das ja. Ich sah mich nach der Dose mit den Schneidemesserklingen um, konnte sie aber nirgends entdecken.

»Wo hast du deine Sachen hingetan? Das ganze Werkzeug, das du für deine Modelle brauchst?« Ich hielt den Atem an und spürte beschämt, dass ich unbedingt wissen musste, wo die Klingen waren. Ich spürte ein banges, bedrohliches Kribbeln in der Brust. Du zeigtest auf den Wandschrank und sahst weiter einen Karton mit losen Unterlagen durch. Ich schob die Tür auf und betrachtete die vollgestopften Fächer. Alte Brettspiele, gestapelte leere Bilderrahmen und Nachschlagewerke, die ich aus meiner College-Zeit behalten hatte. Die Dose war da, im zweiten Fach, zwischen deinen Architekturbüchern und einem Behälter voll Linealen und Stiften. Ich schloss die Tür und drehte mich zu dir um. Deine Schultern krümmten sich allmählich genauso wie bei deinem Vater. Ich fragte mich, ob sie gern mit der Hand über deine kurzen Nackenhaare strich, ob sie sie eines Tages für dich rasieren würde, wie ich das gelegentlich tat.

»Wie ist sie?«

Du hobst den Kopf. Der Raum fühlte sich völlig anders an ohne den Schattenwurf der Lampe, der immer über die Wand tanzte, wenn du arbeitetest. Du warst so still. Wieder hielt ich den Atem an und wartete auf deine Antwort. Aber du sagtest nichts. Ich fragte dich noch einmal: »Wie ist sie, Fox?«

Und dann ließ ich dich allein. Ich ging ins Bett. Ich fragte mich, ob du am Morgen fort sein würdest, doch einige Stunden später, vielleicht war es auch nur eine, spürte ich deine Seite der Matratze herabsinken.

»Ich bin nicht mehr mit ihr zusammen.«

Du hattest geweint. Ich hörte, dass deine Nase verstopft war. In mir war nichts. Keine Erleichterung. Kein Zorn. Ich war bloß müde.

Am nächsten Morgen brachte ich dir Kaffee ans Bett, bevor ich Violet weckte. Ich setzte mich zu dir, während du trankst.

»Wir haben schon genug verloren, als Sam starb«, sagte ich. Du riebst dir die Stirn. »Du hast deine Trauer nie richtig verarbeitet. Du hast dich ihr nie gestellt.«

Ich wartete auf deine Antwort.

»Sam ist nicht der Grund, warum unsere Ehe kaputtgeht. Er hat nichts damit zu tun.«

Die Tür zu unserem Schlafzimmer ging auf, Violet kam herein und starrte uns an. Du richtetest den Blick langsam auf mich, deine schläfrigen Augen jetzt ebenso weit aufgerissen wie ihre. Und dann schautest du wieder unsere Tochter an.

»Morgen, Schätzchen«, sagtest du.

»Frühstück?«, fragte sie. Du folgtest ihr aus dem Zimmer.

60

Es war blöd von mir, es da liegen zu lassen. Unter dem Bett. Ich hatte es dort hingeworfen, als ich dich am Nachmittag nach Hause kommen hörte. Du nahmst sowieso nie Notiz von meinen Büchern. Und an Violet hatte ich, ehrlich gesagt, gar nicht gedacht. In ihrer Welt existierte ich kaum, und abgesehen von der Logistik unseres gemeinsamen Tagesablaufs existierte sie kaum in meiner.

Ich weiß nicht, warum ich es kaufte. Ich wusste, es würde nichts helfen, aber es kam mir so vor, als wäre das eine Möglichkeit, es real zu machen. Um etwas anderes zu empfinden als nur extreme Neugier. Zwei Monate waren vergangen, seit ich dich auf die Affäre angesprochen hatte. Und mein einziger Gedanke war: Wer ist diese Frau? Wie ist sie? Du weigertest dich, auch nur ein Wort über sie zu verlieren – ich wusste bloß, dass sie deine Assistentin gewesen war. Die Frau, die du zusammen mit deiner Tochter zum Lunch ausgeführt hattest.

Jedes Mal, wenn ich dich bat, mir mehr zu erzählen, schütteltest du den Kopf und sagtest nur leise: »Bitte nicht.«

Ich fand das Buch in ihrem Rucksack: *Eine Affäre überstehen: Wie eine Ehe retten, wenn der Partner fremdgeht.* Violet aß an der Küchentheke einen Joghurt, ihr üblicher Snack nach der Schule, und blickte auf, als ich auf das Buch in meinen Händen starrte. Ich wusste nicht, was ich ihr sagen sollte – sie war zehn. Konnte sie schon wissen, was eine Affäre war? Ich dachte an die älteren Kinder in der Schule, die sie bestimmt gefragt hatte.

»Wieso hast du das?«, fragte ich nervös. Sie hob vielsagend die Augenbrauen und rührte dann wieder in ihrem Joghurt.

»Antworte mir.«

»Wieso hattest *du* es?«

Ich ging aus der Küche.

Eine Stunde später klopfte ich an Violets Tür und fragte, ob ich mit ihr reden könne. Sie drehte sich langsam mit ihrem Schreibtischstuhl herum und sah mich ausdruckslos an. Ich zeigte ihr das Buch und sagte, dass ich etwas klarstellen wolle – dass ich das Buch für Recherchen brauchte, für etwas Neues, woran ich gerade schrieb. Dass wir darüber reden sollten, was dieses Erwachsenenwort »Affäre« bedeutete – was sie *glaubte*, was es bedeutete. Dass ich das Buch nicht gelesen hatte, weil zwischen mir und ihrem Dad etwas nicht stimmte. Dass wir einander sehr lieb hatten.

»Okay«, sagte sie. Und dann beugte sie sich wieder über ihr Schulheft.

Ich wusste, dass sie wusste, wer die Frau war. Vielleicht waren sie sich nicht bloß an dem Tag begegnet, als du Violet mit ins Büro nahmst – ich wusste nicht, welche Geheimnisse ihr beiden hattet. Ich fand es so eigenartig, dass sie die beiden Geschenke von der Frau – den Einhorn-Bleistift und den Radiergummi – noch nie benutzt hatte. Sie bewahrte sie im Regal auf, wie zur Schau gestellte Trophäen, Kostbarkeiten, die ihr offenbar mehr bedeuteten, als ich gedacht hatte.

Ich warf das Buch draußen in den Mülleimer und überlegte, mit welchen Lügen ich die untermauern konnte, die ich ihr gerade aufgebunden hatte. Ich wollte zurück in ihr Zimmer gehen und sie mit der Autorität, die eine Mutter haben sollte, davon überzeugen, dass sie sich irrte. Ich wollte nicht, dass sie mich für die Sorte Frau hielt, die von ihrem Mann betrogen wurde. Und trotz meiner zehnjährigen Abneigung gegen die Nähe zwischen Violet und dir wollte ich nicht, dass sie dich für die Sorte Mann hielt, der so etwas tat.

Ich versuchte, meine Familie mit letzter Kraft zusammenzuhalten, das wusste ich. Aber ich musste es tun. Ich hatte sonst nichts mehr.

Als du an dem Abend nach Hause kamst, berührte ich dich zärtlich, wenn ich dachte, sie würde uns beobachten, und ich nannte dich »Schatz«, statt dich mit Namen anzusprechen. Ich setzte mich auf der Couch dicht neben dich, während du dir ein Hockeyspiel anschautest. Ich legte meine Hand auf dein Bein und meinen Kopf an deine Schulter, und ich rief Violet ins Zimmer, um sie zu fragen, ob sie das Geld für den Pizza-Lunch in der Schule abgegeben habe. Sie sah mich böse an, starrte auf meine Hand auf dem Oberschenkel ihres Vaters und schüttelte kurz den Kopf, bloß ein knappes Rechts-Links, gerade genug, um mir zu zeigen, dass sie mich durchschaut hatte. Sie hatte eine bemerkenswerte Fähigkeit, meinen Selbsthass zu wecken.

Einen Monat später – drei Monate nachdem ich hinter deine Affäre gekommen war – wachte ich an einem Sonntag auf und wusste es. Zwischen uns war Schluss. Ich musste aufhören, so zu tun, als könnten wir einfach daran vorbeigleiten wie an irgendwas Hässlichem an einem Flussufer. Die Babysitterin holte Violet für den Nachmittag ab, und wir gingen in eine Bar nicht weit von uns.

»Du triffst dich noch immer mit ihr, hab ich recht?«

Du sahst aus dem Fenster und winktest dann ungeduldig nach dem Kellner. Ich fragte dich erneut, ob du mir einfach, bitte, mehr über diese Frau erzählen könntest. Mir erklären könntest, warum du sie liebtest. Du wichst meinem Blick nicht aus. Es schien, als würdest du dir genau überlegen, wie viel du mir sagen wolltest, welche Geheimnisse du bereit warst preiszugeben. Ein Gefühl der Dringlichkeit stieg in mir auf, und ich konnte nicht mehr dableiben, dir gegenüber. Wir mussten es hinter uns bringen. Ich wollte dich weghaben.

Ich ging rasch nach Hause, den Mantel an die Brust gepresst. Ich holte die Koffer aus dem Keller. Ich packte deine gesamte Kleidung ordentlich hinein und schloss sie. Ich rief ein Umzugsunternehmen an und bestellte für den nächsten Tag vier große Umzugskisten und einen Kleintransporter. Ich nahm einen Block Haftnotizen aus deiner Schreibtischschublade, und ich ging durchs Haus, klebte sie auf jeden Gegenstand, den wir gemeinsam besaßen und den du mitnehmen solltest: die kleine rollbare Kücheninsel, den Plattenspieler, das Geschirr von deinen Eltern, den Teppich in der Diele, auf dem Flecken von deinen Schuhen waren, die du nie auszogst, obwohl ich dich darum bat, das Sofa im Wohnzimmer, auf dem sich die Form deines Hinterns seit Jahren eingedrückt hatte, die grüne Glasvase, das Schneidebrett mit den Blutspuren von rotem Fleisch, die Stühle, die du für den Esstisch gekauft hattest und auf denen alle Rückenschmerzen bekamen, alle Möbel in deinem Arbeitszimmer und fast sämtliche Kunst im Haus. Und dann ging ich zu dem Wandschrank in deinem Arbeitszimmer und nahm die Dose mit den Klingen. Ich suchte mir die längste aus, wickelte sie in einen Seidenschal und legte sie in die unterste Schublade meiner Kommode.

»Ist mir egal, wo du heute Nacht schläfst. Komm einfach morgen, um den Rest einzupacken.« Ich gab dir sogar einen Abschiedskuss, eine Gewohnheit, der Reflex einer verheirateten Frau. Als ich die Treppe hochging, dachte ich an Sams Sachen. Alles, was ihm gehört hatte, steckte in Kisten im Keller. Vielleicht würdest du etwas davon haben wollen – eine Decke, ein Spielzeug. Vielleicht sollte ich dich fragen. Vielleicht sollte ich dir eines dieser Dinge geben, an denen selbst nach fast drei Jahren noch sein Duft haftete. Ich ließ mir ein Bad einlaufen und zog mich aus. Das Geräusch des Wassers hatte deine Schritte übertönt, deshalb erschrak ich, als du in der Tür auftauchtest. Ich bedeckte meine Brüste und drehte mich weg. Ich empfand dich jetzt als Eindringling. So viele Jahre, und jetzt kamst du mir vor wie ein Fremder.

»Was ist mit Violet?« Du ließest mich nicht aus den Augen, als ich in die Wanne stieg. Das Wasser war zu heiß, aber ich zwang mich hinein.

»Was soll mit ihr sein? Das hier ist deine Schuld. Überleg dir selbst, was du ihr sagst.«

Du blicktest nach oben und zur Seite, wie immer, wenn ich irgendetwas sagte, das in dir den Wunsch auslöste, ich wäre nicht so störrisch oder vage oder schwierig oder unentschlossen. Oder schnippisch. Oder sarkastisch. Das waren einige der Seiten, die du an mir nicht mochtest. Du riebst dir die Stirn. Ich schien dich zu ermüden. Ich schien in dir den Wunsch zu wecken, es hätte mich nie gegeben.

»Ich hab ehrlich versucht, das von ihr fernzuhalten, weil ich nicht will, dass sie schlecht über dich denkt. Ich will nicht, dass sich euer Verhältnis verändert«, sagte ich. »Aber ich glaube, sie weiß Bescheid.«

Ich wartete auf deine Reaktion. Du solltest mir dankbar sein, du solltest zugeben, dass du es warst, der uns das antat. Doch du sagtest lediglich:

»Ich will das gemeinsame Sorgerecht. Und die Zeit gleich aufgeteilt.«

»Gut.«

Du sahst zu, wie ich tiefer in die Wanne glitt, bis mein ganzer Körper unter Wasser vergrößert war. Du blicktest mich an, die Frau, in die du zwanzig Jahre lang eingedrungen warst. Ich fragte mich, ob du vielleicht versuchen würdest, zu mir in die Wanne zu steigen. Ob du meine Haut ein letztes Mal spüren wolltest, trotz all meiner Fehler, all der Enttäuschungen, die ich dir bereitet hatte. Ich blickte auf und empfand nichts für dich – weder Liebe noch Hass noch irgendwas dazwischen. Sollte sich das Ende so anfühlen? Es gibt Menschen, die sich daran abarbeiten, die füreinander kämpfen, die das für ihre Kinder tun. Für das Leben, von dem sie glauben, dass sie es brauchen. Aber ich hatte nichts, um das Feuer zu entfachen. Nichts zu geben.

Und dann kam das, was du gesagt hattest, bei mir an – gemeinsames Sorgerecht. Ich würde allein mit ihr sein. Das hattest du mit deiner Frage »Was ist mit Violet?« gemeint. Du hattest gemeint: »Was ist mit dir und Violet, was ist mit dem Leben, das ihr gemeinsam ertragen müsst, ohne mich? Was ist mit den Tagen, an denen ihr euch anschweigt, mit den nächsten, in denen sie jemanden braucht und du dich einfach verweigerst? Was ist mit den Momenten, in denen sie weiß, dass du nur vorgibst, sie so lieb zu haben, wie du solltest? Wer wird ihr glauben? Wer wird sie beschützen? Wer wird sie trösten? Wer wird sie morgens zum Lächeln bringen, wenn sie aufwacht? Wer wird sie an den Tagen lieben, wenn sie mit dir allein ist und die Gewissheit braucht, dass alles gut wird? Wer wird ihr glauben?«

Du standst da, in deiner Jeans und deinem grauen Pullover, die Hände in den Hosentaschen, und betrachtetest mich. Nackt. Unzulänglich. Ich erwiderte deinen bohrenden Blick.

»Wir kommen schon klar«, sagte ich. »Ich bin ihre Mutter.«

61

Unser Gehirn ist immer auf der Hut. Hält nach Gefahren Ausschau – jederzeit könnte eine Bedrohung kommen. Es nimmt Informationen auf, und die machen zweierlei: Sie gelangen in unser Bewusstsein, wo wir sie registrieren und erinnern können. Und sie gelangen in unser Unterbewusstes, wo ein kleiner mandelförmiger Teil des Gehirns namens Amygdala sie nach Anzeichen für Gefahr durchsucht. Wir empfinden Angst, noch bevor wir registrieren, was wir sehen oder hören oder riechen – innerhalb von einer Zwölftausendstelsekunde. Wir reagieren schneller, als wir uns bewusst machen können, dass etwas nicht stimmt. Zum Beispiel, dass wir ein Auto kommen sehen. Oder dass wir sehen, wie jemand überfahren wird.

Reflexe. Es wird viel über den natürlichsten Reflex von allen geredet, wenn man sein Baby zur Welt bringt: den Oxytocin-Reflex. Das Mutterhormon. Es stößt die Milchproduktion an und sorgt dafür, dass sie fließt, Gänge füllt und in den Babymund strömt. Es beginnt zu arbeiten, wenn die Mutter damit rechnet, stillen zu müssen. Wenn sie ihr Baby riecht oder berührt oder sieht. Aber es beeinflusst auch das Verhalten der Mutter. Es beruhigt sie, vermindert ihren Stress. Und es lässt sie ihr Baby lieben. Es lässt sie ihr Baby anblicken und es am Leben erhalten wollen.

Es gab ein Video von einer berühmten Frau – einer jungen, in der Boulevardpresse beliebten britischen Aristokratin – und ihrem ungestümen kleinen Sohn, das sich im Internet viral verbreitete. Drei Mal rettet sie ihn aus Gefahr – springt vor, um ihn an der Hand festzuhalten, als er eine nasse Flugzeugtreppe herunterfällt; zieht ihn am Kragen seines Shirts vom glitschigen

Bug einer Jacht; reißt ihn im letzten Moment aus dem Weg eines galoppierenden Polopferdes. Wie eine Schlange, die blitzartig zubeißt und eine Maus mit dem Maul umklammert. Der Instinkt einer Mutter. Selbst jener Mutter – flankiert von Nannys, mit Brosche und High Heels und einen extravaganten Hut aufs Haar gesteckt.

Eines Tages, nicht lange nach deinem Auszug, nahm Violet mein Smartphone und fand das Video auf Youtube. Sie setzte sich ganz nah neben mich auf die Couch, im Licht eines warmen Sonntagnachmittags. Ich hatte gelesen. Sie hielt das Handy hoch.

»Hast du das schon gesehen?«

Ich schaute mir das Video an. Sie beobachtete mich aufmerksam während der ganzen sechzig Sekunden.

»Die Mom rettet ihr Kind jedes Mal«, sagte sie.

»Stimmt.« Ich legte das Buch hin und griff nach meinem Tee. Meine Hand zitterte, als ich die Tasse hielt. Ich wollte sie ohrfeigen, wollte, dass ihr Kopf rückwärts gegen die Couch schlug und ihr Mund blutete.

Du dummes, verdammtes kleines Mädchen. Du Mörderin.

Stattdessen ging ich in die Küche, drehte das Wasser auf und weinte leise über die Spüle gebeugt. Ich war so traurig. Ich vermisste ihn unendlich. Es war kurz vor seinem vierten Geburtstag.

62

Ich starrte auf den leeren Raum, den du in unserem Schlafzimmer hinterlassen hattest. Du hattest bei deinem Auszug Sams Gemälde mitgenommen. Ich saß auf dem Fußboden und stellte mir das Bild dort vor, die Mutter, die kleine Hand, die ihr Kinn umfasst, ihre Finger um den Oberschenkel des Babys. Die Wärme ihrer Haut.

»Ich hab Hunger.« Violet beobachtete mich von der Tür aus, noch immer in ihrer Schulkleidung. »Wohin guckst du da?«

»Wir bestellen uns was.«

»Ich will aber was Richtiges.«

»Okay. Ich mach Spaghetti.«

Das funktionierte – sie ließ mich allein. Ich wollte sie nicht dahaben. Ich konnte den Blick nicht von dem Nagelloch in der Wand losreißen.

Ich kochte, während sie am Tisch ihre Hausaufgaben machte. Sie hatte dieselbe Marotte wie du, die Nase beim Schreiben so dicht ans Papier zu halten, dass sie es fast berührte. Ich sah ihren gekrümmten Rücken und musste lächeln. Und dann fiel mir wieder ein, dass du fort warst. Dass du kein Mensch warst, über den ich noch lächeln sollte.

»Willst du nach dem Essen ein Eis und dabei fernsehen?«

»Wir haben keinen Fernseher mehr.«

»Stimmt. Wir könnten was spielen.«

Darauf musste sie gar nicht erst antworten.

»Wie spät ist es? Wir könnten wahrscheinlich noch ins Kino gehen. Manche Vorstellungen fangen später an.«

»Ich hab morgen Schule.« Sie radierte energisch irgendetwas aus und fegte die Gummikrümel auf den Boden.

»Tja, ich könnte ja mal eine Ausnahme machen.«

Ich zog mir eine Schürze an, um die Soße umzurühren. Während du aus unserem Haus auszogst, war ich shoppen gegangen und hatte mir ein paar neue Sachen gekauft. Einen dieser Pullover, einen cremefarbenen Wickelpulli aus Kaschmir, den ich in der Umkleidekabine des Kaufhauses anprobiert hatte, behielt ich direkt an. Ich hatte so was nie gemacht, bergeweise teure neue Klamotten kaufen, aber an dem Tag wollte ich mich rücksichtslos fühlen, und etwas Besseres war mir nicht eingefallen. Du bezahltest noch die Visa-Abrechnung.

»Sie hat denselben Pullover wie der, den du anhast.«

Sie. Ich hörte auf zu rühren, als würde ich das Tier nicht verscheuchen, wenn ich nur still genug war. Aus dem Augenwinkel sah ich, wie Violet sich wieder ihrer Arbeit widmete, die Nase nur wenige Zentimeter über der Seite. Ich wollte mehr von ihr hören.

»Das ist schön«, sagte ich.

Sie sah zu mir auf – tatsächlich?

»Dann hat sie ja wohl einen ausgezeichneten Geschmack.« Ich zwinkerte ihr zu und stellte ihre Spaghetti auf den Tisch. Sie ließ sie abkühlen, während sie ihre Sachen einpackte, und ich stand an den Herd gelehnt, fragte mich, was sie mir als Nächstes erzählen würde.

»Also, morgen bist du bei deinem Dad. Freust du dich schon, seine neue Wohnung zu sehen?«

»Es ist die Wohnung von den beiden.«

Ich konnte nicht einschätzen, ob sie mich anlog oder die Wahrheit sagte – sie schien mehr zu wissen als ich. Ich hatte angenommen, dass du allein wohntest, dich aber nie explizit gefragt. Ich fragte mich, ob du mit Violet sehr viel früher über unsere Trennung gesprochen hattest, noch bevor wir beide sie beschlossen hatten. Ich nahm die Schürze ab und sah den Pullover an, überlegte, ob es zu spät war, ihn umzutauschen. Aber jetzt war ein Spritzer Soße auf dem Ärmel.

»Okay, also ihre gemeinsame Wohnung. Freust du dich?«

»Da ist was, was du über sie wissen solltest.« Ihre Stimme war schneidend. Ich hatte meinen eigenen Teller Spaghetti in der Hand, wollte mich gerade zu ihr an den Tisch setzen. Auf einmal blieb mir fast die Luft weg – vielleicht aus Angst davor, was sie als Nächstes sagen würde.

»Was denn?«

Sie schüttelte den Kopf, sah wieder nach unten, und ich merkte, dass sie gar nicht vorgehabt hatte, es mir zu verraten. Oder es gab vielleicht auch gar nichts zu verraten.

»Wir müssen nicht über sie reden. Das geht nur deinen Dad an, mich nicht.« Ich lächelte. Ich drehte die Nudeln auf meine Gabel und schob sie mir in den Mund.

63

Meine Mutter erfand sich neu, nachdem sie mich verlassen hatte, auch wenn Neuerfindung vielleicht ein bisschen zu hoch gegriffen ist. Das fand ich heraus, als ich zwölf war und sie in einem Diner etwas außerhalb der Stadt zufällig sah. Sie stand zwischen zwei Hockern an der Theke und bat mit einer fremd klingenden Stimme um eine saubere Gabel. Aber ihren Rücken hätte ich überall wiedererkannt – die Rundung ihrer Schultern, den Schwung ihrer Hüften. Als sie die Gabel gereicht bekam, bedankte sie sich mit einer Stimme, die anders klang als früher, als sie noch meine Mutter gewesen war, und in ihren Worten lag pure Herablassung. Sie drehte sich auf ihren schwarzen Stöckelschuhen um und gab die frische Gabel dem Mann, in dessen Begleitung sie war, und er sagte: »Danke, Annie, Liebes.« Anne war ihr zweiter Vorname.

Später sollte ich erfahren, dass der massige Mann Richard hieß. Ich hatte gewusst, dass es einen anderen gab, der Mann am Telefon, bevor sie endgültig ging, der, von dem ich annahm, dass er etwas mit dem Blut in der Toilette zu tun hatte. Aber ich hatte mir nicht vorgestellt, dass er so aussah – er war attraktiv, aber irgendwie schmierig, mit gegeltem Haar und glänzender Haut, und er trug eine klotzige goldene Uhr. Sein Gesicht sah sonnengebräunt aus, obwohl erst März war. Er war völlig anders als mein Vater, völlig anders als das Leben, für das sie mich in meiner Vorstellung verlassen hatte.

Ich sank tiefer in die Sitzecke neben Mrs Ellington, die mit Thomas und mir hergekommen war, um unseren ersten Platz im regionalen Naturkundewettbewerb der Schulen zu feiern. Sie hatte in der Turnhalle gesessen und zugesehen, wie wir den Preisrichtern unsere Ergebnisse präsentierten, während wir vor einer selbst gebastelten Schautafel standen. Thomas hatte unser Experiment in seiner säuberlichen Schönschrift erläutert, und ich hatte zu jedem einzelnen Schritt detaillierte Bilder gezeichnet. Es ging irgendwie um ultraviolettes Licht – mehr weiß ich nicht mehr. Aber ich erinnere mich, dass Mrs Ellington die ganze Zeit nickte, während wir da oben standen, als könnte sie durch das Gemurmel von einhundert Schülern hinweg jedes Wort von uns hören. Ich sah sie da hinten und straffte meine Schultern, während ich redete, genauso wie sie das machte. Ich wollte, dass sie stolz auf mich war.

Ich beobachtete meine Mutter und Richard eine gefühlte Ewigkeit lang, während sie aßen und dann ihre Servietten zusammenlegten, wie anständige Menschen das taten. Sie trug eine schwarze hauchdünne Bluse mit einer großen aufgestickten Rose am Kragen. Ich hatte sie noch nie so sexy gekleidet gesehen. Er legte Geld auf den Tisch, noch bevor die Rechnung kam. Mrs Ellington blickte gleichfalls rüber zu ihr, aber sie sagte in dem Moment nichts zu mir und auch nicht zu ihr, also tranken wir bloß unsere Milchshakes, und Thomas redete darüber, was wir mit unseren fünfzig Dollar Preisgeld machen könnten. Ich war vor Anspannung ganz starr, fragte mich, ob meine Mutter den Kopf wenden und mich entdecken würde. Ein kleiner Teil von mir hoffte das. Aber sie tat es nicht, und ich war überwiegend erleichtert, als die beiden gingen – ich war nämlich unsicher, ob sie zu uns rübergekommen wäre, wenn sie mich gesehen hätte. Wir verließen den Diner und fuhren in Mrs Ellingtons Auto nach Hause.

»Alles in Ordnung, Blythe?« Mrs Ellington ließ Thomas ins Haus laufen, während sie mit mir zum Ende ihrer Einfahrt ging. Ich nickte und lächelte und bedankte mich für die Einladung. Ich wollte Mrs Ellington nicht zeigen, wie sehr es mich geschmerzt hatte, meine Mutter zu sehen. Zufrieden. Schön. Glücklicher ohne mich.

An dem Abend kniete ich mich vor mein Bett und flehte Gott

an, meine Mutter sterben zu lassen. Mir war lieber, sie wäre tot, anstatt diese neue Frau, zu der sie geworden war, diese veränderte Frau, die nicht mehr meine Mutter war.

64

Soweit ich mich erinnerte, war ich noch nie in meinem Leben derart gemieden worden. Oder, wenn doch, dann hatte ich es nicht gemerkt. Aber in dem Jahr nach unserer Trennung wäre es leichter gewesen, einen Termin bei der Queen zu bekommen, als dich persönlich zu treffen. Violets Übergabe verlief nach dem immer gleichen Muster: Du holtest sie nach der Schule ab oder brachtest sie morgens zur Schule, sodass wir uns nie begegneten, und deine Textnachrichten waren kurz und knapp. Ich wollte die Frau kennenlernen, für die du mich verlassen hattest, die Frau, die in derselben Wohnung lebte, in der meine Tochter die Hälfte ihrer Zeit verbrachte. Ich wollte wissen, wie ich im Vergleich mit ihr abschnitt. Ich wollte mir euch beide zusammen vorstellen können. Auf deine Bitte hin verzichteten wir auf gerichtliche Auseinandersetzungen und Anwälte, daher hatte ich bei unseren verkrampften Gesprächen ein wenig die Oberhand. Aber in diesem Punkt bliebst du eisern – du würdest uns einander vorstellen, wenn du so weit warst, und das war nicht verhandelbar.

»Ich würde Dads neue Freundin so gern mal kennenlernen«, sagte ich zu Violet, nachdem sie mir erzählt hatte, dass die Frau sie an dem Morgen zur Schule gebracht hatte. Es war Freitag, und ich hatte meine Tochter übers Wochenende.

»Vielleicht will sie dich ja nicht kennenlernen.«

»Vielleicht.«

Violet legte ihren Sicherheitsgurt an und stierte auf den Schlüssel im Zündschloss, konnte es kaum erwarten, dass ich den Motor anließ und sie möglichst bald nicht mehr auf dem Sitz hinter mir sein musste. Ich sah in den Rückspiegel, und ihre Miene veränderte sich, nahm einen mitleidigen Ausdruck an. Ich wusste nicht, ob er echt war.

»Es gibt einen Grund, warum Dad nicht will, dass du sie kennenlernst.« Sie senkte die Stimme, als würde sie mir ein Geheimnis verraten, mir einen Tipp zur Lösung eines Rätsels geben, von dem ich bis zu diesem Moment nichts gewusst hatte. Sie blickte aus dem Fenster auf die vertraute Reihe von Sandsteinhäusern, die wir auf dem Nachhauseweg passierten. Den Rest des Abends sprach sie kaum mit mir.

Deshalb weiß ich nicht, ob du mir eine andere Wahl ließest, als das zu tun, was ich dann tat.

Violet erzählte mir, dass ihr nächste Woche zum Ballett gehen würdet, nur du und sie. Die Frau konnte nicht mitkommen, weil sie jeden Mittwochabend einen festen Termin hatte. Ich hatte die Ballettvorstellung gegoogelt und herausgefunden, dass sie um 19.00 Uhr anfing. Ich wusste, dass du vorher mit Violet Pizza essen gehen würdest.

Das niedrige Mietshaus, in dem ihr wohntet, lag in einem urigen Teil der Stadt, den ich gut kannte. Ich nahm ein Taxi dorthin und stieg einige Querstraßen entfernt aus. Es war halb sieben, daher herrschte noch viel Verkehr. Der Fahrer hatte mich während der Fahrt im Rückspiegel gemustert, als könnte er meine Nervosität spüren, sehen, wie ich mit den Fingern immerzu an dem losen Faden an meinem Mantelsaum zupfte. Ich gab ihm zu viel Trinkgeld, weil ich nicht auf das Wechselgeld warten wollte. Dann zog ich mir die pelzbesetzte Kapuze des Mantels tief ins Gesicht. Das Gehen tat meinen Nerven gut. Ich wurde ruhiger, blickte nach unten auf meine Füße, einer vor den anderen, bis ich bei deiner Adresse anlangte. Ich lehnte mich gegen die Hauswand, zog meine Handschuhe aus und holte mein Handy aus der Tasche. Ich hatte keinen richtigen Plan, aber es schien mir klug, einen beschäftigten Eindruck zu machen, abgelenkt von Textnachrichten wie die meisten Menschen auf der Straße.

Aus dem Augenwinkel beobachtete ich die Tür zum Foyer – je dunkler der Himmel wurde, desto einfacher war es, ins Innere zu schauen. Ein paar Frauen kamen und gingen, aber ich wusste, dass sie keine von ihnen sein konnte – zu alt, zu dick, zu viele Hunde. Und dann trat eine Frau in einer bauschigen Daunenjacke aus dem Haus, Smartphone in der Hand, und lächelte dem Portier zu. Ihr langes lockiges Haar war zur Seite gekämmt, und sie trug einen Brillantohrring, der im Licht des Vordachs glitzerte. Sie hob die Arme, um sich eine Tasche über die Schulter zu hängen, dann streifte sie sich Handschuhe mit Leopardenmuster über. Der Abend war schnell kalt und windig geworden. Ich war mir ziemlich sicher, dass sie die Frau war. Also folgte ich ihr kurz entschlossen.

Es war leicht, sie im Auge zu behalten. Ihre Wildlederstiefeletten hatten niedrige dicke Absätze, und sie ging langsam, als wäre sie nicht in der Stadt aufgewachsen. An jeder Fußgängerampel drückte sie auf den Knopf, obwohl die meisten Leute doch wussten, dass die nutzlos waren. Ich hatte gedacht, ich würde Angst haben, ertappt zu werden, aber es war ein Kinderspiel, ihr zu folgen. Sie telefonierte kurz, während ich einige Meter hinter ihr neben einer Straßenlaterne stehen blieb, und hastete dann schnell weiter, um die grüne Ampel noch zu erwischen, die sie beinahe verpasst hätte. Kurz darauf betrat sie einen Laden, den ich schon oft besucht hatte, wenn ich in der Gegend war – eine Buchhandlung mit dekorativ geschnitzten Wandregalen und riesigen Milchglaskugeln als Lampen an der sechs Meter hohen Decke, die jedes Mal, wenn die Tür aufging, sachte schwankten.

Ich vergewisserte mich mit einem Blick auf das Schild im Schaufenster, dass der Laden mittwochs um sechs Uhr zumachte, wie ich das vage in Erinnerung hatte. Aber drinnen brannte Licht. Ich legte die Hände an die Scheibe, um die Spiegelung der Straßenlampe abzuschirmen und besser sehen zu können. In dem Laden waren an die vierzig bis fünfzig Leute. Ausschließlich Frauen. Über zwei alten Kirchenbänken hingen Mäntel, und an der Seite stand ein Tisch, wo man sich Wein einschenken und von einem Turm Cupcakes bedienen konnte, die von der benachbarten Konditorei gespendet worden waren. Niemand schien

Eintrittskarten sehen zu wollen oder Namen aufzuschreiben. Ich hielt Ausschau nach einer Ankündigung für eine Autorenlesung oder nach Bücherstapeln, die signiert werden sollten. Die Frauen sahen jünger aus als ich, viele in den gleichen Stiefeletten wie sie – dein Viertel war eine teure Gegend, wo sämtliche Boutiquen die gleichen Sachen anboten. Die beiden Frauen, die dem Schaufenster am nächsten standen, hatten neugeborene Babys in gestreiften Tragetüchern vor die Brust gebunden. Während sie sich unterhielten, wiegten sie sich in exakt demselben Rhythmus hin und her, und ich erinnerte mich an dieses Gefühl, an das Ticken des Metronoms, das irgendwie immer in den Hüften zu spüren ist, wenn man das Gewicht des eigenen Babys am Körper wahrnimmt.

Sie war weiter hinten im Raum, strich ihr volles schwarzes Haar glatt, als jemand eine Hand auf ihre Schulter legte, um Hallo zu sagen. Sie umarmten einander, und sie drückte eine gerötete Wange an die ihrer hochgewachsenen blonden Freundin. Sie hatte ein offenes Gesicht, große dunkle Augen, die Wimpern getuscht, und ihr Mund lächelte ständig. Anscheinend fiel ihr ein, dass sie der blonden Frau etwas mitgebracht hatte, denn sie griff rasch in ihre Handtasche und holte etwas graues Gestricktes heraus, und die Freundin drückte es sich dankbar an die Wange. Eine weitere Frau kam dazu und reichte ihnen zwei Plastikbecher Wein.

Der Raum füllte sich zunehmend, und bald konnte ich sie von draußen nicht mehr sehen. Ich war enttäuscht. Ich brauchte mehr. Ich hätte davor zurückschrecken sollen, durch die Tür zu treten – bestimmt hatte sie schon ein Foto von mir gesehen und wusste, wie ich aussah –, aber ich ging trotzdem hinein und legte meinen Mantel zu den anderen. Ich erkannte eine Mitarbeiterin, die gerade die Kasse schloss, beugte mich zu ihr und sprach sie leise an.

»Wissen Sie, wer das Fest hier veranstaltet?«

»Das ist kein Fest, sondern eine Müttergruppe. Teilnehmen kann, wer will. Manchmal gibt's Vorträge, oder es werden Werbeartikel von Markenprodukten verteilt. Wir stellen bloß den Raum zur Verfügung und hoffen, dabei auch ein paar Bücher zu verkaufen.«

»Dann sind alle hier Mütter?«

»Ich glaube, das ist keine Bedingung, aber warum sollten sie sonst herkommen?« Sie zuckte mit den Achseln, entschuldigte sich dann, um mit dem Kasseneinsatz voll Bargeld nach hinten ins Büro zu gehen. Ich schaute mich um, und plötzlich hörte ich um mich herum die Sinfonie von Mutterproblemen – Schlaftraining, an feste Nahrung gewöhnen, Schlafanzüge mit Reißverschlüssen statt Druckknöpfen, Kita-Wartelisten. Ich goss mir Wein in einen Plastikbecher und schlenderte zur gegenüberliegenden Seite des Raums, zu einer Stelle, von der aus ich sie sehen konnte. Ich schaute auf mein Handy, hoffte, dass mich niemand ansprechen würde. Alle paar Sekunden blickte ich auf, um sie zu beobachten. Sie schien eine Geschichte zu erzählen, machte mit der Hand kleine panische Flatterbewegungen, wie Schmetterlingsflügel. Die beiden anderen Frauen nickten und lachten. Eine von ihnen beugte sich vor, verdrehte die Augen, während sie etwas sagte, und sie lachten wieder. Mir fiel auf, dass sie die anderen oft anfasste. Ihre Arme, ihre Hände, ihre Taillen. Sie war warmherzig, das sah ich ihr an. Ich dachte an deine nackten Füße unter der Decke, die nachts immer nach meinen gesucht hatten, immer versucht hatten, sich an meine Waden zu drücken, meine Wärme zu spüren, und daran, wie ich abgerückt war. Weiter und weiter und weiter weg.

»Das erste Mal hier?«

Eine Frau mit einem sehr hohen Pferdeschwanz und hellrotem Lippenstift tauchte vor mir auf. Sie hielt eine Infokarte in der Hand, auf der *Mütterabend* stand, umgeben von etlichen kleinen Firmenlogos.

»Ja, stimmt. Danke.«

»Wie schön! Ich kann Sie mit einigen Leuten bekannt machen. Wie haben Sie von uns erfahren?«

Sie legte mir eine Hand ins Kreuz und dirigierte mich in die Mitte des Raums, ohne meine Antwort abzuwarten.

»Sydney, sie ist neu hier«, sagte sie laut und deutete aufgeregt auf mich, als müsste man mir ein Schildchen ans Ohr tackern, um mich besser im Auge behalten zu können. Sydney blickte auf, schob sich durch die Menge zu uns herüber und stellte sich vor.

»Und Sie sind …?«

»Cecilia.« Der Name fiel mir spontan ein. Ich schaute über ihre Köpfe hinweg nach hinten, wo sie gewesen war, konnte sie aber nicht sehen – sie stand nicht mehr bei den beiden anderen Frauen. Ich suchte den Raum ab, und allmählich wurde mir unwohl.

»Herzlich willkommen, Cecilia! Glückwunsch, dass Sie es heute mal aus dem Haus geschafft haben! Wie alt ist Ihr Nachwuchs?«

»Danke, aber wissen Sie, ich wollte bloß kurz reinschauen und mich informieren. Nächstes Mal kann ich hoffentlich länger bleiben.« Ich hielt mein Handy hoch, als hätte ich eine Nachricht bekommen, als wäre ich eine Person, die gebraucht wurde. »Ich muss los.«

»Natürlich. Kommen Sie wieder.« Sie nippte an ihrem Wein und schaute sich um, überlegte, wen sie als Nächstes ansprechen sollte.

Mein Mantel lag noch auf dem Kleiderberg, aber um Zeit zu schinden, tat ich so, als müsste ich ihn suchen, wobei ich immer wieder nach hinten blickte und in dem Gedränge nach ihr Ausschau hielt. Ich musste weg, war lange genug hier gewesen. Ich zog meinen Mantel an, schlug die Kapuze hoch und ging nach draußen, wo Schneeflocken über die Straße wirbelten. Ich setzte mich auf eine Bank gegenüber vom Buchladen und senkte den Kopf zwischen die Knie.

Sie war eine Mutter. Du hattest eine bessere Mutter für deine Tochter gefunden. Die Art von Frau, die du dir immer gewünscht hattest.

65

Beim zweiten Mal war ich nervös.

In einem Laden für Theaterbedarf hatte ich mir eine lange braune Perücke gekauft. Mit pochendem Herzen stopfte ich mein blondes Haar unter die Seidenkappe. Ich war unsicher, ob ich mein Aussehen dadurch genügend veränderte, aber mir fiel nichts ein, was ich sonst noch machen könnte. Ich übte vor dem Spiegel ein fröhlicheres Lächeln und ließ dann den Kopf hängen. *Du Idiotin. Du Vollidiotin.* Weil ich die Perücke trug, weil ich dachte, ich käme damit durch, weil ich geglaubt hatte, du hättest mir die Wahrheit gesagt, als ich dich fragte, ob sie ein Kind hätte – deshalb. Wegen all dem.

Als ich eintraf, stand Sydney, die inoffizielle Leiterin der Gruppe, an der Tür und verteilte Pröbchen einer Bio-Windelsalbe an alle Neuankömmlinge. Ich berührte meine neuen Haarspitzen.

»Hi! Sind Sie das erste Mal bei uns? Willkommen!« Sie sprach leicht über meinen Kopf hinweg, als erwartete sie, dass jemand Besseres hinter mir auftauchen würde. Ich nickte und dankte ihr und steckte die Windelsalbe in die Handtasche. Eine Rednerin bereitete einen Vortrag zum Thema *Ein natürlicher Haushalt, ein natürliches Ich* vor. Stuhlreihen waren aufgestellt worden. Ich holte mir einen Wein und betrachtete die Gruppe. Ich inspizierte ostentativ die Bücherregale, während ich heimlich die Tür im Auge behielt, zusah, wie sich Grüppchen zusammenfanden, Frauen gegenseitig ihre Outfits lobten, sich nach den Kindern der anderen erkundigten. Die braunen Haarsträhnen schränkten mein Gesichtsfeld ein, und am liebsten hätte ich sie weggewischt wie lästige Fliegen – ich war noch nicht daran gewöhnt, eine

Brünette zu sein. Die Frau mit dem hohen Pony, die mich vergangenes Mal angesprochen hatte, blickte mich von der anderen Seite des Raumes an. Gott, hatte sie mich wiedererkannt? Meine Wangen brannten, und ich wandte mich ab, um mit jemandem, irgendwem, in Kontakt zu kommen, aber um mich herum unterhielten sich alle angeregt. Ich trat lächelnd zu einer Gruppe von drei Frauen, die über die Auszeit in der Kindererziehung diskutierten, und als ich mich gerade vorstellen wollte, tippte sie mir auf die Schulter.

»Ich bin Sloane. Bitte sehr, das ist unsere Infokarte. Die Cupcakes sind von Luna's. Der Wein von Edin Estates. Nächste Woche haben wir eine Schlafexpertin da, sie ist *großartig*. Sind Sie auf unserer Facebook-Seite?« Erleichterung. Ich nahm die Karte aus ihrer Hand, zum zweiten Mal. Dann plauderte ich mit der kleinen Gruppe und beobachtete gleichzeitig die Tür, aber sie kam nicht herein. Sloane forderte alle auf, Platz zu nehmen, und der Vortrag begann. Ich setzte mich in die letzte Reihe nicht weit von der Tür, wollte verschwinden, sobald ich mich unbemerkt davonmachen konnte. Die Perücke juckte, und wenn sie nicht kam, hatte ich keinerlei Interesse, hier zu sein.

Als ich gerade aufstehen wollte, spürte ich einen kalten Luftzug von der Tür. Da war sie, winkte der Rednerin entschuldigend zu, schlich zu der Bank und zog ihre Jacke aus. Ich drehte mich langsam wieder nach vorne und schlug die Beine übereinander, hielt den Atem an. Der Platz neben mir war frei. Als sie sich auf den Sitz schob, schwebte eine Welle ihres süßen Parfüms zu mir herüber.

»Sorry«, flüsterte sie, als sie mit ihrer Handtasche gegen mein Bein stieß. Ich lächelte und hielt die Augen auf die Rednerin gerichtet, obwohl mein Herz so laut schlug, dass ich kein Wort der Frau verstand. Ich schaute nach unten und zur Seite, sah ihre zerrissene Jeans, die Stiefeletten, die sie alle trugen, die teure Handtasche, die sie auf den Boden gestellt hatte.

»Ich folge ihr online, sie ist großartig.« Ihr Flüstern ließ mich aufschrecken. Ich nickte begeistert, und sie zückte ein kleines rosa Notizbuch mit dem Wort »JOY« in goldenen Lettern auf dem Einband. Sie notierte sich, wie man selber Sprühflaschen mit ungiftigen Putzmitteln herstellte, während ich mit gelegentlichem Nicken interessiert tat. Ihre Hände waren langfingrig und schön. Ich faltete meine, übersät mit Sonnenflecken und Fältchen. Ich war vierzig – sie sah mindestens zehn Jahre jünger aus. Sie trug keine Ringe. Ich trug manchmal noch meinen Ehering, hatte ihn aber an dem Abend abgenommen.

Der Vortrag zog sich in die Länge. Als er dann schließlich doch endete, wandte ich mich ihr zu.

»Das war wirklich interessant. Sie ist toll.«

»Ja, nicht? Ich hab eine Freundin, die haargenau alles macht, was sie empfiehlt, und die ist tatsächlich *nie* krank.« Sie steckte ihr Notizbuch weg und zeigte auf den Tisch. »Lust auf einen Schluck Wein?«

Ich folgte ihr, und auf dem Weg durch die Menge berührte sie etliche Frauen zur Begrüßung. Eine Schulter, ein Arm. Küsschen und Umarmungen. Sie füllte zwei Becher und deutete mit dem Kinn auf ein freies Plätzchen in dem Gedränge. Ich folgte ihr dorthin. Sie atmete tief aus.

»Besser. Es ist immer so eng hier drin. Ich sollte keine Wollsachen tragen.« Sie zupfte am Halsausschnitt ihres burgunderroten Pullovers und trank ein winziges Schlückchen Wein. »Oh, sorry, ich bin Gemma. Ich glaub, ich hab mich noch gar nicht vorgestellt. Wir können doch Du sagen, oder?«

»Aber ja. Ich bin Anne.«

»Wie alt sind deine Kinder?«

Für diesen Moment hatte ich mir etwas zurechtgelegt. Ich war die alleinerziehende Mutter zweier Mädchen, zwei und fünf Jahre alt. Rothaarig und blond. Fußball und Ballett. Ich hatte ihre Namen laut geübt.

»Ich hab einen vierjährigen Sohn. Er heißt Sam.«

Die Worte hallten wider. Ich spürte sie brennend in mir, und mir wurde schwindelig, als hätte ich nach jahrelanger Abstinenz eine Nase Koks geschnupft. Ich schaute nach unten, fürchtete ihren Blick in meine Augen. Ich stellte ihn mir zu Hause vor, wie er mit dir und Violet zu Abend aß, sich fragte, wo ich war, ob ich rechtzeitig zurückkommen würde, um ihn ins Bett zu bringen. Er wäre jetzt voller Geschichten und Albernheiten gewesen. *Ich hab dich lieb, Mommy, zehntausend Mal von hier bis zum großen, großen Mond und wieder zurück.*

»Ich hab auch einen Jungen. Morgen wird er vier Monate.« Das Echo von Sams Namen in meinen Ohren erstarb, und meine Augen schnellten hoch. Sie trank einen weiteren Nicht-Schluck, wollte bloß den Geschmack auf den Lippen haben. Erst jetzt fiel mir auf, dass ihre Brüste prall waren. Mit Milch gefüllt.

»'tschuldigung, hast du vier Monate gesagt?«

Sie sprang zurück, als Wein auf ihre Wildlederschuhe platschte – ich hatte meinen Arm sinken lassen. Ich starrte den leeren Plastikbecher in meiner Hand an.

»Oh, verdammt.« Sie blickte sich um, suchte nach irgendwas, um ihre Schuhe zu säubern. »Ich hab Babytücher dabei«, murmelte sie und kramte in ihrer Tasche, während ich wie versteinert dastand, stumm. Ich sah zu, wie sie die Feuchttücher aus der Packung zog. Ich ging im Geist die Monate durch. Jetzt war November. Ich rechnete. Warst du im Januar ausgezogen? Ja. Ja, kurz nach Weihnachten.

»Dann ist er im Juli zur Welt gekommen?«

»Ja, am fünfzehnten Juli ... Ich hol mal ein paar Servietten, die hier nützen nichts.«

»Mist, tut mir leid.« Ich lief zu dem Cupcake-Tisch, kam mit einer Handvoll Servietten zurück und bückte mich, um ihre Stiefeletten trocken zu tupfen. Sie hatte sie ausgezogen und saß jetzt auf einem Stuhl, die Füße nach innen gedreht. Ich rieb über das fleckige Wildleder und entschuldigte mich überschwänglich.

»Ich hab das manchmal, so ein Zittern in den Händen.« Es war merkwürdig, wie leicht mir die Ausreden einfielen.

»Ach – ist schon okay.« Ihr Tonfall änderte sich bei dem Gedanken an mein neues Gebrechen – sie legte eine Hand auf meinen Oberarm. Ich hatte schon gesehen, wie sie das bei anderen

Freundinnen und Bekannten hier gemacht hatte. »Ist wirklich nicht weiter schlimm. Die trocknen wieder.«

Wir standen beide auf. In ihren feuchten Socken war sie fast einen Kopf größer als ich. Ich musste hochschauen, wenn ich mit ihr sprach.

»Ich – du – vier Monate, das ist noch so klein!« Ich staunte über mich selbst, dass ich reden konnte. Dass ich die Fassung behielt. »Dafür siehst du toll aus.«

»Danke. Ich bin müde. Er schläft ganz schlecht. Ich bin schon gespannt, was die Schlafexpertin nächste Woche sagt. Aber vielleicht hast du ja auch ein paar Tipps für mich. Hast du Schlaftraining gemacht? Die Methode mit dem Ausschreienlassen? Ich glaub nur nicht, dass ich das schaffe. Ich halt's nicht aus, wenn er weint.«

Dieser Junge, von dem sie sprach, war deiner. Sie hatte deinen Sohn geboren. Du hattest eine zweite Chance geschenkt bekommen. Und dann begriff ich – die zehn Monate zwischen Empfängnis und Geburt. Dass sie in dem Monat schwanger geworden war, bevor du deinen Job verloren hattest. Dass du schon längst von ihrer Schwangerschaft gewusst hattest, als ich dich bat zu gehen. Du wusstest es die ganze Zeit. Du wusstest es.

»Ach, na ja, er hat einfach gut geschlafen. Ich musste nicht viel machen.«

»Tatsächlich? Ab welchem Alter?«

Der Raum fühlte sich stickig an. Ich dachte daran, wie sie das Baby herauspresste. Wie du deinen neuen Jungen auf die Welt kommen sahst.

»Ungefähr ab vier Monaten, glaub ich. So genau weiß ich das nicht mehr.«

»Ich überlege, ihn abends mit ein bisschen Brei zu füttern. Das hält sie angeblich länger satt. Aber ich weiß nicht genau, welche Sorte –«

»Und der Vater?«

»Wie bitte?« Sie beugte sich näher zu mir, meinte, mich nicht richtig verstanden zu haben. Die Frage war so seltsam.

»Ich meine, hast du einen Partner?«

»Ja. Er ist toll. Er ist ein toller Vater. Gerade hat er mir zum Beispiel das hier geschickt.« Sie lächelte und holte ihr Handy heraus. Ihre Lippen bewegten sich leicht, als redete sie mit sich selbst, während sie nach dem Foto suchte, das sie mir zeigen wollte. Sie hielt das Bild hoch und hob die Augenbrauen, wartete auf meine Reaktion, als wäre es ein Foto von einer enormen Erektion. Das Baby lag warm eingepackt schlafend in einem Bettchen. Die Bettwäsche war mit Sternen und Monden verziert. So wie sie das Smartphone hielt, konnte ich das Gesicht des Babys nicht sehen. Ich nahm es ihr aus der Hand und starrte diesen eingewickelten kleinen Menschen an, den Menschen, der halb von dir war, der teilweise die DNA unseres toten Sohnes hatte. »Bei ihm schläft er immer ganz leicht ein. Die beiden lieben sich total.«

»Sehr süß.« Ich gab ihr das Handy zurück und berührte mein Haar, erinnerte mich plötzlich daran, dass ich eine Perücke trug. Ich musste raus – alles war plötzlich zu warm, zu laut.

»Und du? Hast du einen Partner?«

»Nein – ich ... Er hat nie wirklich eine Rolle gespielt. Also: alleinerziehend.« Ich nickte, bestätigte die Lüge mir selbst gegenüber, hoffte, sie würde nicht weiter nachfragen.

»Weißt du, Anne, irgendwie kommst du mir bekannt vor.«

»Ach ja?«

»Ja, als wären wir uns schon mal irgendwo begegnet.«

»Kann sein.« Ich drehte mich zu dem Berg aus Mänteln um. Ich musste weg.

»Wo bist du zur Schule gegangen?«

»Ach, so ein kleines Kaff in der Provinz –«

»Machst du Yoga?«

»Ja, vielleicht daher. Ich hab etliche Studios durchprobiert, vielleicht sind wir uns da über den Weg gelaufen?«

»Nein ... das glaub ich eher nicht.«

Ich bewegte mich Richtung Tür. Sie kam hinter mir her.

»Ich bin öfter hier in der Gegend unterwegs, vielleicht haben wir bloß –«

»Ach so. Ja, verdammt. Jetzt weiß ich.« Sie schnippte mit den Fingern. Ich hielt die Luft an und sah zur Tür.

»Es ist bloß eine Ähnlichkeit – die Leiterin von meinem Spinning-Kurs. Die sieht dir *total* ähnlich.«

Auf dem Nachhauseweg rief ich dich vom Taxi aus an. Vier Mal. Ich wusste, dass du nicht rangehen würdest. Ich wollte unbedingt mit dir reden, dich fragen, ob er wie Sam aussah. Ob er den gleichen Schmollmund, den gleichen Geruch hatte. Ich hatte vergessen, sie nach dem Namen des Babys zu fragen. Mir wurde klar, dass wir seit der Geburt des Babys nicht mehr miteinander gesprochen hatten. Vielleicht dachtest du, ich würde dein Leben irgendwie vergiften, wenn du meine Stimme hörtest, die schöne Erfahrung schmälern, die du verdient hattest. Sie schien eine wunderbare Mutter zu sein – das spürte ich allein schon durch die Begegnung mit ihr. Sie vermittelte den Eindruck einer sehr, sehr guten Mutter.

66

Ich wüsste gern, ob du zusahst, als sich ihre geschwollene und schmerzende Vagina öffnete, um einen neuen Erdenbürger, halb von dir, in die Hände einer Ärztin zu geben, die dir zu deinem Sohn gratulierte. Zum zweiten Mal ein Junge. Ich wüsste gern, ob deine Augen sich mit Tränen füllten, als man das glitschige Baby auf ihre verschwitzte Brust legte, als es mit aufgerissenem Mund ihre Brustwarze suchte. Ich wüsste gern, ob du die zitternde Hand dieser Frau hieltst, als man Fäden durch ihren Damm zog, zerrte und zupfte, bis der Schaden behoben war. Ich wüsste gern, ob du sie am Ellbogen fasstest und zur Toilette führtest, wo sie vor Schmerzen schrie und sich mit bebenden Schenkeln aufrecht hielt, während Blut aus ihr herausströmte, ihr Inneres schwer, ihre Vulva pochend, ihr Körper geschwächt nach einer so heftigen Erfahrung. Spritztest du warmes Wasser in ihren blutigen Körper, wie die Krankenschwestern dir das vorher gezeigt hatten? Legtest du dich zu ihr und dem Baby in das breite Krankenhausbett und fragtest dich, wie du je eine andere Frau hattest lieben können? Stelltest du dein Handy auf stumm, damit sie nicht hörte, wenn meine Textnachrichten kamen, während sie versuchte, die Vormilch in den Mund des Babys zu bekommen? Warst du dafür, seinen Penis zu beschneiden, wie du das bei Sam gewesen warst? Holtest du sie am nächsten Tag nach Hause, ins Bett, in einem weichen Baumwolljersey-Pyjama, den sie extra dafür gekauft hatte? Und war dieses Bett, in das du sie brachtest, der Ort, wo ihr dieses Baby gemacht hattet, der Ort, wo du mit einer derartigen Euphorie in ihr kamst, dass dir scheißegal war, welche Folgen das hatte?

Nach meiner Begegnung mit ihr konnte ich tagelang nicht schlafen.

Ich konnte nicht schlafen, bis ich hinunter in den Keller ging.

Ich fegte die Staubschicht von der Plastikkiste. Darin waren Sams Sachen. Strampler, Decken, Schlafanzüge mit Füßchen, ein paar andere Dinge, die er liebte. Benny Bunny. Ich trug die Kiste nach oben, stellte sie vor dem Bett ab und begann mein Ritual. Nachtlicht an. Bio-Lavendellotion auf meine Hände, die Sorte, mit der ich seine Haut nach dem Baden eingecremt hatte. Das Soundgerät, das weißes Rauschen produzierte, war ganz unten in der Kiste. Ozeanwellen. Ich stellte es auf den Nachttisch.

Ich schloss die Augen und versuchte, mich an jedes einzelne seiner Dinge zu erinnern. Den weichen minzgrünen Strampler, den deine Mutter ihm geschenkt hatte. Den Schlafanzug, der zu dem von Violet passte. Das Musselintuch mit den Herzchen drauf. Die roten Söckchen. Die Flanelldecke aus dem Krankenhaus. Ich konnte sie alle aufzählen, ich könnte es auch jetzt noch, ein Memory-Spiel. Nichts war gewaschen worden. So viel von ihm steckte in den Stoffen.

Diese Routine war ein Luxus, den ich mir nach Sams Tod nur ganz selten erlaubt hatte. Ich ging sparsam damit um, verwahrte ihn mir für die Male, wenn ich ihn am meisten brauchte.

Ich hob jedes Teil langsam ans Gesicht und atmete so tief ein, wie ich konnte, bis mir die Nase brannte, ließ meinen Verstand alles aufsaugen, was er finden konnte … Topfschlagen auf dem Küchenboden, während ich Haferbrei machte, Seifenwasser aus dem nassen Waschlappen im Bad nuckeln, beim Vorlesen kuscheln, nackt, glücklich, das Risiko eines windelfreien Popos auf unserer Bettdecke. Ich lechzte nach diesen kleinen Stummfilmen von ihm. Es spielte keine Rolle für mich, dass diese Erinnerungen nicht exakt waren, dass die meisten nicht detailliert so abgelaufen waren wie in den Szenen, die sich in meinem Kopf abspielten – ich musste ihn nur sehen, und dann konnte ich ihn mit diesen Dingen in meinen Händen spüren. Wenn ich mich richtig konzentrierte, konnte Sam ganz nah bei mir sein, und ich konnte mich wieder lebendig fühlen.

Wenn ich damit durch war, alle seine Sachen zu streicheln, nahm ich den Schlafanzug, den er am meisten getragen hatte, die Knie abgewetzt vom Hinter-Violet-Herkrabbeln, am Hals Flecken von Blaubeermarmelade. Die leichte Wolldecke aus seinem Kinderbett. Und Benny. Früher konnte ich ihn in Bennys Pelz finden, deutlich, und ich atmete ihn ein, um mein Gehirn zu narkotisieren. Doch inzwischen war Sams Duft nahezu verschwunden, und Benny fühlte sich ein bisschen feucht und stockig an. Ich fuhr mit dem Daumen über den Fleck an seinem Schwanz, der jetzt bloß noch wie alter Rost aussah.

Ich hatte auch eine unbenutzte Windel aufbewahrt. Ich legte alles aufs Bett, jedes Teil genau dahin, wo es gewesen wäre. Die Windel in den Schlafanzug, die Decke darunter ausgebreitet, Benny nah an seinen Hals gedrückt. Und dann hob ich ihn auf und hielt ihn in meinen Armen, und ich roch ihn, und ich küsste ihn. Ich machte das Nachtlicht aus. Ich schlug die Decke um ihn, damit er schön warm eingepackt war. Ich wiegte mich im Rhythmus der Ozeanwellen und summte das Schlaflied, das ich immer gesungen hatte. Ich schaukelte ihn hin und her. Und wenn er still und schwer war, wenn sein Atem lang und tief ging, schlüpfte ich vorsichtig ins Bett, damit er nicht wach wurde. Ich arrangierte die Kissen sicher um uns herum. Und so schlief ich ein, mit ihm in den Armen.

Am nächsten Morgen räumte ich alles sorgfältig wieder weg. Ich trug die Kiste in den Keller. Zurück in der Küche setzte ich Wasser auf, zog die Jalousien hoch und begann einen weiteren Tag allein.

67

Mein Vater eröffnete mir, dass er mich am Sonntag zum Lunch bei meiner Mutter absetzen würde. Ich war fassungslos. In den zwei Jahren, seit sie fort war, hatten wir kaum über sie gesprochen, und ich hatte sie das letzte Mal in dem Diner mit Mrs Ellington gesehen. Er erklärte mir, sie habe in der Woche zuvor angerufen und mich eingeladen. So wie er es mir erzählte, schien ich kein Mitspracherecht zu haben, aber ich weiß noch, dass ich trotz allem hinwollte – ich war neugierig. Vielleicht er ja auch.

Als sie die Tür aufmachte, schaute sie an mir vorbei zur Einfahrt, suchte meinen Vater hinter der spiegelnden Windschutzscheibe. Sie sah dem Wagen nach, bis er auf die Straße bog, und dann blickte sie zu mir herunter. Ich trug meine Haare anders, in zwei langen Zöpfen, und mein Gesicht war von der Spätfrühlingssonne mit neuen Sommersprossen übersät.

»Schön, dich zu sehen«, sagte sie, als wären wir uns zufällig im Supermarkt begegnet.

Ich folgte ihr ins Haus, das von außen bescheiden wirkte, innen aber voll mit irgendwelchen schicken Sachen war, die ich noch nie gesehen hatte, nicht mal bei den Ellingtons. Richtige Tischläufer und Glasstatuen auf Sockeln und Bilder mit eigenen Strahlern, die sie von oben beleuchteten. Nichts davon kam mir real vor. Es fühlte sich an wie eine Kulisse, vor der gleich Schauspieler auf die Bühne stürmen würden. Richard rief uns, und sie bugsierte mich in die Küche, wo er mir einen dunkelrosa Drink in einem Cocktailglas reichte.

»Hab dir einen Shirley Temple gemacht.« Ich nahm das Glas aus seiner riesigen Hand, und beide sahen zu, wie ich einen Schluck trank.

»Das ist Richard. Richard, das ist Blythe.« Sie setzte sich an den Tisch und schaute sich in ihrer Küche um, forderte mich förmlich auf, es ihr gleichzutun. Alles schien makellos, unbenutzt. Vielleicht war es das auch.

»Ich hab uns ein paar Sandwiches kommen lassen.«

Richard blickte erst mich und dann meine Mutter an. Sie hob die Augenbrauen, als wollte sie sagen: *Nun zufrieden?*

Er stellte mir ein paar Fragen zur ersten Schulwoche nach den Ferien und sagte, dass er meinen Namen mochte. Dann entschuldigte er sich, um irgendwen anzurufen. Während meine Mutter die Sandwiches von ihrer Zellophanverpackung befreite, fragte sie mich, was ich denn so gemacht hatte. *In den vergangenen zwei Jahren oder bloß dieses Wochenende?*, wollte ich fragen. Aber es war klar, dass wir den Schein wahren sollten – genau wie das Haus, das sie ausstaffiert hatte. Genau wie das Leben, das sie mir aus irgendeinem Grund hatte vorführen wollen. Sie beugte sich über die Arbeitsplatte, um nach einem Messer zu greifen, und dabei kam sie mit ihrer Bluse an einen Klecks Mayonnaise.

»Scheiße«, zischte sie und wischte mit einem Geschirrtuch an dem Fleck herum. »Die hab ich erst einmal angehabt.«

Dann kehrte Richard zurück, und während ich mein Putensandwich aß, hörte ich zu, wie sie sich über irgendeinen Ort an der französischen Küste unterhielten. Sie hatten den vergangenen Sommer dort verbracht. Ich fragte mich, wo das viele Geld herkam, warum sie in diesem langweiligen Haus in dieser mittelmäßigen Gegend eine halbe Autostunde außerhalb der Stadt wohnten. Ich hatte mir immer vorgestellt, dass sie uns verlassen hatte, um ein urbanes, unkonventionelles Leben zu führen, in dem es von Menschen wimmelte, die so schön waren wie sie. Das war Richard eindeutig nicht. Aber er passte auch nicht zu den Glasstatuen und dem eleganten Porzellan. Er schien genauso wenig hierherzugehören wie sie. Denn dass sie hier fehl am Platze war, wusste ich.

Ihr Haar und ihre Haut und ihre Lippen und ihre Kleidung

waren anders – sogar ihre Stimme. Neue Texturen und Gerüche und Tonlagen. Alles, was ich einst an ihr gekannt hatte, war jetzt glatt und beschichtet und roch wie ein Kaufhaus. Später sah ich in ihrem Schrank Berge von Stoffen und zusammengefaltete schicke Einkaufstüten von Läden, deren Namen ich noch nie gehört hatte. Nachdem sie mit mir einen planlosen Rundgang durchs Haus gemacht hatte, hielten wir uns kurz in ihrem Schlafzimmer auf. Auf ihrem Nachttisch lagen keine Tabletten herum. Ich bemerkte einen kleinen Koffer in der Ecke, offen, Kleidungsstücke von ihr darauf verteilt. Sie sah, dass ich ihn anstarrte.

»Ich bin noch nicht dazu gekommen auszupacken. Wir halten uns viel in der Stadt auf. Richard hat da geschäftlich zu tun. Eine Zeit lang haben wir ausschließlich dort gewohnt.« Sie zog die Seidenbluse mit dem Fleck aus und suchte in ihrem Schrank nach einer anderen. Sie seufzte. »Ich find's grässlich hier, aber –«

Aber was?, fragte ich mich. Sie trug einen schwarzen Spitzen-BH. Ich hatte den beschämenden Impuls, mein Gesicht zwischen ihre Brüste zu drücken, nur um ihre Haut zu riechen, als hätte mich diese Vertiefung womöglich an meine Kindheit erinnern können.

Später am Nachmittag war ich gerade leise von der Toilette zurückgekommen, als ich von der Diele aus sah, wie Richard von hinten ihre Taille umschlang und sie an sich zog. Sie griff nach oben und schob ihre Finger in sein gegeltes, grau meliertes Haar.

»Ich hab dich vermisst. Verschwinde nie wieder einfach so«, sagte er. Sie nahm ihre Hand weg.

»Ich wünschte, du hättest ihn nicht angerufen.«

»Tja, so hab ich dich aber wieder nach Hause gelockt, oder?«

Richard hatte mich also eingeladen, nicht meine Mutter. Es war ein Trick gewesen, um sie aus der Stadt zurückzuholen. Aber ein kleiner Teil von ihr hatte mich wohl doch sehen wollen, legte noch immer Wert darauf, was mein Vater und ich über sie dachten.

Ich zählte bis zehn und ging in die Küche. Mein Vater würde mich bald abholen. Ich dankte ihnen für den Lunch und hielt durchs Fenster nach seinem Wagen Ausschau. Ich wartete darauf, dass sie irgendwas sagte – *Komm bald wieder. Ich bin froh, dass du hier warst. Du hast mir gefehlt.*

Sie winkte mir zum Abschied von der offenen Tür aus, sorgte dafür, dass mein Vater sie auch gut sehen konnte.

Er fragte mich nie nach dem Besuch – nicht nach dem Haus, nicht nach Richard, nicht danach, was es zum Lunch gegeben hatte. Aber als wir nach dem Abendessen schweigend den Abwasch machten, sagte ich zu ihm. »Du bist nicht der Grund dafür gewesen, dass sie unglücklich war.« Ich wollte, dass er das wusste. Er antwortete nichts, faltete nur das feuchte Geschirrtuch auf der Arbeitsplatte zusammen und verließ die Küche.

Das war das letzte Mal, dass ich meine Mutter sah.

68

Wenn Violet bei mir war, kam es mir vor, als würde ich das Haus mit einem Gespenst teilen. Sie sprach kaum mit mir, aber sie machte ihre Anwesenheit spürbar. Sie ließ Licht an, Wasserhähne tropfen. Sie schien die Luft im Raum zu verändern. Das Gefühl der Ablehnung war mir mittlerweile vertraut, so vertraut, dass ich es in der Verdichtung der Atmosphäre um sie herum erkannte.

Wem gab sie die Schuld an der Trennung? Die offensichtliche Antwort darauf wäre gewesen, mir, wenn sie überhaupt jemandem die Schuld gab. Ich denke, sie war froh, dass unsere Familie sich zweigeteilt hatte. Sie schien in ihrer neuen Rolle als Scheidungskind zu schwelgen, ergötzte sich insgeheim an der Amnestie, die ihr von mir gewährt worden war. Wir hatten schon länger keine Klagen von Lehrern gehört. Ich fragte mich, ob das die Ruhe vor dem Sturm war.

Eines Morgens, auf der Fahrt zur Schule, reichte ich ihr einen Muffin auf die Rückbank. Sie angelte gerade nach etwas unter ihrem Schal, hörte aber damit auf, um den Muffin zu nehmen. Als ich mich wieder nach vorne drehte, zog sie ein zartes Goldkettchen mit einem kleinen runden Anhänger hervor, ähnlich wie der, den du mir Jahre zuvor geschenkt hattest und den ich nie trug. Ich sah im Rückspiegel, wie sie ihn zärtlich berührte.

»Von wem hast du das?«

»Gemma.«

Seit dem Lunch damals, als du sie mit ins Büro genommen hattest, hatte sie ihren Namen mir gegenüber nicht mehr ausgesprochen. Ich wollte meine heimliche Beziehung zu Gemma unbedingt aufrechterhalten, deshalb fragte ich Violet nie nach ihr. Ich durfte keinen möglichen Grund dafür liefern, dass ich in deinem Haushalt erwähnt wurde.

Ich brauchte nicht lange, um näher mit Gemma in Kontakt zu kommen. Sie war fröhlich und voller Energie und mochte es, nach ihrem Leben gefragt zu werden. Sie hatte die Angewohnheit, lang und ausführlich zu erzählen und dann, mitten im Satz, die Augen zusammenzupressen und zu sagen: »Menschenskind, ich texte dich zu, oder? Was ist mit *dir*?« Und dann berührte sie meine Handgelenke ganz zart, als würde sie die Pfoten eines Häschens streicheln. Die Geste war bezaubernd, und ich verstand, welche Befreiung du bei ihr gefunden hattest, während wir zwischen den leise zerbröckelnden Mauern unserer Ehe standen.

Wir gewöhnten uns an, bei den wöchentlichen Vorträgen nebeneinanderzusitzen und uns danach unter die anderen Frauen zu mischen. Ich blieb möglichst in Gemmas Nähe, um keine Gelegenheit zu verpassen, etwas Neues zu hören. Sie war ein Puzzle, das ich langsam zusammensetzte, Woche für Woche. Mir pochte das Herz die ganze Zeit, die ich mit ihr zusammen war; ich verlangte, gierte danach, mehr über sie zu erfahren. Ich ertappte mich oft dabei, dass ich sie anstarrte, mir vorstellte, wie du neben ihr aussahst. Wie du sie berührtest. Wie du sie vögeltest. Wie du zusahst, wenn sie euren Sohn stillte und ihn in den Schlaf streichelte und ihn am Morgen kitzelte, und wie vollkommen glücklich sie dich machte.

»Ich liebe es sogar – ich liebe es, eine Stiefmutter zu sein.«

Ich schreckte aus meiner Fantasie und sah sie wieder klar. Sie hatte Violet bislang noch nie erwähnt. Ich hatte darauf gewartet.

»Sie ist elf, und bei manchen Mädchen ist das ein schwieriges Alter. Aber sie scheint mich zu mögen, zum Glück. Ich meine, man hört oft solche Horrorgeschichten über Stiefkinder …«

Eine andere Frau unterbrach sie und wechselte das Thema. Später, als wir allein waren, sprach ich sie darauf an.

»Ich wusste gar nicht, dass du eine Stieftochter hast.«

»Oh, hab ich das nicht erwähnt? Sie heißt Violet. Sie ist ein

Schatz. Mein Mann und seine Ex haben das gemeinsame Sorgerecht, deshalb ist sie viel bei uns.«

»Und ihr versteht euch gut, hast du gesagt?«

»Überhaupt keine Probleme. Wir funktionieren einfach gut, unsere kleine Familie. Mein Mann vergöttert uns. Er ist immer ganz glücklich, wenn wir vier zusammen sind.«

»Und was ist mit ihrer Mutter?«

»Die spielt keine große Rolle. Ist eine lange Geschichte. Sie hat einige Probleme, deshalb bleiben wir ziemlich auf Distanz.«

Ich nickte und schwieg, hoffte, dass sie genauer werden würde.

»Da ist so einiges passiert, und ich halte mich aus der Sache raus. Anscheinend ist sie nicht besonders liebevoll, soweit ich weiß. Aber wer kann das schon beurteilen?« Sie seufzte und blickte in den Raum.

Ich wollte mehr. Ich wollte jede einzelne Lüge hören, die du ihr über mich erzählt hattest. »Dann kann Violet ja von Glück sagen, dass sie dich hat.«

»Lieb von dir, dass du das sagst, danke. Ich liebe sie wie mein eigenes Kind.«

Ich durchforschte ihr Gesicht nach der Wahrheit, suchte nach dem gleichen Unbehagen, das ich bei Violet immer empfunden hatte. Aber Gemma wiegte sich zu der Musik im Hintergrund und stellte ihren leeren Becher auf die Kassentheke. »Sollen wir gehen?«

Ich räusperte mich und folgte ihr zur Tür. »Und wie ist das mit Violet, mag sie das Baby?«

»Sie ist ganz vernarrt in Jet. Sie ist die beste große Schwester, die es gibt.«

Als ich sie zum Abschied umarmte, spürte ich ihre geschwollenen Milchbrüste an meinen.

69

Ich hatte mir ein neues Handy mit einer anderen Nummer gekauft, damit Gemma und ich uns die Woche über Textnachrichten schicken konnten. Anfangs war es bloß eine kurze Abfolge von langweiligen Nettigkeiten – *Kommst du diese Woche? Super, ich auch!* Und hinterher: *War wieder schön, dich zu sehen! Wünsch dir eine tolle Woche.* Doch nach einer Weile fing sie an, mich um Tipps zu bitten, wenn sie zum Beispiel in der Drogerie stand und nach dem richtigen Mittel gegen Erkältung suchte oder wenn sie unsicher war, ob Jet wiederverwendbare Schwimmwindeln bei seinen Mommy-und-ich-Stunden tragen sollte oder lieber Wegwerfwindeln. Sie war eine selbstbewusste Frau, mitteilsam und lebhaft, aber wenn es um Jet ging, suchte ein Teil von ihr ständig nach Bestätigung. Sie wollte die perfekte Mutter sein, immer das Allerbeste tun und kaufen und geben, und häufig bat sie mich um Rat. Ich fand diese Verletzlichkeit liebenswert. Die Art, wie sie sich um das Wohlergehen ihres Sohnes sorgte, unentwegt sich selbst und das, was sie ihm bot, infrage stellte.

Sie liebte es, Mutter zu sein, ja, aber sie liebte es auch, zu *bemuttern*. Zu vergöttern, zu pflegen, zu sorgen, zu lieben, zu kuscheln, zu stillen. Sie lebte dafür. Als ich sie fragte, ob sie vorhabe, das Baby bald abzustillen – der Kleine war inzwischen fast ein Jahr alt –, schüttelte sie heftig den Kopf. Ich hätte es mir denken können, denn sie hatte mir mal erzählt, dass sie beim Stillen jedes Mal eine emotionale Aufwallung empfand, die sie vor seiner Geburt noch nie erlebt hatte, etwas, das tief aus ihrem Innern kam und das sie nicht erklären konnte. Ich erwiderte, das höre sich an, als beschreibe sie einen Orgasmus.

»Weißt du, was, Anne – es ist sogar noch besser.«

Wir lachten, aber sie meinte es ernst.

»Ich würde Sam so gern mal kennenlernen«, sagte sie eines Mittwochabends zu mir, als wir unsere Mäntel anzogen. »Wär doch schön, die beiden mal zusammenzubringen.«

»Stimmt, das wäre echt nett.«

Sie brachte die Idee nicht wieder zur Sprache, obwohl ich für den Fall der Fälle eine Reihe gut durchdachter Ausreden parat hatte. Termine. Krankheit (sie hatte panische Angst vor Bazillen). Kurzfristige Reisepläne. Dieses Spiel mit ihr weiterzuspielen war viel einfacher, als ich gedacht hatte.

Eines Abends, als Violet bei dir zu Hause war, rief Gemma mich kurz vor Mitternacht an. Sie war besorgt. Jet hatte eine schlimme Bronchitis und bekam schwer Luft. Sie wusste nicht, was sie machen sollte: Ihn zur Notaufnahme bringen? Noch ein Dampfbad?

»Was meint denn dein Mann?« Ich wusste, dass ihr nicht verheiratet wart, wir waren ja noch nicht mal geschieden, aber sie bezeichnete dich trotzdem als ihren Mann.

»Der ist nicht da – musste geschäftlich verreisen und geht nicht ans Telefon.«

»Oh.« Ich war überrascht, dass du Violet über Nacht bei Gemma gelassen und mir nichts davon gesagt hattest. Ich dachte an unsere lockere Abmachung, daran, wie fair ich bei unserer Zeitaufteilung gewesen war. Wir hatten vereinbart, einander zu informieren, wenn wir Violet bei jemand anderem ließen. Du nutztest ihre Vorliebe für dich schon mal aus, batst um die eine oder andere zusätzliche Nacht, verschwiegst mir Wochenendausflüge mit ihr. Du wusstest, dass du jetzt die Oberhand hattest. »Dann bist du allein?«

»Seine Tochter ist hier. Wenn ich ihn zur Notaufnahme bringe, muss ich sie wecken und mitnehmen. Aber sie hat morgen früh vor der Schule ihr erstes Basketballtraining, und dann ist sie bestimmt übermüdet. Vielleicht – sie ist elf –, vielleicht kann ich sie allein lassen? Bis zum Krankenhaus ist es wirklich nur ein

Katzensprung. Und sie wird nachts nie wach, wirklich nie. Aber, Gott, ich fänd's furchtbar, wenn sie doch wach wird und ich bin nicht da.« Sie atmete tief und geräuschvoll aus, überlegte. »Nein, nein, falls ich ihn in die Notaufnahme bringe, muss ich sie mitnehmen.«

Ich weiß nicht, was über mich kam.

»Lass sie da. Lass sie allein, das geht schon in Ordnung. Ihr wird nichts passieren. Stell den Monitor in ihr Zimmer, dann kannst du sie auch von da beobachten. Sie ist alt genug. Ich würde ihn sofort ins Krankenhaus bringen, wenn ich du wäre.«

»Ehrlich? Scheiße. Meinst du wirklich?«

»Ja, ganz sicher. Mach es. Du bist ja nicht lange weg, und sie wird nicht aufwachen. Er ist doch noch ein Baby, das Risiko ist einfach zu groß. Das kannst du nicht eingehen. Du würdest dir das nie verzeihen.«

Ich hätte sie unter keinen Umständen allein gelassen. Aber ich wollte, dass du wütend auf Gemma wurdest. Zornig. Ich wollte, dass sie etwas tat, das du schrecklich finden würdest.

»Ach, Anne, ich weiß nicht.«

»Los, mach es«, beschwor ich sie. »Ich kann ihn hören, und er klingt ziemlich schlimm. Ich mach mir echt Sorgen.«

Ich war angewidert von mir selbst, als ich auflegte.

Sie simste mir am nächsten Morgen, dass sie vier Stunden hatte warten müssen, bevor sie sie zurück nach Hause geschickt hatten mit dem Rat, ihn in den Dampf einer heißen Dusche zu halten. Er würde wieder gesund werden.

Als ich sie das nächste Mal in der Müttergruppe sah, erzählte sie mir, du wärst außer dir gewesen, als sie dir gestand, dass sie Violet allein gelassen hatte. Ich stellte mir vor, dass du ihr mit zusammengebissenen Zähnen Gehässigkeiten entgegengeschleudert hattest, wie du das tatst, wenn du wirklich in Rage warst. *Ich hab gedacht, ich könnte sie dir anvertrauen. Ich hab gedacht, du wärst eine bessere Mutter.*

»Ich weiß nicht, Anne, ich hätte das wohl nicht machen sollen. Ich hab nicht mehr klar denken können.«

»Das tut mir wirklich leid – vielleicht hab ich dich falsch beraten. Aber du hast getan, was du für nötig gehalten hast.«

»Ja. Kann sein.« Sie war an dem Abend stiller als sonst, und ich wusste, dass sie sauer auf mich war. Ich schickte ihr eine Textnachricht, während ich auf ein Taxi für die Fahrt nach Hause wartete.

Alles okay? Du hast heute Abend bedrückt gewirkt.

Bloß keine besonders gute Woche – nichts Persönliches. Ehrenwort!

Sie war zu nett, um mir Vorwürfe zu machen. Mich belastete der Gedanke, dass ich sie verraten hatte. Sie war allmählich zu dem einzigen Menschen geworden, den ich brauchte.

70

Ich habe einen wichtigen Teil unserer Freundschaft unerwähnt gelassen. Vielleicht den wichtigsten. Wenn ich Zeit mit Gemma verbrachte, war ich Sams Mutter. Er wurde in mir wieder so lebendig, wie ich das nie für möglich gehalten hätte. Mit Gemma zusammen zu sein war wie ein Spiel, in dem mein imaginärer Freund die große Liebe meines Lebens war. Mein süßer Sohn. Mein zahnlückiger, plappernder kleiner Junge, der auf nackten Füßen in seinem schmuddeligen Lieblingsbaseballshirt durch unser Haus rannte. Er liebte Maßbänder und die Müllabfuhr und die kleinen Zuckertütchen in Restaurants. Er fragte mich jeden Tag nach Mutter Natur und wie sie das Wetter machte. An Wochenenden gingen wir schwimmen, und morgens, auf dem Weg zur Kita, kauften wir uns Muffins. Seine Schuhe waren ständig zu klein. Seine Lippen waren immerzu gespitzt. Er fand nichts schöner, als wenn ich ihm vom Tag seiner Geburt erzählte.

Jeden Mittwoch überlegte ich den ganzen Tag über, was ich in der Müttergruppe berichten würde – dass er in der Nacht nicht geschlafen hatte und ich todmüde war, dass er geweint hatte, als ich ihn mit dem Babysitter allein ließ. Vielleicht irgendetwas, das seine Erzieherin gesagt hatte, als ich ihn an dem Tag von der Kita abholte. Ich war geradezu süchtig danach, mir Geschichten um Sam herum auszudenken – ich erfand Handlungsstränge, malte mir aus, wie er wäre und wie ich für ihn sorgen würde, wenn er noch lebte. Wenn Violet ihn nicht getötet hätte. Obwohl ich versuchte, sie an diesen Tagen vollkommen auszublenden. Sie waren heilig, nur für ihn. Und wenn Gemma sie manchmal im Gespräch erwähnte, sträubte ich mich innerlich, aber ich hörte zu, hin- und hergerissen zwischen dem Wunsch, Einblicke in euer gemeinsames Leben zu bekommen, und dem Widerwillen dagegen, dass sie an der Peripherie von Sams zweitem Leben existierte.

Ich genoss es, wenn Gemma mir Fragen nach ihm stellte. Einmal sagte sie, meine Augen würden strahlen, wenn sie seinen Namen aussprach, und ich zweifelte nicht daran, dass sie mein Inneres leuchten sah. Niemand erwähnte ihn je, aber Gemma gab ihm Raum und Zeit und Wert. Sie wollte von ihm erfahren. Für Gemma war Sam wichtig. Und deshalb war sie für mich wichtig, sehr wichtig.

Ich hatte nicht an Fotos gedacht.

Eines Tages fragte sie mich, ob sie mal ein Bild von Sam sehen könne. Sie beugte sich zu mir, um auf das Handy zu schauen, das ich zufällig in der Hand hielt, rechnete damit, dass ich locker Hunderte Fotos von ihm darauf hatte, wie sie von Jet.

»Weißt du, was, ich hab gerade mein Handy ausgemistet. Hatte mal wieder keinen Speicherplatz mehr.« Ich tat so, als wäre ich von dieser technologischen Schwachstelle genervt, warf das Handy in meine Tasche und wechselte ruhig das Thema.

Am selben Abend goss ich mir ein Glas Rotwein ein und suchte online nach Bildern von vierjährigen Jungen, die Sam ähnlich sahen. Ich ging die Social-Media-Accounts von Fremden durch, die öffentliche Profile hatten. Stundenlang betrachtete ich glückliche, Seifenblasen pustende, Karussell fahrende, mit Eiscreme beschmierte Kinder. Ich hatte die Flasche fast ausgetrunken, als ich den perfekten Jungen fand. Dunkle Locken, zahnlückiges Grinsen und die gleichen großen blauen Augen. *Siobhan McAdams, Mutter von James bei Tag, Kuchenbäckerin bei Nacht.*

Ich fuhr mit dem Finger über ihr Gesicht auf meinem Bildschirm. Sie sah sehr müde aus. Sie sah sehr glücklich aus.

Ich speicherte ein Dutzend Fotos von James ab und machte eins zum Hintergrundbild auf meinem Handy: Er saß auf einer Schaukel, Hände über den Kopf gereckt, als wäre er am höchsten Punkt einer Achterbahn. Sam hatte unheimlich gern geschaukelt.

Ich kaufte Babysachen in Secondhandläden und schenkte sie Gemma, erklärte, Sam wäre aus ihnen herausgewachsen. Ich hätte mich niemals von seinen wirklichen Sachen trennen können, und außerdem hättet du und Violet sie vielleicht erkannt. Alles, was ich Gemma mitbrachte, drückte sie an sich, als würde sie Sam an sich drücken. Ich sah sie gern an, wenn sie das machte. Ich sah sie gern an, wenn sie an Sam dachte.

Einmal brachte sie einen schönen Satz Fröbel-Bausteine mit, die, wie ich wusste, sehr teuer waren.

»Ehrlich gesagt, hat mein Mann vorgeschlagen, sie dir zu geben. Jemand hat sie uns geschenkt, aber wir haben schon einen großen Baukasten.«

Mir wurde klar, dass sie dir offenbar meine Rolle bei dem Vorfall mit der Notaufnahme verschwiegen hatte. Ich drückte mir die Kiste dankbar an die Brust, so wie sie das mit den Sachen machte, die ich ihr schenkte. Die Leute machen so was, wenn sie Zeit gemeinsam verbringen, oder etwa nicht? Sie übernehmen gewisse Gesten, beginnen, einander zu kopieren. Ich fragte mich, ob sie mich je unbewusst nachgemacht hatte, vielleicht die Art, wie ich die Spitzen meiner Mittwochabend-Haare berührte. Oder die Art, wie ich manchmal beim Nachdenken mit der Zunge schnalzte. Ich fragte mich, ob ich dir schon mal in den Sinn gekommen war, wenn sie das machte, flüchtig, leichthin, der Gedanke ebenso schnell wieder verschwunden wie aufgeblitzt.

Auf dem Weg nach draußen bat ich sie, dir für das Geschenk zu danken. Und dann sagte ich etwas, das ich mir hätte verkneifen sollen – dass ich dich und Jet und Violet gern mal kennenlernen würde. Das war natürlich ausgeschlossen, aber ich wollte irgendwie über dich reden. Gemma nickte und sagte, das fände sie auch schön, dass ich vielleicht mit Sam zu ihnen zum Pizzaessen kommen könnte, wie ich das schon mal vorgeschlagen hatte.

»Und wie läuft es so mit Violet?«

»Violet? Der geht's gut. Allen geht's gut.« Sie war abgelenkt, tippte auf ihrem Handy.

Aber ich fragte mich, ob sie vielleicht log. Ob sie meine Tochter nicht manchmal ansah und das Gefühl hatte, dass irgendwas nicht stimmte. Ich fragte mich, ob sie nicht doch den Verdacht hatte, dass ihr Sohn in Gefahr war.

Sie küsste mich zum Abschied auf die Wange, und ich berührte ihren Arm, wie sie immer meinen berührte.

Unser Verhältnis wurde viel zu eng. Ich nahm mir fest vor, das Treffen nächste Woche ausfallen zu lassen. Ich brachte die Bauklötze mit nach Hause und legte sie in Sams Zimmer.

71

Ich wollte nicht hingehen. Ich schrieb ihr, dass ich mich nicht wohlfühlte, dass Sam eine unruhige Nacht gehabt und ich schon in der Nacht davor kaum geschlafen hatte. Sie antwortete mit einem traurigen Emoji und dass sie mich vermissen werde. Ich wollte sie nicht enttäuschen.

Wir setzten uns ziemlich weit hinten hin und brachten uns leise gegenseitig auf den neusten Stand – sie schilderte eine Reihe von belanglosen Problemen, die sie beschäftigten, ich erzählte niedliche Sachen, die Sam gesagt oder getan hatte.

Wir trafen uns mittlerweile seit beinahe einem Jahr jeden Mittwoch in der Müttergruppe und kannten fast alle Frauen, die regelmäßig teilnahmen, aber Gemma und ich hatten uns irgendwann als Freundinnenpaar etabliert. Die anderen Frauen hielten für uns zwei Plätze frei, wenn es voll wurde, und fragten die eine von uns, wo denn die andere war, wenn sie sich verspätete. Ich konnte mir nicht erklären, warum Gemma ausgerechnet mich unter all den Frauen hier ausgesucht hatte. Die Antwort darauf war, da bin ich mir sicher, dass ich mit einer Zielstrebigkeit auf sie zugegangen war, die ihr keine andere Wahl gelassen hatte. Dennoch, ich wollte glauben, dass es an mir etwas gab, das sie anzog – sie hielt mich für eine wunderbare Mutter, tüchtig und zärtlich und hingebungsvoll, und die Freundschaft mit mir war für sie eine große Beruhigung, während sie sich durch das erste Jahr mit ihrem neugeborenen Sohn kämpfte. Und mir gab es das Gefühl, ein heimliches Mitglied der neuen Familie zu sein, die du gegründet hattest, und damit deinen negativen Urteilen etwas weniger ausgeliefert zu sein.

Wir verabschiedeten uns von den anderen, und ich wickelte mir meinen Schal um den Hals.

»Mein Mann ist hier.« Gemma zeigte zur Tür. Da warst du. Standst draußen und starrtest mich an. Ich krallte die Hand in die Wolle und schnappte nach Luft. Langsam drehte ich mich um, sodass ich dir den Rücken zuwandte. Du hattest uns beobachtet.

»Komm. Ich stell dich ihm vor.« Sie legte beide Hände auf meine Schultern und führte mich zur Tür. Ich wusste nicht, was ich machen sollte.

»Gemma, ich – ich muss aufs Klo –«

»Ach, komm, nur ganz kurz. Wir wollen gleich in die Spätvorstellung im Kino, aber wo er schon mal da ist, möchte ich, dass du ihn kennenlernst.«

Ich schaute nach unten und überlegte fieberhaft. Was konnte ich tun? Ich zog mir den Schal über das Kinn und den Hut tief in die Stirn. Ich angelte die langen braunen Haare unter meinem Mantelkragen hervor und breitete sie mir über die Schultern. Als ob du mich nicht erkannt hättest. Die Frau, die du zwanzig Jahre lang geliebt hattest. Die Mutter deiner Kinder. Ich stand da vor dir, so nackt wie nie. Sie küsste dich. Sie musste sich dafür nicht auf die Zehenspitzen stellen wie ich früher. Dein Blick durchbohrte mich regelrecht. Ich schluckte, und Tränen traten mir in die Augen, obwohl Gemma bestimmt dachte, das läge an der schneidenden Kälte.

»Fox, das ist Anne. Anne, das ist Fox.«

Mein Kopf schwebte in den Nachthimmel davon wie eine von diesen Himmelslaternen – ich stand nicht mehr da, war nicht mehr in deinem Blick gefangen, wartete nicht mehr darauf, von dem, was du als Nächstes sagen würdest, vernichtet zu werden. Nur so konnte ich die Scham überleben, die Angst, die Schmach, dass du wusstest, was ich getan hatte. Ich trat aus mir selbst heraus. Ich schaute von oben zu.

»Nett, Sie kennenzulernen.« Ich streckte dir meine behandschuhte Hand entgegen. Du sahst Gemma an. Und dann wieder mich. Du nahmst die Hände nicht aus den Taschen. Den Mantel hatte ich dir zum Geburtstag geschenkt.

Sie wandte sich dir mit ehrlicher Sorge zu, als könnte sich deine Unhöflichkeit nur dadurch erklären lassen, dass du ein Aneurysma hättest. Du zogst langsam eine Hand aus der Tasche und ergriffst meine. Wir hatten seit anderthalb Jahren nicht miteinander geredet. Berührt hatten wir einander sogar noch länger nicht. Deine Gesichtshaut war von der Kälte gerötet, und du sahst älter aus. Vielleicht zu wenig Schlaf wegen des Babys, vielleicht der Stress, den du vermutlich in deinem neuen Job hattest. Oder vielleicht hatte ich einfach kein Zeitgefühl mehr – in den Erinnerungen, die mir am leichtesten kamen, warst du trotz allem noch der Mann, den ich vor Jahren geliebt hatte.

»Freut mich auch.« Du blicktest beim Reden über meinen Kopf hinweg, und da wusste ich, dass du uns allen die Peinlichkeit ersparen würdest. Ich glaubte kaum, dass du es für mich tatst.

Gemma wirkte verunsichert. Ihre üblichen weichen, fließenden Bewegungen verschwanden, und sie verkrampfte sich. Das konnte ich sogar unter ihrem dicken Daunenmantel sehen. Ich glaube, sie begriff, dass irgendwas nicht stimmte, aber es war zu kalt, um lange auf einem Fleck zu stehen, und einige der anderen Frauen sprachen sie an, um sich zu verabschieden. Wir drei wandten uns von dem gegenseitig drohenden Unheil ab. Ich drängte mich durch die Leute, die noch auf dem Bürgersteig standen, und fing an zu laufen. Ich wusste nicht, was ich sonst hätte machen sollen. Ich wollte möglichst schnell möglichst weit weg von dir sein.

72

Ich weiß nicht, ob Gemma dir verraten hat, was später passierte.

Wahrscheinlich hast du bis nach dem Kino abgewartet, bevor du es ihr erzähltest. Oder vielleicht auch Tage. Vielleicht wolltest du ihr die Enttäuschung so lange wie möglich ersparen, bis dir dein Schweigen unehrlich vorkam. Oder vielleicht wolltest du nicht zugeben, dass du so lange mit einer Frau verheiratet gewesen warst, die etwas derart Unsägliches tun konnte, wie ich es getan hatte. Etwas so Irres. Fremdscham. Ich hörte in der Woche nichts mehr von Gemma und traute mich nicht, Kontakt zu ihr aufzunehmen. Ihr ungewöhnliches Schweigen war der Beweis, dass du ihr erzählt hattest, wer ich war. Ich ging mittwochs nicht mehr in die Müttergruppe.

Vielleicht erzählte sie dir nur sehr wenig über das Jahr unserer Freundschaft. Aber es bedeutete mir viel. Ich hatte noch nie eine Freundin wie sie gehabt, jemand, für den ich eine so warme und unbefangene Zuneigung empfinden konnte. Sie war wie ein angenehmer Sommertag. Mit ihr fühlte ich mich so wie einst mit dir. Davor. Erst nachdem sie aus meinem Leben verschwunden war, erkannte ich, wie einsam ich war.

Die Neugier nagte an mir, bis ich eines Tages den Mut aufbrachte, Violet zu fragen.

»Wie geht's Gemma?«

»Warum fragst du?«

»Nur so.«

»Es geht ihr gut.«

»Und dem Baby?«

Das Baby. Wir hatten nie darüber gesprochen. Die Gabel verharrte in ihrem Mund, und sie starrte das Gemüse auf dem Teller an, fragte sich bestimmt, woher ich das wusste. Vielleicht musste sie auch erst einmal mit der Verschiebung der Kräfte zurechtkommen; jetzt hatte sie kein Geheimnis mehr, das sie mir vorenthalten konnte.

»Dem geht's gut.« Ihr seltsames Räuspern danach gab mir ein ungutes Gefühl. Sie stand vom Tisch auf, und keine von uns erwähnte Jet an dem Abend noch einmal. Bevor sie ins Bett ging, fragte sie, ob sie am Wochenende bei dir bleiben könne – deine Eltern kämen zu Besuch. Ich hatte noch immer nicht mit deiner Mutter gesprochen, seit ich hinter die Affäre gekommen war. Sie rief gelegentlich an, hinterließ mir aber keine Nachrichten mehr.

»Meinetwegen, aber eigentlich sollte dein Vater mich das fragen.«

Sie zuckte mit den Achseln. Wir wussten beide, dass es in dem Chaos, das wir geschaffen hatten, keinen Raum für Verhaltensregeln gab. Im Nebenzimmer summte mein Telefon. Gemma hatte mir eine Textnachricht geschickt.

Ich muss mit dir reden.

Mir wurde vor Erleichterung weich in den Knien.

Wir verabredeten uns für den nächsten Tag auf einen Tee in der Nähe des Buchladens. Ich konnte die ganze Nacht nicht schlafen, ging verschiedene Versionen durch, was ich sagen würde, wie ich mich irgendwie erklären könnte. Verrückterweise hatte ich die größte Angst davor, dass sie mich mit meinem eigenen Haar sehen würde, ohne die mausbraune Perücke, die ich nach einer Weile richtig gern getragen hatte. Ich konzentrierte meine geballte Nervosität auf diese eine Sache – mein Haar. Nicht auf meine wahnwitzige Vorspiegelung falscher Tatsachen, nicht auf die kranke Art, wie ich meinen Sohn ins Leben zurückgeholt hatte, nicht auf die erschreckende Leichtigkeit, mit der ich gelogen hatte, als würde ich beim morgendlichen Einkauf zwanglos mit irgendwelchen fremden Leuten plaudern.

Ich sah von der Tür aus, dass sie für uns beide Tee bestellt hatte. Wir umarmten uns nicht wie üblich zur Begrüßung. Ich setzte mich zögerlich und griff nach meinen Haarspitzen, bevor es mir wieder einfiel: Ich war Blythe, nicht Anne. Stattdessen ordnete ich den Kragen meiner Bluse. Ich trug eine, von der ich wusste, dass sie ihr gefiel – sie hatte das einmal erwähnt und dabei den Ärmel befingert, um das Leinengewebe zu fühlen.

»Ich weiß nicht, was ich sagen soll.« Ich hatte nicht vorgehabt, das Gespräch zu eröffnen, aber der Satz brach aus mir heraus.

Gemma nickte, doch dann schüttelte sie unbehaglich den Kopf, und ich verstand. Ich biss mir auf die Lippen, während sie etwas Milch in ihren Tee goss. Sie zögerte kurz, dann schob sie Milch und Zucker zu mir rüber. Wir lauschten dem Klimpern meines Löffels am Porzellan, als ich umrührte. Es war offensichtlich, dass sie nichts sagen würde, dass sie vielleicht einfach nur hören wollte, was ich ihr mitzuteilen hatte, wenn ich die Chance dazu bekam.

»Ich erwarte nicht, dass du mir je verzeihst. Was ich getan habe, ist unentschuldbar.«

Sie sah über mich hinweg, betrachtete die Welt, die an dem Café vorbeizog. Ihre Augen folgten jedem Passanten, wie eine Lehrerin, die ihre Schüler zählt, die von der Pause zurück ins Klassenzimmer kommen. Ich fragte mich, ob sie bedauerte, dass sie mich um das Treffen gebeten hatte. Ich fragte mich, ob ich einfach den Mund halten sollte.

»Ich schäme mich, Gemma. Ich schäme mich zutiefst. Im Rückblick kann ich selbst nicht fassen, was ich getan habe. Ich kann nicht fassen, dass ich zu etwas derart … Psychotischem fähig bin. Ich …«

Ich rechnete damit, dass sie mich in der Luft zerreißen würde. Ihre Augen wendeten sich vom Fenster ab und betrachteten mein Haar. Ich hatte schon seit Jahren dieselbe Frisur. Ich fragte mich, ob sie die drahtigen grauen Strähnen in dem Aschblond registrierte. Ich fragte mich, ob sie dachte, dass ich damit älter aussah.

»Falls du mich irgendwas fragen willst, irgendwas –«

»Das mit deinem Sohn tut mir leid. Es tut mir leid, dass du ihn verloren hast.«

Ihre Worte verblüfften mich.

»Ich kann mir nicht vorstellen, Jet zu verlieren.« Sie hob eine Hand an die Lippen.

Ich atmete aus und berührte ebenfalls meinen Mund, wusste nicht, wie sie dieses Mitgefühl aufbringen konnte. Sie hätte mich hassen müssen. Totes Kind hin oder her.

»Fox hat mir nie erzählt, was passiert ist.« Sie blickte nach unten auf ihren Tee und ließ ihn in der Tasse kreisen. »Ich weiß bloß, dass ihr einen gemeinsamen Sohn hattet und dass er bei einem Unfall ums Leben gekommen ist. Ich bin immer davon ausgegangen, dass es ein Autounfall war. Stimmt das?«

Ich hatte sie so oft belogen. Ich konnte sie nicht noch einmal belügen. Ich öffnete den Mund, und die Wahrheit kam heraus. Ich erzählte ihr alles genau so, wie ich es erlebt hatte. Schritt für Schritt. Meine Erinnerung an ihre rosa Handschuhe an dem Griff. Das Geräusch des Autos, als es den Buggy erfasste. Dass er noch angeschnallt war, als er starb. Dass wir ihn hinterher nicht mal mehr sehen konnten. Dass die Stieftochter, die sie liebte und der sie vertraute, die Schwester ihres eigenen Babys, den Buggy in den fließenden Verkehr gestoßen und meinen Sohn getötet hatte.

Sie hörte einfach nur zu. Während ich redete, blieb sie die ganze Zeit still und sah mir in die Augen. Ich meinte, sie schlucken zu sehen, wie Leute das tun, wenn sie eine Reaktion unterdrücken, eine Erkenntnis, die sie lieber nicht gemacht hätten. Ich sah einen Haarriss durch das Eis kriechen. Ich beugte mich näher zu ihr.

»Gemma. Hast du manchmal den Eindruck, dass Violet irgendwie anders ist? Hast du dich nicht schon mal besorgt gefragt, ob dein Sohn wirklich sicher ist, wenn die beiden allein sind?«

Sie schob ihren Stuhl zurück, und das quietschende Geräusch auf den Fliesen ließ mich zusammenzucken. Sie legte einen Zwanzigdollarschein auf den Tisch und trug dann ihren Mantel hinaus in den früh fallenden Novemberschnee. Sie nahm sich nicht mal mehr die Zeit, ihn anzuziehen.

73

In dem Haus, das wir früher alle zusammen bewohnten, steht ein Paar Schuhe neben der Tür. Der Wasserkessel dampft ständig. Ich benutze dasselbe Wasserglas sechsmal, bevor ich es spüle. Ich breche Spültabs in der Mitte durch. Die Kleiderbügel im Schrank haben jeweils fünf Zentimeter Abstand, und es gibt niemanden, der sie verschiebt. Auf dem Dielenboden sind Teeflecken, die ich noch nicht weggewischt habe, obwohl ich es mir jeden Tag vornehme. Ich lege übertrieben viel Wert auf Ordnung in Schubladen, und ich gieße die Blumen zu oft. Im Keller stapeln sich zweiundvierzig Rollen Toilettenpapier. Ich vergesse fast immer, diesen Posten von der Liste mit Einkäufen zu streichen, die ich alle zwei Wochen online bestelle.

Ich hoffe auf eine Maus im Haus, und ich weiß, dass das seltsam ist, aber ich sehne mich oft nach dem Trost eines regelmäßigen Besuchers, dem Knistern einer Tüte im Schrank oder dem Trippeln von Krallen auf dem Parkett; kurze, nonverbale, vorhersehbare Gesellschaft.

An manchen Wochenenden schaue ich mir Formel-1-Rennen im Fernsehen an. Das schrille Jaulen der Motoren und der britische Kommentar versetzen mich zurück in Sonntagvormittage vor dem Schwimmunterricht, wenn ich dir Rührei und Kaffee brachte und für Violet Toast ohne Rinde.

Ich habe mich an die Einsamkeit gewöhnt, aber es gab jemanden, der nur zu Besuch kam, wenn Violet bei dir war. Er war ein ziemlich erfolgloser Literaturagent, mit dem Grace mich bekannt gemacht hatte. Er vögelte mich gern langsam bei weit geöffneten Schlafzimmerfenstern, sodass er die Schritte von Passanten draußen auf dem Bürgersteig hören konnte. Ich glaube, er brauchte das Gefühl, Fremden so nah zu sein, um schneller zu kommen.

Ich erwähne das gleich zu Anfang, aber es vermittelt den falschen Eindruck. Er war ruhig und intelligent, und er war ein Grund, abends zu kochen, eine Flasche Wein aufzumachen. Er verbrauchte das Toilettenpapier. Er wärmte das Bett, wenn ich das gelegentlich brauchte. Mir gefiel, dass er nie nach Violet fragte – die beiden existierten nicht füreinander. Ich hatte keinen Mann kennengelernt, der in dieser Hinsicht leichter im Umgang war. Er dachte nicht gern daran, dass ich Kinder hatte – dass mein Körper geboren und gestillt hatte. Du hieltst Mutterschaft für die höchste Bestimmung einer Frau, aber er tat das nicht. Für ihn war die Vagina lediglich ein Gefäß für seine Lust. Bei jeder anderen Vorstellung von ihr wurde ihm körperlich flau, so wie manchen Leuten, wenn sie Blut spenden. Das gestand er mir einmal, als ich ihm sagte, dass ich einen Termin für einen Pap-Abstrich hatte.

Er las, was ich schrieb, und wir sprachen darüber, was ich machen könnte und was sich verkaufen würde. Er wollte, dass ich für junge Erwachsene schrieb, irgendwas Kommerzielles und Beklemmendes, das sich mit dem richtigen Cover gut vermarkten ließe. Anders ausgedrückt, etwas, das er an den Mann bringen und zu Geld machen konnte. Manchmal hinterfragte ich seine Motive diesbezüglich. Aber ich war kurz vor dem Alter, in dem Frauen Angst bekommen, dass sie für alle anderen unsichtbar werden, dass sie mit ihren praktischen Frisuren, ihren funktionalen Mänteln in der Menge untergehen. Ich sehe sie jeden Tag die Straße entlanglaufen, als wären sie Gespenster. Ich schätze, ich war noch nicht bereit, unsichtbar zu werden. Damals jedenfalls.

1972–1974

Henrys Sinn für elterliche Verantwortung schien zusammen mit Etta gestorben zu sein. Sein Herz war zu gebrochen, um sich um irgendjemand anderen zu kümmern. Er gab sich die Schuld an Ettas Selbstmord, aber da war er der Einzige – Cecilia wusste, dass er Etta geliebt und alles versucht hatte. Niemand redete mit Cecilia über das, was passiert war. Allen fehlten die Worte.

Von da an ging sie kaum noch zur Schule, achtete aber darauf, nur so oft zu schwänzen, wie es möglich war, ohne von der Schule verwiesen zu werden. Die Begegnung mit den anderen Kindern fiel ihr schwer, und das Gefühl schien auf Gegenseitigkeit zu beruhen. Sie vermutete, wenn sie ihr ins Gesicht schauten, sahen sie immer bloß ihre tote Mutter am Baum hängen.

Sie verbrachte die meiste Zeit damit, Gedichte zu lesen, die sie in der Stadtbücherei entdeckt hatte, als sie den Unterricht schwänzte. Die Sammlung war nicht sehr umfangreich. Sie hatte die beiden Regalfächer in gut zweieinhalb Wochen durch, und dann fing sie wieder von vorne an. Sie träumte davon, Etta tot aufzufinden, mit dem Kopf im Backofen wie Sylvia Plath, deren Bücher sie manchmal nachts unters Kopfkissen legte.

Sie begann, selber Gedichte zu schreiben, füllte ein Notizbuch nach dem anderen, obwohl sie nicht glaubte, dass sie besonders gut waren. Das machte sie, bis sie siebzehn wurde, ein Jahr vor ihrem Schulabschluss. Zu dem Zeitpunkt hatte sie bereits beschlossen, dass sie ihr eigenes Geld verdienen musste, um die Kleinstadt zu verlassen und jemand Neues zu werden.

Sie nahm einen Job als Haushaltshilfe bei Mrs Smith an, einer alten Frau, die ein paar Häuser weiter wohnte. Mrs Smith hatte an ihre Haustür ein Schild gehängt, auf dem in einer Schrift, die aussah wie von einem Kind, »Hilfe gesucht« stand. Sie war taub und fast blind, konnte sich aber größtenteils noch allein versorgen. Sie brauchte jemanden, der ihr die Dinge abnahm, die ihre Hände nicht mehr ertasten konnten, also flickte Cecilia für sie mit Nadel und Faden oder gab die richtige Prise Gewürze in die Suppe. Sie war es nicht gewohnt, jemand anderem als sich selbst zu helfen, und sie fand diese Rolle erstaunlich befriedigend, wenn auch manchmal etwas langweilig. Aber es tat ihr gut, durch ein vertrautes Haus gehen zu können, ohne von den Dämonen eines anderen Menschen heimgesucht zu werden. Sie empfand dort eine nie gekannte Art von Frieden und Ordnung.

Als Mrs Smith im Schlaf starb, war es Cecilia, die sie fand, halb aus dem Bett hängend. Eine geschrumpfte Brust war aus ihrem weißen Nachthemd gerutscht. Während Cecilia noch überlegte, was sie machen sollte, nahm sie die Dose aus der obersten Kommodenschublade der Frau. Sie hatte beobachtet, dass Mrs Smith jede Woche, wenn sie von der Bank zurückkam, ihr Geld dort hineinsteckte. Sie fand sechshundert Dollar, genug für eine Fahrkarte in die Großstadt plus Kost und Logis für ein paar Monate. Cecilia fragte sich, ob Mrs Smith vielleicht gewollt hatte, dass sie es bekam – sie hatte nie versucht, es vor ihr zu verbergen, und sie hatte keine Angehörigen. Zumindest erleichterte das ihr schlechtes Gewissen, als sie das ganze Geld nahm.

Henry fuhr Cecilia am nächsten Morgen zum Bahnhof. Er sagte kein Wort, nicht mal zum Abschied. Aber sie nahm es ihm nicht übel, er brachte es einfach nicht über sich. Sie küsste ihn zum ersten Mal in ihrem Leben auf beide stoppeligen Wangen. Seit Ettas Tod rasierte er sich nicht mehr oft. Sie flüsterte ihm das einzige Wort zu, das es zu sagen gab: Danke.

Als sie aus dem Wagen gestiegen war, strich Cecilia ihr schönstes Outfit glatt: einen pflaumenblauen Cordrock und eine Bluse, die sie gebraucht gekauft hatte. Ihre übrigen Sachen waren in Ettas seegrünem Koffer mit ihrem Monogramm drauf, ein Geschenk von Henry, das sie nie benutzt hatte. Etta hatte nie verreisen wollen.

Cecilia war gerade achtzehn geworden, und sie wusste, dass sie eine Art klassische Schönheit besaß, ganz anders als ihre Mutter. Sie vermutete, dass das in der Großstadt für sie eher von Vorteil wäre, als das zu Hause der Fall gewesen war. Kaum war Cecilia aus dem Taxi gestiegen, fiel ihr Blick auch schon auf Seb West, den Portier eines Nobelhotels, in dem sie sich kein Zimmer leisten konnte. Sie hatte den Namen des Hotels irgendwann mal gehört und kannte keine andere Adresse, die sie dem Taxifahrer hätte nennen können. Seb streckte ihr seine weiß behandschuhte Hand entgegen, sie ergriff sie, und von da an ließen sie einander kaum noch los.

Seb zeigte Cecilia die Stadt und stellte sie seinen Freunden vor. Einer von ihnen beschaffte ihr einen schlecht bezahlten Job bei dem exklusiven Limousinenservice seines Onkels. Sie half bei den Buchungen und machte das Büro sauber. Sie ging mit den anderen Frauen im Büro zum Lunch. Eine erzählte ihr von einer kleinen Wohnung über einer Kunstgalerie, die pleitegegangen war, doch Cecilia konnte es sich noch nicht leisten, in der teuren Stadt allein zu leben. Seb zog mit ihr zusammen ein, damit sie die Miete teilen konnten, und er bezahlte alles andere in Cecilias Leben. Sie waren jetzt offiziell ein Paar.

Sie genoss die Freiheit der Stadt in vollen Zügen. Am Morgen zu irgendwas Wichtigem gehen zu müssen. Sich Kaffee an einem Stand auf der Straße zu holen, während der Mittagspause Gedichte im Park zu lesen. Menschen kennenzulernen, die keine Ahnung hatten, woher sie kam. Oder von wem.

Cecilia hatte ihre Schönheit und die Aufmerksamkeit, die sie dadurch auf sich zog, richtig eingeschätzt. Männeraugen folgten ihr auf der Straße und im Büro, und sie wurde ständig angefasst – eine Hand hier, eine Hand da. Sie fühlte sich mächtig und verletzlich zugleich. Seb und Cecilia gingen häufig aus, um etwas zu trinken, oder zu Dichterlesungen in Kellerbars. Sobald er ihr den Rücken zuwandte, kam sie sich vor wie eine Beute. Selbst

Sebs Freunde, die wussten, dass sie zusammen waren, berührten sie ein bisschen zu anzüglich, wenn sie an ihnen vorbeikamen.

Eines Abends drückte sein Freund Lenny, auf den Seb große Stücke hielt, sie gegen die Wand der Bar und schob seine Zunge in ihren Mund, während Seb auf der Toilette war. Cecilia stieß ihn weg und wünschte, es hätte ihr nicht gefallen.

Aber sie fand es aufregend, auf diese Weise begehrt zu werden. Zum ersten Mal in ihrem Leben fühlte sie sich wild und zügellos. Also ließ sie Lenny so etwas häufiger machen.

Schon bald trafen sie sich auch in ihrer Kaffeepause bei der Arbeit. Cecilia war hingerissen von dem, was er zu sagen hatte. Er erzählte, er würde ihr einen Job als Model besorgen, dass sie sich mit ihrem Aussehen nicht damit begnügen sollte, öde Büroarbeit zu machen und mit einem Hotelportier zu schlafen. Er sagte oft, sie habe etwas Besonderes an sich, das er nicht genau benennen könne. Sie erzählte ihm, dass sie Gedichte liebte und hoffte, eines Tages in einem Verlag zu arbeiten, vielleicht sogar eigene Texte veröffentlichen zu können. Seb hatte sie nichts von alldem je erzählt. Lenny sagte, er habe einen Freund mit hervorragenden Verbindungen, mit dem er sie bekannt machen könnte. Er sprach davon, dass sie Seb verlassen und zu ihm ziehen sollte.

Eine Woche später erfuhr Cecilia, dass sie schwanger war.

So schnell, wie sie die Stadt gefunden hatte, so schnell ging sie ihr wieder verloren.

Seb hatte keine Ersparnisse, und er bestand darauf, dass sie in das Haus seiner Eltern am Stadtrand zogen, bis er mehr Geld zusammenhatte. Er freute sich riesig darauf, eine Familie zu gründen. Er hatte eine glückliche Kindheit gehabt, mit Erinnerungen an große Weihnachtsessen und Campingurlaube.

Cecilia war am Boden zerstört.

Als sie endlich den Mut aufbrachte, Seb zu sagen, dass sie eine Abtreibung wollte, sagte er, sie solle nie wieder davon sprechen. Er sagte, sie könne ja wieder nach Hause ziehen und ihren Stiefvater um das Geld bitten, wenn der Gedanke, mit ihm ein Baby zu haben, so schrecklich war.

Cecilia musste ständig daran denken, wie ihre Mutter am Baum hing.

Sie hatte das Gefühl, in der Falle zu sitzen, und sie kam sich dumm vor. Also gab sie nach.

74

In der langen Zeit zwischen dem Tag, an dem ich Gemma verlor, und dem Vorfall, der sie zurück in mein Leben katapultierte, geschah nichts Bemerkenswertes. Das Jahr verlief ereignislos. Violet war fast dreizehn, aber ich sah sie nicht oft – du hattest irgendwie alles so hingebogen, dass sie nur einmal die Woche zu mir kam. Irgendwann schrieb ich eine E-Mail an einen Anwalt, der eine Bekannte bei ihrer Scheidung vertreten hatte. Wir vereinbarten einen Telefontermin, doch als es so weit war, ließ ich das Telefon einfach klingeln, ohne ranzugehen. Ich hatte keinen Kampfeswillen in mir, und außerdem schien Violet sowieso ohne mich glücklicher zu sein.

Daher war ich überrascht, als Violets Lehrerin mich anrief und fragte, ob ich als Aufsichtsperson einen Schulausflug auf eine Farm begleiten würde. Es war am Abend vor dem Ausflug – eine andere Mutter, die so etwas regelmäßig machte, war erkrankt. Bei der Vorstellung, dass Violet mich vor ihren Klassenkameraden mit ihrer üblichen Eiseskälte behandelte, wurde mir mulmig. Aber ich sagte zu. Ich klopfte an Violets Tür, um ihr mitzuteilen, dass ich mitkommen würde. Sie zeigte keinerlei Reaktion. Sie blickte nicht von dem Glasperlenarmband hoch, das sie mit geduldigen Fingern auffädelte. Ihre Hände sahen so anders aus als meine.

Im Bus nahm ich irgendwo in der Mitte Platz, neben einem Vater, der die meiste Zeit E-Mails auf seinem Handy las, während wir aus der Stadt hinausgondelten, umhüllt von der Wolkendecke jugendlicher Aufregung. Violet saß einige Reihen hinter mir, auf der anderen Busseite am Fenster. Das Mädchen neben ihr war groß und mit erstem Brustansatz. Sie hatte Violet den Rücken zugewandt und lehnte sich über den Mittelgang, um mit zwei Brünetten zu tuscheln, die beide genau gleiche französische Zöpfe trugen. Violets Augen ruhten auf der vorbeiziehenden Landschaft.

Sie sah aus, als würde sie nicht auf das Getuschel achten, aber ich wusste, dass sie jedes Wort hören konnte: Ihr Adamsapfel glitt langsam hoch und runter. Ich erinnerte mich daran, wie es sich anfühlte, ausgeschlossen zu werden. Ich glaubte nicht, dass Violet etwas daran lag, zu den Coolen an der Schule zu gehören. Sie schien sich wesentlich wohler damit zu fühlen, an der Peripherie und überwiegend allein zu sein. Sie war nicht wie die anderen Mädchen in ihrem Alter. Das war sie nie gewesen.

Als wir an der Farm ankamen, ließ ich die Gruppe vorgehen und beobachtete Violet. Sie stieg zusammen mit den Mädchen aus dem Bus, aber die redeten kaum mit ihr. Als sie am Eingang zum Apfelgarten stehen blieben, blickte Violet sich um und hielt Ausschau nach mir. Ich winkte ihr kurz vom Ende der Gruppe aus zu. Sie warf ihren Pferdeschwanz nach hinten und schob sich steifbeinig in die kleine Gruppe von Mädchen, die sich laut unterhielten, obwohl der Farmer gerade erklärte, wie Äpfel richtig gepflückt werden sollten, um die Blütenknospen für die Ernte im nächsten Jahr nicht zu verletzen. Der Lehrer verteilte Plastiktüten.

Wir hatten eine Stunde im Apfelgarten, ehe wir gezeigt bekommen sollten, wie man mit den Äpfeln leckere Pies backte. Ich schlenderte weg von den anderen Eltern, von denen die meisten ohnehin auf Abstand blieben, und ging zu den McIntosh-Apfelbäumen. Einige Reihen weiter blitzte das Rot von Violets Jacke zwischen den Bäumen auf. Sie war allein, hielt ihre Tüte in einer Hand und griff mit der anderen nach oben in die Zweige. Ihre Bewegungen hatten eine Anmut, die mich überraschte. Sie betastete die Schale der Äpfel, suchte nach irgendwelchen Makeln. Wenn sie einen gepflückt hatte, schnupperte sie daran und drehte ihn in den Fingern. Sie sah so erwachsen aus, das Rundliche in ihren Wangen verschwunden, ihre Kinnpartie markanter.

Trotz der ersten weiblichen Formen, die sich bei ihr abzeichneten, bewegte sie sich genau wie du. Ich erkannte das an der Art, wie sie ihr Gewicht verlagerte und die Arme auf dem Rücken verschränkte. Aber den Kopf hielt sie genau wie ich – leicht zur Seite geneigt, mit der Tendenz, nach oben zu schauen, wenn sie über eine Antwort auf etwas nachdachte, nach den richtigen Worten in einem Vokabular suchte, das noch schneller zu wachsen schien als ihre langen Beine.

Der leichte Wind frischte hin und wieder auf und störte sie, indem er ihr lange dunkle Haarsträhnen ins Gesicht wehte. Sie stellte die Tüte ab, holte ein Haargummi aus der Tasche und band ihren Pferdeschwanz neu. Dann strich sie sich mit einer Hand über den Kopf. Sie hielt die Augen auf den Boden gerichtet. Ich fragte mich, was sie da sah, vielleicht einen Vogel oder einen faulen Apfel. Aber als ich näher heranging, erkannte ich, dass sie ins Leere starrte; sie war gedankenverloren, und sie schien traurig zu sein.

Sobald sie meine Anwesenheit spürte, nahm sie ihre Tüte auf und ging auf eine Gruppe von Schülern zu, die mit dem Pflücken aufgehört hatten und ihre Äpfel stattdessen aßen. Sie setzte sich im Schneidersitz hin und biss in einen Apfel.

Der Lehrer pfiff auf den Fingern, rief die Schüler zu sich. Ich beobachtete, dass Violet ihrer Klasse in die Scheune folgte. Als ich hineinging, hatte ich sie in dem Gewusel von Kindern aus den Augen verloren, und ich ließ den Blick über die Bänke schweifen, auf denen die Schüler Platz nahmen. Ich sah die Mädchen aus dem Bus an einem der Tische sitzen.

»Wisst ihr, wo Violet ist?«

Eine von ihnen schaute mich direkt an und schüttelte den Kopf. Die anderen waren dabei, mit Apfelschalen ihre Namen zu legen. »Ihr seid doch Freundinnen von ihr, oder?«

Ein anderes Mädchen blickte in die Runde, als wollte sie um die Erlaubnis bitten, mir zu antworten. »Klar. Irgendwie. Ich meine, gewissermaßen.«

Zwei von ihnen kicherten. Die, die mir geantwortet hatte, stupste sie an, damit sie aufhörten.

Mir pochte inzwischen das Herz bis zum Hals. Ich ließ meinen Blick in der Scheune umherschweifen, konnte sie aber noch immer nicht entdecken.

»Mr Philips, wissen Sie, wo Violet ist?«

»Sie wollte sich im Bus ein bisschen hinlegen. Sie hat Kopfschmerzen – sie hat gesagt, Sie würden sie hinbringen.«

Ich trabte zum Parkplatz, aber der Busfahrer war nicht da und die Tür abgeschlossen. Der Parkplatzwächter sagte, er habe keine Schülerin gesehen. Ich rannte zurück zu den Ställen und fragte herum, ob jemandem ein brünettes Mädchen aufgefallen war. Ich schaute bei den Heuhaufen hinter den Ställen nach, und dann sah ich ein Stück entfernt ein Maislabyrinth.

»Ist da ein Mädchen reingegangen? Ich suche nach meiner Tochter.« Inzwischen schrie ich fast. Ich klang verzweifelt. Ich war völlig außer Atem.

Ein junger Kerl, der das »Eingang«-Schild mit Farbe auffrischte, schüttelte den Kopf.

In dem Moment wusste ich, dass sie sich davongemacht hatte. Als Strafe dafür, dass ich mitgekommen war. Wir hatten gelernt, uns weiträumig aus dem Weg zu gehen, um koexistieren zu können – das war unsere stumme Übereinkunft. Aber sie auf einen Schulausflug zu begleiten verstieß gegen diese Regel. Ich rannte zurück zur Scheune und erklärte dem Lehrer, dass Violet verschwunden war, dass ich vermutete, sie habe irgendeine Möglichkeit gefunden, von hier wegzukommen. Er sagte, er würde sich nach ihr umsehen, und bat einen anderen Vater, den Manager der Farm zu informieren.

Er sagte nicht, ich solle mir keine Sorgen machen – er sagte nicht: *Bestimmt ist sie hier irgendwo.*

Einige Jungen an einem Tisch schauten sich alarmiert um, weil sie mitbekommen hatten, dass etwas nicht stimmte. Einer von ihnen kam zu mir und fragte, was passiert war.

»Wir können Violet nirgends finden. Weißt du vielleicht, wo sie sein könnte?«

Er schwieg. Er schüttelte den Kopf und kehrte zu seinen

Freunden zurück, und sie alle schauten zu mir herüber. Ich hatte den Eindruck, dass sie irgendwas wussten. Ich ging zu dem Tisch, beugte mich über das Kopfende und holte tief Luft, damit meine Stimme nicht zitterte. »Weiß einer von euch, wo Violet ist?«

Alle schüttelten den Kopf, genau wie der erste Junge, und einer sagte höflich: »Sorry, Mrs Connor, wir wissen's nicht.«

Auch in ihren Augen lag Angst.

Der Dad, der im Bus neben mir gesessen hatte, bot an, mit mir noch mal das Gelände abzusuchen. Mittlerweile drehte sich mir der Kopf. Meine Beine waren taub. Ich hatte mich schon einmal so gefühlt, als Violet zwei Jahre alt war und in einem Freizeitpark zu weit weggelaufen war, bis ich sie kurz darauf am Zuckerwattestand wiederfand. Das waren Minuten gewesen. Minuten, in denen ich gewusst hatte, dass sie wahrscheinlich nicht in Gefahr war, wahrscheinlich ganz in meiner Nähe.

Und dann war da Sam. Ich versuchte, nicht an ihn zu denken. Ich versuchte es wirklich.

»Ich krieg keine Luft mehr«, sagte ich, und der Dad half mir, mich auf den Kies zu setzen.

»Senken Sie den Kopf zwischen die Knie.« Er rieb meinen Rücken. »Hat sie ein Handy?«

Ich schüttelte den Kopf.

»Haben Sie Ihr eigenes Handy gecheckt?«

Ich antwortete nicht. Er griff in meine Handtasche und holte es heraus.

»Sie haben sechs entgangene Anrufe.«

Ich riss es ihm aus der Hand und tippte mein Passwort ein. Die verpassten Anrufe waren von Gemma.

»Violet«, sagte ich mit brechender Stimme, als sie sich meldete. »Sie ist verschwunden.«

»Vor fünf Minuten hat ein Lkw-Fahrer angerufen und mich gebeten, sie abzuholen.« Sie stockte, als wollte sie mir nicht erzählen, wo Violet war. »Sie ist auf einer Raststätte am Highway. Ich fahr jetzt los und hol sie da ab.« Sie legte auf, ohne sich zu verabschieden. Der Dad half mir auf die Beine, und wir machten uns auf die Suche nach dem Lehrer, um ihm zu sagen, dass er die Suche abbrechen könne. Dann saß ich mit einer Flasche Wasser in dem winzigen Andenkenladen und versuchte ein ums andere Mal, dich anzurufen, aber du gingst nicht ran.

Eine Stunde später stiegen wir in den Bus und nahmen dieselben Plätze ein wie auf der Hinfahrt. Die Lautstärke der Kinder war jetzt deutlich niedriger. Die frische Luft hatte das ihrige getan und die zuvor übersprudelnde Energie gedämpft. Niemand sagte irgendwas über Violet – es war, als wäre sie nie dabei gewesen. Als wir auf dem Schulparkplatz ankamen, blieb ich sitzen und schaute zu, wie die Schüler nacheinander ausstiegen. Dann ging ich die Reihen ab, um nachzusehen, ob auch nichts vergessen worden war, und fand das Armband auf dem Sitz, wo die Mädchen mit den Zöpfen gesessen hatten. Die lila und gelben und goldenen Perlen, die Violet am Vorabend so sorgsam aufgefädelt hatte. Anscheinend war das Armband ein Geschenk für eines der Mädchen gewesen. Es war offen, achtlos liegen gelassen worden. Ich ließ die Perlen durch meine Finger gleiten.

»He«, rief ich den drei Mädchen zu. Sie saßen auf den Eingangsstufen der Schule und warteten darauf, dass ihre Eltern sie abholten. »Habt ihr das verloren?«

Zwei von ihnen blickten unverwandt zu Boden.

»Ich hab gefragt, ob ihr das verloren habt?«

Ich zeigte es ihnen auf meiner flachen Hand, und alle drei schüttelten den Kopf. Ich schloss die Faust um das Armband und starrte die Mädchen an, bis ein Wagen vorfuhr. Sie blickten stur geradeaus und sagten kein Wort.

Zu Hause legte ich das Armband ganz hinten in meine unterste Kommodenschublade, wo Violet es nicht finden würde. Die Geschehnisse des Tages hatten meinen Blick auf sie verändert. Sie war machtlos inmitten ihrer Freundinnen, und sie wollte nicht, dass ich das mitbekam. Sie war nicht mehr das Mädchen, das andere so leicht einschüchtern, das Menschen mühelos mit

Worten oder Taten verletzen konnte. Ich durchschaute sie jetzt, und für einen kurzen Moment tat sie mir beinahe leid.

An dem Abend rief ich Gemma an, obwohl ich nicht wusste, ob sie rangehen würde. Ich richtete mich auf dem Küchenstuhl auf, als sie sich meldete.

»Ich wollte mich nur nach ihr erkundigen. Wie geht's ihr?«

»Sie war ziemlich still. Aber ansonsten geht's ihr gut.« Ich hörte, dass sie die Hand auf das Telefon legte und irgendetwas flüsterte. Sie schwieg kurz. Ich stellte mir vor, wie sie sich dir zuwendete und die Augen verdrehte. *Sie begreift es nicht – Violet ist vor ihr davongelaufen. SIE ist das Problem.* Ich stellte mir vor, wie du ihr signalisiertest, aufzulegen. Auf dem Tisch die Flasche Wein, die du geöffnet haben würdest, nachdem die Kinder im Bett waren. Ich sah mich in meiner halbdunklen stillen Küche um. Ich wollte Gemma daran erinnern, dass ich mal die Mutter war, die sie selbst um Rat gefragt hatte, als sie noch unsicher war. Dass sie in meinem Gesicht nach dem Schlüssel zu dem Geheimnis gesucht hatte, wie sie ihrem Kind eine gute Mutter sein konnte. Ich hatte sie angelogen. Aber ich war noch immer dieselbe Frau, die sie ihre beste Freundin genannt hatte. Ich konnte mich nicht bremsen.

»Wie geht's dir? Wie geht's Jet?«

»Gute Nacht, Blythe.«

75

Nach dem Schulausflug sah ich Violet eine ganze Weile nicht. Ich füllte meine Zeit mit Schreiben und gelegentlichen Besuchen des Literaturagenten, obwohl ich mich letztlich in seiner Gegenwart sogar noch einsamer fühlte als sonst.

Hinterher drehte er immer die Dusche auf, während ich das Wetter googelte. Nass und kalt. »Heute brauchst du einen Regenschirm«, sagte ich dann. Manchmal fragte er nach meinen Plänen für den Tag. Schreiben, eine Firma anrufen, die die Dachrinnen reinigen sollte. Hatte er noch Zeit, um zu frühstücken? Nein, hatte er nicht – ein Meeting um acht, schon vergessen? Würde er abends wiederkommen? Ging nicht – Dinner mit einem neuen Autor. Er würde dafür morgen kommen. Könnte ich das Lammragout machen? Erst wenn er in die Dusche stieg und hinter der nassen Milchglastrennwand irgendwer hätte sein können, beobachtete ich ihn. Er ließ immer die Tür zum Bad offen, damit der Spiegel nicht beschlug. Ich mochte es nicht, wenn er ihn vor dem Rasieren mit dem Handtuch abwischte und dabei Streifen machte. Ich mochte seine abrasierten Bartstoppeln nicht, die danach in meinem Waschbecken lagen. Bevor er fertig war, ging ich stets in die Küche, um Wasser für unseren Tee aufzusetzen. An der Haustür gab er mir einen Abschiedskuss, den ich kaum erwiderte. Ich glaube nicht, dass er das je gemerkt hat.

76

An einem beliebigen Tag im Juni rief Violet an und fragte, ob sie das Wochenende bei mir verbringen könne. Seit Schuljahresbeginn hatte sie nicht übers Wochenende bleiben wollen. Ich sagte meine Verabredung mit dem Literaturagenten ab und bat sie, dir auszurichten, dass sie bei mir sein würde. Die Reisetasche, die sie in den Kofferraum packte, als ich sie von der Schule abholte, war voll mit Kleidungsstücken, die ich noch nie gesehen hatte. Ich verpasste so viel von ihrem Leben. Die goldfarbenen glitzrigen Leggings machten mich traurig – sie waren etwas, das ich ihr hätte kaufen sollen, wenn ich sie in einem Laden gesehen hätte, aber ich dachte nicht mehr daran, ihr irgendwas zu kaufen.

Wir gingen ins Kino und hinterher Eis essen. Wir redeten nicht viel, aber irgendwie wirkte sie weniger ablehnend. Weniger widerständig. Dennoch blieb ich auf der Hut. Ich ließ ihr Freiraum. Auf der Rückfahrt kam ein Sketch im Radio, etwas über eine rollige Katze. Ich war unsicher, ob sie überhaupt wusste, was das bedeutete, aber wir sahen uns an und lachten, und ich merkte, wie sich mein Magen verkrampfte. Nicht wegen dieses Augenblicks, den wir zusammen erlebten, sondern weil er sich so fremd anfühlte – weil wir so viel verpasst hatten.

Sie war in demselben Alter, wie ich gewesen war, als ich meine Mutter das letzte Mal sah.

Normalerweise sagte ich ihr von der offenen Tür aus Gute Nacht. An diesem Abend setzte ich mich an das Ende ihres Bettes, legte eine Hand auf ihre Füße unter der Decke und drückte sie. Das hatte ich oft gemacht, als sie noch kleiner war, bevor sie aufhörte, sich von mir berühren zu lassen. Sie blickte von ihrem

Buch auf, mir direkt in die Augen. Und zog ihre Füße nicht weg.

»Oma vermisst dich. Das hat sie neulich gesagt.«

»Oh«, sagte ich leise, erstaunt darüber, dass Violet mir das erzählte. Deine Mutter und ich hatten noch immer nicht wieder miteinander geredet.

»Ich vermisse sie auch.«

»Warum rufst du sie nicht mal an?«

»Ich weiß nicht«, seufzte ich. »Vielleicht, weil ich Angst habe, dass es mich zu traurig machen wird. Ich wette, sie liebt Jet, hab ich recht?«

Violet zuckte abschätzig mit den Achseln. Mir ging der Gedanke durch den Kopf, dass sie ihn vielleicht um die Aufmerksamkeit beneidete, die er von euch bekam, doch dann fragte ich mich, ob sie wusste, dass es besser für mich war, nicht über euren Sohn zu reden. Ihre Augen flackerten, als sie durch den Raum glitten, und ich hätte gern gewusst, ob wir womöglich beide in diesem Moment an Sam gedacht hatten. Ich hätte ihn so gern erwähnt, ihn zu uns in dieses Zimmer geholt. Ich blickte nach unten auf ihre Füße, die sich unter der Decke abzeichneten. Ich fühlte mich seltsam ruhig.

»Gibt es irgendwas, worüber du reden möchtest? Vielleicht irgendwas in der Schule oder ... irgendwas anderes?« Ich wollte noch nicht wieder gehen. Ich wollte meine Hand noch nicht wegnehmen.

Sie schüttelte den Kopf. »Nein, alles in Ordnung. Nacht, Mom.« Sie hatte einen Finger in das Buch geschoben und schlug es jetzt an der Stelle auf. »Danke, dass du mit mir ins Kino gegangen bist.«

An dem Abend schlief ich noch komplett angezogen auf der Couch ein, während ich darüber nachdachte, wie nett sie gewesen war, und mich fragte, ob unser Verhältnis dabei war, sich zu verändern.

Ich erwachte, weil ich leichte Schritte auf dem Parkettboden über mir hörte. Sam war seit sechs Jahren tot, aber mein Instinkt, beim leichtesten Geräusch aufzuschrecken, war noch genauso stark wie bei seiner Geburt.

Violet bewegte sich auf Zehenspitzen von ihrem Zimmer zu meinem. Die Tür ging auf. Wollte sie zu mir? Ich überlegte, sie zu rufen. Ihre Schritte wurden noch leiser. Sie war jetzt in der Nähe meiner Kommode. Ich hörte, dass der hängende Messinggriff das Holz berührte. Und dann noch mal, als die Schublade geschlossen wurde. Sie war schnell gewesen. Kurz entschlossen. Ich fragte mich, welche Schublade sie geöffnet hatte, wonach sie suchte. Das weggeworfene Armband, das ich vor Monaten im Bus gefunden hatte, war in der Kommode. Natürlich. Ich hätte es entsorgen sollen – hatte nicht daran gedacht, dass sie es finden würde. Ich konnte mich nicht erinnern, wann sie das letzte Mal in meinem Zimmer gewesen war. Ich hörte, wie sie zu ihrem Bett zurückschlich. Ich wartete, ließ ihr Zeit, wieder einzuschlafen, und dann ging ich leise nach oben. Ich zog mein Nachthemd an und schaute in die Schublade – das Armband war noch da. Sie hatte es nicht genommen, falls sie es überhaupt gesehen hatte.

Beim Frühstück war sie umgänglich. Nicht herzlich, nicht gesprächig, einfach nur umgänglich. Ich setzte sie vor deinem Haus ab und sah ihr nach, als sie die Einfahrt hochlief und durch die Tür stürmte. Durch das Wohnzimmerfenster konnte ich Gemma sehen, die auf sie zueilte, um sie zu Hause willkommen zu heißen.

In dem Moment kam mir die Idee. Später zurückzukommen, nach Sonnenuntergang. Euch den ganzen Abend zu beobachten.

77

Nachdem ich dich kennengelernt hatte, hörte ich auf, bei meinem Vater das zu suchen, was ich am meisten brauchte. Trost, Rat. Er verlor für mich an Bedeutung. Bestimmt merkte er das daran, wie ich über Details aus meinem Leben hinwegging, wenn er anrief, und das Gespräch wieder auf ihn brachte. Ich hielt ihn plötzlich auf Abstand. Ich schäme mich dafür – ich wusste, ich war sein Ein und Alles.

An dem Tag, als er mich vor meinem Studentenwohnheim absetzte, küsste er mich zum Abschied auf den Kopf und ging wortlos davon. Als ich Stunden später einen Blick aus dem Fenster warf, war er noch immer da, lehnte an einem Baum und schaute zu meinem Gebäude hoch. Ich zog die Vorhänge zu, bevor er mich nach draußen blicken sah. Daran denke ich oft – wie er dastand.

In dem Monat, als ich meinen Abschluss machte, wurde mir eines Morgens klar, dass ich ihn nicht mehr angerufen hatte, seit ich über die Feiertage zu Hause gewesen war. Ich nahm mir vor, am Wochenende mit ihm zu telefonieren, und tat es dann doch nicht, obwohl ich dir erzählte, ich hätte mit ihm gesprochen und er könnte es nicht erwarten, mich zu sehen. Stattdessen tauchte ich am Abend nach meiner Prüfung unangemeldet bei ihm auf. Ich erzählte ihm, ich müsste einige Sachen aus meinem Wohnheimzimmer bei ihm unterstellen. Wir wechselten ein paar freundliche Worte, und dann ging er früh zu Bett. Ich beschloss, noch eine Nacht länger zu bleiben. Am nächsten Abend briet ich uns ein Hähnchen so, wie er es mochte. Ich wartete darauf, dass er von der Arbeit kam, aber die Stunden vergingen. Als er schließlich um kurz nach zehn ins Haus trat, hatte er eine Fahne, und er setzte sich an den Küchentisch, starrte das kalte Essen an, während ich an der Arbeitsplatte lehnte. Ich glaube, in dem Moment dachte er ebenso wie ich an meine Mutter. Ich goss uns beiden einen Whisky ein und setzte mich. Ich hatte nicht vorgehabt, ihn das zu fragen, aber ich tat es:

»Warum hat sie mich verlassen?«

Als ich am nächsten Morgen wach wurde, war er schon weg. Mir brummte der Schädel von der Flasche, die wir zusammen geleert hatten. Ich fuhr zurück zum College und packte meine letzten Sachen ein. Wir zogen am nächsten Tag zusammen. Nach dem Abend mit meinem Vater fiel es mir schwer, an ihn zu denken. Ich wollte meine Vergangenheit unbedingt hinter mir lassen. Er war zu eng mit meiner Mutter und mir verbunden, obwohl er nie das Problem gewesen war.

Als die Polizei anrief und mir mitteilte, dass man ihn tot in seinem Haus aufgefunden hatte, dass er vermutlich im Schlaf an einem Herzinfarkt gestorben war, reichte ich dir den Hörer und legte mich auf unserem warmen Parkettboden in einen Strahl der Morgensonne. Wir lebten zu diesem Zeitpunkt seit vier Monaten in unserer Wohnung.

»Ich bin froh, dass du ihn noch besucht hast«, sagtest du, knietest dich neben mich und berührtest mein Haar.

Ich drehte mich auf dem Boden von dir weg. Ich konnte nur daran denken, was mein Vater an dem Abend als Letztes zu mir gesagt hatte, während er in sein Glas starrte. Wir hatten seit Stunden geredet und getrunken.

Ich hab dich oft angesehen und zu Cecilia gesagt: »Sind wir nicht Glückspilze?« Aber sie konnte nicht sehen –

Er hatte mitten im Satz abgebrochen und war vom Tisch aufgestanden, ohne noch etwas zu sagen. Er hatte mir von der ersten Zeit nach meiner Geburt erzählt. Ich hatte an seinen Lippen gehangen.

Jetzt erkannte ich, dass meine Mutter und ich ihm das Herz gebrochen hatten.

Ich fuhr heim, um die Beerdigung zu organisieren, und ging unsicher auf das Haus zu. Mrs Ellington hatte einen Ersatzschlüssel und alles geputzt, bevor ich ankam. Das merkte ich auf Anhieb, denn es roch nach Zitrone, und sie putzte immer mit Zitronenöl. Sein Bettzeug war anders. Ich erkannte die saubere Bettwäsche aus dem Gästezimmer im Haus der Ellingtons.

Am Nachmittag kam Mrs Ellington, um mir Gesellschaft zu leisten. Daniel und Thomas halfen mir am Tag vor der Beerdigung, das Haus auszuräumen, und ich verschenkte alles – ich wollte es leer haben. Ich wollte alles loswerden.

Kurz darauf bot ich das Haus unter Marktwert zum Verkauf an. Der Abschied davon löste keinerlei Gefühle in mir aus. Mrs Ellington kam an dem Tag herüber, als ich die Papiere unterschrieb.

»Er war stolz auf dich. Du hast ihn sehr glücklich gemacht.«

Ich berührte ihre Hand. Es war lieb von ihr, mich anzulügen.

78

Drei Tage nach dem angenehmen Wochenende mit Violet rief Gemma an. Ich merkte an ihrem Tonfall, dass sie aufgebracht war.

Sie hatte Jet an dem Morgen im Wäscheraum dabei ertappt, wie er mit einer scharfen Klinge spielte. Er versuchte gerade, in die Jeans zu schneiden, die er anhatte, als Gemma hereinkam.

»Ist die von dir?«

»Wie bitte?« Ich war auf dem Rückweg vom Schwimmbad, wo ich mir Sams Fliesen angeschaut hatte. Ich hatte noch nicht richtig begriffen, was sie wollte, war zu überrascht, nachdem ich ihren Namen auf meinem Display gesehen hatte.

»Stammt die Klinge aus deinem Haus?«

Ich dachte daran, dass ich vor Jahren eine Klinge aus Fox' Dose genommen und mit einem Schal umwickelt in meine Kommodenschublade gelegt hatte. Seitdem hatte ich sie nicht mehr angerührt. Violet. Ich fragte mich, ob sie deshalb in mein Zimmer gegangen war. Ob sie vielleicht gewusst hatte, dass die Klinge da war.

»Ich wüsste nicht, wo die sonst herkommen soll. Fox bewahrt seine nicht im Haus auf. Violet sagt, du hast seine alten Modellutensilien noch immer im Keller offen rumliegen. Ganz nah bei der Wäsche.«

»Das ist lächerlich«, sagte ich, und Wärme stieg mir ins Gesicht. Ich stellte mir vor, wie sie Jet unbemerkt die Klinge gegeben hatte und dann weggegangen war. Mir wurde noch heißer.

»Wie gedankenlos bist du eigentlich, Blythe? Die Kinder hätten sich verletzen können.«

Sie schnaufte verärgert und legte auf. Sie war gemein geworden.

Früher hatte sie mich nur bemitleidet. Jetzt konnte sie mich nicht ausstehen.

Ich fluchte halblaut und hastete nach Hause. Sobald ich die Stiefel ausgezogen hatte, rannte ich nach oben in mein Schlafzimmer und riss die Schublade auf. Der Schal war da, aber die Klinge war weg.

79

Danach konnte ich wochenlang kaum schlafen. Und wenn doch, träumte ich von Sam. Seine Finger wurden einer nach dem anderen abgeschnitten, während er sich brüllend in meinen Armen wand. Ich weiß nicht, wer das Messer führte. Violet, vermute ich. Und dann spürte ich seine abgeschnittenen Finger auf meiner Zunge herumrollen, während ich darauf kaute und lutschte. Wie ein Mundvoll Jelly Beans. Wenn ich aufwachte, spuckte ich ins Waschbecken und rechnete fest damit, Blut zu sehen. So real fühlte es sich an.

Einen Monat später kam Violet erneut zu mir. Diesmal waren wir stiller, weniger nett zueinander. Die Kälte war wieder da. Sie wusste, dass Gemma mich angerufen hatte. Ich wusste, dass sie die Klinge genommen hatte, aber ich war unsicher, ob ich sie deswegen zur Rede stellen sollte. Ich wusste nicht, was ich tun sollte. Der Schlafmangel machte mir zu schaffen, und es war leichter, einfach nicht darüber nachzudenken.

Ich beschloss, die Sache auf sich beruhen zu lassen, bis sie mich eines Tages etwas fragte. Ich hatte die Badematte zum Bleichen unten in die Waschwanne gelegt. Sie zeigte auf das Giftsymbol auf der Flasche mit dem Bleichmittel und öffnete den Mund einen Moment lang, ehe sie die Frage aussprach: »Das heißt, wenn einer auch nur einen Schluck davon trinkt, könnte er sterben, oder?« Sie zögerte erneut. »Wieso hast du das, wenn es so gefährlich ist?«

»Warum fragst du das?«

Sie zuckte die Achseln. Sie wollte gar keine Antwort hören – sie ging aus dem Wäscheraum nach oben. Ich hörte, dass sie dich anrief und dich bat, sie früher abzuholen. Angst kroch mir den

Rücken hoch, die vertraute, lähmende Panik, die mir allmählich den Hals zuschnürte. Ich hatte sie früher schon erlebt. Ich hätte sie fast nicht überlebt.

Ich stellte die Flasche zurück in den Schrank, in dem ich auch die anderen Putzmittel aufbewahrte. Ich sah mir genau an, was da alles stand, und prägte es mir ein.

An dem Nachmittag klingelte ich Gemma mehrfach durch, während mir das Herz in der Brust hämmerte. Erst am Abend ging sie ran.

Ich erzählte ihr, was Violet über das giftige Bleichmittel gesagt hatte. Ich erzählte ihr von der Klinge, die aus meiner Schublade verschwunden war.

Ich sagte ihr, dass ich nur um sie und ihre Familie besorgt sei. Vor allem um Jet. Dass wir Violet anders sehen müssten. Dass sie eine Vergangenheit hatte. Dass ich fürchtete, es würde wieder etwas passieren – dass ich das ahnte. Ich legte den Kopf auf den Tisch, während ich darauf wartete, dass sie etwas erwiderte. Ich war es so satt, über Violet nachzudenken. Ich wollte nicht mehr, dass sie mein Problem war. Meine Angst.

Gemma schwieg eine Weile. Dann sagte sie ruhig:

»Sie hat Sam nicht gestoßen, Blythe. Ich weiß, dass du das glaubst. Aber das hast du dir eingeredet. Du hast etwas gesehen, was nie passiert ist. Sie hat das nicht getan.«

Sie legte auf. Ich hörte den Schlüssel im Schloss – er kam und würde über Nacht bleiben. Ich rief ihn in die Küche und zog mich aus. Wir fickten auf dem Tisch, und er drückte meine schlaffen Brüste hoch, die zu Tode gesaugt worden waren, als stellte er sich vor, wie sie mal gewesen waren.

80

Seit Jahren hatte ich mit dem Gedanken gespielt, zu der Kreuzung zurückzukehren. Der Gedanke kam mir oft, so beiläufig, wie die Idee, an einem langweiligen Sonntagnachmittag ins Kino zu gehen. *Tja, möglich wäre es. Ich könnte das heute machen.* Und dann putzte ich stattdessen doch lieber das Bad oder wusch die Küchenschränke aus.

Aber der Tag, den ich meine, war anders. Ich litt wieder unter Schlafstörungen und lief ziellos durchs Haus, war unfähig, viel mehr zu tun, als Dinge anzustarren: den Salzstreuer, der aufgefüllt werden musste, die Uhr am Backofen, die noch immer eine Stunde vorging, den Stapel Wurfsendungen neben der Recyclingtonne. Ich hatte monatelang Gemmas Stimme im Ohr gehabt, ein gedämpftes Echo, als hätte jemand meinen Kopf mit Alufolie umwickelt. Sie hatte mit mir geredet, als wüsste sie mehr als ich. Als wäre sie an dem Tag dabei gewesen, als er starb. *Woher weißt du, was passiert ist?*, hatte ich ins Telefon schreien wollen. *Woher willst du das wissen?*

Aber ich muss zugeben, mit der Zeit beschlichen mich Zweifel. Die Überzeugung, die ich jahrelang in mir getragen hatte, verlor irgendwie an Gewicht. Es fiel mir schwerer, den Tag klar vor meinem geistigen Auge zu sehen. Manchmal wachte ich morgens auf, und es war das Erste, was ich tat – mein Gedächtnis nach der Erinnerung durchforsten. War sie verblasst? War sie weiter entfernt als am Vortag?

Ich hätte zu Fuß gehen können – wir wohnten nicht weit entfernt. Aber das Auto zu nehmen gab mir das Gefühl, dass die Entfernung so groß war, wie ich es brauchte. Ich fuhr einige Umwege durch die Gegend und parkte dann einen Block von der

Stelle entfernt, wo es passiert war. Ich schloss die Augen und lehnte mich nach hinten gegen die Kopfstütze. Eine Weile blieb ich so sitzen.

Und dann ging ich los. Ich blickte unter meiner Kapuze hoch und sah das Schild von Joe's Coffeeshop. Die Buchstaben waren neu und glänzend schwarz statt verblichen und abgeplatzt wie früher. Ich hob eine Hand an die Brust, um festzustellen, ob ich meinen Herzschlag durch den Mantel spüren konnte. Jedes Pumpen des Blutes fühlte sich an wie ein Schluchzen.

Ich drehte mich um, zur Kreuzung hin.

Alles sah anders aus als in meiner Erinnerung. Aber wie sehr konnte sich eine Kreuzung von einer anderen unterscheiden? Der graue rissige und ausgeblichene Asphalt mit weichen Teerlinien wie Adern, gelb glänzende Farbe als Markierung des Fußgängerüberwegs, den vielleicht niemand benutzte. Die Ampeln schwankten im Wind, und ein Signal ertönte, als die Fußgängerampel auf Grün sprang und der Verkehr hinter mir heranrauschte.

Ich suchte den Straßenbelag nach irgendeiner Spur ab. Blut. Trümmer. Und dann erinnerte ich mich daran, dass Zeit etwas Reales war, dass 2442 lange, leere Tage vergangen waren. Ich wartete eine Lücke im Verkehr ab. Ich trat auf die Straße und ging an der Stelle in die Hocke, wo er gestorben war – knapp links von der Mitte der rechten Fahrspur, ein paar Meter vom Überweg entfernt. Ich strich mit der Hand über den Asphalt und drückte sie dann gegen meine kalte Wange.

Ich sah zum Straßenrand hinüber und stellte mir vor, wie der Buggy in den Verkehr rollte. Die tiefe Rille, an die ich mich so genau erinnerte, war nicht mehr da. Der Zementrand war glatt und ging nahtlos in die Straße über. Von dort, wo ich kauerte, konnte ich die Neigung erkennen, und sie war nicht so geringfügig, wie ich sie in Erinnerung hatte. Ich ging zum Bürgersteig hinüber und nahm einen Fettstift für die Lippen aus der Tasche. Ich legte ihn hin und beobachtete, wie er von meiner Schuhspitze wegrollte, zuerst langsam, dann immer schneller, bis er mitten auf der Straße zum Stillstand kam. Die Ampel sprang auf Grün, und der Fettstift hüpfte unter vorbeifahrenden Autos davon. Ein mittelalter Mann im Anzug verlangsamte seine Schritte, um mich neugierig zu beäugen. Ich schaute weg und richtete mich auf.

Mein Verstand spielte die Szene erneut ab. Der Weg aus dem Coffeeshop. Warten an der Ampel. Den Tee in meiner linken Hand. Den Griff des Buggys in meiner rechten. Seinen Kopf ein letztes Mal berühren. Das Gefühl von heißem Dampf, der mir ins Gesicht steigt. Violet neben mir. Der Ruck an meinem Arm. Mein verbrühtes Gesicht. Violets rosa Handschuhe auf dem schwarzen Griff. Sams Hinterkopf, der sich entfernt. Wie schnell? Hatte der Buggy eigenen Schwung? Konnte er so weit rollen, ohne angestoßen zu werden? Hatte sie den Griff berührt?

Ich sah die Szene auf jede erdenkliche Weise ablaufen, wieder und wieder, direkt dort vor mir. Es war möglich. Es hätte sein können.

Jemand stieß im Vorbeigehen gegen meinen Ellbogen, und dann noch jemand, und unversehens stand ich in einem Strom von Menschen, die Take-away-Behälter und Kaffeebecher in Händen hielten. Ich fühlte mich unsichtbar inmitten dieser Leute, die reale Leben führten und Jobs hatten und wichtige Termine und die von anderen Menschen erwartet wurden, die sie brauchten. *Fickt euch doch alle*, dachte ich und hätte sie am liebsten angeschrien. *Mein Sohn ist tot! Er ist genau hier gestorben! Und ihr lauft hier jeden Tag lang, als wäre es nichts!* Ich war wütend und erschöpft. Ich drehte mich um und starrte den Coffeeshop an.

Das war der letzte Ort, an dem ich Sam in die Augen gesehen hatte, als er noch lebte. Alles daran war jetzt anders. Durch das Schaufenster erkannte ich, dass der Holzboden gegen weiße Keramikfliesen im Fischgrätenmuster ausgetauscht worden war und dass die Wände, an denen früher eine karierte Tapete hing, jetzt mit Tafelfarbe gestrichen waren. Ich überlegte, wie das alte Mobiliar ausgesehen hatte, bevor die neuen hohen Edelstahltische kamen. Es war Mittagszeit, aber kaum Betrieb, dabei war der Laden immer gut besucht gewesen.

Ich ging hinein und stellte fest, dass die Türglocke, die Violet und Sam so geliebt hatten, verschwunden war. Joe war noch da, stand mit dem Rücken zu mir und hantierte an einer Espressomaschine herum.

Ich atmete tief durch. »Joe«, sagte ich, und er blickte langsam auf. Seine Schultern sanken herab. Er kam hinter der Theke hervor und streckte mir beide Hände entgegen, drückte meine.

»Ich hab immer gehofft, dass Sie noch mal herkommen.«

»Hier hat sich viel verändert«, sagte ich und schaute mich um.

Joe verdrehte die Augen. »Mein Sohn. Er hat den Laden übernommen – mein Rücken macht Probleme, und hier muss man doch viel herumstehen.« Wir lächelten einander an. »Wie geht es Ihnen?«

Ich sah durch das Fenster zur Kreuzung hinüber.

»Was haben Sie von dem Tag in Erinnerung?« Ich schluckte. Ich hatte nicht vorgehabt, hereinzukommen, hatte nicht vorgehabt, mit ihm zu reden.

»Ach, meine Liebe«, sagte er und legte seine Hand auf meine. Er folgte meinem Blick aus dem Fenster. »Ich erinnere mich nur, dass Sie außer sich waren. Sie standen unter Schock. Ihre Tochter hat Ihre Taille umklammert und wollte von Ihnen umarmt werden, aber Sie konnten sich nicht bücken. Sie konnten sich nicht bewegen.«

Das hatte Violet vorher nie gemacht – sie hatte sich nie an mich geklammert, nie bei mir Trost gesucht, wie andere Kinder das bei ihren Müttern taten. Quengelnd, bedürftig.

Wir setzten uns an einen Tisch am Fenster und guckten zu, wie die Ampeln umsprangen, die Autos vorbeifuhren. Der Himmel war weiß.

»Haben Sie gesehen, wie es passiert ist?«

Er verzog das Gesicht, schaute aber weiter auf die Straße. Er überlegte, was er sagen sollte. Ich wandte mich ab und sah aus dem Augenwinkel, dass er den Kopf schüttelte.

»Erinnern Sie sich, wie der Buggy auf die Straße gerollt ist?« Ich versuchte es erneut und schloss die Augen.

»Es war einer von diesen entsetzlichen Unfällen, die einfach passieren.«

Ich öffnete die Augen und blickte auf seine gefalteten Hände, die auf dem Tisch lagen. Er presste sie zusammen, als hätte ihn ein jäher Schmerz durchzuckt.

»Ich hab in den vergangenen Jahren oft an Sie gedacht, mich gefragt, wie Sie das überhaupt irgendwie bewältigen.« Seine Augen wurde glasig. »Ich hab Gott immer dafür gedankt, dass Sie Ihre kleine Tochter haben, für die sich das Weiterleben lohnt.«

Als ich nach Hause kam, schlug die Haustür durch den böigen Novemberwind jäh hinter mir zu und hätte mir fast die Finger eingeklemmt. Ich sank zu Boden und warf den Schlüsselbund gegen die Wand. Ich dachte an Sam, an sein Gesicht, das gerade anfing, den typischen Babyspeck zu verlieren, und erahnen ließ, wer er eines Tages sein würde, an den Geruch meiner Milch, der immer in seiner Halsbeuge war, an das letzte Ziehen an meiner Brustwarze in seinem Mund, wenn er fertig war. Daran, wie er im Dunkeln mein Gesicht suchte, während ich ihn stillte.

Ich schloss die Augen und versuchte, das Gewicht seines Körpers auf meinem Schoß zu spüren. Ich konnte dort hinkommen; ich konnte dort sein. Das Frühstücksfernsehen im Hintergrund, der Dampf vom Wasserkocher in der Küche. Das schwache Geräusch von Violets nackten Füßen oben. Das fließende Wasser im Waschbecken, während du dich vor der Arbeit rasiertest. Das Gefühl meiner ungewaschenen Haare. Das lauter werdende Schreien aus dem anderen Zimmer. Dieses Leben, banal und erstickend. Aber warm und geborgen. Es war meine ganze Welt. Ich hatte sie nicht festgehalten.

Vielleicht hatte ich auch ihn nicht festgehalten.

81

Ich hatte an dem Abend eine halbe Flasche Wein intus, ja. Aber ich wollte dich schon seit Tagen anrufen. Ich rollte mich auf der Couch zusammen, während er oben schlief. Auf deiner Seite des Betts. Ich wünschte, er wäre nicht geblieben. Es war fast Mitternacht.

Ich hatte verschiedene Versionen durchgespielt, was ich dir sagen könnte, aber keine fühlte sich richtig an. Ich wollte mich nicht für die Mutter entschuldigen, die ich ihr gewesen war – ich bereute es nicht. Ich wollte nicht sagen, dass ich mich getäuscht hatte – ich war mir nicht sicher. Du solltest bloß wissen, dass sich etwas in mir geändert hatte. Und dass ich unsere Tochter häufiger sehen wollte.

Gemma meldete sich auf deinem Handy, als ich das dritte Mal anrief. »Ist alles in Ordnung?«

Vielleicht, wollte ich antworten. Vielleicht ist endlich alles in Ordnung.

Doch stattdessen sagte ich, ich müsse dich sprechen. Du warst neben ihr im Bett, ich konnte das Rascheln der Bettwäsche hören, als du dich herumdrehtest, um das Telefon zu nehmen.

»Ich muss sie öfter sehen. Ich will mir mehr Mühe geben.«

Ich fragte dich nach dem Gemälde, das du aus unserem Schlafzimmer mitgenommen hattest, als du auszogst. Ich hatte nicht vorgehabt, dich danach zu fragen, hatte an dem Abend nicht mal daran gedacht. Aber plötzlich wollte ich es unbedingt haben. Ich stand auf und tigerte im Zimmer auf und ab, während du schwiegst, mich warten ließest. Ich stellte mir vor, dass es an einer weißen Wand in der Diele eures schönen neuen Hauses hing, dass Gemma den Goldrahmen sanft berührte, wenn sie vorbeiging, an ihren eigenen kleinen Sohn dachte und daran, wie er ihr Gesicht streichelte.

»Ich weiß nicht, wo es ist.«

82

In der Woche darauf holte ich Violet von der Schule ab. Sie saß allein auf den kalten Stufen wie ein Felsblock in einem Wasserfall, während Kinder um sie herum die Treppe hinuntersprangen.

»Wir können heute Nachmittag machen, was du möchtest«, sagte ich, als sie sich anschnallte. »Such dir was aus. Aber von jetzt an haben wir einen neuen Zeitplan. Jeden Mittwoch- und Donnerstagabend bei mir.«

Ich sah aus dem Augenwinkel, dass sie wie wild auf ihrem Handy herumtippte.

»Ich will nach Hause«, sagte sie schließlich und schaute aus dem Fenster.

»Wir fahren ja auch nach Hause, aber lass uns vorher irgendwas Schönes machen. Worauf hättest du Lust?«

»Nein, ich meine nach Hause. Zu Gemma. Und Dad.«

»Tja, du bist meine Tochter. Und ich bin deine Mutter. Also werden wir versuchen, uns auch so zu benehmen.«

Ich fuhr an eine Tankstelle und stellte den Motor ab. Ich wusste nicht, wohin ich mit ihr fahren sollte. Sie hatte sich zur Beifahrertür gedreht und textete eine Nachricht, und mir wurde klar, dass sie jetzt ein eigenes Handy besaß und mir niemand was davon gesagt hatte.

»Wem schreibst du da?«

»Mom und Dad.«

Ich verkniff mir eine Reaktion – ich wusste, dass sie nur darauf wartete.

Stattdessen tankte ich den Wagen voll und fuhr auf den Highway.

Zwei Stunden später kauften wir an dem ersten Drive-in nach der Ausfahrt etwas zu essen. Ich wusste nicht, dass sie jetzt Vegetarierin war – sie wollte nur Pommes haben. Sie fragte kein einziges Mal, wo wir hinfuhren, während der ganzen zwei Stunden nicht. Stattdessen stützte sie ihren Arm ans Fenster und zog sich langsam Haarsträhnen durch die Finger, straffte sie und strich mit der anderen Hand wie mit einem Geigenbogen über die seidigen Bahnen. Als Kind hatte ich genau dasselbe gemacht.

Mein Herz fühlte sich weich an, als ich in die Parkplatzeinfahrt bog und ein Ticket am Automaten zog. Ich war sehr lange nicht mehr dort gewesen. Ich stieg aus dem Wagen und wartete in der Kälte darauf, dass sie das Gleiche tat, aber sie rührte sich nicht. Ich öffnete die Beifahrertür und legte meine Hand auf ihre Schulter.

»Wir sind hier, weil ich dir jemanden vorstellen möchte.«

Sie sagte nichts, als wir uns am Empfang anmeldeten. Ich zeigte meinen Ausweis und klemmte die Besucherschildchen an unsere Mäntel. Sie folgte mir schweigend zum Aufzug und dann im dritten Stock den Flur entlang. Die Luft war abgestanden und, bis auf den gelegentlichen leichten Uringeruch, aseptisch. Es machte mich fertig, sie einzuatmen. Ich klopfte leise an die Tür zu ihrem Zimmer.

»Herein.«

Sie saß in einem Sessel mit einem orangefarbenen Überzug, die Beine gekreuzt, ein leeres Kreuzworträtsel auf dem Schoß. Es war kein Licht eingeschaltet, und auf dem Stift in ihrer Hand steckte die Kappe. Eine locker gestrickte Decke hing um ihre Schultern. Sie öffnete den Mund, um zu sprechen, seufzte aber nur. Sie hatte vergessen, was sie sagen wollte. Und dann:

»Da bist du ja! Ich hab auf dich gewartet!«

Violet sah zu, wie ich sie behutsam umarmte. Ich machte die Lampe hinter ihr an, und sie schielte zu der Glühbirne hoch, vom Licht überrascht. Ich bedeutete Violet, sich auf das Bett zu setzen.

»Ich freu mich so, dich zu sehen.« Sie streckte die Hand nach mir aus, und ich strich mit dem Daumen über ihre Haut, so dünn wie Reispapier. Ihre Adern bewegten sich unter meinen Lippen, als ich ihre Hand küsste. Sie roch nach Vaseline.

»Du siehst heute richtig schön aus.« Sie klang so aufrichtig, dass ich mich plötzlich wirklich schön fühlte. Ich dankte ihr. Ihre Lippen waren trocken, und ich nahm das Wasserglas von ihrem Nachttisch und reichte es ihr. »Nein, danke, Liebes. Trink du nur. Du bist doch immer so durstig. Das warst du schon als kleines Mädchen.«

Violet sah mich an, und ihr zuckender Mund verriet mir, dass sie verunsichert war. Sie fühlte sich unwohl in diesem seltsamen Gebäude mit dem seltsamen Geruch und dieser Frau, die sie noch nie gesehen hatte. Sie rutschte auf dem Bett hin und her und schaute zur Tür.

»Ich möchte dir jemanden vorstellen. Das ist Violet, meine Tochter.« Violet blickte kurz zu der fremden Frau im Sessel und murmelte ein Hallo.

»Oh. Sie ist hübsch.«

»Ja, das ist sie.«

»Weißt du, wie ich hierhergekommen bin?«, fragte sie mich. Ihr Gesicht wirkte beunruhigt.

Ich nahm ihre Hand und nickte. »Du bist mit dem Auto gebracht worden. Du hast nicht weit von hier gewohnt, in einem Haus am Downington Crescent. Weißt du noch?«

»Hab ich vergessen.«

Eine Pflegerin kam mit einem abgedeckten Tablett herein und stellte es auf einen kleinen Rolltisch. »Abendessen!«

»Leda, ich möchte dir meine Tochter vorstellen.« Sie zog an meinen Händen und strahlte die Pflegerin an. »Ist sie nicht schön?«

Violet sah mich zum ersten Mal an. Sie stand auf und ging zur Tür, die Hände um die Ellbogen gelegt. Ihr Kinn senkte sich, und ich fragte mich, ob sie vielleicht weinen musste. Die Pflegerin lächelte mich an und schlug dann die Bettdecke zurück, schüttelte das dünne Kissen auf. Sie gab zwei Kapseln in einen Schaumstoffbecher auf dem Nachttisch, bevor sie die Abdeckung von dem Tablett hob. Der scheußliche Geruch von warmem Dosengemüse erfüllte den Raum. Violet drehte sich von uns weg.

»Oh. Ich muss jetzt essen und mich bettfertig machen.« Sie stand langsam aus dem Sessel auf und versuchte, die Decke zusammenzufalten, die um ihre Schultern gelegen hatte. Sie ging ins Bad und schloss die Tür. Ich richtete ihr Besteck und packte ihr Kreuzworträtselheft auf die Kommode. Violet beobachtete mich wortlos. Die Toilettenspülung ging, und dann sahen wir zu, wie sie sich im Sessel niederließ.

»Wir gehen dann mal.« Ich beugte mich vor und gab ihr einen Kuss auf die Wange. »Ich komm über die Feiertage wieder. Hast du Daniel oder Thomas gesehen? Waren die in letzter Zeit mal hier?«

»Wer ist das?«

»Deine Söhne.« Ich hatte schon längst den Kontakt zu ihnen verloren.

»Ich hab keine Söhne. Ich hab nur dich.«

Ich küsste sie noch einmal, während sie ratlos auf Messer und Gabel starrte, nicht wusste, was sie damit machen sollte. Ich drückte ihr die Gabel in die Hand und half ihr, eine grüne Bohne aufzuspießen. Sie nickte und schob sich die Bohne dann an den Mund.

Wir stiegen ins Auto, und ich ließ den Motor einen Moment lang laufen. Ich rechnete damit, dass Violet ihr Handy nahm und anfing zu tippen. Sie tat es nicht. Stattdessen blickte sie unverwandt geradeaus, während wir unter einem dunklen Himmel zurück zum Highway fuhren. Ich fragte mich, ob sie eingeschlafen war. Auf halbem Weg nach Hause sprach sie mich endlich an.

»Wer war die Frau? Das war nicht deine Mutter. Sie war schwarz.« Ihr Ton war bissig. Als hätte ich versucht, sie zum Narren zu halten. Als hätte ich sie für dumm verkaufen wollen.

»Sie war am ehesten wie eine Mutter für mich.«

»Warum suchst du nicht deine richtige Mutter?«

»Weil ich Angst davor habe zu erfahren, was aus ihr geworden ist.«

Ich wandte den Blick von der Straße, betrachtete ihr schattenhaftes Profil. Trauer schnürte mir den Hals zu. Seit fast vierzehn Jahren hatte ich zwischen uns etwas finden wollen, das nicht da war. Sie war aus mir gekommen. Ich hatte sie gemacht. Dieses schöne Wesen neben mir war mein Geschöpf, und es gab eine Zeit, in der ich sie gewollt hatte, eine Zeit, in der ich geglaubt hatte, sie würde mein Ein und Alles sein. Sie sah jetzt aus wie eine Frau. In ihren Augen reifte eine weibliche Klugheit heran, und sie würde sich bald ohne mich entfalten. Bald würde sie sich für ein Leben entscheiden, das mich nicht mit einschloss. Sie würde mich zurücklassen.

1975

Cecilia wusste schon in jungen Jahren, dass sie nicht dafür bestimmt war, Mutter zu sein. Sie spürte das instinktiv, als sie vom Mädchen zur Frau wurde. Wenn sie ein Kind an der Hand seiner Mutter sah, wie es lustlos dahintrottete, schaute sie woanders hin. Das war eine körperliche Reaktion bei ihr, wie das Zurückschrecken, wenn das Wasser zu heiß aus dem Hahn kam. Sie war überzeugt, nicht das zu haben, was andere Frauen hatten – sie war nicht fürsorglich und konnte auch an einem molligen kleinen Oberschenkel nichts Niedliches finden. Und sie wollte sich ganz sicher nicht in einem anderen Lebewesen gespiegelt sehen.

Seit sie zwölf war, hatte sie jeden Monat ihre Periode bekommen, wie eine treue Freundin, die ihr ins Bewusstsein rief: Du blutest. Du stößt Schleimhaut ab. Du brauchst kein Baby in dir. Lass dir von der Welt nicht sagen, was du zu tun hast.

Sie hatte Träume und Freiheit. Und dann gab sie das alles auf.

Wenn das Baby sich in ihr bewegte, dachte Cecilia manchmal, ihre Gefühle würden sich verändern. Einmal stand sie nackt vor dem Spiegel und sah zu, wie die Ausbuchtung des Babyfußes oben über ihren Bauch glitt, wie der Bogen der Mondsichel. Sie lachte laut auf, und das Baby bewegte sich noch mehr. Also lachte sie noch mehr. Sie teilten einen Moment der Freude, sie beide.

Sie betäubten sie für die Geburt. Das Baby wollte nicht rauskommen, also schnitten sie Cecilia auf und benutzten eine Geburtszange, die den Kopf des Babys dreieckig aussehen ließ. Als Cecilia zu sich kam, war das Baby schon in Flanell gewickelt und irgendwo bei den anderen Neugeborenen.

»Sie haben ein Mädchen bekommen«, sagte die Krankenschwester zu ihr, als meinte sie, dass Cecilia genau das hören wollte.

Seb rollte sie zu dem Sichtfenster und klopfte an die Scheibe, um die Säuglingsschwester auf sie aufmerksam zu machen.

»Das da ist sie.« Cecilia zeigte genau auf das Baby in der dritten Reihe, das vierte von links.

»Woher weißt du das?«

»Ich weiß es einfach.«

Die Schwester nahm das Baby und hielt es hoch, damit sie es sehen konnten. Die Kleine war großäugig und still. Cecilia dachte, dass sie genauso aussah wie ihre alte Puppe Beth-Anne.

Die Schwester signalisierte durch die Scheibe, ob sie stillen wolle. Cecilia sah zu Seb hoch und fragte, ob sie stattdessen nach draußen gehen könnten. Er schob sie aus dem Haupteingang des Krankenhauses. Sie trug Nachthemd und Pantoffeln, der Infusionsständer ratterte neben ihr über den Zement. Seb gab Cecilia ihre Zigaretten, und sie starrte auf den Parkplatz, während sie rauchte.

»Wir könnten jetzt ins Auto steigen und wegfahren. Nur wir zwei.« Cecilia drückte die Zigarette auf ihrem Knie aus.

Seb grinste und schüttelte den Kopf. »Deine Schmerzmittel scheinen ja gut zu wirken.« Er drehte sie herum und schob sie zurück ins Gebäude. »Nun komm. Wir müssen uns einen Namen überlegen.«

Als sie das Baby nach Hause brachten, legten sie es in eine Wiege auf dem Küchentisch im Haus seiner Eltern. Cecilias Milch schoss nicht ein. Von der Säuglingsnahrung wurde die Kleine schnell dick, und Cecilia fand, dass sie aussah wie Etta. Anders als die meisten Babys weinte sie kaum, nicht mal nachts. Seb sagte fast jeden Tag zu Cecilia: »Sind wir nicht Glückspilze?«

83

Ihre Bürste hatte sich in meinem langen nassen Haar verfangen. Meine Mutter saß auf dem Toilettendeckel und löste Strähne um Strähne aus den Borsten. Ich sagte ihr, sie könne sie einfach rausschneiden – ich war elf Jahre alt und noch nicht um mein Aussehen besorgt. Aber sie beharrte darauf, dass mir meine kurz geschnittenen Haare nicht gefallen würden. Ich wunderte mich darüber, dass ihr ausgerechnet das so wichtig war, aber ansonsten fast nichts. Ich schwieg, während sie an meinem Kopf zerrte. Im Hintergrund lief das Radio, alle paar Sekunden unterbrochen von statischem Rauschen. Ich starrte die verblassten Regenbögen auf meinem Nachthemd an.

»Deine Großmutter hatte kurze Haare.«

»Siehst du so aus wie sie?«

»Eigentlich nicht. Wir waren uns in mancher Hinsicht ähnlich, aber nicht vom Aussehen her.«

»Werde ich mal so sein wie du, wenn ich groß bin?«

Sie hörte kurz auf, an meinen Haaren zu ziehen. Ich griff nach oben, um die Bürste zu betasten, aber sie stieß meine Hand weg.

»Keine Ahnung. Ich hoffe nicht.«

»Ich will auch mal eine Mom sein, irgendwann.« Wieder verharrte meine Mutter und schwieg. Sie legte eine Hand auf meine Schulter und ließ sie dort. Ich drückte den Rücken durch – die Sanftheit ihrer Berührung fühlte sich fremd an.

»Das musst du aber nicht. Du musst keine Mutter werden.«

»Wärst du lieber keine Mutter?«

»Manchmal wäre ich gern ein anderer Mensch.«

»Wer wärst du denn gern?«

»Ach, ich weiß nicht.« Sie begann erneut, an dem Haarwust

zu zupfen. Das Radio rauschte, aber sie mochte das Knistern. »Als ich jung war, hab ich davon geträumt, Dichterin zu werden.«

»Warum bist du keine geworden?«

»Ich war nicht gut genug.« Und dann schob sie nach: »Ich hab kein Wort mehr geschrieben, seit ich dich geboren habe.«

Das verstand ich nicht – dass meine Existenz in der Welt ihr die Worte genommen haben konnte. »Du könntest es doch wieder versuchen?«

Sie lachte leise. »Nein. Ich hab das nicht mehr in mir.«

Sie stockte, meine Haare noch immer in ihrer Hand. Ich lehnte mich nach hinten gegen ihre Knie. »Weißt du, es gibt vieles an uns, das wir nicht ändern können – weil wir einfach so geboren sind. Aber manches an uns wird durch das geprägt, was wir sehen. Und wie wir von anderen behandelt werden. Welche Gefühle uns das vermittelt.« Endlich hatte sie die Bürste befreit und strich sie über eine Faustvoll von meinem Haar, bis es glatt war. Ich zog den Kopf ein. Dann reichte sie mir die Bürste über die Schulter, und ich richtete meine knochigen Beine gerade aus, um aufzustehen.

»Blythe?«

»Ja?« Ich drehte mich in der Tür zu ihr um.

»Ich will nicht, dass du lernst, so wie ich zu sein. Aber ich weiß nicht, wie ich dir irgendwas anderes beibringen soll.«

Sie verließ uns am nächsten Tag.

84

An dem Morgen nach unserem Besuch bei Mrs Ellington hörte ich, dass Violet Gemma vom Bad aus anrief, während sie Wasser laufen ließ, um ihre Stimme zu übertönen. Ich blieb nicht draußen stehen, um zu lauschen – ich ging in die Küche und machte Frühstück für sie. Ich setzte mich mit einer Tasse Kaffee ihr gegenüber und sah ihr beim Essen zu.

»Was ist?« Sie hielt gereizt ihren Löffel hoch, und Milch tropfte auf den Tisch. Seit der Rückfahrt hatte sie nicht mehr mit mir geredet. Mir fiel ein dünner BH-Träger an ihrer Schulter auf, der aus dem weiten Halsausschnitt ihres Sweaters lugte.

»Ich bin froh, dass du Gemma in deinem Leben hast. Ich bin mit dir zu Mrs Ellington gefahren, damit du siehst, dass ich das nachvollziehen kann. Ich möchte, dass du dich von jemandem geliebt fühlst, dem du vertraust. Von jemandem, an den du dich wenden kannst. Und diese Person muss nicht ich sein, wenn du das nicht möchtest.«

Sie ließ den Löffel in die Müslischüssel fallen und stieß ihren Stuhl so heftig vom Tisch ab, dass das Geschirr klapperte. Mein Kaffee schwappte über. Ich hielt sie fest, als die Haustür schon fast hinter ihr zufiel.

»Warte. Du hast deinen Mantel vergessen. Ich fahr dich«, sagte ich und versuchte, sie herumzudrehen. Mit so einer Reaktion von ihr hatte ich nicht gerechnet – ich dachte, ich hätte ein Friedensangebot gemacht, gegenseitiges Verständnis angeboten: Ich war nicht diejenige, die sie wollte, und ich hatte das akzeptiert.

»Klar bist du froh, mich an sie abzuschieben. Mich, den größten Fehler deines Lebens, was?«

»Du weißt, dass das nicht wahr ist.«

»Du lügst. Du hasst mich.« Sie versuchte, ihren Arm loszureißen, aber ich hielt sie fest umklammert. Ich dachte an Sam. An seinen zerquetschten Körper in dem Buggy. Daran, was passiert oder nicht passiert war. An den Schmerz. Daran, wie sehr ich mein Baby vermisste. Wie sehr ich meine Mutter vermisst hatte. An die Schuldgefühle und die Angst und die Zweifel, die mich jahrelang gequält hatten. Ich zog sie näher, verdrehte ihr dabei den Arm mehr als nötig. Adrenalin schoss von unten in mir hoch, und ich zerrte noch einmal fest an ihr, bis sie ganz nah an meinem Gesicht war. Nie zuvor hatte ich die körperliche Lust empfunden, ihr so wehzutun. Das schwöre ich dir.

Dann registrierte ich die Genugtuung in ihrem Gesichtsausdruck. Ihre Mundwinkel hoben sich langsam, trotz des Schmerzes. *Na los. Tu mir weiter weh. So, dass man's später noch sieht.* Ich ließ sie los. Und sie rannte weg.

Sie wartete nicht vor dem Eingang, als ich sie nach der Schule abholen wollte. Ich blieb eine Weile im Auto sitzen und ging dann ins Sekretariat, um mich zu erkundigen, wo sie war. Man sagte mir, dass sie früher nach Hause gegangen war, weil sie sich schlecht fühlte. Dass du sie abgeholt hattest.

Ich schickte dir eine Nachricht. *Ich dachte, wir hätten uns auf einen Zeitplan geeinigt.*

Du schriebst zurück: *Ich glaube, das wird nicht funktionieren.*

Am selben Abend klopfte es leise an meine Haustür, so leise, dass ich beinahe nicht aus dem Bett aufgestanden wäre, um nachzusehen. Ich streifte meinen Morgenrock über und ging langsam im Dunkeln die Treppe hinunter. Ich öffnete die Tür. Es stand niemand davor, aber ich sah ein großes, in Blisterfolie eingepacktes Paket, an dem ein Zettel klebte. Ich öffnete es auf dem kalten Boden. Das Gemälde. Sams Gemälde. Der Zettel war von Gemma.

Das Bild steht Dir zu. Fox hatte es Violet geschenkt, und seitdem hing es in ihrem Zimmer, aber heute Nachmittag hat sie es abgenommen. Der Rahmen ist gebrochen. Und sie hat die Leinwand durchlöchert. Das tut mir leid.

Ich wusste nicht, wie viel das Bild Dir bedeutet.

Bitte lass ihr Raum.

Ich hoffe, Du verstehst das.

Frohe Weihnachten

Gemma

Du warst noch nicht ganz wieder bei deinem Auto. Ich hätte deine Silhouette überall erkannt, die Rundung deiner Schultern, die Bewegung deiner Ellbogen beim Gehen. Ich rief spontan deinen Namen. Du drehtest dich um. Und da waren wir, starrten einander an. Fremde, Vertraute. Ich rechnete damit, dass du weiter zu deinem Auto gehen würdest. Doch stattdessen kamst du zurück. Auf die Veranda, die du instand gesetzt hattest, zu dem Haus, das du geliebt hattest. Das auf dem Papier noch immer unser beider Zuhause war. Du sahst an mir vorbei und nach oben, wo die Türverkleidung gesplittert war und ein spitzes Holzstück herausragte.

»Das solltest du reparieren lassen.«

»Danke. Dass du es mir zurückgebracht hast.« Ich deutete hinter mich auf das Bild, das halb ausgepackt am Türrahmen lehnte.

»Bedank dich bei Gemma.«

Ich nickte.

»Du musst aufhören, meine Frau anzurufen. Du musst endlich dein eigenes Leben leben. Das weißt du selbst, oder? Zum Wohle aller Beteiligten.«

Ich wusste es. Aber ich wollte es nicht von dir hören.

Du wandtest dich von mir ab, und ich dachte, du würdest gehen. Ich starrte dein Profil an, versuchte zu bestimmen, was ich inzwischen für dich empfand. Es war so lange her, dass wir einander nah gewesen waren. Du kamst mir nicht real vor, sondern wie eine Figur in einem Leben, das nie meins gewesen war. Ich wollte die Hand an dein Kinn heben, dich berühren, feststellen, wie du dich anfühltest, jetzt, wo du jemand anderen liebtest, jetzt, wo du Vater eines Kindes warst, das nicht unseres war.

»Was ist?«, fragtest du, als du meinen Blick auf dir spürtest.

Ich schüttelte den Kopf. Wir sahen einander kopfschüttelnd an. Und dann schlossest du die Augen und lachtest leise.

»Weißt du, auf der Fahrt hierher hab ich mich an was erinnert.« Du setztest dich auf die oberste Stufe und sprachst Richtung Straße. Ich setzte mich neben dich und zog den Morgenmantel fester um mich. »Ich hab dir das nie erzählt.« Du lachtest wieder, und deine Schultern sanken herab. Ich hatte keine Ahnung, worauf du hinauswolltest.

»Weißt du noch, damals, kurz nach Sams Geburt, als all deine schönen Sachen aus dem Schrank verschwunden waren? Und wir sie nirgends finden konnten?«

»Das war dieser komische Reinigungsservice, den du beauftragt hattest, weil er so billig war«, sagte ich spöttisch. Ich erinnerte mich. Ich dachte damals, ich würde verrückt. All meine guten Blusen und Pullover waren einfach weg. Noch Monate nach Sams Geburt hatte ich nur weite Schlabberklamotten getragen, deshalb konnte ich nicht mit Sicherheit sagen, wann es passiert war, aber das Verschwinden der Sachen war mir ein Rätsel. Wir hatten eine neue Putzkraft ausprobiert, und das war die einzige Erklärung, die mir einfiel. Damals war ich zu müde und beschäftigt, um mir groß Gedanken darüber zu machen. Du beruhigtest mich und sagtest, wir würden einfach neue Sachen kaufen.

Du senktest den Kopf und lachtest richtig los. »Tja, also, eines Tages« – du massiertest deinen Nasenrücken mit Daumen und Zeigefinger, und deine Schultern bebten –, »eines Tages hattest du mich gebeten, für dich einen Pullover aus dem Schrank zu holen, und –« Du konntest nicht weiterreden. Dir kamen die Tränen. Seit Jahren hatte ich niemanden so lachen sehen.

»Was denn? Nun erzähl schon, spann mich nicht auf die Folter.«

»Ich hab deinen Schrank aufgemacht, und alles war … es war alles zerschnitten.« Du bekamst die Worte kaum heraus. Tränen liefen dir übers Gesicht. Du schütteltest den Kopf und holtest keuchend Luft. »Die Ärmel waren alle abgetrennt, und in die Blusen waren Löcher geschnitten worden. Ich ging die Sachen durch und dachte: *Was zum Teufel?*« Du wischtest dir mit dem Handrücken übers Gesicht. »Und dann sah ich nach unten, und da hockte Violet. Sie hatte sich unter deinen Kleidern versteckt und hielt ein Schneidemesser von meinem Schreibtisch in der Hand. Sie war das gewesen. Sie hatte sich ausgetobt wie Edward mit den Scherenhänden. Also hab ich die Sachen weggeworfen und dir nie was davon erzählt.«

Mir klappte der Unterkiefer herunter. Meine Kleidung. Sie hatte meine Garderobe massakriert. Während ich unten auf der Couch saß und das Baby stillte, hatte sie oben alle guten Sachen aufgeschlitzt, die ich besaß. Und du hattest sie gedeckt.

»Das ist doch krank.« Mehr fiel mir dazu nicht ein. Du sahst mich an und prustetest erneut los. Du warst idiotisch. Ich schüttelte den Kopf und nannte dich halblaut einen Blödmann. Du hättest das nicht lustig finden sollen.

Aber dann musste ich grinsen. Ich konnte nicht anders. Auch ich fing an zu lachen. Du hattest noch immer diesen Einfluss auf mich, diese Art, mich dazu zu bringen, wie du sein zu wollen. Wir heulten förmlich vor Lachen wie zwei alte Hunde in der Nacht. Über diesen bizarren Vorfall und deine lächerliche Reaktion, ihn vor mir zu verheimlichen. Über die Tatsache, dass wir nach allem hier sein konnten, in der Nacht, auf der kalten Veranda, zusammen.

»Du hättest es mir sagen sollen.« Ich wischte mir mit einem Ärmel die Nase ab, und das Gelächter ebbte ab.

»Ich weiß.« Du warst wieder ruhig geworden, und in deinem Gesicht veränderte sich etwas. Du sahst mir zum ersten Mal seit Jahren in die Augen. Wir saßen da, spürten die Schwere von allem, das wir nicht aussprachen. Ich musste wegschauen. Ich schloss meine bleiernen Lider und dachte an unseren Sohn.

Unseren wunderbaren Sohn. Ich dachte an Elijah, den Jungen vom Spielplatz. Ich dachte an die Kinder, die sie schikaniert hatte. An die Nächte, in denen sie Sam im Dunkeln angestarrt hatte, während er schlief. An unsere Trennung. An die Klingen. An die Löwenmutter, die sie auf der Heimfahrt vom Zoo aus dem Auto geworfen hatte. An die Geheimnisse meiner Mutter und an ihre Scham. An meine Erwartungen. An meine lähmenden Ängste. An Dinge, die normal waren, an die Dinge, die ich hineininterpretierte. Was ich gesehen hatte. Was ich nicht gesehen hatte. Was du wusstest.

Du räuspertest dich und standst auf.

»Sie war nicht immer einfach. Aber sie hätte mehr von dir verdient gehabt.« Du blicktest die Straße hinunter zu deinem Auto und zogst den Reißverschluss deiner Jacke hoch. Mit den Händen in den Taschen machtest du einen Schritt die Stufen hinunter, von mir weg. »Und du hättest mehr von mir verdient gehabt.«

Als ich ins Haus kam, hatte ich eine Nachricht auf dem Anrufbeantworter. Es war eine ältere Frau, die ihren Namen nicht nannte. Ihre Stimme klang rasselnd, und im Hintergrund war ein Widerhall. Sie hatte angerufen, um mir mitzuteilen, dass meine Mutter an dem Tag gestorben war. Sie sagte nicht, wo oder woran. Sie stockte und hielt kurz die Sprechmuschel zu, vielleicht, weil jemand sie unterbrach. Und dann hinterließ sie ihre Telefonnummer. Die letzten beiden Zahlen wurden vom Piepton abgeschnitten. Sie hatte zu lange geredet.

85

Als sie am Weihnachtsabend im Wohnzimmerfenster deines Hauses steht und nach den Vorhängen greift, steige ich aus dem Auto, den Papierstapel in den Händen. Ich verharre mitten auf der Straße im fallenden Schnee, der von der gelben Straßenlampe angestrahlt wird, und ich sehe sie an.

Ich möchte ihr erklären, dass es mir leidtut.

Violet lässt die Arme sinken. Und dann hebt sie das Kinn, und unsere Blicke finden sich. Ich meine, etwas Sanftes zu sehen, das ihre Wangen entspannt. Ich denke, sie wird womöglich eine Hand an die Scheibe legen, als würde sie mich brauchen. Ihre Mutter. Ich frage mich für einen flüchtigen Moment, ob wir uns versöhnen können.

Sie formt etwas mit den Lippen, aber ich kann es nicht lesen. Ich gehe näher ans Fenster und zucke mit den Schultern, schüttle den Kopf – *Sag es noch mal*, bitte ich sie. *Sag es noch mal.* Sie formt die Worte erneut, nun langsamer. Dann schnellt sie nach vorne. Ihre Hände pressen gegen die Scheibe, als wollte sie das Glas durchstoßen. Ich kann sehen, wie sich ihre Brust hebt und senkt.

Ich hab ihn gestoßen. Ich hab ihn gestoßen.

Das sind die Worte, die ich zu hören glaube.

»Sag das noch mal!« Diesmal schreie ich. Ich bin verzweifelt. Aber sie sagt es nicht noch einmal. Sie bemerkt den Papierstapel in meinen Armen. Auch ich blicke darauf hinab. Wir sehen uns wieder an, und ich kann keine Sanftheit mehr in ihrem Gesicht entdecken.

Dein Schatten taucht hinten im Raum auf, und sie geht weg vom Fenster, weg von mir. Sie gehört zu dir. Das Licht in deinem Haus erlischt.

Anderthalb Jahre später

Viele Jahreszeiten sind vergangen, seit sie gemerkt hat, wie gut sich der warme Hauch der frühen Juniluft in ihrer Lunge anfühlt. Sie bleibt vor ihrem Haus stehen und atmet erneut ein, bis tief hinunter in ihren weichen Bauch, so wie sie das nach jeder Sitzung mit ihrer Therapeutin übt. Sie stößt die Luft aus, zählt eins, zwei, drei, und holt dann ihren Schlüssel aus der Tasche.

Samstagnachmittage unterscheiden sich nicht sonderlich von anderen Wochentagen. Sie entfernt die grünen Blättchen von einem halben Pfund Erdbeeren, die sie dann in Hälften schneidet und als Mittagsimbiss isst, langsam, an ihrem Küchentisch. Danach wird sie mit einem kleinen Glas Wasser nach oben gehen, in das Zimmer, das einst das ihres Sohnes war. Sie wird die Beine kreuzen und sich dann auf das Meditationskissen sinken lassen, das genau vor dem Fenster liegt. Sie wird den Rücken strecken, und dann wird sie die nächsten fünfundvierzig Minuten dort im Nachmittagslicht sitzen, und sie wird an nichts denken. Nicht an ihn. Nicht an sie. Nicht an die Fehler, die sie als Mutter gemacht hat. Nicht an den Schaden, den sie angerichtet hat, und die Schuld, die sie deswegen trägt. Nicht an ihre unerträgliche Einsamkeit.

Nein, sie wird an nichts davon denken. Sie hat hart daran gearbeitet, das alles hinter sich zu lassen.

Ich bin in der Lage, meine Fehler zu überwinden.

Ich bin fähig, von dem Schmerz und den Verletzungen, die ich verursacht habe, zu gesunden.

Sie wird diese positiven Formeln laut aussprechen, und sie wird die Hände an die Brust heben, und dann wird sie die Hände ausschütteln, sie wird alles loslassen.

Am Abend klappt sie ihren Laptop zu und macht sich einen Salat. Sie legt sogar Musik auf, gönnt sich genau drei Songs – einige ihrer Freuden sind noch genau begrenzt. Aber heute wird sie ihre Schultern ganz leicht zum Rhythmus bewegen, sie wird mit dem Fuß wippen. Sie bemüht sich, und allmählich fällt ihr das leichter.

Nach dem Essen schaltet sie wie jeden Abend das Licht über der Haustür ein. Sie tut das nur für den Fall, dass ihre Tochter sich endlich entscheidet, sie zu besuchen.

Oben singt sie eine Liedzeile, die sie in der Küche gehört hat. Sie zieht sich aus. Die Wanne füllt sich mit warmem Wasser, und der Spiegel beschlägt. Sie beugt sich über das Waschbecken und wischt ihn frei, will ihr ungeschminktes Gesicht betrachten, leicht auf die schlaffe Haut unter den Augen klopfen, doch dann klingelt ihr Handy.

Sie erschrickt und drückt sich ein Handtuch an die Brust, als wäre ein Eindringling im Nebenraum. Das Telefon leuchtet am Fußende des Bettes. *Meine Tochter*, denkt sie. *Das könnte meine Tochter sein*, und sie gibt sich für einen Moment dieser Hoffnung hin.

Sie wischt mit dem Finger über das Display und hebt das Handy ans Ohr.

Die Frau ist hysterisch. Die Frau sucht verzweifelt nach Worten, die sie, wie es scheint, nie finden wird. Sie geht ans andere Ende ihres Schlafzimmers und dann in eine Ecke, als suchte sie eine Stelle, wo der Empfang besser ist, als könnte das der Frau helfen zu sprechen. Sie sagt irgendwas Beruhigendes ins Telefon, und in dem Moment begreift sie, wen sie da tröstet. Sie schließt die Augen. Es ist Gemma.

»Blythe«, flüstert Gemma schließlich. »Jet ist was zugestoßen.«

Danksagung

Ich danke Madeleine Milburn. Sie ist eine hervorragende Agentin und ein außergewöhnlicher Mensch, leidenschaftlich, fantasievoll, warmherzig und besonnen. Sie hat mein Leben verändert.

Ich danke dem großartigen Team bei Madeleine Milburn Literary, TV & Film Agency, besonders Anna Hogarty, Georgia McVeigh, Giles Milburn, Sophie Pélissier, Georgina Simmonds, Liane-Louise Smith, Hayley Steed und Rachel Yeoh für alles, was sie tun.

Ich danke Pamela Dorman dafür, dass sie an diesen Roman und an mich geglaubt hat. Es war eine Ehre und ein Vergnügen, von ihr zu lernen, und ich schätze mich sehr glücklich, zum Kreis ihrer Autorinnen und Autoren zu zählen. Ich danke auch Brian Tart und dem Team bei Viking Penguin, das meinen Roman zu meiner großen Freude betreut: Bel Banta, Jane Cavolina, Tricia Conley, Andy Dudley, Tess Espinoza, Matt Giarratano, Rebecca Marsh, Randee Marullo, Nick Michal, Marie Michels, Lauren Monaco, Jeramie Orton, Lindsay Prevette, Andrea Schulz, Roseanne Serra, Kate Stark, Mary Stone und Claire Vaccaro.

Ich danke Maxine Hitchcock, Oscars zweiter Mom, für ihre Zuversicht, ihre behutsame Hilfe dabei, diesen Roman zu verbessern, für die Freude, die sie dabei verströmte. Ich danke Louise Moore und den wundervollen Menschen bei Michael Joseph für ihre Unterstützung gleich von Anfang an: Clare Bowren, Claire Bush, Zana Chaka, Anna Curvis, Christina Ellicott, Rebecca Hilsdon, Rebecca Jones, Nick Lowndes, Laura Nicol, Clare Parker, Vicky Photiou und Lauren Wakefield.

Ich danke Nicole Winstanley für ihre überaus wichtigen Ratschläge als Verlegerin und als Mutter und für das wohlwollende

Vertrauen, das sie mir entgegenbrachte. Dass sie an dieses Buch geglaubt hat, bedeutet mir unendlich viel. Ich danke Kristin Cochrane und dem fantastischen Team bei Penguin Canada und Penguin Random House Canada, die sich so für dieses Buch eingesetzt haben und die für mich, eine ehemalige Verlagsmitarbeiterin, einen Traum in Erfüllung gehen ließen. Mein besonderer Dank geht an: Beth Cockeram, Anthony de Ridder, Dan French, Charidy Johnston, Bonnie Maitland, Meredith Pal und David Ross.

Ich danke Beth Lockley, deren Scharfsinn einzigartig ist und deren Freundschaft ich seit über zehn Jahren sehr zu schätzen weiß, dafür, dass sie mir Mut zu diesem Buch gemacht hat, als es noch nicht mehr als eine Idee war, die ich mit mir herumtrug, für ihren klugen Rat, den ich immer beherzige, und für die Art von ehrlicher Unterstützung, die ich jeder Frau in ihrem Leben wünsche.

Ich danke den internationalen Verlagen, die so begeistert mit an Bord gekommen sind.

Ich danke Linda Preussen, die mir beibrachte, wie man eine bessere Story schreibt, und Amy Jones, die großes Vertrauen in mich gesetzt hat.

Ich danke Dr. Kristine Laderoute, die mich bereitwillig an ihrem psychologischen Sachverstand teilhaben ließ.

Ich danke Ashley Bennion, der geliebten anderen Hälfte unserer Zweiergruppe, für das Lesen zahlloser Entwürfe, das Beantworten Hunderter E-Mails und für ihre jahrelange Unterstützung, nicht nur in Sachen Schriftstellerei.

Ich habe das Glück, mit einigen wirklich außergewöhnlichen Frauen befreundet zu sein. Ich danke ihnen allen für ihre Unterstützung und auch dafür, dass sie immer fragen: »Wie läuft's mit dem Schreiben?«, obwohl die Antwort meistens ausweichend ist! Insbesondere danke ich Jenny (Gleed) Leroux, Jenny Emery und Ashley Thomson. Und natürlich Jessica Berry, für ihre einfühlsame Hilfe bei diesem Roman und den unglaublichen Enthusiasmus, der diesen ganzen Weg sogar noch schöner gemacht hat.

Ich danke der Familie Fizzell für ihre Liebe und Unterstützung.

Ich danke Jackelyne Napilan für ihre treue und liebevolle Fürsorge.

Ich danke Sara Audrain und Samantha Audrain für ihre Begeisterung und dafür, dass sie träge Sommertage mit einem Buch zu unserem Status quo gemacht haben. Ich danke Cathy Audrain, die die Liebe zum Lesen bei uns zu Hause gepflegt hat und das selbstloseste und liebevollste Beispiel einer Mutter ist, das man sich vorstellen kann. Ich danke Mark Audrain für das Schriftsteller-Gen, für seinen unerschütterlichen Glauben an mich und für seinen großen Stolz. Es ist ein Geschenk, Eltern wie die meinen zu haben, die zu großen Träumen und harter Arbeit anspornten, und ich bin ihnen jeden Tag dankbar.

Ich begann mit der Arbeit an diesem Roman, als mein Sohn sechs Monate alt war. Mutterschaft und das Leben als Autorin waren gleichermaßen Neuanfänge für mich, und beides ist eine Freude und ein Privileg. Oscar und Waverly – ihr inspiriert mich unaufhörlich, und dieses Buch ist für euch. Und schließlich danke ich meinem Lebenspartner Michael Fizzell dafür, dass er alles möglich und alles schöner macht.

Textnachweis

Layne Redmond, *Frauen Trommeln – Eine spirituelle Geschichte des Rhythmus*. Die Rechte an der deutschen Übersetzung von Eluan Ghazal liegen beim Diederichs Verlag, München, in der Penguin Random House Verlagsgruppe GmbH.

Die Originalausgabe erschien 2021
unter dem Titel *The Push*
bei Viking Canada, einem Imprint von
Penguin Random House Canada.

MIX
Papier aus verantwortungsvollen Quellen
FSC® C014496
FSC
www.fsc.org

Penguin Random House Verlagsgruppe FSC® N001967

1. Auflage

Umschlaggestaltung: Favoritbuero, München
Umschlagabbildung: Mohnblumenmotiv, Nr. 308636174
© Kovtun Daria/Shutterstock
Satz: Leingärtner, Nabburg
Druck und Bindung: GGP Media GMBH, Pößneck
Printed in Germany
ISBN 978-3-328-60144-9
www.penguin-verlag.de

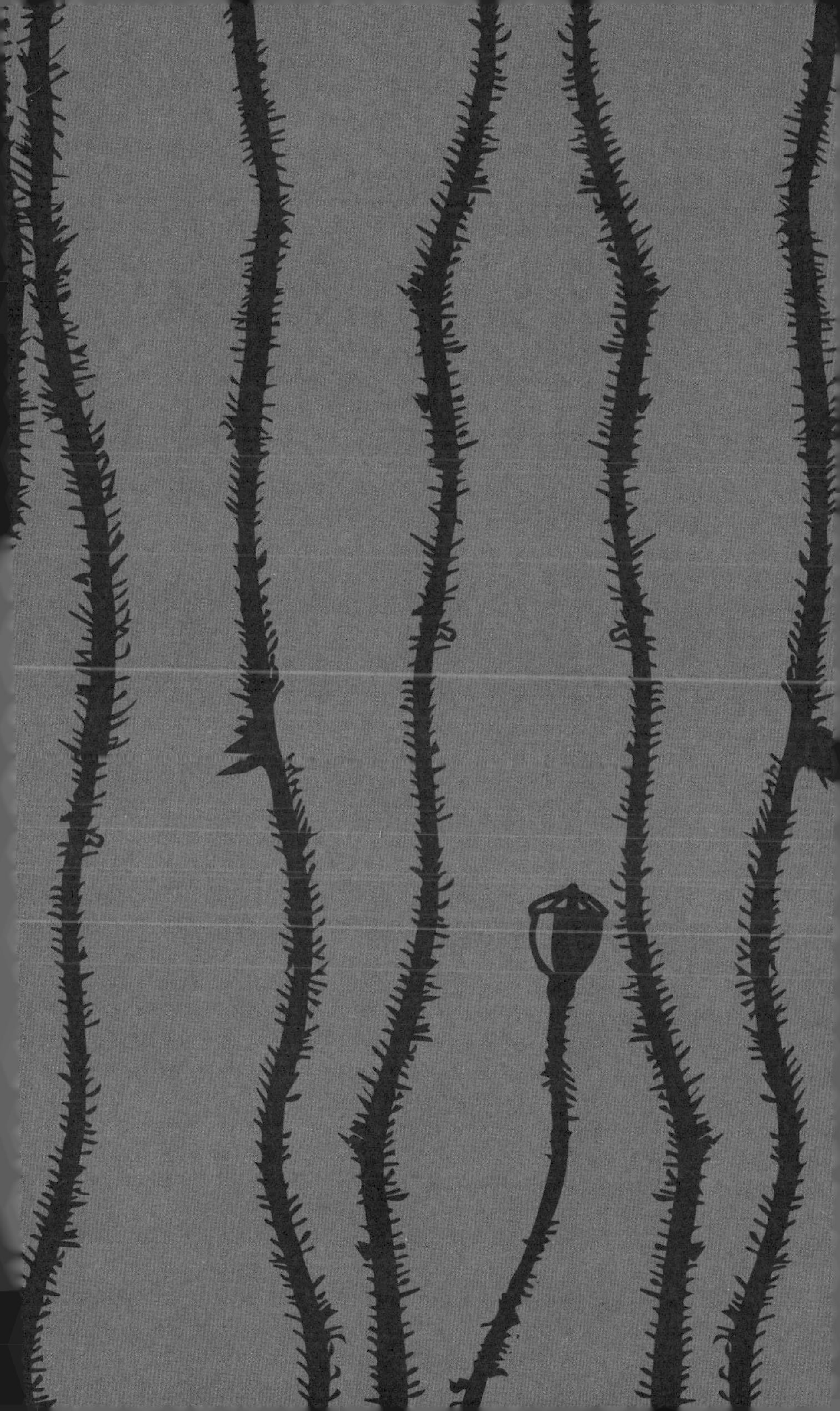